近代以来海外涉华艺文图志系列丛书　本卷主编：张明杰

中国纪行
——伊东忠太建筑学考察手记

［日］伊东忠太 著
薛雅明　王铁钧 译

中国画报出版社
CHINA PICTORIAL PRESS

图书在版编目（CIP）数据

中国纪行 /（日）伊东忠太著；薛雅明，王铁钧译
. —— 北京：中国画报出版社, 2017.11（2020.9重印）
（近代以来海外涉华艺文图志系列丛书）
ISBN 978-7-5146-1325-4

Ⅰ. ①中… Ⅱ. ①伊… ②薛… ③王… Ⅲ. ①游记 –
作品集 – 日本 – 现代 Ⅳ. ①I313.65

中国版本图书馆 CIP 数据核字 (2016) 第 137145 号

"十三五"国家重点图书出版规划项目
国家出版基金资助项目

中国纪行——伊东忠太建筑学考察手记　　　　　［日］伊东忠太 著　　薛雅明／王铁钧 译

出 版 人：于九涛
项目主持：于九涛　齐丽华
本卷主编：张明杰
责任编辑：于九涛
执行编辑：杜　莉
责任印制：焦　洋

出版发行：中国画报出版社
地　　址：中国北京市海淀区车公庄西路 33 号　邮编：100048
发 行 部：010-68469781　010-68414683（传真）
总编室兼传真：010-88417359　版权部：010-88417359

开　　本：16开（787mm×1092mm）
印　　张：19
字　　数：180千字
版　　次：2017 年 11 月第 1 版　　2020 年 9 月第 4 次印刷
印　　刷：德富泰（唐山）印务有限公司
书　　号：ISBN 978-7-5146-1325-4
定　　价：88.00 元

主编序[1]

伊东忠太（1867—1954）是最早来华实地考察的日本学者。其一生涉华调查不下十次，著有《中国建筑史》、《中国建筑装饰》（五卷本）、《东洋建筑之研究》（上下卷）、《法隆寺》等大量著作。他不仅是近代日本建筑学科的创始者，而且也是东亚建筑研究的先驱，甚至有"工学泰斗""建筑巨人"之称。其于1925年撰述的《中国建筑史》，是日本第一部较全面系统的中国建筑通史，在学界影响深远。[2] 这一著述的问世受惠于多次来华实地调查，是其二十余年来对中国建筑考察与研究的结晶。此前，他已先后六次来华开展建筑考古活动。

第一次是在1901年7、8月份，八国联军占领北京期间。伊东忠太受官方派遣，偕同摄影家小川一真等来到北京，参观史迹，并重点对紫禁城及其建筑进行了详细考察、测绘和拍摄，事后出版了大型图录《清国北京皇城》以及附有大量实测图的《清国北京紫禁城殿门之建筑》等。伊东也因此而成为第一个对皇城进行全面实测调查的外国人，其所得调查资料也是最早关于紫禁城建筑的公开文献。直到20世纪20年代，瑞典汉学家喜龙仁（Osvald Siren）才获准进入紫禁城考察，并留下测量和拍摄记录。[3]

第二次是1902年3月开始的长达3年的海外游学时期。其中有一年多时间在中国境内考察，足迹遍及北京、天津、河北、山西、河南、陕西、四川、湖北、湖南、贵州、云南等十余省市。这次长时间大范围的调查，收获颇丰，仅事后发表的相关论文或考察报告等就多达十余篇。其考察对象不仅局限于各地建筑，而且还有云冈、龙门、千佛崖等大型石窟以及五台山、峨眉山等佛教圣地。其中山西大同云冈石窟的"发现"，可谓此次考察的最大收获。他根据文献记载和实地寻访，找到了这一湮没已久的艺术宝库，

---

1 本丛书的整体总序，请参考张明杰《越境的学术——中国艺文图志总序》（北京大学《国际汉学研究通讯》第十三、十四合辑，2016年12月）。

2 伊东忠太《中国建筑史》，最初连载于国史讲习会《东洋史讲座》（第5—16期，1925年8月—1926年7月）。《东洋史讲座》再版时，《中国建筑史》独立成册，伊东忠太曾将单行本赠送给营造学社。后收录于《东洋建筑之研究》上卷（龙吟社，1936年）。中文版《中国建筑史》（梁思成校，商务印书馆，1937年）即由陈清泉据其单行本翻译的。

3 参见 Osvald Siren, *Walls and Gates of Peking*, John The Bodlley Head Limited, 1924.

并公之于众，轰动一时。⁴ 随后，有众多日本学者来此考察，并留下大量考察文献，仅近代日本人的云冈石窟调查一项，其分量就足够一本书来记述了。⁵

第三次是 1905 年对东北地区的调查。日俄战争硝烟未泯，伊东等人即奔赴旅顺、奉天等地，对寺庙、古迹，尤其是宫殿建筑等进行考察。事后发表《满洲的佛塔》（1907）、《满洲的佛寺建筑》（1909）等论文或报告。

第四次是 1907 年对江苏、安徽、浙江、江西诸省的调查。有《南清地方探险记》（1908）、《南海普陀山》（1908）等报告。

第五次于 1909 年末至 1910 年初对以广东为主的中国最南端省区的考察。发表《广东之建筑物》（1910）、《广东之回教建筑》（1910）、《北、中、南清建筑之特征》（1910）等，并在此基础上撰写了《中国建筑总论》（1—6）。⁶

第六次是 1920 年山东省调查。东自青岛，西至泰安、曲阜，对齐鲁大地之遗物、遗迹进行了详细考察，并多有所获。此次考察详见其《山东参观旅行记》（1920）。

通过以上六次调查，伊东忠太几乎踏遍中国主要省区，基本掌握了各地古建筑实况，并在此基础上，发表了有关中国建筑与遗物的论文或报告四五十篇，还与人合编了《中国建筑》图集。⁷ 当然，这些实地考察及其成果为其撰写《中国建筑史》打下了坚实的基础。不过，他仍谦虚地承认："其实中国广大无边，予既往之探查，只不过是沧海一粟、九牛一毛而已。"⁸ 因此，他认为中国建筑史之大成，需建立在全面彻底地考察中国所存文献与遗迹之基础上。其后又多次来华考察，并出版了五卷本《中国建筑装饰》。⁹

---

4 关于云冈石窟之发现，伊东忠太除通过演讲等形式介绍之外，影响最大的当属其发表于大型美术杂志《国华》上的《中国山西云冈之石窟寺》（《国华》第 197—198 号，1906 年 10—11 月）。

5 近代日本涉及云冈石窟调查的人员和文献众多，普通考察记中，集医师、作家、宗教美术评论家于一身的木下杢太郎所著《云冈日录》（即《大同石佛寺》1921 年），影响最大。其初版多半毁于关东大地震（1923 年 9 月），1938 年改版发行后，仅两年多时间再版三次，成为当时的畅销书。可以说，正是由于其作家的才笔，云冈石窟才广为日本读者所知。学术调查文献中，以京都大学人文科学研究所出版的 16 卷 32 巨册的《云冈石窟》（1951—1956 年）为最，这是中日战争期间长达七年的调查成果，由东方文化研究所主导实施，直到战后才得以问世。

6 伊东忠太著《中国建筑总论》（1—6），《建筑世界》第 6 卷 7—9 号、11 号，第 7 卷 1—2 号（1912 年 7 月—1913 年 9 月）。

7 伊东忠太、关野贞、塚本靖合编《中国建筑》图集（两册，附解说，建筑学会，1929 年），收录三人所拍摄的有关中国建筑的图片计七百六十余幅，当时可谓中国建筑图录之集大成者。

8 伊东忠太《中国建筑史》、《东洋建筑之研究（上）》（伊东忠太建筑文献编纂会编《伊东忠太建筑文献》第三卷，龙吟社，1936 年），第 16 页。

9 伊东忠太《中国建筑装饰》（1—5 卷，东方文化学院，1941—1944 年）。第 1 卷为中国建筑及装饰概说，第 2—5 卷为图集，收录精美图版九百余幅，多为作者实地拍摄、手拓、实测手绘所得各种图谱。另外，伊东忠太还担任大型图集《中国工艺图鉴》（1—5 辑，帝国工艺会编，1932—1933 年）第 5 辑（上）《中国建筑装饰篇》的解说。

可以说，这是其中国建筑艺术研究之辉煌成果，也是对前述《中国建筑史》之补充。

在实地调查的同时，伊东忠太还与营造学社、中国画学研究会等机构及成员多有交往。营造学社成立后不久，伊东即前往拜访朱启钤先生，"晤谈竟日，颇恨相见之晚"。[10]还应学社之邀，做了"中国建筑之研究"的讲演。[11]其在讲演中指出："在古来尊重文献、精通文献之支那学者诸氏，调查文献绝非难事。对于遗物，如科学的之调查，为之实测制图，作秩序的之整理诸端，日本方面虽亦未为熟练，敢效犬马之劳也。但最为杞忧不能自已者，文献及遗物之保存问题也。文献易为散佚，遗物易于湮没。鄙人于支那各地之古建筑，每痛惜其委弃残毁；而偶有从事修理者，往往粗率陋劣，致失古人原意。……在理想上言之：文献遗物之完全保存，乃国家事业。一面以法律之力，加以维护；一面支出相当巨额之国帑，从事整理。然在中国现今之国情，似难望此。然则舍盼望朝野有志之团体，于此极端尽瘁，外此殆无他途。"[12]因此，他将保存中国古建筑文献与遗物之理想，寄托于以朱启钤为首的营造学社同仁。其在讲演最后所言，尤震人耳目："鄙人为中国建筑计，以为将来所取之针路，不在模仿外国，必须开拓自家独创之新建筑。独创之新建筑，如何可以出现？曰：以五千年来中国之国土与国民为背景而发达之样式为经，以应用日新月异之科学、材料构造设备等为纬；必于其间求得清新之建筑。此为目的，即中国古建筑之研究，亦为当急之务，不辩自明。温故知新，虽属老生常谈，实历久如新之格言也。"[13]

伊东的这一建议或忠告，在时过八十余年后的今天读来，仍不失其现实意义。

继伊东忠太之后，又先后有关野贞、塚本靖、伊藤清造、藤岛亥治郎、村田治郎、长广敏雄、水野清一等来华进行建筑及建筑艺术考察，并留下一大批考察报告或研究成果。[14]

本卷主编 张明杰
初稿于 2015 年夏秋之交
小改于 2017 年初

---

10 《社事纪要 (3) 欢迎日本伊东博士》、《中国营造学社汇刊》第 1 卷第 2 册（1930 年 12 月）。

11 伊东忠太 1930 年 6 月 18 日在营造学社所做的《中国建筑之研究》讲演，由钱稻孙译成中文，刊载于《中国营造学社汇刊》第 1 卷第 2 册（1930 年 12 月）。同时还连载于《湖社月刊》（第 35—46 册）。

12 伊东忠太营造学社讲演《中国建筑之研究》、《中国营造学社汇刊》第 1 卷第 2 册（1930 年 12 月），第 9 页。

13 同上，11 页。

14 只要翻阅一下《大东亚建筑论文索引》（京都帝国大学工学部建筑学教室编纂，清闲舍刊，1944 年）这本书，就会为近代日本涉华建筑调查及其文献之多而感到震惊。这本长达 370 余页的建筑文献索引，其中 270 页都是有关中国的。

目　录

中国纪行【一】..37
    一、绪言..37
    二、旅行路线..37
    三、中国地理..38
    四、北方、中部与南方..38
    五、气候与动植物..39
    六、中国历史..40
    七、中国旅行常识..42
        （一）度量衡..42
        （二）通货..43
        （三）道路..44
    八、宗教..45
    九、建筑物..46
    十、喇嘛教寺庙..47
    十一、佛寺・道观・祠庙..51
    十二、汤山..56
    十三、明陵..56
    十四、居庸关及八达岭..57
    十五、怀来县..59
    十六、土木堡..60
    十七、鸡鸣驿..60
    十八、宣化府..62
    十九、张家口..62
    二十、台水..63
    二十一、山西高原..64
    二十二、大同府与云冈..64
    二十三、应州..70
    二十四、茹越口・铁吉岭・繁時县................................70
    二十五、五台山..71

二十六、龙泉关	74
二十七、直隶平原	76
二十八、从曲阳到定州	76
二十九、经芦汉铁路往北京	77

中国纪行【二】 79
    一、始发北京 79
    二、涿州 82
    三、保定府 85
    四、正定府 85
    五、栾城县及赵州 89
    六、栢乡县及内邱县 90
    七、顺德府 90
    八、沙河县 93
    九、邯郸县 93
    十、磁州 94
    十一、彰德府 95
    十二、汤阴县 95
    十三、淇县及卫辉府 96
    十四、延津县 98
    十五、开封府 99
    十六、中牟县及郑州 103
    十七、荥阳县 104
    十八、汜水县 104
    十九、巩县 105
    二十、偃师县 107
    二十一、河南府（洛阳） 108
    二十二、龙门 110
    二十三、新安县·渑池县 115
    二十四、陕州 118
    二十五、灵宝县 119

二十六、阌乡县	120
二十七、潼关	120
二十八、华阴县·华州	122
二十九、渭南县	123
三十、临潼县	124
三十一、西安府	124

中国纪行【三】 133

一、咸阳县·兴平县	133
二、武功县	135
三、扶风县	135
四、岐山县	136
五、凤翔县	137
六、宝鸡县·翻越秦岭	138
七、凤县·凤岭	140
八、留坝厅	141
九、褒城县·汉中府	143
十、沔县·宁羌州	144
十一、千佛崖	149
十二、广元县·皇泽寺	150
十三、昭化县	150
十四、剑阁	151
十五、剑州·重阳亭	152
十六、梓潼县	153
十七、绵州	154
十八、罗江县·德阳县·汉州	155
十九、新都县	157
二十、成都府	158

中国纪行【四】 160

| 一、成都府 | 160 |

二、青海、西藏旅行指南 167

三、双流县·新津县·彭山县 169

四、眉州·青神县·嘉定府 170

五、峨眉县·大峨山 171

六、峨眉登山 172

七、岷江·犍为县 179

八、叙州府·南溪县 180

九、江安县·纳溪县·泸州 180

十、合江县 181

十一、江津县·重庆府 182

十二、长寿县·涪州·酆都县 185

十三、忠州·万县·云阳县 186

十四、夔州·三滩三峡 188

十五、宜昌府 190

十六、沙市 190

十七、汉口 191

十八、武昌府 192

十九、汉阳府 193

二十、岳州·洞庭湖 195

二十一、长沙府 197

二十二、沅江县·龙阳县 199

二十三、常德府 201

二十四、桃源县 202

二十五、辰州府 202

二十六、辰溪县·沅州府 204

二十七、晃州厅 205

二十八、玉屏县 206

二十九、镇远府 207

三十、施秉县·黄平州 208

三十一、清平县·平越州 209

三十二、贵定县·龙里县 210

中国纪行【五】 ... 213
　一、贵阳府 ... 213
　二、清镇县·安平县·安顺府 ... 218
　三、镇宁州 ... 219
　四、坡贡驿·郎岱厅·打铁关 ... 220
　五、都田驿·杨松驿 ... 222
　六、云南省 ... 223
　　（一）云南高原 ... 224
　　（二）云南地理 ... 224
　　（三）云南历史 ... 225
　七、平彝县·沾益州 ... 226
　八、马龙州·关岭·易隆驿 ... 228
　九、岳灵山·杨林驿 ... 230
　十、云南省城 ... 231
　　（一）云南建筑 ... 232
　　（二）云南琐记 ... 236
　　（三）李建中 ... 237
　十一、荒山野岭中的高原村落 ... 238
　十二、楚雄府 ... 239
　十三、吕河街 ... 241
　十四、水泊佳景 ... 241
　十五、行往古白崖城 ... 242
　十六、洱海与大理府 ... 243
　十七、南诏·大理建筑 ... 244
　十八、西南中国的地理地势 ... 245
　十九、漾濞·太平铺 ... 245
　二十、黄连铺 ... 246
　二十一、纤细如丝的大澜沧江 ... 247
　二十二、永昌府 ... 247
　二十三、南蛮毒泉 ... 248

二十四、高黎贡之崇山峻岭与怒江激流	249
二十五、掸人乡土	249
二十六、腾越厅	250
二十七、掸族建筑	251
二十八、涉泥石流	251
二十九、干崖与克钦人	252
三十、克钦人之坟茔	252
三十一、蚕蛑河畔	253
三十二、贵阳之后邂逅的外国游客	253

江南行游略记 ... 257

- 一、绪言 ... 258
- 二、苏杭地区 ... 258
  - （一）苏州府城及其附近 ... 258
  - （二）杭州府及其附近 ... 260
- 三、长江沿岸地区 ... 262
  - （一）镇江府 ... 262
  - （二）扬州府 ... 263
  - （三）南京（江宁府） ... 264
  - （四）九江府 ... 267
  - （五）庐山 ... 267
  - （六）南昌府 ... 268
- 四、宁波地区 ... 269
  - （一）宁波府 ... 269
  - （二）奉化及天台山 ... 270
  - （三）普陀山 ... 270
- 结语 ... 271

五山巡礼札记 ... 273

- 一、金山寺 ... 274
- 二、灵隐寺 ... 277

山东游记 281
  一、车中漫谈 282
  二、青州驿 283
  三、云门山 283
  四、六朝文物 284
  五、云门山佛像之特色 284
  六、被遗落的古迹 285
  七、驼山 285
  八、驼山石窟 286
  九、东西方艺术 287
  十、青州城 287
  十一、法庆寺 288
  十二、金石陈列馆 288
  十三、行往济南 289
  十四、清真寺 289
  十五、图书馆 290
  十六、千佛山石佛 290

第1图　北京西郊万寿山佛香阁

第2图 秦栈 鸡头关

第3图 蜀栈 剑阁

第4图 江苏省镇江 金山寺

第5图 杭州西湖 三潭印月

第 6 图 中国妇女（满族）

第7图　第一次旅行，从北京出发时的伊东忠太博士（右）

第8图　第一次旅行，伊东忠太博士（左）在重庆

第9图　第一次旅行，伊东忠太博士（中央）在汉阳

第10图　第一次旅行，伊东忠太博士（前排右三）在武备学堂

中国纪行 | 6

第11图 第一次旅行，伊东忠太博士（左三）在贵州杨松驿

第12图 第一次旅行，伊东忠太博士（前左）在贵阳府某乡绅家宅

第13图　第二次旅行，伊东忠太博士在奉天

第14图　第二次旅行，伊东忠太博士在上海龙华寺

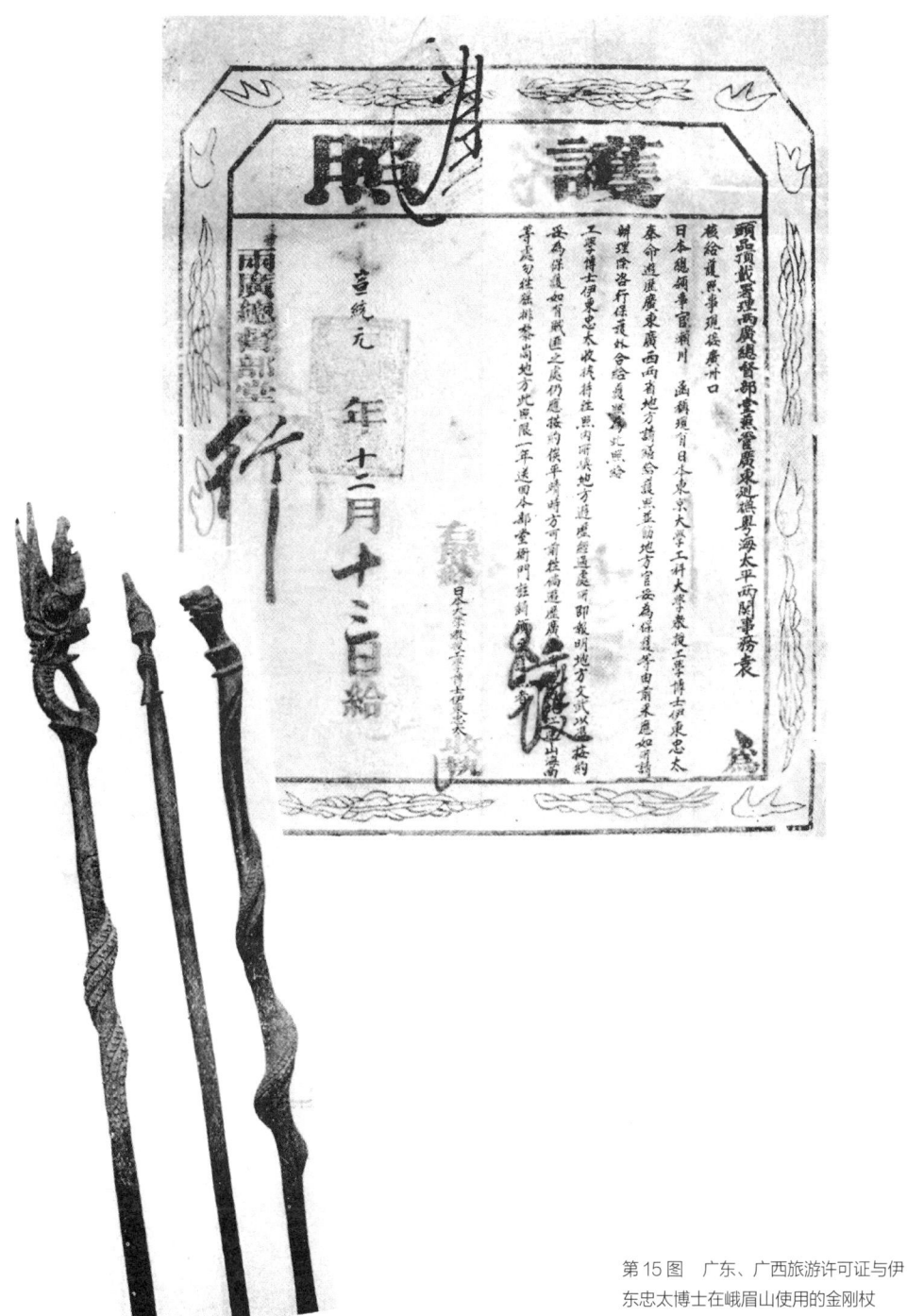

第15图　广东、广西旅游许可证与伊东忠太博士在峨眉山使用的金刚杖

第 16 图 四川省峨眉山全图

青雪繚繞七重天。頂上佛光圓。多燈相萃禮普賢。鐘聲響玉泉。
垂寶蓋擁金蓮。泉崖月無邊。銀色界開蜀國前。脆屆濰珠煙。
時辛巳仲

第17图　北京天坛祈年殿

第18图　北京东四牌楼商店

第 19 图　居庸关壁面雕刻

第 20 图　居庸关洞窟入口浮雕

第 21 图　五台山慈福寺香炉

第 22 图　北京天宁寺砖塔

第 23 图　定州广惠寺花塔

第 24 图　定州开元寺塔

第 25 图　磁州魏碑侧面照

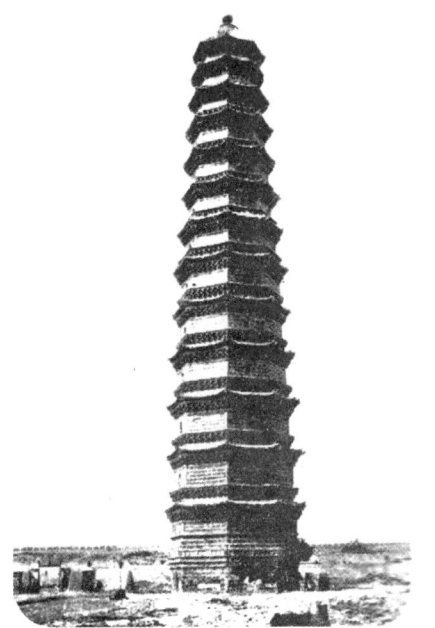
第 26 图　开封佑国寺铁塔

第 27 图　开封繁塔

第 28 图　荥阳县玄武宫内

第 29 图　龙门宾汤中洞当阳本尊

第 30 图　华州华岳庙正殿斗拱

第 31 图　西安府慈恩寺大雁塔

第 32 图　西安府宝庆寺佛像

第 33 图　四川省广源千佛崖

第 34 图　剑州重阳亭

第 36 图　蜀地栈道驿站

第 37 图　四川省的戏台

第 35 图　四川省魏城驿文风塔

第 38 图　四川省峨眉山顶塔婆

第 39 图　宜昌某塔

第 40 图　成都北边的牌坊

第 41 图　辰州文庙大成殿

第 42 图　贵阳府文庙

第 43 图　贵阳城外节孝坊（右上图）

第 45 图　云南某地城外的西塔（左上图）

第 44 图　胜景关

第 46 图　云南某地城门

第47图　云南圆通寺本殿

第48图　扬州平山堂天下第五泉

第49图　南京贡院

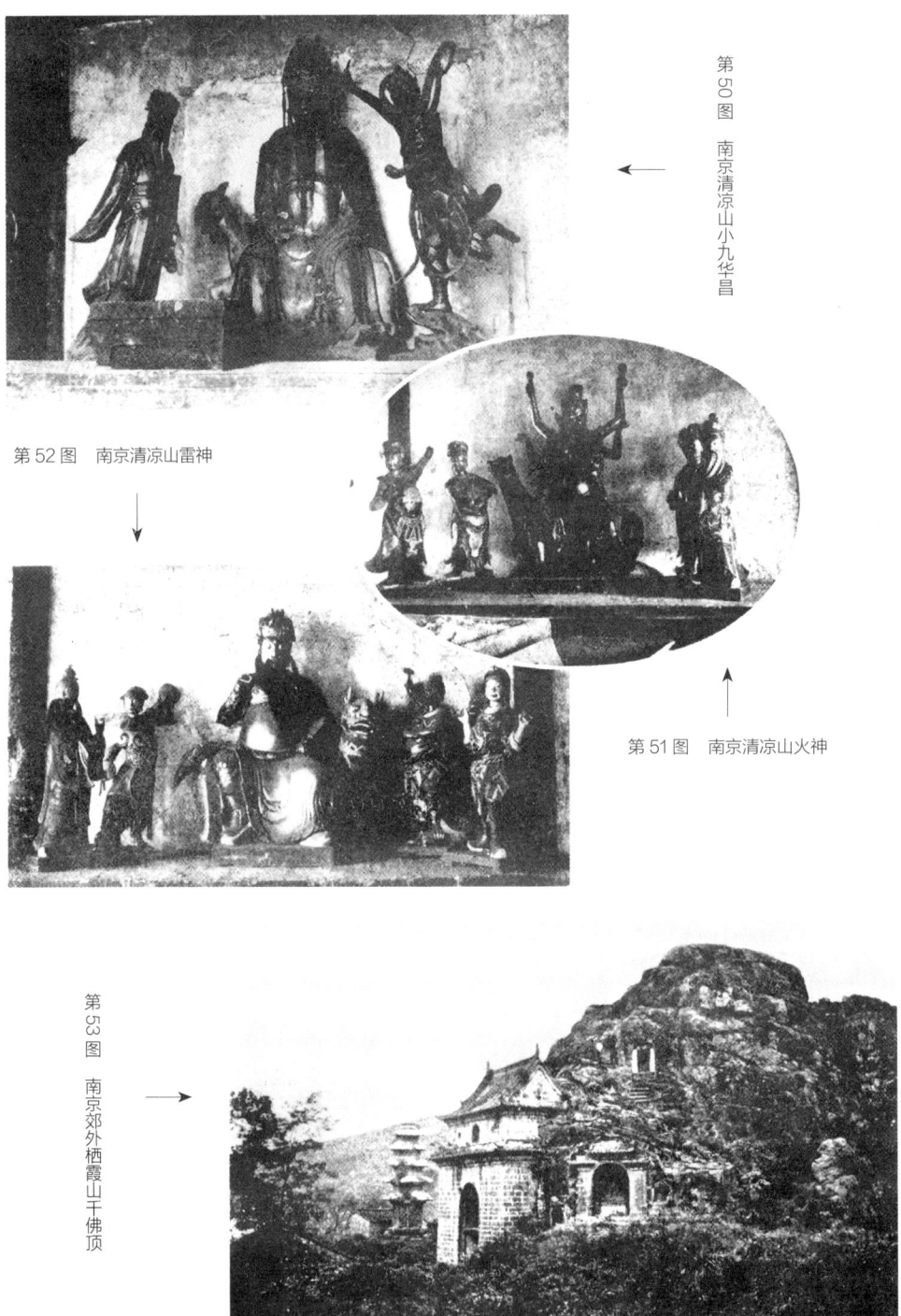

第 50 图　南京清凉山小九华宫

第 51 图　南京清凉山火神

第 52 图　南京清凉山雷神

第 53 图　南京郊外栖霞山千佛顶

第 54 图　南昌滕王阁

第 55 图　苏州元妙观三圣殿

第 56 图　杭州梵天寺石幢

第 57 图　杭州灵隐寺山门

第 58 图　杭州宝石山石窟雕刻

第 59 图　宁波冰室

第 60 图　阿育王寺天王殿

第 61 图　浙江省雪窦寺天王殿

第 62 图　浙江省普陀珞迦山长生院

第 63 图　广东省潮州韩文公庙

第 64 图　广东街市

第 65 图　广东孝光寺内南汉铁柱

第 67 图 赵州衙门古钟

第 66 图 广东的赌场

第 68 图 广东某城北门外伊斯兰教古墓及古寺

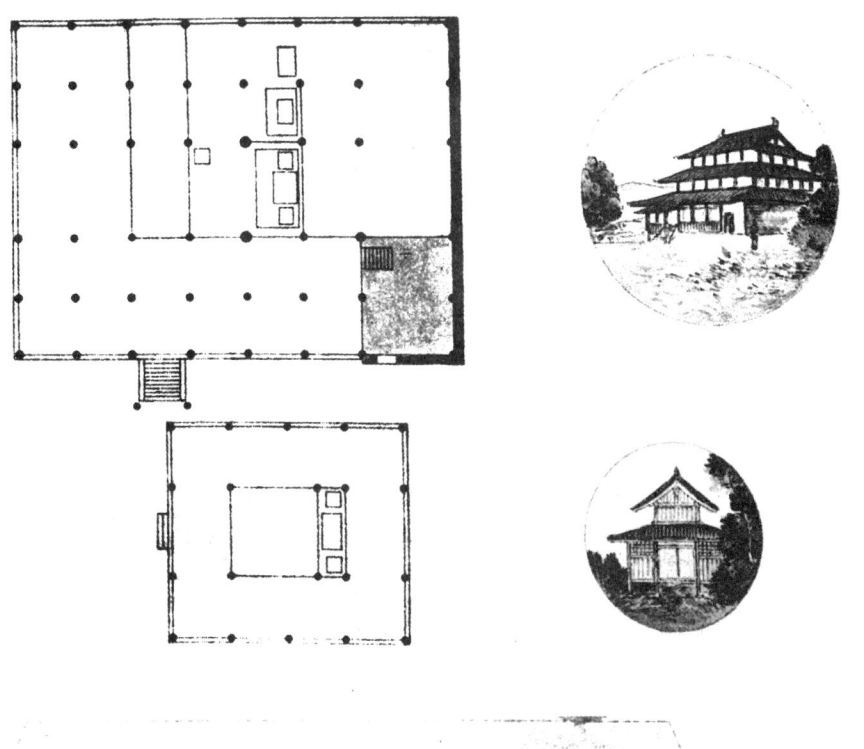

第 69 图 掸人寺庙

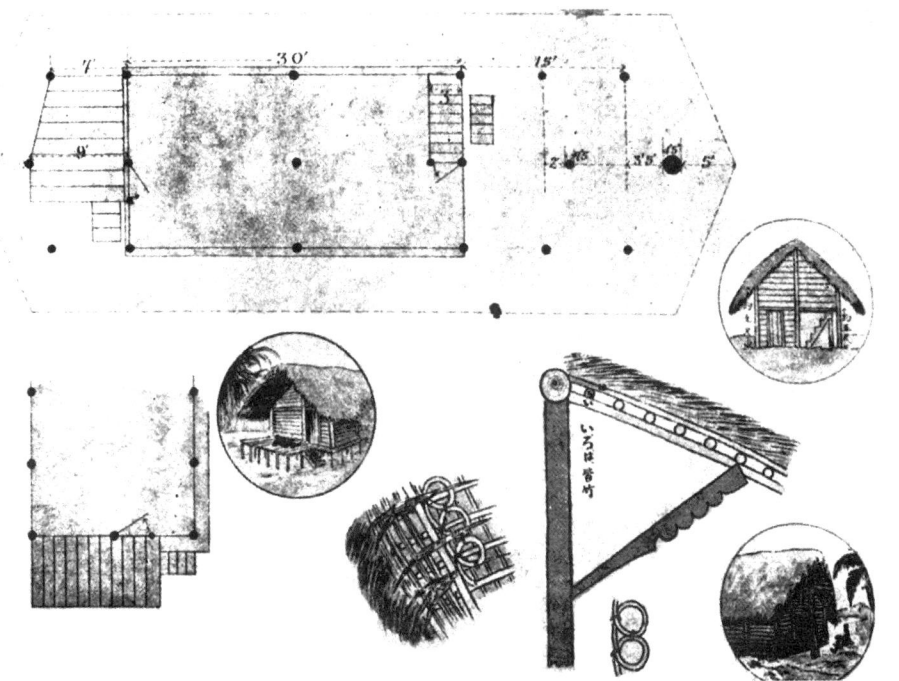

第 70 图 掸族人家

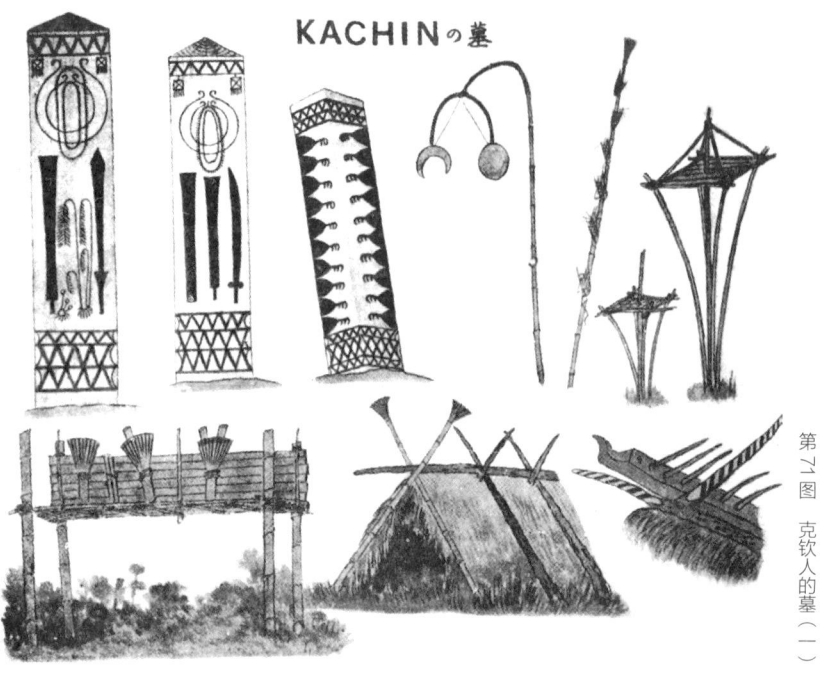

第 71 图 克钦人的墓（一）

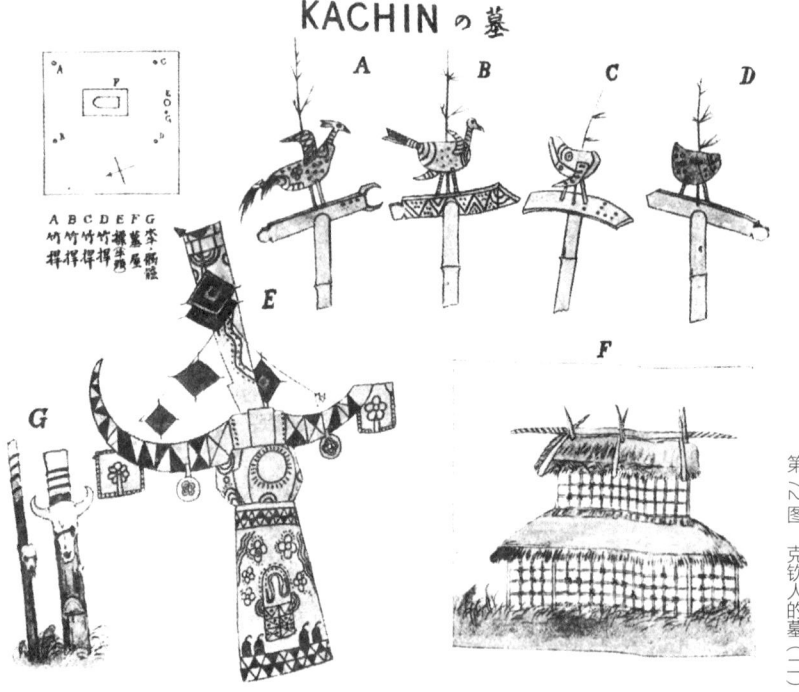

第 72 图 克钦人的墓（二）

第 73 图　克钦人的墓（三）

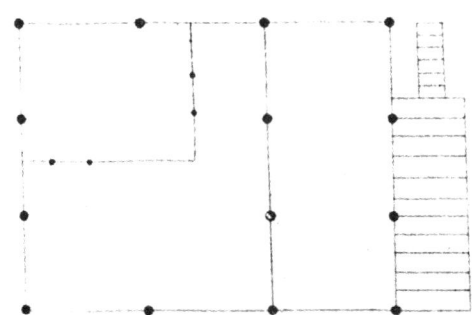

第 74 图　八莫的缅甸人家

第 75 图　北京太液池北海（上图）

第 76 图　四川省峨眉山远眺（中图）

第 77 图　长江上游崆岭滩（下图）

第 78 图　江西省庐山（上图）

第 79 图　杭州西湖湖心亭（中图）

第 80 图　江苏省枫桥（下图）

第 81 图　浙江省杭州西湖

第 82 图　浙江省杭州钱塘江观潮

第83图　浙江省普陀珞迦山

第84图　广东省潮州市

中国纪行

中国纪行【一】

（明治三十五年[1]三月至同年六月）

北京—汤山—明陵—居庸关及八达岭—怀来县—土木堡—鸡鸣驿—宣化府—张家口—台水—山西高原—大同府—云冈—应州—茹越口及铁吉岭—繁畤县—五台山—龙泉关—直隶平原—曲阳—定州—北京

一、绪言

笔者的亚洲之行，始自明治三十五年三月，止于明治三十八年六月，差不多正好3年4个月。此间，海道、陆路，行程总计约6万英里。由于费时不长，可谓是行色匆匆，宛若当年日本江户时代快步流星的信使、邮差，故一路行来，多是浮光掠影，乃至惊鸿一瞥，致令笔者不无挂漏甚多之憾。旅途中，与自身学术研究并不密切相关的各地风土世情，却又不免让笔者兴趣盎然。是故，此著述所记内容并不仅限于自己从事的建筑专业领域，而且也将旅途中的各种奇闻、趣事杂糅其中。切莫将此篇文字纯以学术著述看待，视其为海外逸闻趣谈或奇谭可也，愿读者诸君如是览之。笔者先就此行路线做一交代。

二、旅行路线

笔者先从日本跨海来至中国，在中国北京作短暂停留，并以北京为此次亚洲行旅之枢纽。此后，从北京出发，启程赴山西考察。路线为先往张家口，次转山西大同，而后折往五台山，再出定州，又归返北京。继之，再从北京出发，行经保定、正定、顺德、彰德、卫辉诸府，后赴河南开封，又从开封沿郑州、河南府[2]、陕州、潼关、华州一路行来，遂至西安。再从西安依次经咸阳府、凤翔府，越秦岭而至汉中。后从汉

---

1 【译注】日本的明治元年为1868年，故明治三十五年即1902年。
2 【译注】此处的"河南府"即今日的河南洛阳。在文中，作者对此有交代。

中经沔县、广元、剑州、绵州——其间，还行经所谓的西蜀栈道——来至成都。又自成都出发，行往嘉定府，并登峨眉山。随后，自岷江顺水而下，来至叙州府。又从叙州府直下长江，经泸州、重庆、万县、巫山县、宜昌府，遂抵汉口。更从汉口向内陆腹地进发，转向湖南省。先是由水路经岳州至长沙，更向常德行去。由常德再走陆路，经辰州、沅州、镇远诸府，遂抵贵州省贵阳府。而后复行如是，翻越诸多崇山峻岭，行至云南府[3]。又从云南府更经楚雄府，行至大理府，再从大理府经永昌府，前往腾越。之后，穿过广漠的蛮荒之地，抵达缅甸的八莫。

……[4]

在讲述中国纪行之前，有必要先了解一下中国究竟是什么样的国家。虽然笔者也知读者诸君对中国不无相当程度之了解，或许笔者的介绍纯属多此一举，不免有冗繁之嫌，但姑且作为此次中国之行的背景介绍，先就中国全貌略述一二。

三、中国地理

作者在中国内地旅行的观感判断，此前有关中国人口的统计数字，远远多于实际的人口数。要说理由，先以北京为例，实际的调查统计结果表明，北京人口要比一般人所认为的少得多，大概五六十万。再看西安，举凡地理书载，俱称西安人口在 50 万以上。亲自到西安府一看，不难发现，西安人口实际不过五六万而已。事实上，中国政府当局所作官方统计也表明西安实际人口数在五六万之间。此外还可以举成都为例。地理书明言成都人口有五六十万，有的还称成都人口 60 万，甚至 80 万。但是，据四川省地方当局的调查报告，成都人口不过 25 万余。其他城镇人口数字，基本同出一辙，俱有虚高之嫌。实际上，于旅途所见中国都市，无不是人口稀疏，是以笔者判定中国实际人口不可能有 4 亿之多。客观估计，中国人口最多也就 3 亿左右。总之，公布的中国人口数字，要比实际的夸大许多，这应是已成定论。

四、北方、中部与南方

再述中国全域的地形地势。

对中国的地理划分亦见仁见智，众说不一，比如将中国全域划作东、西、南、北四大块者有之。窃以为，以大江大河为界对中国进行地域划分最为合适。照此，则大致可将中国一分而三。

---

3 【译注】此处的"云南府"即现在的昆明市，在文中，作者对此有交代。
4 【译注】这里有一段话叙述作者在缅甸及印度、土耳其的行走路线，系其中国游记的题外话，故略去不译，以省略号代之。

其一乃是黄河流域。

黄河源头在西藏东北部。黄河之水自此流向东北，然受阻于六盘山，只好折往北去，可之后又受阻于阴山山脉，于是再转身向东流去，遂至山西境内；又受阻于此地的崇山峻岭，复转正南方向奔腾而去，却又受阻于秦岭山脉，故再次急转向东；而后出河南，并流经山东平原，最后从直隶湾入海。此即黄河流域是也，包括南面的秦岭及伏牛山脉，以及北面的白河水域，俱属之。换言之，整条黄河流经的地域均称黄河流域。

其二则为长江流域。

长江亦是源自西藏，从西藏中部一路行来，如长蛇逶迤蜿蜒。长江干流长达1500日里。若加上支流，光长数百日里的水系就有许多，长江支流所覆盖的地域就占整个长江流域面积的几乎一半。整个长江流域，有最南端的云南及贵州北部的一半，还有湖南、江西、江苏、安徽以及湖北省全境，河南、陕西南部近半，以及四川全境。这一地域乃是中国土地最为广袤、最为肥沃的地带，也是气候条件不错的地带。长江流域可谓中国的脊梁与砥柱。

其三系从南海以及印度洋入海的江河水系的流经地域，此乃中国地理划分的第三个区域。

属于这一区域的有浙江、福建、广东、广西诸省的全部，以及贵州、云南南部的一半。流经此地域的江河，计有云南怒江、澜沧江两大水系，以及作为怒江支流的龙川江与太平河，还有从东京湾入海的红河以及从广东境内入海的西江。将此地带称作南方地域并无不妥，其自然环境及气候属亚热带或热带。

作者不妨将属于黄河流域的地区称为北方，将长江流域覆盖的地区称为中部，并将从南海、印度洋入海的江河所流经地域称为南方。显然，如此北方、中部、南方的三大区域划分，不仅从地理意义上，而且从人文意义上也是成立的，盖北方、中部、南方三大区域动植物生存的自然环境，以及民风民俗、历史传承、艺术表现风格俱各不相同。

五、气候与动植物

就气候而言，作为北方地域代表的北京，因其纬度甚高，故气候相当寒冷，年平均气温11.8℃。较之北京，作为中部地域的上海，其年平均气温则是15.2℃。而可代表南方地域的广东，年平均气温更达20.7℃。因此，即使就气候差异如此显著的事实本身，已有足够理由支持作者上文对中国本土所作的区域划分。

再就动物而论，在北方地域往来于各地的双峰骆驼却不见于中部地域。并且，越向南行，则热带动物越为多见。如水牛一类，或穿山甲等，多见于与印度、缅甸接壤的边境地区。岂止水牛、穿山甲，其他热带动物的种类尚有许多。而后再转向滇西，一路行去，可看到鹦鹉飞翔，其品种繁多，更有被称为"麝香"[5]的动物。凡此热带动物，在中部地域则是见所未见。虎、豹二者，虽是南北俱有，但北方更多，熊罴亦是以北方为多。豺狼以下的小型动物，如狐、獾一类，则是到处可见。至于家畜类，如猪、羊、牛、马、鸡、鹅等动物，地域不同，体型大小亦有差异。

其次，植物方面，不同地域亦差异明显。要说南方地域，则是椰林茂密、芭蕉翠绿，更有茂竹丛生，以及叶肉丰腴、被称为"芦荟"的植物。若往滇西行去，其观感与印度游历几无不同。之后，再看中部地域，但见沃土千里，因此也就有水田成片。此外，群山尽为森林覆盖。若是行往北方地域，则恰恰相反，树木几近绝迹。绵亘数百里，望去只是罕有植被的山峦，鲜见树长，偶尔有之，也就是柳树、杨树一类的北方树种。此类树木只长于水畔，至于其他植物，则成活难矣。北方地区旱地作物，种植最多者莫过于高粱。

由此可见，中国的南方、中部、北方，地域差异非常明显。如此地域差异也一样反映在建筑上面。对此笔者还将在随后的行旅中娓娓道来。简言之，北方地区，因树木稀少，故纯属木造的建筑罕见，而多是以砖、石为主要建筑材料。此外，若是北方沙漠边上的农家，则先备石料，后和泥浆，并砌石为墙，再葺以高粱秸秆或生长水边的芦苇，之后抹上层泥，遂成屋顶。由于建筑材料匮乏，北方地域尤其是沙漠地区的建筑甚显简陋。但是，一到中部地区，正好相反。但见漫山遍野郁郁葱葱，正是中国的木材产地，于是木造建筑结构在此一地域也就遍地可见。其建筑式样与风格也明显不同于北方地区，如深轩出双抄，又如飞檐翘起，俱为中部地区建筑风格之范式。究其因，毕竟是木材充足，尽可匠心独具。后来，当笔者行至贵州以及滇西南，则发现黔、滇二地的建筑又往北方地区靠近。主要原因依旧在建筑材料本身。如云南一带，系海拔6000尺的高原，尽管其纬度属于亚热带，但高原的自然环境在诸多方面却与北方地域颇为相近。

六、中国历史

其次，还须对中国历史做一番简介。笔者并非历史学家，对中国历史亦未曾深入研究，但总以为，中国历史，概言之，无非就是一部汉民族与其他北方民族生存竞争的历史。汉民族究竟来何方，迄今未详，然而，多认为应该是来自中亚细亚边缘区域的民族。该民族不断东迁，先是徙至黄河上游，而后沿黄河来到平原地区，是以生息于斯，并开拓土地，开始农业耕种。其来如斯，故中国最早的帝王——三皇五帝，

---

5 【译注】此处应是作者舛误，动物本身称为"麝"，"麝香"并非动物之名。

俱是相继建都于黄河附近。且看，黄帝都于涿鹿，乃今日直隶的涿州[6]；小昊都于曲阜[7]，即山东曲阜；颛顼都于帝邱[8]，即今日直隶的开州；帝喾都于昊[9]，即今日河南偃师；尧都于平阳，即今日山西平阳；舜都于蒲阪，即今日山西蒲州；夏都于安邑，即今日山西安义；殷都于亳。由是可见，中国最早的帝王都是建都在山东、直隶、山西、河南一带。但是，如同作者前面所言，黄河流域，毕竟土地贫瘠，生存困难，因此，汉民族又迁徙南下，以占取长江流域附近一带的肥沃土地。是故，原先生息在长江流域的民族为外来者的汉人所逐赶，遂遁往贵州、云南一带，乃至更有远徙印度者。今日贵州、云南的苗族，以及散居于云南、缅甸、暹罗的掸族人，即当年为汉人所驱逐的长江流域先民的后裔。另一方面，虽然汉人原系北方民族，只因北方大漠的不毛之地令其生存困难，是以想占取南方肥沃土地而开始其挺进中原之攻略。但汉民族却也开始了与北方其他民族从未间断的争斗，如此异民族间的纷争甚至延续至今。毫无疑问，汉民族是一个极为优秀的民族，在秦汉时期，汉民族对其他北方民族占有绝对优势。至南北朝时期，双方力量对比则呈现不相上下之态势。所谓的北朝，无非就是胡人统治的疆域，其版图占有当时中国疆土的一半，即中国北方全域。后来的隋朝，并南、北二朝为大一统帝国。至李唐一代，汉民族的强盛可谓登峰造极，但也正是此时，契丹，即辽国，崛起在今日东北地域，并夺取直隶省以及山西北部。后来，更有女真，即金国，吞并辽国，并对赵宋王朝维持高压态势，步步进逼。金国虽然终于占领整个黄河流域，但却没能最后夺取整个江南地区。就在宋、金角斗之际，蒙古，即后来的元朝却异军突起，不仅吞并宋、金二国，最终统一中国全境，而且几乎统治了整个亚洲。有明一代，中原复为汉家天下，然而，原先乃女真部落的爱新觉罗氏又在东北崛起，并最终统一中国全境，且改朝换代。也就是说，南北双方角斗的结果，如今乃是以北方一边的胜

---

6 【译注】直隶省，中国旧省名。宋制，地方行政机构以州令，直属京师者称直隶。明朝时期称直接隶属于京师的地区为直隶。永乐初年移都北京后，又称直隶于北京的地区为北直隶，简称北直，相当于今北京、天津两市，河北省大部和河南、山东的小部地区。清朝初年改称北直隶为直隶省，辖境依旧。雍正、乾隆以后，逐渐在今河北省承德市、张家口市北部，内蒙古自治区西拉木伦河以南，辽宁省大凌河上中游、西河上游以北和内蒙古自治区奈曼、库伦二旗等原蒙旗部分设置州、县，划归直隶省，辖境逐渐扩大。1914年划长城以北改属热河、察哈尔两个特别区域。1928年改省名为河北省。直隶省为清朝单省设总督的行政区之一，行政中心设在保定。

7 【译注】小昊，黄帝之子，生于穷桑（今山东曲阜北），能继太昊之德，故称少昊或小昊。都于曲阜，设官分职，皆以鸟名，死后葬于曲阜之云阳。

8 【译注】颛顼，相传为黄帝之孙，昌意之子，生于若水（今四川省渡口一带），实居穷桑，其母女枢因感"瑶光"而生，十岁而佐少昊，二十而登帝，史载"初国于高阳，故号高阳氏，都于商丘（今河南濮阳），在位七十八年"云云。

9 【译注】帝喾，姓姬，传为黄帝的曾孙，"生而神灵，自言其名"，为上古五帝之一，前承炎黄，后启尧舜，奠定华夏基根，乃华夏民族的共同人文始祖。

利告终。从另一方面看，中国南方的原住民，亘古至今，均未曾参与逐鹿中原的斗争。尤其是生息于云南一带的掸人，虽然在李唐时期建立过南诏国，宋时则称大理国，唐宋期间，其势如炽，称雄一方，但毕竟其远在云南，并不占有参与逐鹿中原之地利，亦国力有限，遂没能对中原造成威胁。大理国最后为蒙古人所灭，成为元帝国版图的一部分。

由此可见，中国历史，其实就是南北民族的生存争斗史。双方争斗，从古到今，一直都在黄河流域附近进行。今日到中国内地旅行即知，在北方地域，昔日的古迹名胜，随处可见。而在江南地区，原本古迹就已不多，更为不幸的是近来又惨遭太平天国军队破坏，可谓毁灭殆尽。正是如此，作者感兴趣的建筑及相关各种文化艺术的历史遗物，多散见于黄河流域地区，如洛阳、西安等地。因其乃周代以来最为帝王青睐的都城，故得以留存各种名胜古迹至今。

七、中国旅行常识

在讲述笔者的中国旅行之前，有必要就中国旅行常识以及相关必备条件略述一二。

自古以来，中国就有"南船北马"一说。此话绝对不假。中国南方的水网纵横与舟楫之便，为人们的出行提供了极大的自由与有利条件，舟船自是出行者交通工具的最佳选择。北方，却多是荒原大漠，要论最佳交通工具，当然非马莫属。在中国北方，人们或用马拉车，或用人抬轿。马车并无机械动力可驱使，只能根据路况，或用马2匹、3匹、4匹，乃至更多，以作牵拽。轿子类型则多种多样，最简便者，当推2人抬竹轿。普通轿子要3人抬，更夸张者有4人抬乃至6人抬大轿。若无轿、马之便，只能徒步行走，别无他途。在中国旅行，不管采用何种交通手段，不管是骑马、坐轿，抑或徒步行走，一日行程，也不过五六十里，至多八九十里。一般不可能比之更快。若是赶路太过，以致误过驿站、客栈，结果就会是找不到投宿过夜之处。

（一）度量衡

此次中国之旅，最让人头痛者莫过于币值问题。盖中国未有统一的度量衡，致使各省各地度量衡标准五花八门。譬如，若身携若干银两自北京出门旅行，一到其他省域，所带银两币值就与北京不同，已被贬值几许。再到另一行省，又是另一种估值。若往第三省去，则币值又会有些许变动。有人戏谑说，若是行在中国，即使一文不花，最终也会让你身无一文。此话怎说？且听笔者细细道来。假定身揣百元货币出了直隶，来至山东，此百元货币的币值在山东之地已经被贬百分之五，再向河南行去，原先百元此时只剩 90 元，中国十八行省走一圈，就算一文没花，最初的百元货币也已被贬至乌有。虽然此话纯属玩笑，却也非空穴来风。事实上，中国不仅没有币值统一标准，而且也没有度量衡统一标准。有人曾经收集中国长度计量单位的种类、名称，结果竟有数百之多，终究是一头雾水，莫名其妙。中国各省不仅长度计量单位互不相同，而且，即便是同一省域，亦是长短各异。极端地说，甚至每个人都有各自的长度计量标准。说来滑稽可笑，旅行中，我等一行总不免要在里程上面出问题。从甲地到乙地，要问其远几何，向当地人打听，却是各说不一，问十个人，就有十个不同回答。与其说此乃长度计量在中国未有统一之标准，莫如说是中国人根本就没将所谓的长度计量标准当真过。问某地方官从甲地经乙地、丙地，最终抵达丁地的这一路线全程总长，再换一种方式问甲地到乙地，而后乙地到丙地，再从丙地到丁地的里程分别多少，最后将甲地至乙地、乙地至丙地、丙地至丁地的三个里程数据相加，结果发现，这 3 个里程相加的数字，与前面询问从甲地到丁地全程总长的数字，二者并不相吻合。再问该地方官何以如此，其人自会神闲气定告之：全段路程的测量数字与分段路程的测量数据自古以来就相径庭，又何怪之有？如此回答不能令我等错愕非常。

以上说明或嫌冗长，但可以肯定说，中国的里程长度概念确实暧昧不清。同样以例为证，四川省的 1 里相当于日本的 4 町[10] 不到；但在直隶省，同样是 1 里，却比日本的 5 町还长。更有甚者，有些地方所称的 1 里，竟有日本的 6 町之长。结论便是：中国概念中的 1 里，其长度标准大致在日本的 4 ~ 6 町。

（二）通货

其次，再叙中国货币。在中国，银子乃是以"两"为计算单位，而且，1 两银子可再细分为 10 钱。如此计量，系用于以银锭勘算的场合，若是日常通用的货币，则是中间开孔的金属币，与日本以往所用相同。在中国，一个钱币就是 1 文，大致是 1000 文左右兑 1 两银子。但也不尽然，须 1200 文方可兑 1 两银子的地方有之，仅 800 文即可兑 1 两银子的地方亦有之。此种 1 文钱币，形形色色，各种各样，品质、大小俱有差异。其大几何？答曰：有直径三四分者，亦有直径七八分以上者。最大和最小的钱币，相差竟有十来倍。此乃中国人用于日常流通及兑换的钱币。对我等日本人来说，使用如此钱币确实有两大不利之处，一是秤衡不同造成损失，二是不同地方不同兑率造成损失。看来要到中国旅行，实有必要自带衡具。中国通常都靠秤杆来行商买卖，然而买卖双方的秤各不相同，故古来有"锱铢必较"一说，总要为多一厘或少一毛而各不相让、争执不下。于日常生活而言，可谓大不方便。有趣的是，在中国流通的钱币中，

---

10 【译注】"町"乃日本旧时的长度计量单位之一，1 町约合 109 米。

居然还混有诸多日本的"宽永通宝"[11]。只是，混在中国钱币中流通的"宽永通宝"均为 1 厘钱，未曾见有币值 2 厘以上者。在 100 文中，大致就有五六文是"宽永通宝"。除"宽永通宝"外，中国流通的货币还混有诸多古钱币，笔者就从中发现并收集了汉、唐、宋、元、明、清各朝各代的钱币。

中国旅行的另一不方便之处则是语言交流与沟通。中国幅员辽阔，故地域不同，各地语言差异甚为明显。南方与北方，两个地域，彼此语言不通，绝对是鸡同鸭讲。不过，北京官话大致还算全国通用。可是，若到乡村僻地，北京官话也是无济于事，不乏需要三重传译才把意思搞清楚之时。窃以为，最易沟通者莫过于笔谈。是故，重要的交谈，比之依靠翻译，莫如借助笔谈更为实际。若要前往中国旅行，还是日常性的旅行用语略知一二为好，在此基础上再借助笔谈，那就不难应付了。

（三）道路

中国旅行又一难处在于道路。众所周知，中国道路难行是世界闻名，道路从来不加养护，故路状只能是每况愈下。尤其是进入雨季，道路尽是泥泞，若以马车代步，即便是用 3 匹或 4 匹马拉，以日本长度计量单位"日里"计之，一天充其量也就走三四日里。若遇大雨滂沱，甚至无法启程上路。行路难，堪称中国旅行最为不便之处。此外，中国各地客栈、旅舍设施太陋，此亦是毋庸赘述之事实，有时不得不在比乞丐容身之处更脏污不堪的所在过夜。因此，旅行者还须自带寝具才好。有的地方，旅行者投宿的人家并不向借宿者提供餐具与食物。虽说出门在外，不妨将就凑合，只要当地人能予果腹，旅行者亦可来者不拒，照吃不误，但依愚见，只要认定前往之地是个饮食提供方面并无保障的所在，还是自带一定数量的食物上路方为上策。

此外，要到中国旅行，若说有何需要准备在先者，窃以为，无非是对中国历史与中国地理的了解。假如对二者近乎无知，则中国旅行不免会是大煞风景，其乐趣十不足二三，致使对旅途风光及风土世情冷漠、麻木，遂对中国旅行厌倦至极。就算不是为一饱眼福的异国游，即便是以学术研究为目的，如果对中国历史与中国地理无从了解，也将会困难重重。所有与中国相关的研究内容，都与中国历史与中国地理关联密切，尤其是笔者自己的研究项目，就更是与中国历史及中国地理关系密切。所幸中国各地，各府各县都有称作《府志》与《县志》的文献，有关此地的地理、历史，以及相关的世风民俗、物产所出，俱有详细记载，因此，大有必要对此等《地方志》细心披览。

---

11 【译注】"宽永通宝"，始铸于水尾天皇宽永三年，即 1626 年。10 年后的 1636 年，该种货币转为大量铸造，是日本历史上铸量最大、铸期最长、版别最多的钱币，同时也是流入中国数量最多的外国钱币之一。"宽永通宝"至明治初期还在使用，前后流通 200 多年。

若在《地方志》一类文献上没有下足工夫，则相关研究将不免步履艰难。至少，像《大清一统志》之类是必须详加披览的。笔者此趟中国之旅，终究是中国相关的知识储备有所不足，是以造成笔者的诸多不便，常常浪费时间并影响研究工作。为此，忠告拟往中国旅行的日本人，行前对中国一般的历史、地理，以及旅行目的地的历史与地理，务必多加了解。

八、宗教

若与笔者相同，进行的是建筑以及与建筑相关的艺术领域研究，那么，所需准备者，除一般历史、地理方面的知识外，还得对中国文化的沿革与变迁有所了解。其中，以宗教方面的知识最为重要。众所周知，世界上任何民族，与其最为密切相关的文化内容，一是宗教，一是艺术。对该民族所信奉宗教的沿革及其性质若能了如指掌，则与此宗教相随相伴的该民族艺术的沿革及其性质也就了然于胸。只是，中国的宗教史说来话长，请恕笔者此处暂且略去不谈。今日中国宗教，乃是多教杂处共存之状况。在当今各种宗教中，居首者当推佛教中的一派，曰"喇嘛教"，此系中国影响最为广泛之教派。众所周知，元初，西藏八思巴被元世祖忽必烈大帝封为国师并传喇嘛教。后来，至明代中期，宗喀巴整合的新教被称为"黄教"，八思巴派所传喇嘛教派则被称"红教"。"红教"与"黄教"之称，缘于八思巴派僧众衣物用红色，而宗喀巴派一方则着黄衣。当今黄、红二教，以势力论，黄教占有压倒性绝对优势，传承宗喀巴衣钵者，即达赖喇嘛和班禅喇嘛。于今日中国佛教而言，除喇嘛教派之外，传统佛教已是萎靡不振，说深受喇嘛教派压制亦不为过。思往昔，迄李唐时期，传统佛教盛极一时，竟有宗门十三，然时至今日，却是十三宗门尽归禅教一门。佛教即为禅宗，禅宗又分五家，曰法眼、临济、沩仰、云门、曹洞。但禅宗教门的来龙去脉，于今即便是佛门僧人也少有了如指掌者。在笔者中国之行中，但凡拜访佛教寺院，询问寺中僧人所奉宗门为何，能够明确告知者，十人之中竟无一人。被问僧人开口闭口只称所奉者乃禅宗是也，至于禅宗的五家禅又如何区别，则鲜有知其然者。闻名遐迩的天台山乃是天台宗祖庭，可如今却已是改奉禅宗。还有五台山，原本也是奉华严宗门，可时至今日，五台山佛教寺院，已是十有六七归与喇嘛教。概言之，传统佛教所谓宗门，今日已是名存实亡，唯剩禅宗一派。继佛教之后，道教乃今日最为强势之宗教。有关道教，姑且略去不述。道教之后则是儒教，要说儒教本非宗教一类，却不无宗教况味于其中。儒教之后为伊斯兰教，伊斯兰教徒遍散国中，几乎无处不有，伊斯兰教徒持伊斯兰戒律，虔诚至极。最后则是基督教，基督教分天主教和新教二种，众所周知，于今已有诸多外国传教士在华传教。

九、建筑物

有关宗教，恕笔者简述至此。在中国，建筑物亦因宗教不同而造型别具。建筑物的雕刻、绘彩、用色、装饰，凡此亦各有其独特艺术风格。建筑物以不同宗教分类，佛教建筑称为"寺"；道教建筑称为"观"；儒教建筑则称为"文庙"或"书院"；伊斯兰教建筑必定称作"清真寺"或者"礼拜寺"，其造型、布局完全是阿拉伯风格，且阿拉伯的器物一应俱全。至于基督教教堂则不过尔尔，大可不必对此多费笔墨。除以上之外，属宗教建筑的还有庙、祠一类。凡此庙、祠，多为道教统属，如守护一方、保境安民的城隍庙、关帝庙、娘娘庙，以及供奉祭祀火神、财神一类神祇的祝融祠、财神庙等。陵墓建筑，亦可归为宗教建筑类型。至于非宗教建筑，如城堡、宫殿、楼阁、宅院等，以及另有形式独具一格者，如会馆、戏台、牌楼，即属此类。中国的会馆，称其为客居异地的同乡人俱乐部亦无不可。如四川人来至北京，于是便在北京设四川会馆；或者是山西人到四川去，亦一样在四川建山西会馆。会馆建筑极考究者有之，且非建戏台不可。虽然大的庙、祠建筑也不乏配带戏台，但举凡会馆者，则悉数带有戏台。以上为中国建筑主要类型。除上述者外，店铺一类也是中国建筑重要部分。还有官府衙门建筑，亦属别具一格。若是牌楼类建筑，则节孝坊无疑是其重要一种。至于碑、碣，则系附件最不一般的建筑类型。

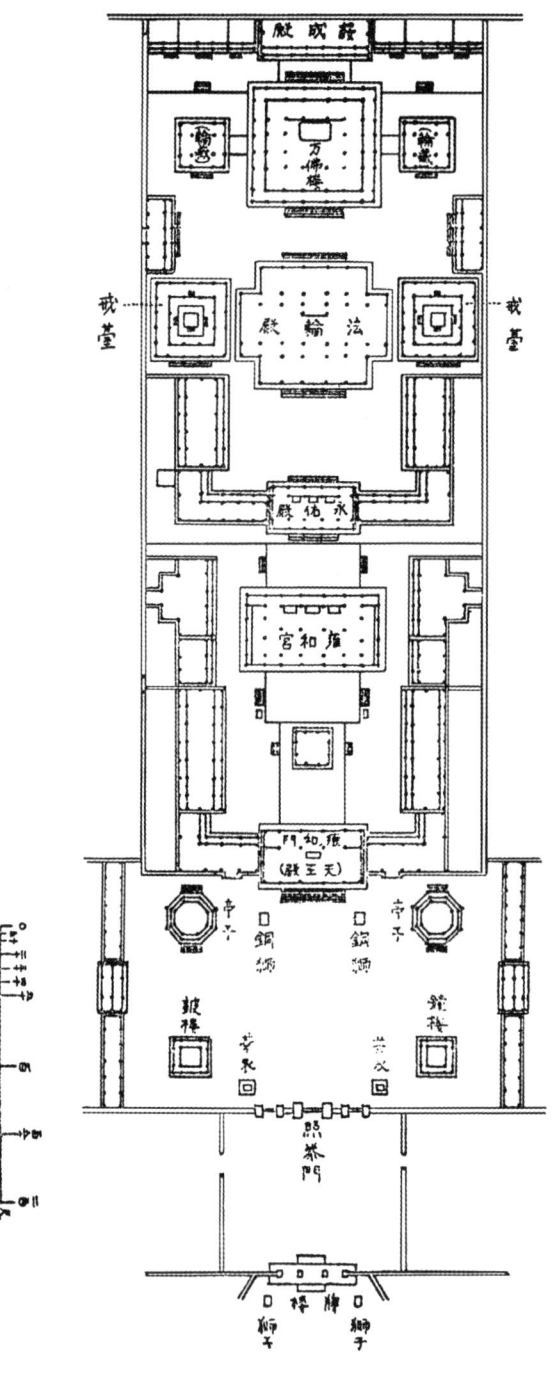

第85图　雍和宫平面图

恕绪言部分太过冗长。下面言归正传，即说此次中国之旅。按行走顺序，应是先从山西之旅谈起。只是，有关此趟山西之行，此前已在建筑杂志刊载的文章中多有述及，恕笔者不再重复，仅添补漏之笔。在此之前，笔者想先费少许笔墨，就北京附近一带的建筑略述一二。

十、喇嘛教寺庙

北京皇城内外，让人感兴趣的建筑可谓不胜枚举，笔者有幸观瞻的不过是北京重要古建筑的一部分。再者，本书亦难将笔者亲眼所见之物无一挂漏地悉数道来，只能就其中几处重要建筑略加介绍。但是，诸如天宁寺、白塔寺、卧佛寺等，之前已见载于建筑杂志，故此处不再旧话重叙。[12] 除上述者外，要说北京寺院，窃以为，首推应是雍和宫，可谓喇嘛教寺院之主臬。雍和宫本是雍正皇帝登基之前尚身为皇子时的潜邸，登基之后，即改作喇嘛教寺，故其规制、格局与一般的喇嘛教寺有所不同。雍和宫规模宏伟，殿堂众多。第85图为雍和宫平面图，图中所标雍和门至雍和宫区域，当年雍正朝所建宫殿于今故貌依然，至于其他地段的殿阁堂宇，则多为后来所造。雍和宫后面的万佛楼中，供有弥勒佛立像，其高7丈。有关雍和宫建筑结构，作者拟以研究报告形式专文另撰，此处姑且寥寥数笔带过。另有白塔寺，如第86图、第87图所示，作为喇嘛教寺之塔婆，此塔最为完美无缺。

此外，还有位于北京北郊的黄寺[13]。黄寺，又分为东黄寺与西黄寺，其间，还有达赖喇嘛的祀庙。西黄寺里的班禅喇嘛墓，亦是不能不看。班禅喇嘛墓，如第90图所示，正中一座八角形塔婆，乃一喇嘛塔。在此塔四角，还立有4座八角形小塔。之所以令作者兴趣盎然，原因即在此塔与印度佛陀迦叶[14]的塔婆二者形制相似。想来，如此的五塔布局，莫非与印度佛陀迦叶有某种关联？尤其是喇嘛教塔乃是传自西藏，若对西藏建筑未详孰是，则无从谈论喇嘛教塔之由来。只是，西藏建筑本来就与印度建筑渊源颇深，结果是印度、中国西藏地区、中国内地，三方形成一种影响由此及彼的三角关系。此话题由塔而起，不妨就其再举例一二。

一是北京五塔寺。其形制如第94图所示，下方是一方形基座，上建5塔，故称五塔寺。只是，基座上除5塔之外，尚有一圆穹顶状建筑物，但此圆穹顶状建筑物与5塔之间却又毫无干系。五塔寺原本是一佛寺，后改为喇嘛教寺。且看，五塔寺前，寺门之处

12　参见《东洋建筑研究》（上）之《北清建筑调查报告》。

13　参见第89图至第92图。

14　【译注】梵名 Gaya^-ka^s/yapa。又作哦耶迦叶、迦夷迦叶、竭夷迦叶。佛陀弟子，三迦叶之一，即优楼频螺迦叶及那提迦叶之弟。生于印度摩揭陀国之迦叶近郊，为事火外道（拜火教徒）之师，后皆皈依佛陀，成为佛弟子。

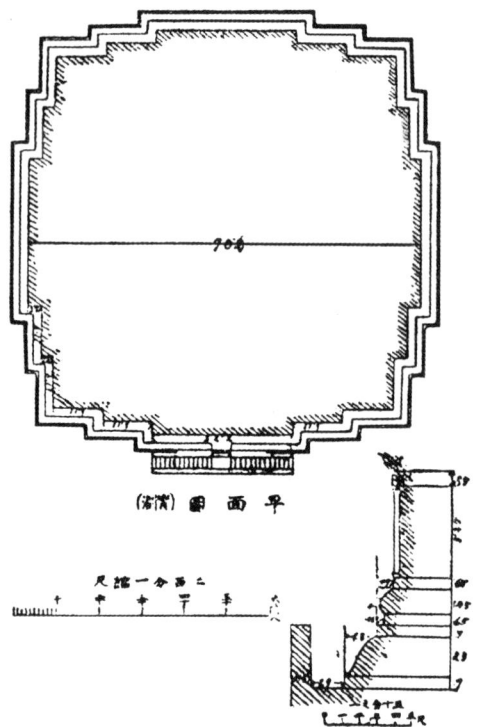

第 86 图　白塔寺塔婆

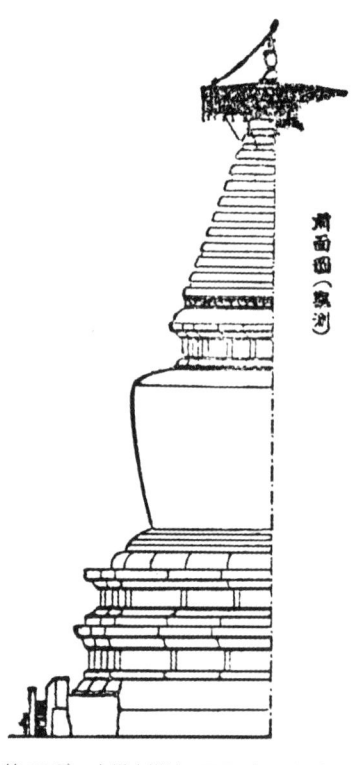

第 87 图　白塔寺塔婆正面图（目测图）

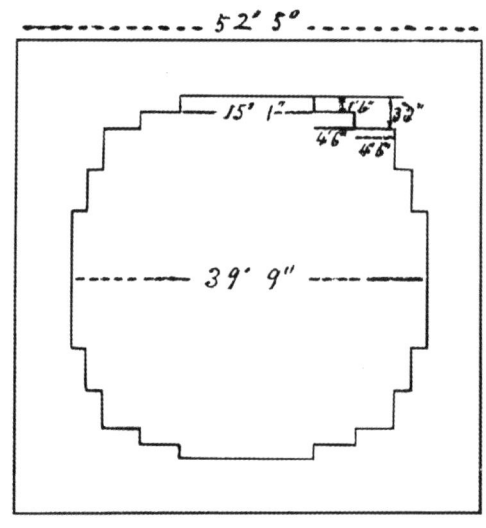

第 88 图　三河桥白塔平面图

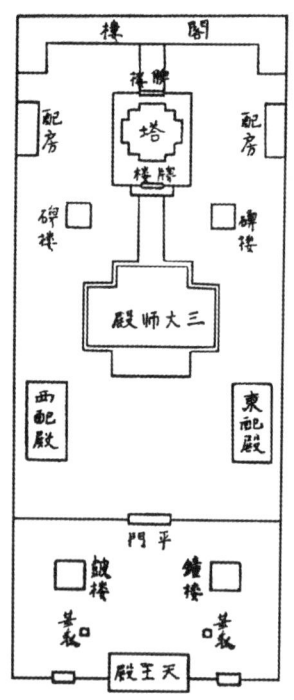

第 89 图　西黄寺塔院伽蓝平面图

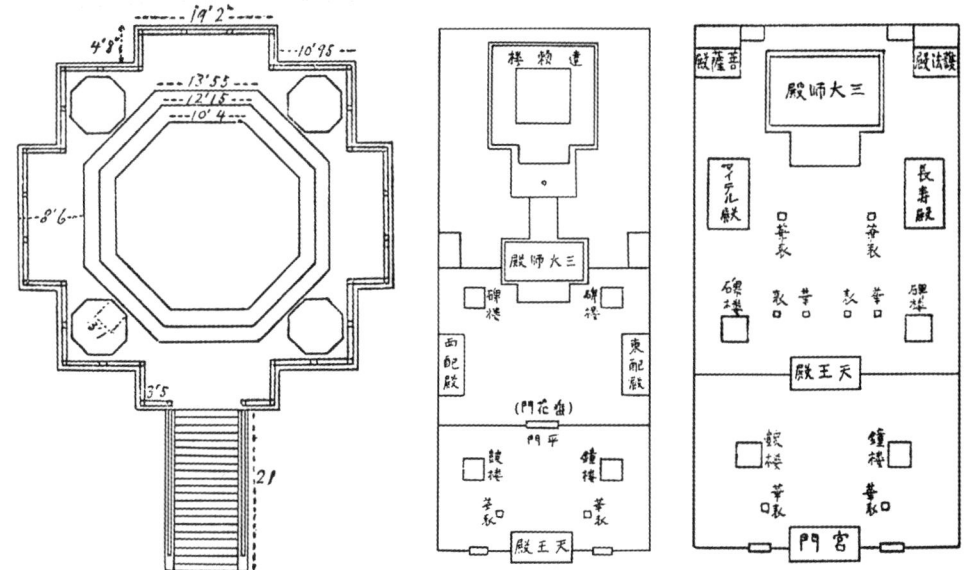

第 90 图　西黄寺班禅寺喇嘛墓平面图　　第 91 图　西黄寺达赖喇嘛庙平面图　　第 92 图　东黄寺伽蓝平面图

有一拱顶，拱顶上方绘有迦楼罗，也就是金翅大鹏鸟[15]。此鸟犹如乌天狗[16]一般，但见其双爪紧扣小龙女。迦楼罗乃是女身蛇尾，独见于印度教与喇嘛教，在涅婆罗的喇嘛教寺也见有如此造型。据称北京五塔寺系明代成化九年由印度僧人班迪达依照佛陀迦叶塔图形建造。（破折线部分表示上方。）

　　二是北京西山碧云寺[17]。西山就在北京西面，乃太行山脉前突的部分。西山寺庙甚多，其中，碧云寺、卧佛寺、八大处，三者比肩，俱属西山大寺之首。虽说西山碧云寺系禅宗寺院，却已相当程度的喇嘛教化。第 95 图（甲）（乙）为西山碧云寺

15　【译注】迦楼罗，梵文 Garuḍa，按照《迦楼罗及诸天密言经》的说法，就是中国的金翅大鹏鸟或大鹏金翅鸟，是印度教和佛教典籍中记载的一种神鸟。按照印度教的神话传说，迦楼罗是大神毗湿奴的坐骑，属次级神，据说展翼有 336 万里，遮天蔽日，其羽毛呈五彩。如果按照《妙法莲华经》等佛教经典的说法，迦楼罗是护持佛的天龙八部之一，有种种庄严宝相，每天吞食一条龙王和五百条毒龙，随着体内毒气聚集，迦楼罗最后无法进食，上下翻飞 7 次后，飞往金刚轮山，毒气发作而自焚，只剩一个纯青琉璃心。天下有无数迦楼罗，由威德、大身、大满、如意四大迦楼罗王统领。同时，迦楼罗也是观世音化身之一。

16　【译注】乌天狗（からすてんぐ），又写作"鸦天狗"，日本传说中的妖怪，为天狗的一种，因为有着和乌鸦一样的尖嘴和漆黑的羽翼而得名。乌天狗又称"小天狗"，能飞，和大天狗一样身着山伏装束，而且剑术高超，因此在源义经的传奇故事中述有鞍马山的乌天狗传授源义经剑术。乌天狗的发想原型和大天狗一样，可能都是源自于深山修行者或山地原住民，再加上深山之险及山贼出没予人的阴邃恐怖感而成就乌天狗的整体形象。

17　见第 95 图（甲）（乙）、第 96 图。

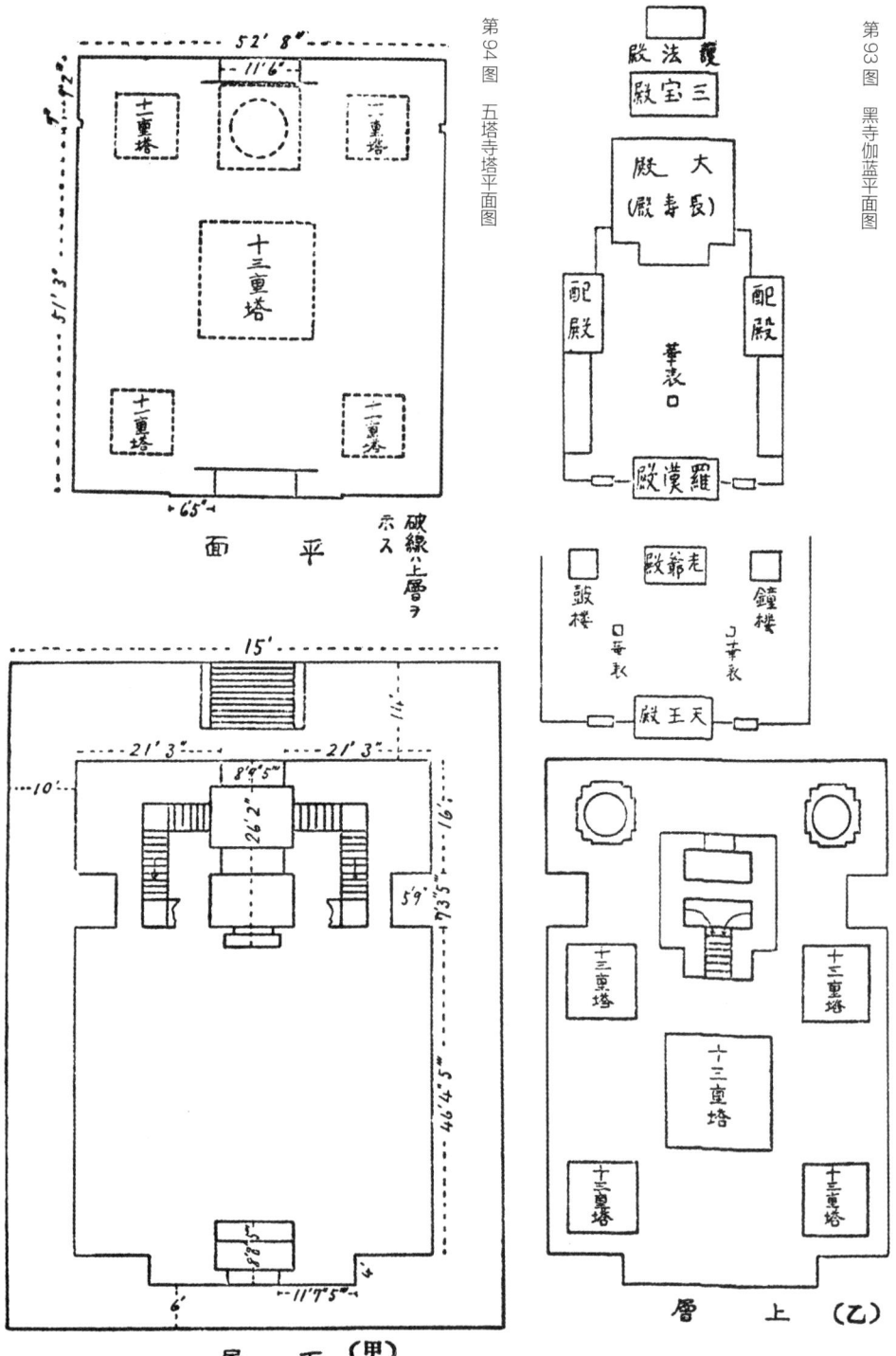

第 93 图　黑寺伽蓝平面图

第 94 图　五塔寺塔平面图

第 95 图　西山碧云寺塔婆

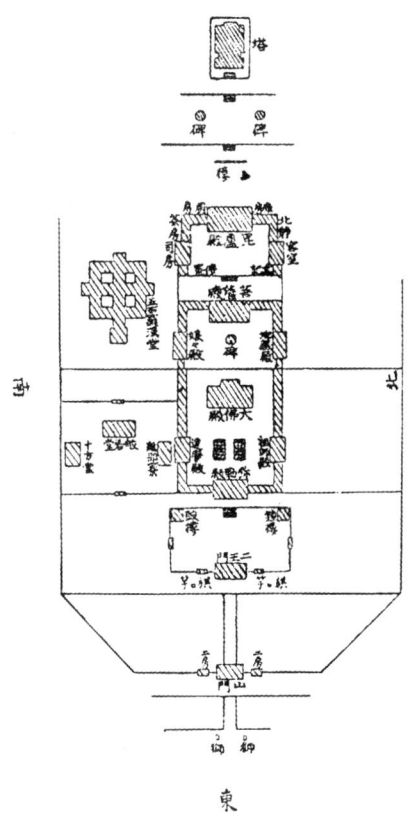

第96图　西山碧云寺伽蓝配置图

塔婆俯视图，其格局与五塔寺大体相同，唯一不同的是除五塔之外，更有2座小圆塔并立于前。

尚有一个同样与塔相关的去处亦值得一看，也就是玉泉山。玉泉山，其实就是一小山丘，在北京以西2里处，于今已是一处皇庄。玉泉山上有一妙高寺，妙高寺塔刹的创意令人匪夷所思。其平面布局与前述诸塔俱无不同，有趣的是，妙高寺塔刹的5塔却尽为圆形。同样是位于西山的戒台寺，该寺戒坛堂屋顶为方形，最上端处则削成梯形，在此梯形屋盖的平面中央矗一喇嘛教塔婆。此塔有一个八角台，塔婆四隅更立4座方形小塔。虽说创意独特，但妙高寺塔刹布局与前述诸塔依旧是同工异曲，可归一宗，实在有趣。

同属西山佛教丛林的潭柘寺亦是一例。潭柘寺位于北京西面约8里处，与戒台寺西北相望，两寺相距一里半。据称潭柘寺建于辽金时期，确否待考。其规模如第97图所示，堪称宏伟。

基本上已被喇嘛教同化了的禅刹——卧佛寺，其建筑布局如第98图、第99图所示。卧佛寺的正殿，即大殿，亦称大雄宝殿，以释迦牟尼佛为本尊，左右立十八罗汉，并供有观音像，观音像与本尊佛陀背对背。大殿前面有一天王殿，天王殿内供奉四天王，即摩利清、摩利红、摩利受、摩利海，分立左右两边。正面中央，供有布袋和尚，即弥勒佛陀。并有韦驮天，与弥勒佛陀背对背。如此格局，天下佛寺，到处皆同。

此外，还有山门、钟鼓楼、回廊、建于回廊内的客堂、司房等，凡此建筑配置，俱取用左右对称原则。

十一、佛寺·道观·祠庙

要说纯为佛寺者，如北京城内双塔寺等，即属此列。双塔寺有塔2座，西塔八角九层，东塔八角七层，二者俱造型别致。此外，天宁寺塔刹，则与辽金时期的塔婆建

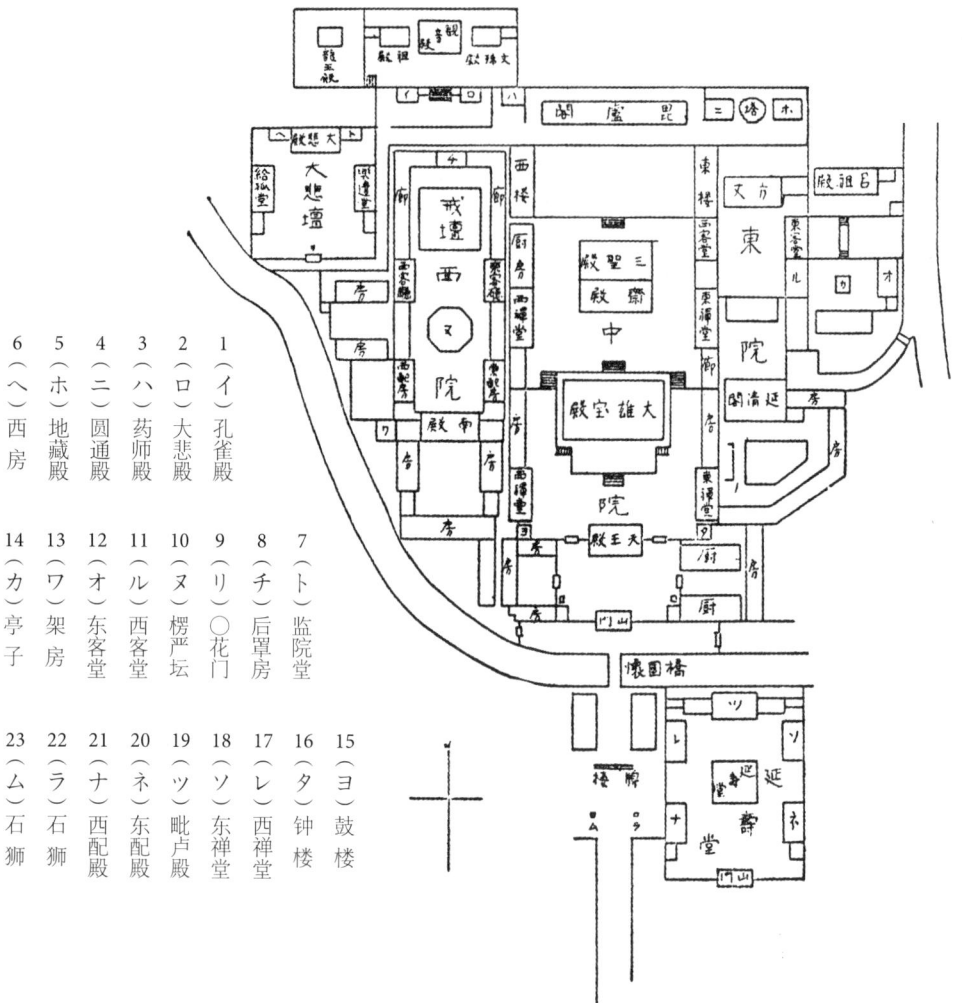

1（イ）孔雀殿	2（ロ）大悲殿	3（ハ）药师殿
4（ニ）圆通殿	5（ホ）地藏殿	6（ヘ）西房
7（ト）监院堂	8（チ）后罩房	9（リ）○花门
10（ヌ）楞严坛	11（ル）西客堂	12（オ）东客堂
13（ワ）架房	14（カ）亭子	15（ヨ）鼓楼
16（タ）钟楼	17（ソ）西禅堂	18（レ）东禅堂
19（ツ）毗卢殿	20（ネ）东配殿	21（ナ）西配殿
22（ラ）石狮	23（ム）石狮	

第 97 图　潭柘寺伽蓝配置图

造属同一类型[18]。有关天宁寺塔，作者之前曾撰文并发表于建筑学杂志，故此处不再赘述。其次，还有塔婆，八角十三层，位于北京西面慈寿寺，距北京城 8 里之遥。再就是位于北京东面、距北京城 10 里之遥的通州的塔刹，此塔亦是八角十三层。八里庄与通州二处佛塔，亦同属辽金时代。八里庄的塔刹，如第 104 图所示；通州的塔刹，则如第 106 图[19]所示。通州塔刹，基座上有与日本法隆寺[20]勾栏相同的图案，据说系唐

18　参见第 22 图。

19　【译注】此处原作有误，应是"第 105 图"。

20　【译注】法隆寺，又名斑鸠寺，在日本奈良生驹郡斑鸠町，系圣德太子时代建造的佛教寺庙。法隆寺面积约 187000 平方米，寺内保存有自飞鸟时代以来的建筑及文物。法隆寺分为东、西两院，西院保存有金堂及五重塔；东院则有梦殿等，西院伽蓝是世界最古的木构建筑群。

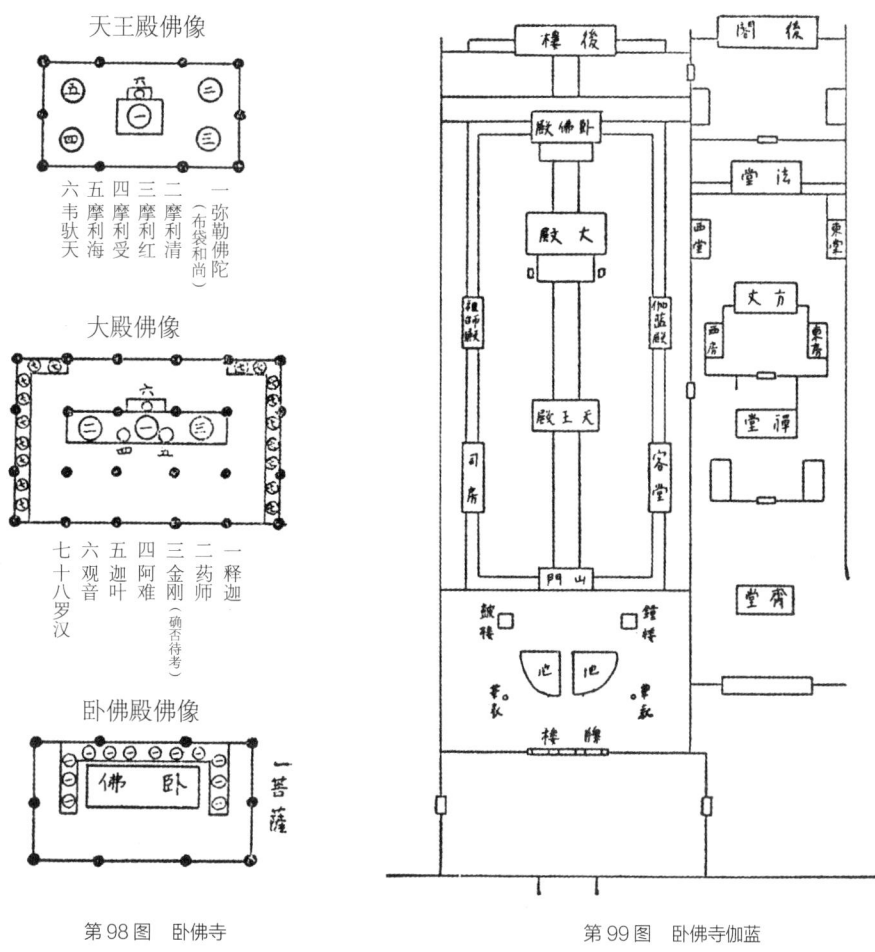

第 98 图　卧佛寺

第 99 图　卧佛寺伽蓝

代时期建造，只是未予证实，确否待考。另外，还有此前也在建筑学杂志介绍过、可谓典型西藏式建筑的白塔寺佛塔，以及位于北京西郊的三河桥佛塔[21]，凡此，俱属同一类型。

至于道观，典型者莫过于北京白云观。如第 106 图所示，其主建筑与配套建筑错落有致，布局合理，堪称美轮美奂。所谓道观，无非是就其建筑物的宗教归属而言，其实，建筑本身与佛寺并无二致。论建筑物的配置及其造型，道观与佛寺，二者并无本质区别。假如将拜殿内本尊造像拿掉，则道观在建筑上与佛寺根本就看不出有何不同。就是殿内所见的器皿物件，道观一样是敲木鱼、鸣钲、诵经，也已表现出明显的佛寺特征。只是道教称诵经为"诡讽"，系挺膝站立诵读。总体而言，道教仪规已然佛教化。因此，道观建筑，已不具其独有的宗教风格与特色。

21　参见第 88 图。

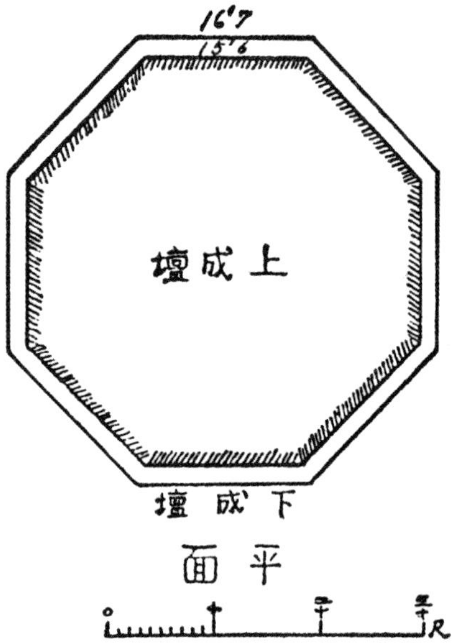

第 100 图　通州胜教禅林舍利塔平面图

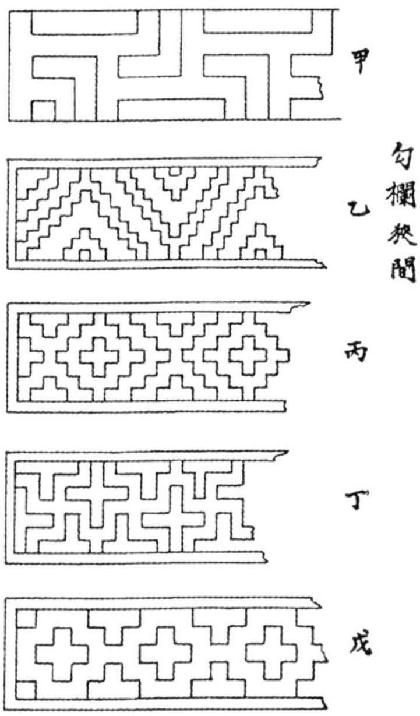

第 101 图　通州胜教禅林勾栏样式

勾欄縫間
甲　乙　丙　丁　戊

上成壇

下成壇

平面

第 102 图（甲）　通州胜教禅林上成坛

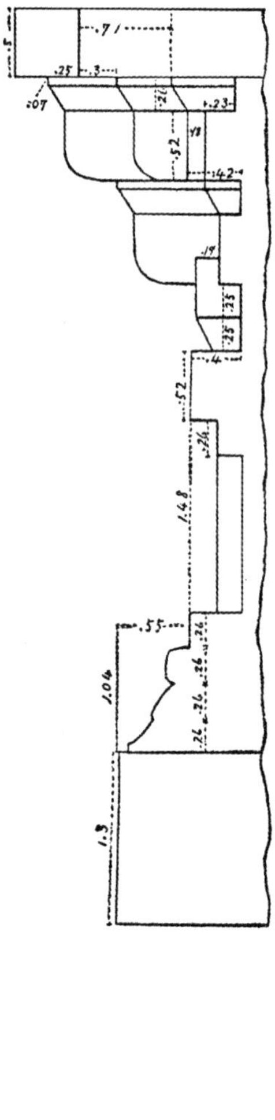

上成壇（十分）

第 103 图（乙）　通州胜教禅林上成坛

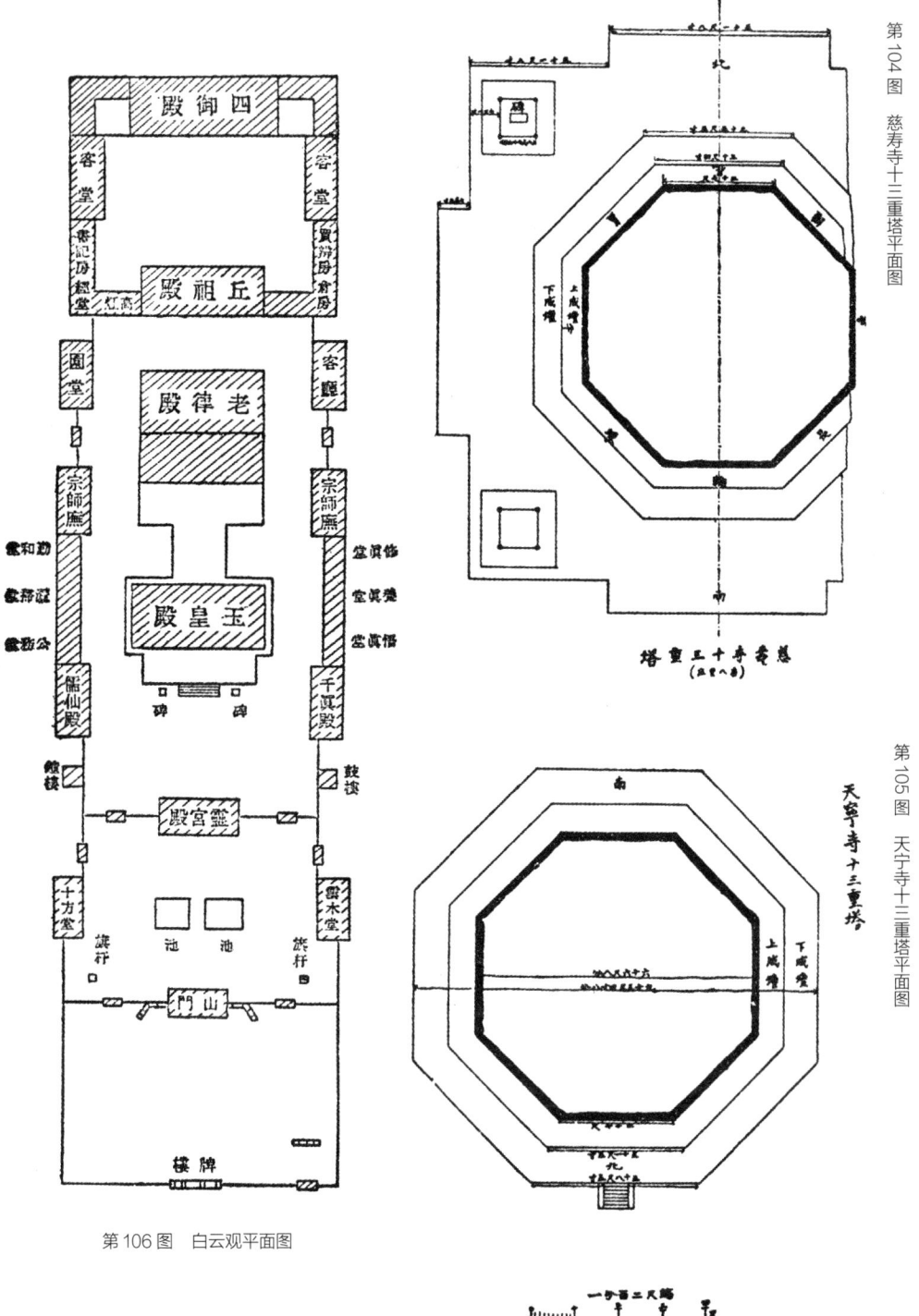

第 106 图　白云观平面图

其次为儒教建筑，可举者有北京大成殿。大成殿前，通常都会有一大成门。北京大成殿的大成门还配有石鼓，此石鼓可是赫赫有名，石鼓上镌有周代铭文。除此之外，北京大成殿在建筑方面似无独特之处值得作者更做叙述，是以一笔带过。

十二、汤山

言归正传，且述从北京往山西之旅。笔者所选线路乃是出长城，抵张家口，再访大同、五台山，最后回到北京。此趟山西之行，系之后中国之旅的试探与演练。笔者一行，有翻译岩原大三君，以及后来殉于日俄战争的横川省三君，还有宇都宫五郎君。此外，再加脚夫一名。要往张家口，先是在北京雇大车一辆，此乃众所熟悉的那种皮实大车，毫无机械动力，全靠两头骡子拉拽。作者和岩原大三君坐在车上。车上宽敞，坐上两人空间依然绰绰有余，只是，马车后部及车辕部位还要捆载部分行李。横川君与宇都君权充驭手，但见鞭花一甩，骡子奋蹄疾行。横川君与宇都君二人行李，则交由脚夫肩挑，尾随车后。如此画面，何等有趣！只见我等数人俱是洋装打扮，看去几分怪异，头上又都戴着夏天防晒的大盔帽，再看肩上、腰间，必备之物尽数披挂，倒也威风飒爽。

一行人风尘仆仆，出京城北门，即德胜门，向北进发。为探访汤山，笔者与横川君一行暂告分手。汤山在北京正北方向，距京城 50 里许，位于称为小汤山的一处村庄。有温泉自地下汩汩冒出，自古以来，此地就一直是帝王离宫。而今，殿堂廊阁，均已倾圮，荒草萋萋，狐獾出没。值守人衣衫褴褛，看去与乞丐相差无几，在其带领下，笔者来到温泉浴池。但见浴池尽贴白色大理石，并有图案精雕细琢，规模宏大。温泉自地下涌出，无色无味，据称对脚气病疗效尤其显著。笔者来时还看到有三五浴客泡在温泉中。

十三、明陵

离开汤山，折向西北，但见道路右边冈峦叠嶂，蜿蜒 30 里直至昌平。此间，往南方望去，乃绵延数百里的一片大平原，海市蜃楼时而可见。再望朝向北京一面，则仿若平湖秋水，几可照见水中树木倒影。反之，朝北一面，乃峻岳屏风，巉峻峭立，山岳冈峦，多有据其形以名之，如蝙蝠岳、骆驼峰、锯山，等等。抵昌平州，迎面望去，果然是城墙巍巍、故垒犹在，可惜是长年未加修固，城墙多已倾圮。进入城门，穿过鼓楼，来至横川君等人先期下榻的旅栈。说是旅栈，在中国，其实属租房的一种，从食物到寝具、灯火、汤水，一应所需，住宿者须自行解决，只交房东些许房钱即可。若是由房东提供汤水、油灯，则还须另付汤水费或油灯钱。至于下榻之处，则可以说是脏污不堪，其景其状，难以言喻。

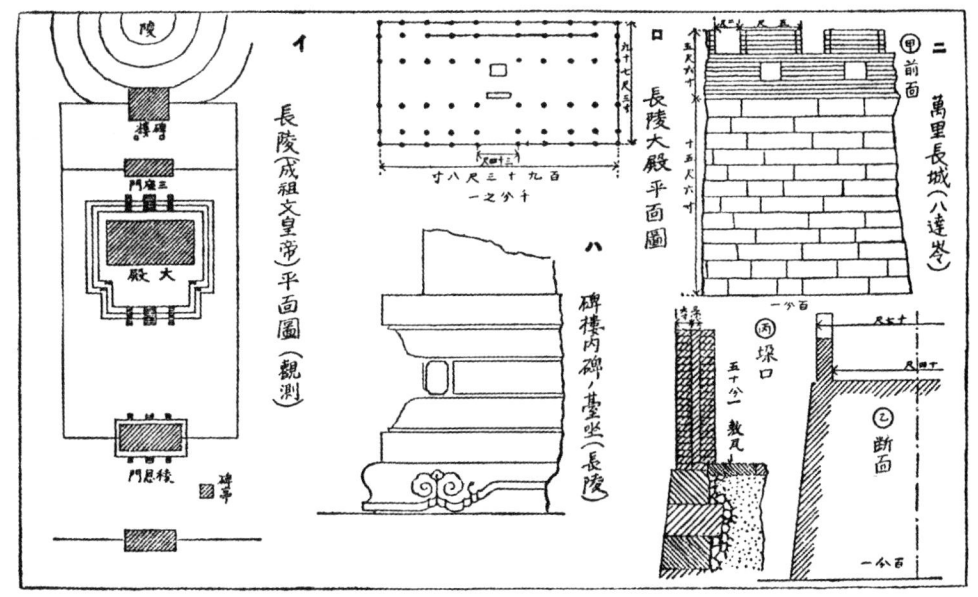

第107图　长陵平面图及其他3景

次日，从昌平州出发，往访明陵。明陵位在昌平州以北五六里处。有关明陵详情，笔者已撰文并发表在建筑学杂志第189号，此处不再赘述[22]。第107图（イ）系长陵平面图、（口）为明陵之大殿、（八）乃石碑台座，建在碑楼中央。

十四、居庸关及八达岭

离开明陵，复往北进，行30里，遂至南口。此处乃八达岭之起点，两边尽是巍峨群山。只见山峦起伏中一径独辟，气势何其磅礴，蔚为壮观。自此处始，道路渐次陡峻。行约15里，遂见万里长城真容。此处的长城关隘，名曰"居庸关"，历史上极负盛名，美术作品中亦雄姿常见。有关居庸关，笔者在建筑学杂志第189号亦有撰述[23]。居庸关关门内有六种文字，究竟是哪六种？在建筑学杂志第189号上，笔者曾称未详孰是，于今，此六种文字正身已经验明，不妨补叙在此。

所谓六种文字，即：

（1）汉文

（2）西夏文（Tangut）

（3）畏吾儿文（Uigur）

22　参见《东洋建筑研究》（上）之《北清建筑调查报告》。

23　参见《东洋建筑研究》（上）之《北清建筑调查报告》。

（4）八思巴蒙古文
（5）藏文
（6）印度天城体文

此六种文字大致如下图所示。

上图文字乃是甘肃沙州发现的古碑碑文。碑上所刻文字正是上述六种文字，字音正是汉语"唵嘛呢叭咪吽"，系喇嘛教之咒语。

西夏与金国为同一时期，西夏建国于现在的甘肃，公元 1227 年，西夏为成吉思汗所灭。畏吾儿，即古代回纥。畏吾儿文，据称乃叙利亚文转化而成。叙利亚文系横写文字，且是从右到左，结果，畏吾儿文字体稍变，并改横写为竖写。至于八思巴蒙古文，实为八思巴所创制、脱颖于藏文的新文字。

如此六字六体的咒文曾见于甘肃沙州的莫高窟，有大元至正八年铭文。居庸关所留存的六种文字，题铭则是大元至正五年。除此六种文字外，还有关门内的四天王雕像、天花板上曼陀罗[24]图案外缘拱梁处的雕刻、迦楼罗与小龙女的图像，俱是妙趣横生，难以言喻[25]。

就在笔者观览这一元代历史文化遗物之时，只见从张家口方向过来一队骆驼，驼

---

24 【译注】曼陀罗，梵语 Mandala 的音译，有轮圆具足、聚集、坛城、道场之意。即筑方圆土坛，安置诸尊于此祭供，聚集具足诸尊诸德成一大法门。描绘佛、菩萨及其庄严净土的组合图画，亦是"曼陀罗"的一种。

25 参见第 19 图、第 20 图。

中国纪行 | 58

帮中还间杂有骡、马及毛驴。驼峰前后相接，络绎不绝，致使尘土飞扬，遮天蔽日，加之驼铃[26]声甚为震耳，让人不无窒息之感。整个驼帮通过居庸关的时间不下两小时，以每秒钟 1 峰骆驼通过关门的速度计算，此队骆驼数量之多不难想见，是以北京、张家口、库伦，以及西伯利亚几处货物集散地的物流盛况亦不难窥豹于一斑。

出居庸关隘，继续前行，山路愈加险峻。过弹琴峡，来至山巅处，此地海拔 2200 尺，乃八达岭是也。八达岭可谓雄关坚固，关门北面，镌刻"北门锁匙"4 个大字。城墙顺关门左右两侧的山岭跌宕起伏，逶迤蛇行，翻过山脊，绕过山腰，越过山谷，一路向前。站立在此八达岭，天光山色，尽入眼帘。其实，万里长城的主要地段，每隔几十步就有一箭楼，若到蒙古界域，一路过去，每隔数里就有一烽火台。只是，要塞的修筑虽然至为坚固，但城墙整体——如第 107 图（二）所示——却是意想不到的低矮与单薄。当然，今人所见城墙均是明朝时修筑，并非秦始皇时代遗物。

十五、怀来县

站在八达岭上向西俯瞰，方圆几十里旷漠荒野尽收眼底。此地附近一带亦属永定河水域。于苍茫大地间，极目眺望，唯见柳树萋萋，至于其他树木，以及旱地水田，则无从望见，其物其景，与戈壁大漠相差无几。从八达岭下来，行 5 里许，遂抵山麓。山麓处有一岔道，此道通往延庆州。我等一行沿通邑大道复往前行，脚踩沙砾地面，西行 25 里，来至榆林，又再西行 25 里，遂抵怀来县。

怀来县乃是户有千余人家的通都大邑，市面并不冷清。临街店面，在其店前均建有骑楼。骑楼屋顶与店面本体建筑相接，或是在其左右两侧另加山墙。此景堪称怀来县一大建筑奇观，与日本北陆道上的"厢道"[27]建筑如出一辙。怀来县城外，东郊山上有泰山庙，此庙建筑别有情致，还有四层塔刹一座。如第 108 图所示，（イ）图为泰山庙飞檐两端鸱吻[28]造型；（ロ）图为泰山庙飞檐正中鸱吻造型之一；（ハ）图系怀来县民家所见窗牖式样。

---

26 【译注】驼铃，一种系在动物颈上的铃铛。

27 "厢道"建筑见于新潟县高田附近，当地方言称为"ガンギ"。

28 【译注】鸱吻，中国古代建筑屋脊正脊两端的一种饰物。初作鸱尾之形，一说为蚩尾之形，象征辟除火灾。后来式样改变，折而向上似张口吞脊，因名鸱吻，又称"龙吻"。相传鸱吻是龙的儿子，所谓龙生九子，鸱吻为其中之一，形状像四脚蛇剪去尾巴。这位龙子好在险要处东张西望，也喜欢吞火。相传汉武帝建柏梁时，有人上书说大海中有一种鱼，虬尾似鸱鸟，也就是鹞鹰，说虬尾是水精，喷浪降雨，可以防火，建议置于房顶上以避火灾；于是便塑其形象在殿角、殿脊、屋顶之上。

十六、土木堡

　　离开怀来县，复往西行，脚下沙砾路长达 30 里，终于来到土木堡。土木堡乃当年明英宗为瓦剌生擒的古战场，名头甚响，但其实不过是一寥落寒村而已。村中有一戏台，看上去挺有意思，此戏台为山墙式建筑构造，墙头葺瓦，以成护檐。戏台梁拱雕刻如第108图（ホ）所示；戏台两侧花窗框缘部分的雕刻则如第108图（ニ）所示。凡此雕刻，皆特色各具，值得细看。第108图（ヘ）为戏台入口上方所绘图案。此地附近一带村落，村前庄后出入通道，多建有庙祠以保境佑民，而建庙祠则必造戏台，故戏台自然也就成为地方上神庙祠堂的附属建筑。第108图（ト）为此地神庙檐前圆状檩条端部造型，即在木头横断面处雕刻人面像，并让其口衔铃铛，其创意既幽默又滑稽。

十七、鸡鸣驿

　　再从土木堡启程，在沙漠中西行 20 里，至沙城，又行 20 里，抵新保安。此地乡民贫困至极，房屋乃是土坯垒成。如此住居，既低矮又污秽不堪，其简陋状实是难以言表。八宝山就在道路右手边，但见其高耸云天，巉岩峭立，目测其高不下 5000 尺。在西边，则有雄猊山拔地而起。再往西去，还有鸡鸣山岿然屹立，其形其状宛如富士山。但见鸡鸣山山脊嶙峋，崖壁高峻，其高当有 2500 尺许。鸡鸣驿即在鸡鸣山麓，据称鸡鸣驿与沙城相距 40 里。笔者一行从鸡鸣驿易辙折往西北，沿东洋河行进。（此东洋河流自蒙古，从鸡鸣驿正南方向流往永定河。）河流两岸几乎尽是绝壁峭立，所谓道路，或是没入山腹，或是干脆就以河床为路。马车或是陷于河床沙中难以自拔，或是磕碰到道旁山边岩石而颠簸剧烈，总之，道路难行至极。何况，还与几万头骆驼、马、骡、驴（总称"牲口"可也）在狭隘山路迎面相遇，其混乱嘈杂状不难想象，只能是大费周折，费时颇多。记得离鸡鸣驿 10 里处有一名曰"小花园"的镇落，再往前走，离鸡鸣驿 30 里处还有一处叫"响水铺"的地方。再往前走，山地坡道变少，取而代之的却是大片沙地，沙深数尺，马蹄没入沙中，极为难行。加之，马的粪尿随处都是，随着车轮滚滚而被碾成泥末化为肥料，遍及辙道，一股臊臭随尘土飞扬弥散空中，其味难闻，令人作呕。笔者亦被吞没在此牲口粪尿化作的漫天尘埃中，真真正正是风尘仆仆。继续前行，少时，看到西面的黄阳山，好一副巍峨高山向平原缓缓滑去的秀丽姿容，其身姿婀娜蜿蜒数十里。如此山岭，雄踞于平原之上，又像是被风吹来，如波涛翻滚，跌宕起伏。黄阳山其实是座死火山，海拔 7000 尺许，可谓张家口沿线附近一带最高山岳。再往前行，只见方圆数十里的大平原扑面而来，一大城郭横亘其间，此即宣化府。从鸡鸣驿到宣化府，路程共计 60 里。

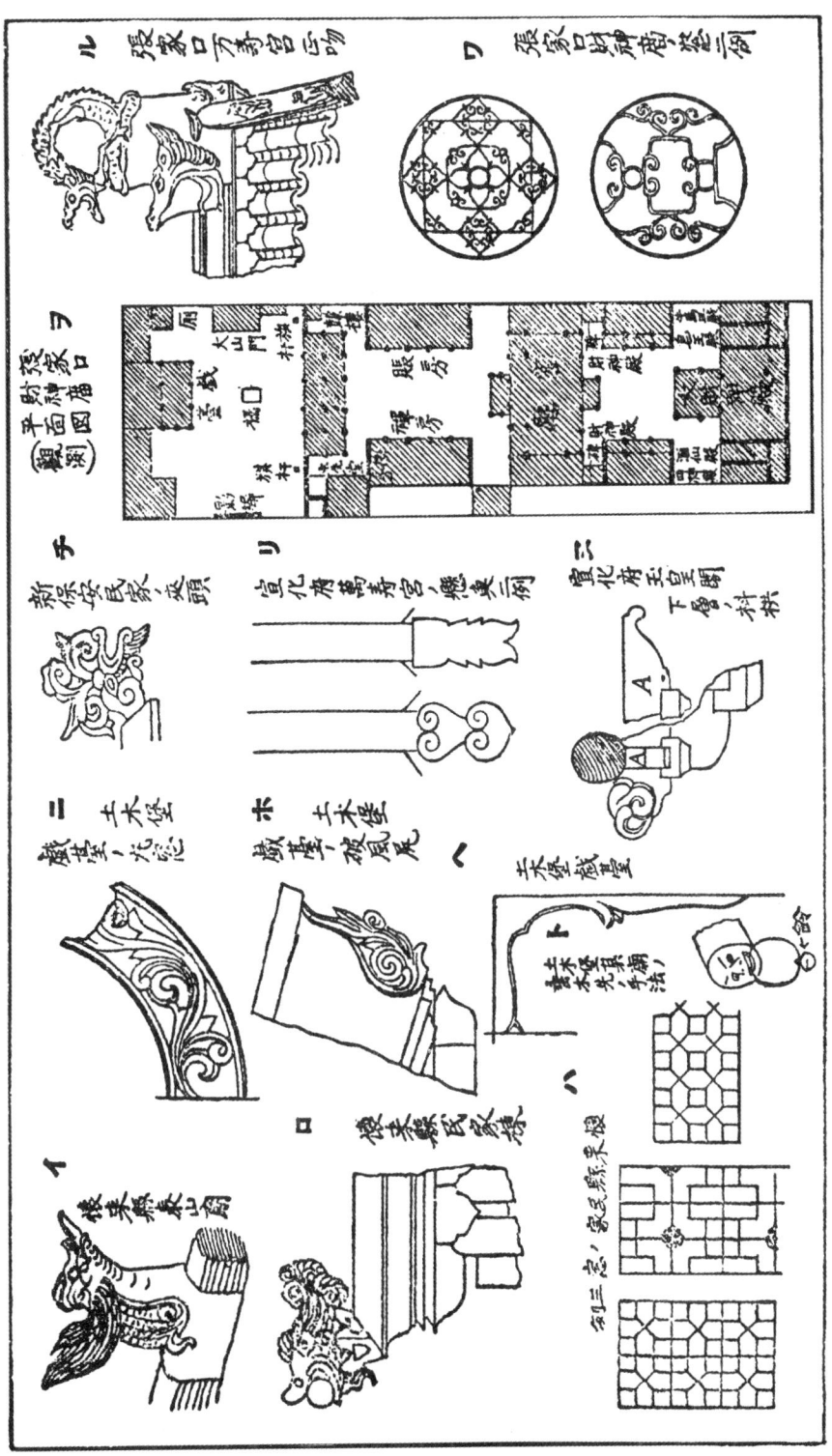

第108图 怀来县泰山庙脊鸱吻及其他12景

十八、宣化府

宣化府城，有"四通八达"之美称，市面相当繁华。笔者在拜会当地知府时，曾打听宣化府城人口多少，知府答曰："数万。"笔者再请告知精确数字，对方则不无几分困惑茫然，回答是"数万"乃何等庞大之数字，岂能精确算度？因而拒之。中国官员，粗疏至如是者实属少见。城里值得一看的有钟楼、鼓楼、玉皇阁。只是，凡此建筑，笔者之前已有详细介绍，故此处不再赘述[29]。如第108图所示，（リ）图为万寿宫悬鱼；（又）图为玉皇阁下面一层料拱。6月6日下午2时左右，在阳光直射状态下用温度计测得宣化府城内温度为137 ℉。当时，笔者等人正在进行古建筑考察，当地闲杂人等却是蜂拥而至，骚扰喧嚣，不胜其烦。

是夜，在旅舍歇息之时，有一91岁老妪上门拜访，说是想认识认识日本人。当晚与笔者在同一客栈下榻的还有几位贵客，一位是要到北京去的蒙古准噶尔王公大臣；一个是陕西省榆林府官员，同样是要行往北京；一个是来自蒙古的喇嘛僧人。其间，我等一行与这几位贵客围桌闲聊，来自陕西榆林的官员有关蒙古的闲谈尤其让笔者受益匪浅。有一段话不妨摘录如下：

最难的要算蒙古旅行。途中没有水喝，也没有可供住宿之处。由于水甚匮乏，故蒙古人连脸都难得一洗。蒙古人日常吃的是肉类与小米，没有蔬菜。买卖乃是以物易物，不用钱币。当地蒙古人愚昧无知，多受汉人欺诈盘剥，只有吃亏的份儿。只是，蒙古人擅骑马，即便是蒙古女人，骑马亦可日行300里。蒙古分为48旗，各旗旗主即为可汗。总体而言，内蒙之地还算是教化略开，若是外蒙古地方，可绝对是混沌世界，化外之地。

同座闲谈的蒙古王爷听不懂汉语，还好随行的下人懂汉语，故笔者只能通过双重转译与之交谈。

十九、张家口

翌日，离开宣化府向张家口出发。骡车悠悠，行走在荒漠大野的沙砾地上，直到日暮时分，我等一行才渡过东洋河，进入张家口。张家口在北京西北方向，与北京相距395里，又与万里长城相接，并与蒙古交界，有人口十来万，系蒙古与中国其他地方重要的商品贸易集散地，故有诸多外国人杂居此地。我等一行在张家口投宿的客栈，据称就是一名德国人在此打理，此人名叫休梅卢兹。

客栈设施半中半西。已逾经日，我等投宿的一直是鸡茅小店，一行人似乎也已习

29　参见《东洋建筑研究》（上）之《北清建筑调查报告》。

惯住宿环境的脏污不堪，现在住进这般客栈，不由得恍若置身玉宇琼楼。在张家口，笔者首当其先的就是登万里长城。有关张家口长城的著文，之前已发表在建筑学杂志第 189 号，恕笔者此处不再赘述。张家口长城，窃以为，当属后魏时期所建。至于张家口本地建筑，如关帝庙、财神庙、万寿宫、文昌阁，虽说看上去金碧辉煌，然俱属近世以来新建。凡此建筑，可参见第 108 图（ル）至（ワ），及第 109 图（イ）。

笔者先前用以代步的车马只雇至张家口，后段旅行何以为继，立即成为头等重大问题。笔者一行下榻客栈的二掌柜，名叫鲍森。在甲午战争期间，鲍森还是大兵一个，而今客栈的大掌柜，当时则是一士官。二掌柜鲍森屡屡向笔者建议骑马前行，虽然我等一行皆不惯骑马，但禁不住其一再劝说，也就欣然采纳，并依其建议，采买马匹、鞍具等物。鲍森非常热情，穿针引线，从中斡旋，帮助买下 5 匹被称为张家口名产的蒙古马。5 匹蒙古马，原本出价 170 大洋，且鞍具作价另算，后经一再讨价，最终连马带鞍具，全部 150 大洋成交。待后来再看，当时此桩交易并无便宜可图，因为 5 匹马均非好马，各有怪习难改。

二十、台水

6 月 10 日，离开张家口，行向西南，前往山西大同府。加上随行脚夫，笔者一行共 5 人。横川君走在最前头，论骑马，一行人中数横川君最有经验。其他人跟随其后，不知不觉间，也都陆续扬鞭策马。然骑行还不到 15 里，5 匹马中，最桀骜不驯的一匹突然受惊发狂，将背上所负人、物皆甩落在地，而后脱缰狂奔，落荒而逃。好在横川君紧追不舍，翻山越野，将其追上。最后，人多势众，总算将其截住。为这匹马的捉拿归案，一行人就这样耗去一天时间，以致当晚只好借宿在当地一户农家的杂物间，此事说来让人捧腹。第二天，将这匹悍马与一匹用来驮重的老马相兑换，胆战心惊地又上路。我等一行，多不擅骑马，故行进之难，难以言喻。却说涉过西洋河后再往前行，少时，又需渡河，此河名曰"台水"。一行人穿过遍是鹅卵石的河床之后，意味着平原地上的行程到此告止，继之而来乃是不尽的崎岖山路。不仅道路险恶，而且天不作美，阴雨阵阵。中午时分，气温可达 125 °F，黄昏时分，当我等一行抵旧怀安城时，气温却已降至 62 °F，可真是寒冷彻骨。

翌日清晨，淫雨霏霏，温度计上的刻度显示气温已降至 58 °F。就在一行人即将动身启程之时，却因结账与店家发生争执。为此，店家关门闭户，不予放行。横川君虽大声咆哮亦不奏效，无奈之下，我方只好妥协，依店家所要之数，付足之后才一走了之。在中国，像店家如此的犟人大有人在，实在不可理喻。

离开台水后，行进在高原丘壑间，行 20 里许，笔者一行来至新怀安。新怀安有照化寺，此前笔者撰文介绍过照化寺建筑，此文发表在建筑学杂志第 189 号。请看第 109

图（ロ）、（ハ）、（ニ），俱是此地极具文物价值的古建筑细部写生。离开新怀安，复往西行，翻过道道山梁，来到子儿岭，再往前行，翻过一小山岭，终于进入山西地界，行走在山西大高原。记得山西境内首个驿站名叫"张家河得"。第109图（ホ）、（ヘ），系张家河得附近一带民居的写生。

二十一、山西高原

从张家河得出发，再往西行，原本峰峦起伏的丘陵地貌倏忽间消失不见，此时映入眼帘的却是一大平原，此乃西洋河平原。但见其方圆数百里，绵延不断，伸向远方。西洋河平原两边，则是崇山相对。虽为山岭裹挟，西洋河平原却是磅礴气势不减、广袤辽阔依然，看上去面积不下五六十里。平原上绿茵如画，牧草青青，只是未见有农田耕种。少时，我等一行来至天镇县。天镇县人口约略六七千，有慈云寺、玉皇阁、孔子庙等建筑。第109图（ト）、（チ）、（リ），即是上述建筑之写生。

离开天镇县，再向前行，却在荒凉高原上路遇大雷雨，一时昏天暗地，来到三十里铺时，只好下马在此投宿。晚上9时（6月13日），用温度计测，发现此时气温只有58 ℉。次日清晨，好个清凉天气，再测气温，发现已降至45 ℉。不久之后，又起身上路，遂至阳高县。

阳高县人口三四千许，有文庙、紫霞宫、玉皇阁等建筑。第109图（ヌ）、（ル）、（ヲ）即上述建筑之写生。

二十二、大同府与云冈

自阳高县始，所行路线，折向西南。来到王官屯时，已是酷暑逼人，尽管户外凉风习习，温度计却显示温高为115 ℉。此地建筑有观音庙。第109图（ワ）、（カ）系此观音庙写生。从王官屯继续前行，终于来至聚乐驿。此地有一崇宁寺，崇宁寺建筑颇有看点。第109图（ヨ）所示者，即崇宁寺建筑细部。我等一行，行行复行行，过三十里铺，为溯西洋河源，一行人转而登高往上（海拔约4700尺），而后再向西直下，来至谷底，遂见河流横亘在前。此即玉河，流自内蒙古，最后注入桑干河。渡过玉河，但见一处城郭屹立在前，城内商铺数千，鳞次栉比，户列门盈，直是通都大邑之气象。此城郭即大同府，海拔4300尺，距张家口正好370里。

大同乃昔日北魏之都城，曰"平城"。北魏王朝为拓跋氏政权，拓跋氏属鲜卑族，崛起于五胡十六国乱华之时，最终吞并北方诸邦，建立北朝政权。后来，大同为辽国所属，名叫"西京"。至金代，此地依然叫"西京"。是故，大同不乏北魏及辽、金二代的历史文化旧迹，堪称一情趣别致之古城。有关府城内大华严寺、善化寺等，笔

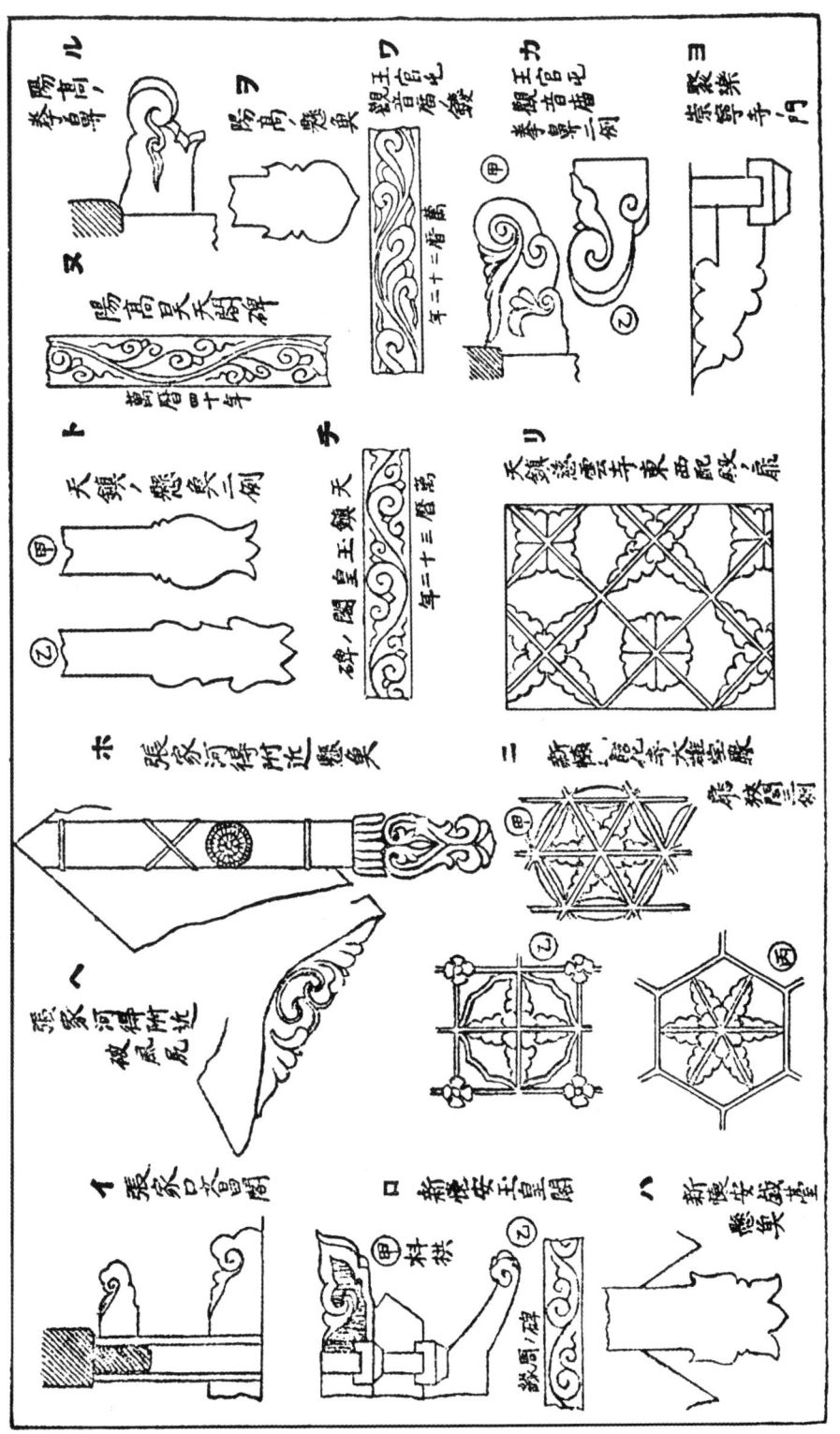

第109图 张家口文昌庙斗拱及其他14景

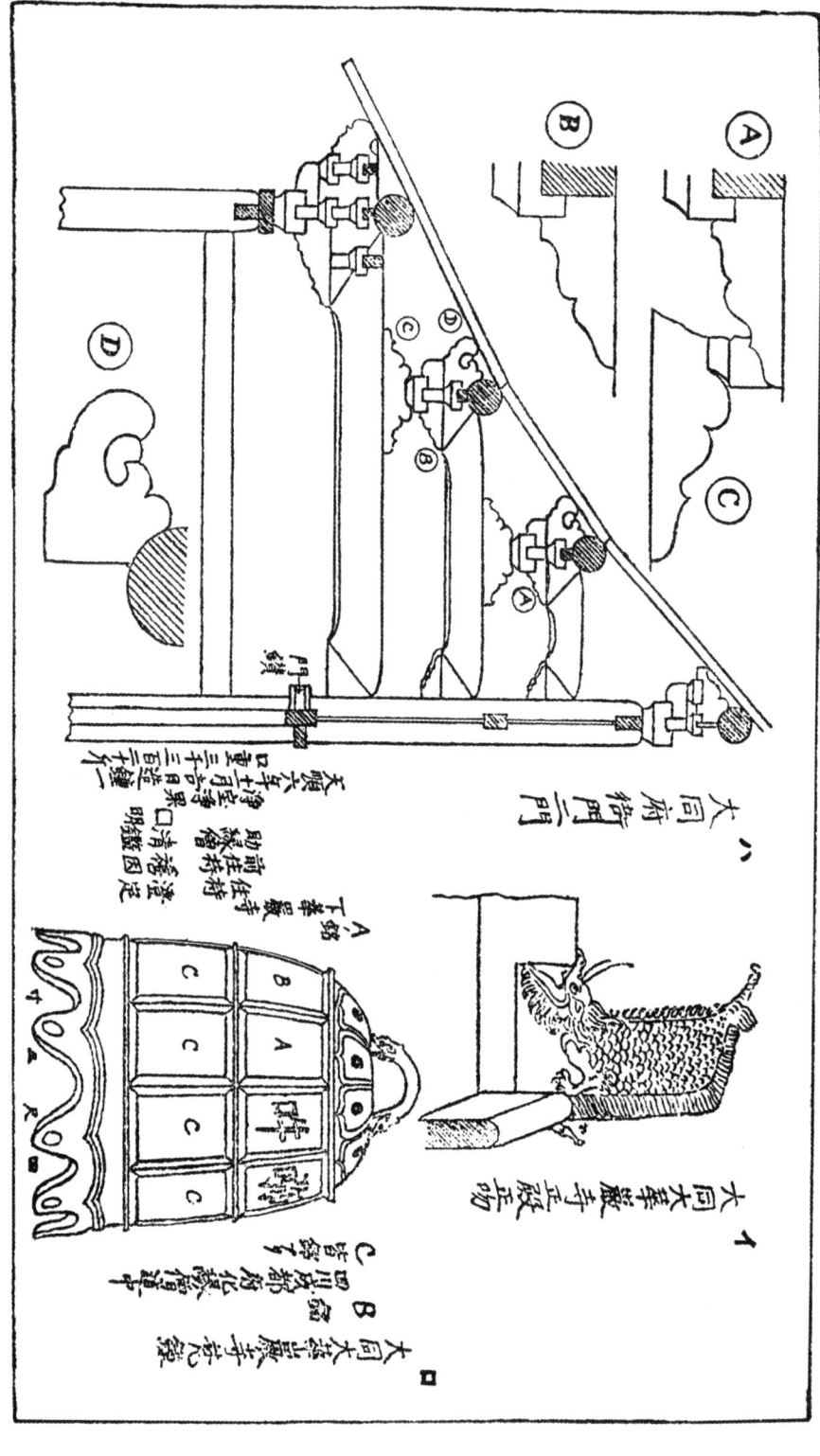

第110图 大同府大华严寺正殿吻兽及其他2景

者此前已在建筑学杂志第 189 号撰文介绍，恕笔者不再赘述[30]。第 110 图（イ）、（ロ）乃大华严寺；同第 110 图（ハ）则系大同府衙二道门，造型甚是别致。如此形制，在日本，似乎见于镰仓时代，故此门建造年代恐在明代以前。

又从大同启程，向西行往归化城。我等一行，沿武周川行约 30 日里，遂至云冈。云冈者，一寥落寒村而已，但却有一石窟寺。有关石窟寺，笔者亦已先前在建筑学杂志第 189 号[31]撰文介绍，此处补叙一二。石窟寺起造于北魏明元帝神瑞年间[32]，于北魏孝明帝正光年中[33]竣工，历七朝七代皇帝，耗时百余年方告功成。其建造之早，远早于日本推古朝[34]。依笔者所见，此石窟寺建造风格与古代印度犍陀罗[35]佛教艺术可谓是一脉相承。当年北魏势力盛极一时，西域 40 余国皆来朝贡，甚至有从西天竺前来朝观者。当时的高丽，亦是每年必来献贡。北魏时期，前来朝贡的西域诸国，以波斯（即萨珊王朝时期的波斯）、阿富汗、嚈哒等国路途最为遥远[36]。只是，彼时，大月氏的犍陀罗国受到嚈哒打压，国家已濒临灭绝，故史书不见犍陀罗国正式遣使朝观之记载，但当

---

30 参见《东洋建筑研究》（上）之《北清建筑调查报告》。

31 参见《东洋建筑研究》（上）之《中国建筑史》以及《北清建筑调查报告》。

32 【译注】北魏明元帝的神瑞年号共 3 年，为 414—416 年。

33 【译注】北魏孝明帝的正光年号共 6 年，为 520—525 年。

34 【译注】日本的推古朝，时为 6 世纪末 7 世纪初。

35 【译注】犍陀罗，又作健驮逻、干陀卫，位于今西北印度喀布尔河下游，五河流域之北。公元前 4 世纪亚历山大入侵印度时，犍陀罗国的领域约在今天巴基斯坦白沙瓦东北之处。从公元前 3 世纪到公元 5 世纪前后七八百年间，佛教曾盛行于此国。阿育王派遣布教师到此布教，是佛教在犍陀罗的发端。迦腻色迦王统辖广大的领土，当时犍陀罗是他的政治中心，同时也是东西文化交会的枢纽之地。国王后来皈依佛教，在都城广建率塔，造立佛像，开启了著名的希腊式犍陀罗佛教艺术。由于公元 1—2 世纪印度西北部的犍陀罗地区塑造了最早的佛像，所以后来的人们称早期佛像艺术为犍陀罗艺术。犍陀罗艺术兼有希腊和印度的风格。成熟的犍陀罗艺术是用希腊艺术手法诠释印度宗教思想。随着佛教的流布，佛塔、雕刻、绘画等佛教艺术也因而发达，佛像多以泥土、漆灰为原料，佛画以壁画为主，样式则多为融合希腊、罗马、波斯、大夏、印度等风格。

36 【译注】嚈哒人是汉代大月氏后裔，西方史学家称之为"白匈奴"。嚈哒人起源于塞北，公元 4 世纪 70 年代初越阿尔泰山，西迁河中，版图从焉耆西北起，越过伊犁河流域到巴尔喀什湖，再到楚河和塔拉斯河草原、锡尔河地区，一直达到咸海。其国的政治中心在今天的阿富汗与吐火罗。在南北朝时期，于大漠南北与北魏争雄，广泛活动于阿尔泰山脉以西的地方，并从粟特越过地水侵略当时处于衰落中的贵霜帝国，扩展其势力于波斯，并将波斯击败，使波斯称臣纳贡。白匈奴后来入侵印度，直到被旁遮普被笈多王朝击溃，再抄掠至比哈尔邦才被打败。嚈哒在扩展其势力于阿姆河之南、定都于巴克特里亚（大夏）。全盛时，其领域东至葱岭到天山南路的一部分，西至里海的库尔干河地方，迫使北魏在公元 516 年遣使到南朝的梁朝通好，以免腹背受敌。后被突厥与波斯联军消灭，河中归突厥，阿姆河以南属波斯。

时犍陀罗与北魏之间保持联系则毋庸置疑。当时，西域诸国俱奉佛教，故西域诸国的艺术也是必属犍陀罗艺术无疑。窃以为，此乃北魏艺术何以与犍陀罗艺术一脉相承之原委，亦是后来北魏艺术何以传入朝鲜半岛之缘由。朝鲜半岛的佛教传来，最早可溯至前秦苻坚时期。但在那之后，中国佛教依旧不断影响朝鲜半岛，北魏的佛教亦然。第 111 图系云冈写生。其中，从（ㄇ）到（ㅏ）为此前载于建筑学杂志第 189 号文章内容之补遗。

凡此建筑，纯属西域风格，与先秦及两汉以来汉民族地道、纯正的建造手法大相径庭。只是关于此话题，另日再作深入探析。不妨言归正传，且谈石窟寺。

云冈石窟寺的发现纯属偶然，原先做梦也想不到此地竟有拓跋氏时代遗迹。当初，只是想搜寻大同境内辽金二代遗物，石窟寺的意外发现自然令人欢欣鼓舞。可惜，由于种种原因，加之日程安排亦有问题，致使没能对此珍贵的历史文化遗迹用心考察。根据历史文献记载，笔者判断，大同附近一带，应有拓跋氏历代帝王墓陵，以及其他北魏时期古迹。非常遗憾，笔者不得不放弃云冈考察的绝好机会。倘若此后行走路线改从大同向西经朔平至归化，进而深入西边的沙漠地带，定能有幸寻见昭示石窟寺与西域二者相关联的古代遗迹。想到此，西行之念实在是蠢蠢欲动，甚至难以抑制。实在可惜，假如此次旅行只是笔者孑然一身，别无他顾，恐怕就会在大同多待几日，而后从归化城溯黄河而上，进入甘肃，最后再行往土耳其。

我等一行从大同出发，望五台山而去。由于是抄近道而行，所以一路少有人烟，尽是荒山野地。启程后，出大同府城南门，南行 10 里许，武周川跃然眼前。过河之后，极目所至，大平原一片苍茫，唯见牧草蔽野，却看不到农地开垦，也见不到树木生长。除了原上离草萋萋，映入眼里的就只是道路两边绵延数十里的逶迤山脉。行 30 里许，来至一村庄，村名就叫"肥村子"。已是晌午时分，须在此觅果腹之物。然而我等一行能吃到的只是一种状似杂草、称作荞麦的麦粉蒸饼，仅此而已，再无其他佐食与充饥之物。

无奈饥肠辘辘，我等一行总算将此感觉怪异的陌生食物塞进肚里，而后继续赶路，向南行去。但见平路逐渐远去，山路迎面而来。转入山道后，坡越行越陡，山越来越高，四周景色亦愈显荒凉、旷寞，路旁山边，时有狐獾出没。日暮时分，来至一处叫"南米庄"的村落。此处荒村的贫寒凋敝，实是超出常人想象，我等一行的过夜之处，比猪圈还要污秽不堪。虽然对投宿之地栖身之处的脏污早已见怪不怪，并已经习惯将就对付，但此处的脏污却实在是太过不堪，于是，一行人只好寻一古寺叩门求宿。想不到寺中可宿夜之处亦与猪圈一般无异。无可奈何，一行人在此巴掌大的南米庄中来回找寻，最后总算在一民家找到栖身之处。这是一户善良人家，主人甚至为客人腾出自己的房间。我等一行总算有下榻之处，夜里得以安然入睡。

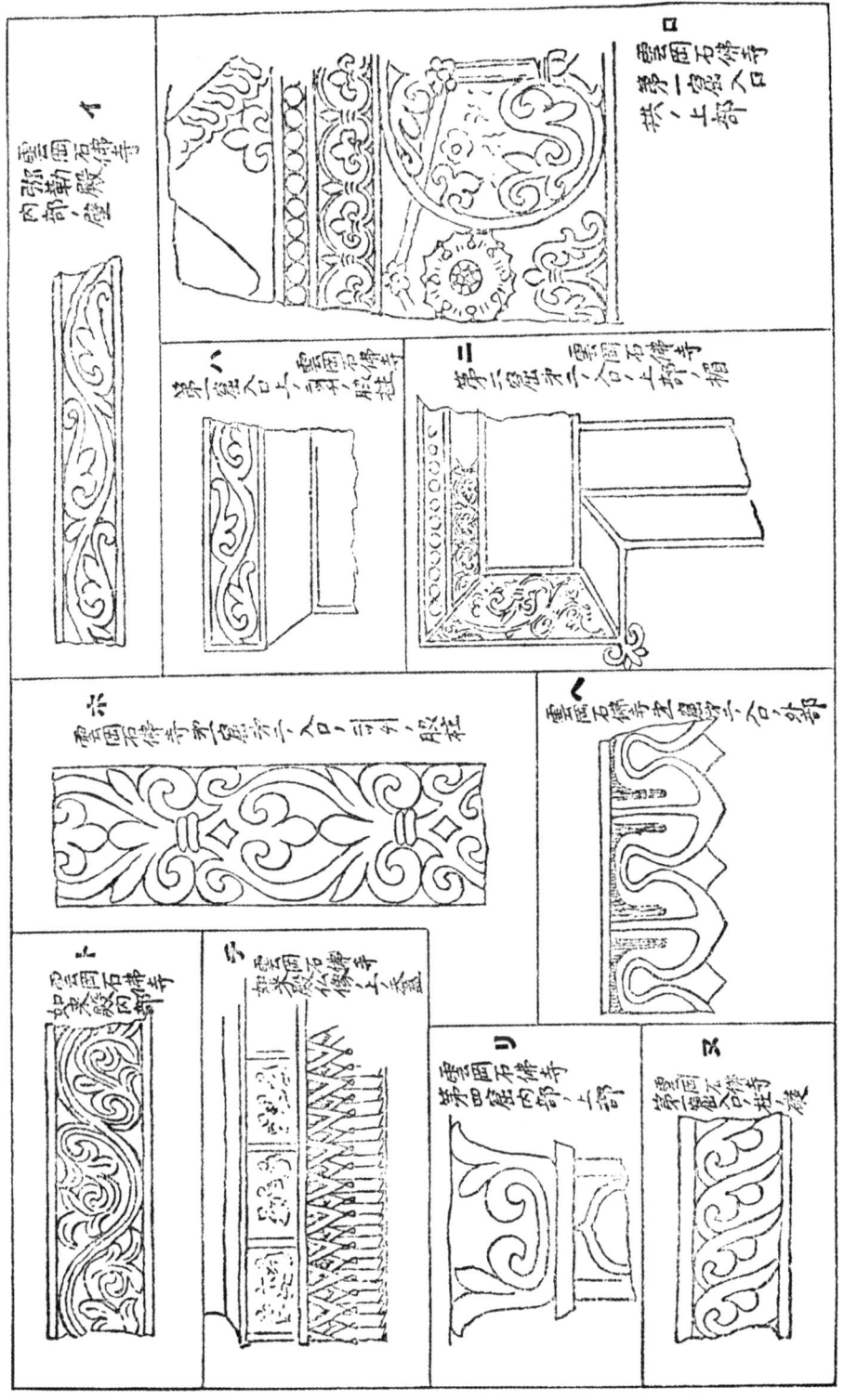

第 111 图　云冈石佛寺弥勒殿内壁及其他 9 景

二十三、应州

次日,又于高原台地上往南行去。道路两旁,随处可见地面泛白的结晶盐碱,而且,地上亦到处是小水洼,水洼里积的即碱卤水。据闻,当地人即用此水洼中卤水熬盐。路上,野兔、栗鼠等啮齿类动物频现草丛间,鹫鹰为搜寻猎物在高空盘旋,何等生机盎然的大自然风情。一行人行有30里,来至桑干河上游处,并在此渡河。当地乡民牵马涉水而过,但见河水深及大腿上方。渡过桑干河,再往前行,时不多久,望见南边有一巨塔擎天,此塔便是应州塔。

应州塔系一木塔,八角五层,建于辽代清宁二年。有关应州木塔,详情可参阅笔者此前发表在《东洋建筑》(上)的《北清建筑调查报告》。就在我等一行考察应州木塔时,当地基督教堂堂主前来致候。盛情难却,当晚,一行人即留宿在堂主家中。此位堂主系中国人,提到当年义和团时,据其言,由于身系基督教徒,母亲与妻、妹均惨死。堂主自己总算死里逃生,连夜兼程,赶了4天的路才逃到北京。当时,大同附近一带被杀者不下300人,其中有10名外国人。由于主人提议唱《赞美歌》,大家虽音调不齐,却也荒腔走板跟着合唱,其情其景,多少有点滑稽。

二十四、茹越口·铁吉岭·繁畤县

从应州启程,继续前行。先抄一近道,而且算是近道中的近道,故非有本地人做向导不可。为此,笔者请地方衙门予以帮助,遂得一名向导带路。在向导带领下,一行人南行30里,来到崔家庄,在此歇息并用中饭。此处亦是除了荞麦饼外别无他物。仅此尚无大碍,最不堪忍受的是全村人尽出,层层围观,喧骚中还夹杂叫骂声。一行人只好轮番驱赶围观的村人,不胜疲乏。要说我等一行为中国人围观,又何止一次,被围观时的身心疲乏实在难以言表。离开崔家庄,继续南行,不久即见崇山峻岭迎面而来,转眼间已在眼前。此崇山一脉乃桑干河与滹沱河的分水岭,万里长城正是沿此山脉的走向建造。雁门关可谓闻名遐迩,就在西边前方,距此地60里许。行至山脚一看,此处关隘名曰"茹越口",关隘与城墙,尚是古长城风貌犹存。

穿过长城关隘茹越口后,又涉一条已经断流的溪谷。但见河床乱石累累,颇似日本古都的河原滩地,让人不无似曾相识之感。溪谷两岸,峭壁巉岩,犹斧錾刀削,更有磐石如剑山,雄踞在旁。我等一行,走20里许,来至一寒村,名叫"梨树坪"[37],当晚即投宿在此。但栖身斗室的空间之狭小,以及卫生环境之不堪,实非语言所能描述。用于洗手擦脸的热水也没有,吃的无非照样是荞麦面饼,加上鸡蛋,此外再无他物。

---

37 【译注】原文写作"梨树平"。

第二天，依旧是跋山涉水。行走10余里，来至一山口。山口名叫"铁吉岭"，海拔9000尺许，巍然高耸。从铁吉岭处北望，只见大同平原一马平川，广袤无垠；再向南望，万仞峰外，有五台山擎天接地。如此画面，磅礴恢宏，美不胜收。山谷底下，滹沱河水咆哮奔腾，繁畤县城，看上去就像豆粒大小，蜷缩在滹沱河边。翻过山口，倏忽之间，上山变为下山。下山道路的陡峭难行，更是难以言状。时而行走在千仞断崖之上，时而陡坡急下如在屏风滑落，一行人无不冷汗直冒、心惊胆颤，时常还要下马徒步徐行。劳苦如斯，无以言状，好不容易下到山底。来至繁畤县城，眼前别是一幅新画卷，犹如舞台场景瞬间转换。但见滹沱河水清澈晶莹如明珠，泛着涟漪，潺潺流过，还有不知名的小鱼在水中嬉戏。再看那河畔水汀，芳草萋萋，更有杨柳依依。平川上是精耕细作的农地，生长麦子、蔬菜、罂粟。在此繁畤县城，我等一行所获食物，已不像早先那般为舍荞麦面饼则别无他物而犯愁，猪肉、白菜、胡萝卜，一应俱全。北魏朝代，帝王屡屡临幸繁畤之地，想来，事非偶然，盖繁畤自有其诱人之处。

二十五、五台山

笔者拟自繁畤县城前往五台山，当地衙门欲派4名兵丁以作护卫，亦兼向导，笔者给予谢绝，只要了1名兵丁随行以充向导。离开繁畤县，先渡滹沱河，再向前行，即至五台山麓。山脚下淌过一条溪流，名曰"鹅河"。沿此鹅河，我等一行登山而上。五台山脉，远非日前攀登的铁吉岭那般险峻而又荒凉，山坡上到处可见松柏、杨、柳，且有畦垅田畴，处处阡陌。溪流两岸，岭高山峻，仪态万方，变化不断。一路看去，赏心悦目，一点不觉景色单调，大有峰回路转，更有胜景在前的舒心之感。是日，在一个名叫岩头的地方过夜。借清清溪流，涤尽身上汗渍、秽垢。在溪中洗浴之时，看见对面山头有鹿二三，目光惊奇望着这边，还听见山中野鸡鸣叫声声。此时此刻，何等心旷神怡；此情此景，至今难忘。

翌日，继续沿溪谷一路上山，终于来到分水岭。山顶处有一地名"狮子窝"，此地有一道场，又有一处葺琉璃瓦的十三层佛塔。佛塔高8丈许，十三塔层中层高以顶层最低，此塔建造于明万历二十七年。从岭上看去，五台山的五峰近在咫尺之间。不妨浏览一下五台山地图[38]。从狮子窝山岭处直指东北方向，前方的山峰便是中台，海拔大致10500尺；与中台西面相邻的山峰则是西台，海拔10000尺许；与中台东北方向相望的山峰乃是北台，海拔约11500尺，系五台诸峰最高；位在东面、隔着断谷深壑与中台遥相对望的东台，高约11000尺；还有中台南面的一柱擎天——南台，挺拔于群山巍峨中，高亦11000尺。五峰环抱的山中腹地，聚落着几多人家，此即五台山村，

---

38 参见第112图。

亦见堂塔、伽蓝，参差此间。

五台山村，恰是处于山腹正中，犹如上缘五角凸起的碗底，而此上缘凸起的五角，正好就是五台山的五峰。

我等一行，或许是因为眺望五台的巍峨五峰而雄姿英发，下山途中，个个精神抖擞，一路呐喊而去。路边遇一古寺，有一座五层佛塔作伴，只是此塔第四层高得出奇。再往前走，又见一佛塔，只是塔仅三层。我等一行依旧沿溪谷前行，终于来到清水河畔。自五峰奔泻下来的水流汇聚在此河谷中，而后冲破五角凸起的大碗一角，向南咆哮奔腾而去。一行人沿河谷溯流上行数里，来到一处地方，名叫"台怀镇"。笔者径投当地衙门，希予安排住宿，于是，衙门公差领路带往杨林街，到一名叫"塔院寺"的大寺院投宿。

自早，五台山被认作文殊菩萨道场，一直与南海普陀山以及四川峨眉山，共被视为中国佛教三大名山。五台山原本殿宇堂塔众多，只是不少已经荒芜破落，于今寺院只剩百余，而且，当今所存寺院中有六成带有喇嘛教色彩。寺中僧人，根本就是无学无识，对笔者的提问，所作回答完全不得要领，却又是相当利欲熏心，见钱眼开。五台山，看上去犹如日本的高野山，并无专供外人宿夜的旅栈客舍，前来拜山的香客就只能是宿在寺中。因此，五台山寺院中的和尚亦属半僧半商，念佛之外，似乎还兼香客食宿的营生。

我等一行先观显通寺，此寺号称五台山六十四寺院总舵[39]。次之，往菩萨顶，其乃五台全山喇嘛教寺的班头领袖。次之，往慈福寺[40]，慈福寺内殿的欢喜天[41]造像，号称冠盖绝伦。次之，往罗睺寺。正巧，一位蒙古王爷在奴婢下人的前呼后拥下朝拜五台并下榻此寺。此人在大清朝爵高位重，傲慢至极，旁若无人，就连横川君也顿时神情惶然，气势全被压倒。次之，往塔院寺一游。塔院寺中，有一大白塔，高21丈。此塔据称造于明万历十年，好不气宇轩然，冠盖五台。白塔塔尖兀立于峰峦起伏的群山之外，一柱擎天，与蓝天白云相接，从远处便能听到那风铎铮铮作响[42]。离开塔院寺后，又往殊像寺，之后还去关帝庙，以及南山极乐寺[43]。

如此这般，五台山几处有名的伽蓝全观览一番。之后便是五台登顶。笔者决定先登距离最近也是最容易登上的西台与中台。一行人全都骑马，由一名向导在前带路，

---

39 参见《东洋建筑研究》（上）之《北清建筑调查报告》。

40 参见第113图（2）、（3）。

41 【译注】又名大圣欢喜天、大圣天、圣天。夫妇二身相抱象头人身之形，为本尊。男天者大自在天之长子，为暴害世界之大荒神。女天者观音化现，而与彼抱着，得其欢心，以镇彼暴者。因称欢喜天。

42 参见《东洋建筑研究》（上）之《北清建筑调查报告》以及《五台山》。

43 参见第114图（5）。

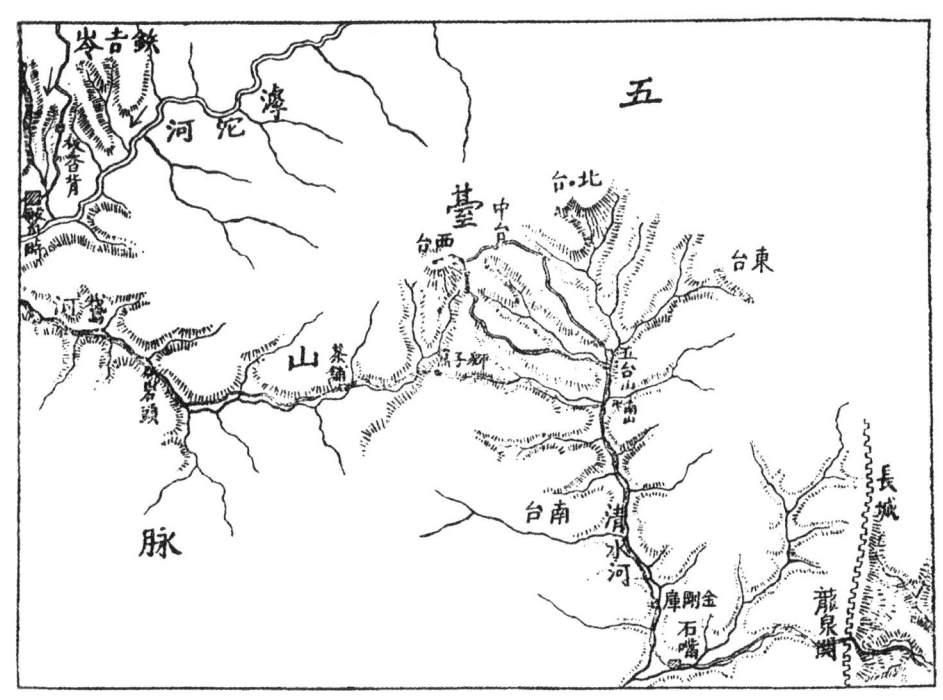

第 112 图　五台山附近一带地图

沿溪流从西北方向上山。走这条路，坡度最缓，上山不会感觉太难。走 10 余里，遂至溪流尽头，从这里再转入羊肠小道，继续上行，再走 5 里许，来至一山口，狮子窝的山岭透迤绵延至此。翻过山口后却是一路下山，直插鹅河河谷。复从鹅河河谷再上山去，又行 10 余里，终于登至西台绝顶。好一处西台绝顶，地势开阔，不知名的野花四处开放，地上绿草如茵。在西台顶上，极目北眺，目光越过透迤长城依伏跌宕的绵延群山，可以望见远方的大同平原；往南望去，群山不断，峰峦叠嶂，烟岚四合；远眺东方，透过峰峦万仞间，直隶大平原尽收眼底；云汉西望，滹沱河就在脚下。登临万仞高台，于笔者而言，乃平生首次，故别是一番感慨涌上心头。唯一遗憾的是，西台顶上的寺院堂塔已尽倾圮，佛像泥胎狼藉遍地，唯有大明洪武年间镌刻的碑石形影相吊，何等孤寂冷清。一行人在石室内各自镌名留念，而后辞西台而去。

中台位在西台东北，二者相距 7 里许。中台要比西台高出 500 尺，中台台顶也比西台更加开阔，若眺望四方，中台亦更显豁然开朗。站在中台台顶，自会感觉五台峰岳的东西南北近在咫尺，其余四台即在身侧。置身于此，散落在东西南北四台山谷间的一应寺院堂塔尽收眼底，历历在目，清晰可见。

纵览四方，如米粒般大小、蠕动不停的是羊群，身上间有杂色斑点的是牛马，我等一行人，如醉如痴，陶然于如此旷阔辽远的风光景色。笔者在中台对一座明代古塔进行拍照，随后下山。古时，五台的各处绝顶都有寺院堂塔，于今几近毁废殆尽，只有中台与南台，尚有塔婆残存。

山上天高气爽，凉风习习，何等心旷神怡，又何等神清目明。今天是 6 月 28 日，山下正是暑气逼人，酷热难耐。然而，在此中台之上，却刚好相反，甚至有点寒气逼人，连手指头都有点发僵。后来听说五台山早至七八月份就会降雪，5 月时节的五台山，犹是寒冷彻骨，不宜登山，只是 6 月中旬风和日丽之时方宜登山。照此说来，我等一行此次的五台登顶刚好就是恰逢其时，不能不说是幸运非常。

下中台后，于归途中在吉祥寺驻足小歇。寺中僧人让笔者观瞻据说是文殊菩萨的牙齿与用过的鞋履，那牙齿却是象牙，那鞋竟有 2 尺之长，实在是令人难以置信。看来，大千世界，芸芸众生，迷信的事儿还真是无处不在。

笔者本想东、北、南三台无一遗漏悉数登遍，后在一行人劝阻下只好作罢。于是，众人议定离开五台之后仍旧折返北京。坦言之，五台山有山崇岭峻之雄姿，却无山明水秀之丽容，五台山的寺院僧人也称不上学识与品德兼具。就此而言，我等此次五台之行，实在是乘兴而来却扫兴而返。

但是，毫无疑问，此次五台山之行，却也大开眼界，因此不能不说是获益良多。

第 113 图（1）乃五台山寺院常用的火钵；第 113 图（2）为西藏建筑风格的柱子；第 113 图（3）、（4）系藏式锡杖。

离开五台，沿清水河向南下山而去。路越行山越低，河面却越是豁然开阔。行有 40 日里远，来至一处叫作"金刚库"[44]的地方。路旁的寺院大门已毁，殿堂亦是破败不堪，寺内堂前，杂草丛生，已然是一处废寺。姑且抱以能有意外惊喜的侥幸心理进去一看，但见一条瘦狗狂吠不停，与此同时，一老僧从后堂出来，容颜枯槁，老迈至极，身上所披袈裟，破烂如海藻状，褴褛不堪。笔者简直不敢相信世上还有这样的僧人。问其日子如何过，回答说山上尚有少许田地，就靠种地为生。好一幅五台山佛教丛林最为贫困寺院的真实画面。

再行 10 日里，来至石嘴。此地有一关帝庙，还有一碑石，此碑石为元代所立。庙里有一张 6 尺余长的剥制豹皮，问其来历，答曰系 10 年前于附近山上用火铳猎杀之物。据称，直至今日，此处附近一带还时有云豹出没。

二十六、龙泉关

从石嘴开始，我等一行东行 20 日里许，抵龙泉关。龙泉关乃太行山脉最高处，为直隶与山西二省交界。过龙泉关隘，乍一东望，惊讶发现下面即是万丈深渊，如奈何桥下的地狱深处，头上却又像是兜率天云霄殿，但见峰峦万仞，刺破青天。见此，一

---

44 【译注】此处系作者舛误，应是"金刚窟"才对。

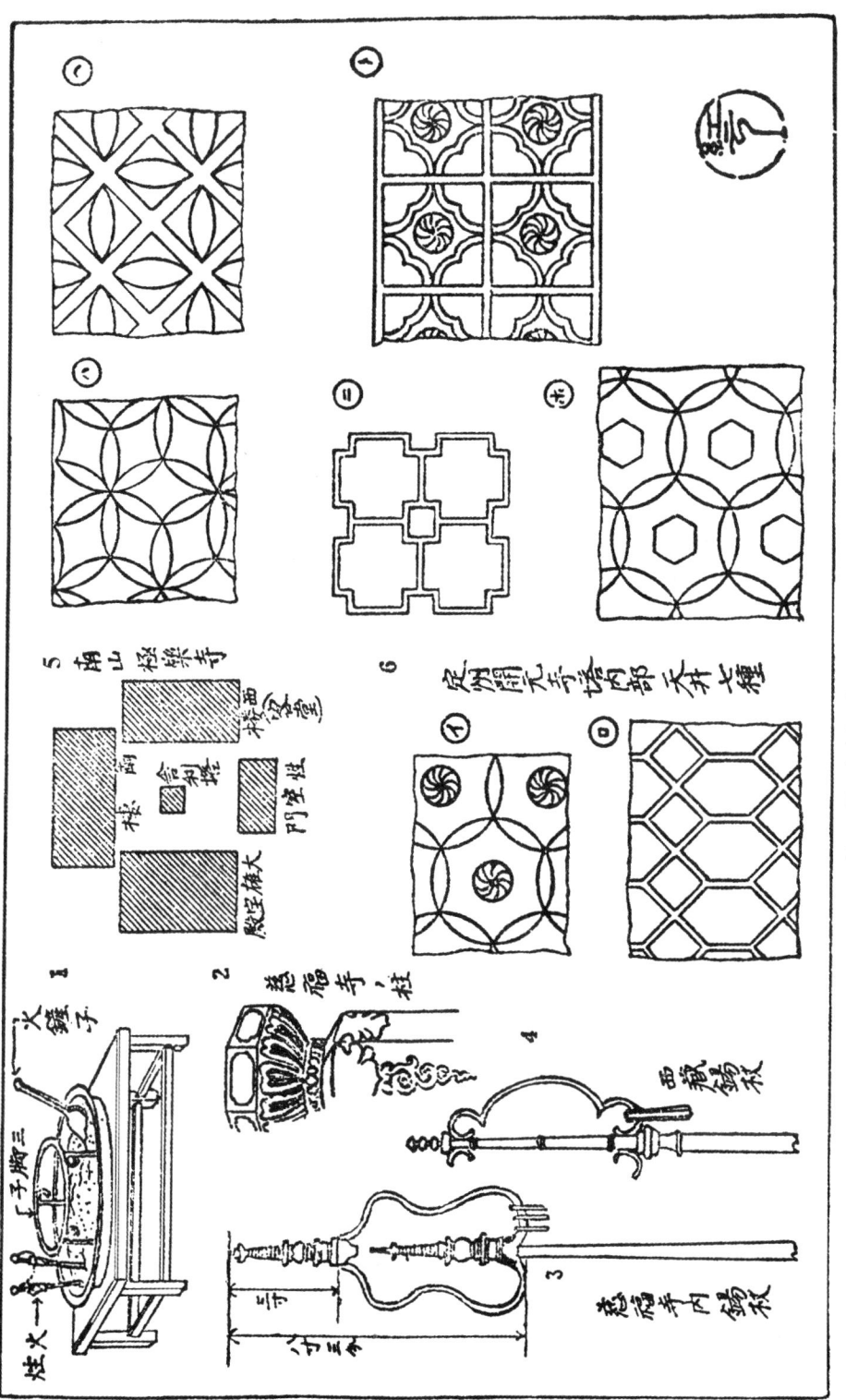

第113图 寺院常用的火钵及其他5景

行人无不惊叹不已。此时我等所在位置乃是海拔五六千尺的高原之上，说五台山峰高有万尺以上，此时始信确非诳言。下山时，速度快如破竹，直下20日里，遂达龙泉村。再从龙泉村顺溪流而下，行20日里至下关，又行20日里抵不老树，寻至一已荒废的喇嘛寺庙，在此投宿过夜。随着直隶平原的渐行渐近，气候变化也越来越明显。在五台山区，早晚感觉凉爽，地里高粱高不过尺半，罂粟也还未开花。但来到此地，就是早晚也是酷热不堪，地里高粱已高过4尺，罂粟不仅早就开过花，而且也已灌浆结果，有的地方甚至已经收成了事。

二十七、直隶平原

第二天，我等一行继续向东行进。群山逐渐隐去，眼前的大地渐显开阔、平坦。抵达阜平县时，虽说炎炎夏日，酷暑难耐，所幸地形风景颇引人入胜。这里的山雄峻奇拔，大有冲霄而去之气势，可是这里的河流却是曲水蜿蜒，柔美而又温和。但见小鱼在路旁的流水中嬉戏，水边芦荻萋萋，大片的水田，稻青如茵，长势喜人，枣树林随处可见。在这里，既可以感受到一种日本农村田园风光的情趣，另一方面，此处农田，一块地里就栽有几色不同品种的时蔬，如此旖旎风情，令笔者心旷神怡，旅途劳顿也因此消失许多。一行人过了西庄，来至王快，并在王快投宿过夜。

二十八、从曲阳到定州

次日，又向东南方向行去。这一天，暑气嚣狂，一行人连骑在马上也觉酷热难耐，每至有树荫的地方都要停下歇息。沿沙河前行，十里长路，道旁全不见有树荫，一行人无处歇凉，其热非常，几近窒息。

赤日炎炎，热浪滚滚，我等发现路边田地里的农夫却是赤膊干活。再往前行，翻过一小山岗，眼前豁然开朗，但见直隶大平原一马平川，广袤无垠，如浩瀚大洋无边无际。曲阳县城就在前面。遥望前方定州大塔，不难想象，此时此际，我等天涯客心情何等激动。久在崎岖山路跋涉而疲惫不堪的一行人，不由得欢呼雀跃。不久之后，一行人来到曲阳县城，身上却是湿漉漉的，因为刚刚下过一阵滂沱大雨。用餐时，我等向客栈掌柜讨肉吃，却遭拒绝，说是今日合城官民祈雨，甚是灵验，是以得获如此甘霖，故须斋戒以谢神灵云云。无可奈何，我等只能自叹今日没有口福[45]。

翌日，我等一行顶着烈日在平原上行走，日行55日里，一路无恙，安抵定州。当地一所中学叫作"定武书院"，有一位日本人叫松崎保———后来亦与横川君一起殁

---

45 有关曲阳县的北岳庙，请参见《东洋建筑研究》（上）之《北清建筑调查报告》。

于日俄战争——在此执教,因此,我等冒昧前往拜访。看到有客来访,松崎君大喜过望,先烧好热水让大家洗澡,然后再招待晚餐。一行人恍若隔世,如醍醐灌顶,身心俱爽。第二天,炎阳依旧,天气热得似可将铁融化,身体肥胖的横川君终于不敌酷暑而病倒。笔者鼓足勇气,不惧烈日,大胆外出,前往众春园观瞻韩魏公以及苏东坡的遗迹,之后再到开元寺考察寺中的十一层高塔[46]。第113图(6)从イ至ト部分,乃是塔内天花板面的花纹图案。看过开元寺后,还去过孔子庙,并在孔子庙发现一些古碑。

二十九、经芦汉铁路往北京

定州与北京之间通有芦汉铁路,故一行人决定利用铁路返回。至于马匹,则让随行脚夫带回北京。

从定州出发,当日就在中途于保定下车,并在保定稍作逗留。有关保定的经历,容后再叙,这里暂且省略。由于保定的理事衙门有横川君的一位朋友,名叫剑持,所以我等一行冒昧前往拜访。想不到还有一位叫冲祯介的日本人正巧也从北京来此造访剑持,因此大家一同于中庭围桌共餐,并交谈至夜阑更深。写到此,想到此次山西之旅苦乐与共的横川君,以及旅途中曾受他热情招待的松崎君,还有冲祯介君,俱已为国捐躯,永辞人世,不由悲恸欲绝。

7月6日,一行人离开保定回到北京,此趟算是中国之行预演的山西之旅也就画上句号。自6月1日从北京出发,屈指算来,此趟山西之旅正好费时36天。其间,行程1871里,即相当于267日里。旅途中,大家平安无恙,各自达到预期目的,不能不说此乃幸中之幸。通过此次山西之旅,笔者获得许多旅行方面的知识与经验,更具体地说,即能够在山西之旅之后立即办妥前往洛阳、长安、成都旅行的相关事项。笔者于是8月5日从北京出发,先到河南开封。有关这次新的旅行,请听下回分解。

---

46 参见《东洋建筑研究》(上)之《北清建筑调查报告》。

旅程表一

北京—汤山	50 里	繁畤—永口	20 里
汤山—昌平州	30 里	永口—岩头	30 里
（昌平州—明陵）	约 6 里	岩头—茶铺	30 里
昌平州—南口	30 里	茶铺—五台山	40 里
（南口—居庸关）	15 里	（五台山—西台）	30 里
南口—八达岭	40 里	（五台山—中台）	25 里
八达岭—榆林	30 里	五台山—金刚窟	40 里
榆林—怀来	25 里	金刚窟—石嘴	10 里
怀来—土木堡	30 里	石嘴—龙泉关	40 里
土木堡—沙城	20 里	龙泉关—下关	20 里
沙城—新保安	20 里	下关—不老树	20 里
新保安—鸡鸣	20 里	不老树—阜平县	30 里
鸡鸣—响水铺	30 里	阜平县—西庄	20 里
响水铺—宣化府	30 里	西庄—王快	30 里
宣化府—榆林	30 里	王快—口南	40 里
榆林—张家口	30 里	口南—曲阳县	30 里
张家口—胡家屯	50 里	曲阳县—高门	30 里
胡家屯—旧怀安	40 里	高门—定州	25 里
旧怀安—怀安县	20 里	定州—清风店	30 里
怀安县—子儿岭	40 里	清风店—望都县	30 里
子儿岭—天镇县	40 里	望都县—力顺桥	30 里
天镇县—三十里铺	30 里	力顺桥—千家庄	25 里
三十里铺—阳高县	30 里	千家庄—保定府	30 里
阳高县—王官屯	30 里	保定府—漕河	25 里
王官屯—聚乐	30 里	漕河—安肃县	25 里
聚乐—三十里铺	30 里	安肃县—固城	30 里
三十里铺—大同府	30 里	固城—定兴县	40 里
（大同府—云冈）	30 里	定兴县—高碑	40 里
大同府—肥子村	30 里	高碑—涿州	45 里
肥子村—南米庄	30 里	涿州—琉璃河	30 里
南米庄—三木城	40 里	琉璃河—良乡县	50 里
三木城—应州	30 里	良乡县—长辛店	25 里
应州—雀家庄	30 里	长辛店—卢沟桥	5 里
雀家庄—梨树坪	30 里	卢沟桥—北京	30 里
梨树坪—繁畤	45 里	合计 1871 里	

中国纪行【二】

（明治三十五年九月至同年十月）

北京—涿州—保定府—正定府—栾城县—赵州—柏乡县—内邱县—顺德府—沙河县—邯郸县—磁州—彰德府—汤阴县—淇县—卫辉府—延津县—开封府—中牟县—郑州—荥阳县—氾水县—巩县—偃师县—河南府—龙门—新安县—渑池县—陕州—灵宝县—阌乡县—潼关—华阴县—华州—渭南县—临潼县—西安府

一、始发北京

上篇说的是山西之行，本篇将叙笔者出发自北京的陕西之旅。出于叙述方便，笔者姑且将此《陕西行》分为4部分。第一部分述此次旅行的交通工具及完成旅行的方法与手段，还有就是旅行道里的山川地理、风土世情；第二部分述北京至开封府（汴京）；第三部分述开封府至河南府（洛阳）；第四部分述河南府至西安府（长安）。

此次西安之旅，一行共是3人，即笔者本人、翻译岩原大三君，以及一名从人。这里先介绍一下岩原大三君，其乃东京外国语学校中文科优秀毕业生。之前，笔者在北京紫禁城考察时，岩原大三君笃志参与此项工作，并无领取报酬，志愿充为翻译。

由于有此一段旧缘，故岩原大三君听闻笔者将行往陕西，即自告奋勇，愿与笔者同行，并明言纯属义务，无须报酬。尽管中国政府已对其重金礼聘，但为笔者此次陕西之行，岩原大三君却毅然谢绝中国政府方面的聘用，并在此次旅行中备尝辛劳。对岩原大三君，笔者深表真诚谢意。由于已经有过骑马旅行的经历，并知骑马乃中国旅行首选最为便利的手段与工具，所以笔者决定在亚洲内陆旅行——至少是在中国北方旅行之时以马代步。从而，当时在张家口买的5匹马，横川君带走2匹，其余3匹则归笔者所有，其中2匹分别为笔者与岩原大三君所骑，另外1匹用来驮载行李。从人徒步，行于鞍前马后，并兼马夫差职，一路照看马匹。从人的报酬也事先谈妥，讲好每日50文（至于从人途中一应费用及被服，俱由笔者支与）。横川君因为另有要事，自行策马前往蒙古腹地。与横川君告别时，双方互祝平安，没想到天不遂愿，横川君终于为国捐躯。

要做中国内地游，首先要向中国政府申请特别保护。旅行的证件谓之"护照"，由当地日本领事馆发给。下面乃护照的全文，读者诸君不妨一览为快。

护　　照

　　大日本钦命驻劄天津管理通商事务总领事官伊集院彦吉为给发护照事，照得《日清通商行船条约》第六条，约款内载日本臣民准听持照前往中国内地各处游历。通商执照由日本领事官发给，由中国地方官盖印。经过地方如饬交出执照，应随时呈验，无讹放行。所有雇用车船、人夫、牲口、装运行李货物，不得阻拦。如查无执照，或有不法情事，就近送交领事官惩办。沿途止可拘禁，不可凌辱等囚现。据本国工学博士伊东忠太禀称，欲由天津前途山西省太原府、四川省成都府及扬子江沿岸各省地方等处游历，请领护照前来。据此，总本领事查该合行[47]，发给护照，应请。

　　大清各处地方文武员办验照放行，务须随时保卫，以礼相待，经过关津局卡，幸毋留难、拦阻。为此给与护照须至护照者。

右照给工学博士伊东忠太收执

明治叁拾伍年肆月贰拾贰日　　　给
光绪贰拾八年叁月贰拾日

大清钦命直隶津海关道唐　加印

限　　　日　缴销

　　携带以上护照，旅行中，可沿途知会当地官府衙门，请予保护，于是地方当局便会派遣若干兵丁随行前往，以作护卫。此外，凭此护照，地方官府还将为旅行者提供投宿之处，有不少地方还有晚餐供给，并快速通报旅行者翌日行程落脚处所在地有关方面先行备好下榻之处。有时候，甚至还能提供车、马等物。于持照人而言，堪称关照备至，令人不无国宾待遇之感觉，时有以官方身份作公务旅行一样的优越感。但话又说回来，虽然地方当局悉心接待，却并未因为如此旅行者就得以在旅费方面节省甚多。如果是由官府免费接待，则对相关吏员、差役不能不略表心意。比如，对方免费提供住宿，但对驿站吏员、打扫房间的差役却都要行赏送钱。若是免费提供晚餐，则对送来饭食的差人、工役也要赏钱几文。若是有兵丁护卫随行，则是每人每天赏钱百

47　【译注】原文有误，恐怕应是"本总领事查核该行"才对。

文（相当于日本钱14文），此钱数已然成为一固定价码，无处不是。如此这般，旅费的开支自然是只会多不会少，实无节省可言。我等一行，每天的例行公务便是于临近傍晚时分，在护卫兵丁拥随下，来到驿所、旅舍，通常总是迎接的当地官员与军兵早已等候在外。军兵一见我等一行到来，立马列队，并肃正敬礼。官府吏员则毕恭毕敬，趋步上前，先是递送上头官员名片，随后来一通欢迎致辞。待欢迎仪式完毕之后，该吏员在前引领，带至下榻之处。我等下榻的房舍，通常总是驿站最好的房间，房间内免不了事先巧加装饰、布置。一行人才刚刚落脚，不出片刻，地方长官（知府、知州或是知县）就会前来正式拜访。其阵仗堪称八面威风，地方长官身着礼服，官服何其金碧雍容。地方大员先是礼节性致候，而后，或是不拘礼节而续亲切交谈，或是就此打道回府。回去之后还会有美味佳肴送来，所送菜肴多达30道以上亦不足为奇。第二天早晨，要离开此地之前，我等一行作为回礼答谢，得前往官府拜访并表谢意，而后出发。官府衙门照样依例派兵随行护卫，同时仍然火速飞报下一驿所准备接待事宜。如此程式，可谓是日复一日，周而复始。只是偶有例外，不免也闹出一些笑话，在后文再作交代。

不依照以上手续申请并办理旅行护照，也根本没有官府保护的独行侠般的徒步旅行者亦为数不少。若是如此形式的旅行，每日开支百文乃至二百文就已绰绰有余。只是，如此形式的中国之行，并非任何人都可为之。首先，此人须会中国话，并谙熟中国各地的世风人情。此人还得一身中国打扮，看上去与中国人一般无二。还有就是可以不受时间

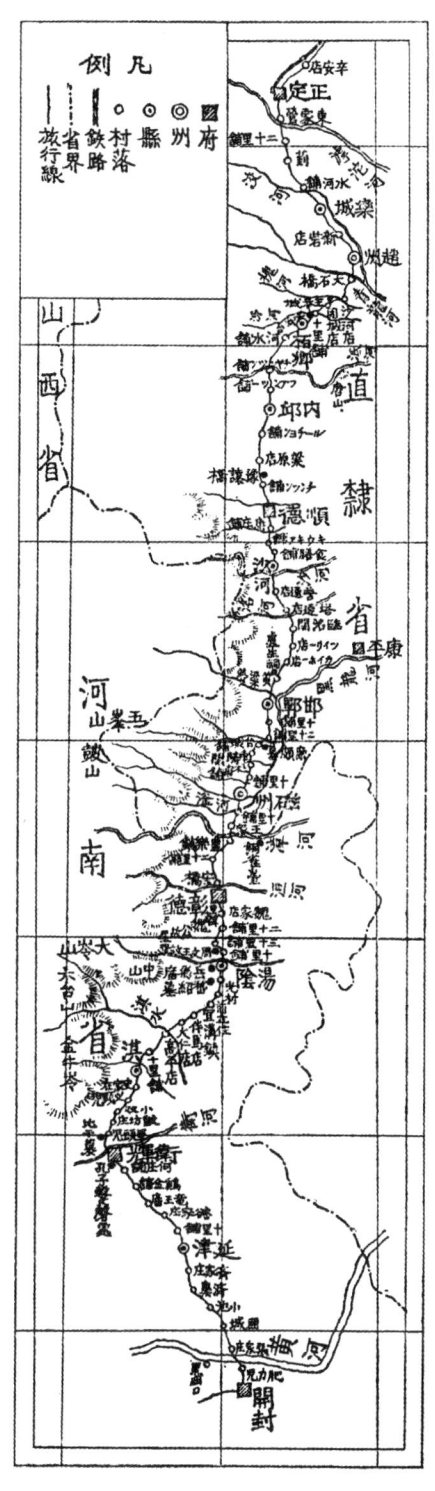

第114图　自正定至开封路线图

限制。唯其如此，才适宜独行侠一般的行走中国。

北京至西安的路线不妨略述一二。

从北京行往西安，通常是从北京乘火车至正定，然后，从正定翻越太行山脉至山西太原府，再往西南方向行进，遂抵潼关，并至关中。此乃最为便捷的一条近道，但问题是风闻此条道上所经之地的文化古迹和古建筑并不多见，故考虑选择第二条路线，即自北京南下，抵河南省卫辉府，再由卫辉府西行至潼关。还有第三条路线，那就是从北京先往河南开封府，再往西转至河南洛阳，而后抵潼关。此路线最是迂回不过，但如此代价所获回报却是有众多文化古迹与古建筑得以览胜。最终，笔者选定第三条路线。只是，现在卢汉铁路已经全线贯通，故从北京乘火车至河南郑州，再经洛阳以抵潼关也就顺理成章。

北京至西安的第一段路程，简言之，即是穿越直隶大平原。众所周知，直隶平原连接黄河与长江下游，将直隶、河南、山东、安徽、江苏、浙江六省联成一体，且与隔断山东的绵延峻岭相衔，无尽伸延，并探至黄海之滨，还将太行山与伏牛山挡在身后以成屏护。直隶大平原的面积有 20000 平方里，望去一马平川、旷阔无垠。在此 20000 平方里的方圆之内，甚至看不到一座像样的山。从北京到开封，由北往南，其程共计 1540 里，竟然走不出偌大的直隶大平原。而后，再转向西行，就是在转向西行后，前 3 天的路程还依旧是行进在直隶大平原上。直至第 4 天，总算逐渐看到远处山峦起伏，方才意味着我等一行已进入北京至西安的第二段路程。此段路程基本是在黄河南岸起伏山岭间穿行出没，其间，只有洛阳盆地形胜别具，算是例外。过了潼关，进入陕西，又别是一番道里新象。沿渭水南岸，贴秦岭山麓，向西行去，路上可以看见渭水北面一片方圆数十里的苍茫平原。事实上此非平原，乃广袤辽阔的高原台地，海拔 3500 尺。此平原即昔日的关中之地，亦属北京至西安的第三段路程。

从北京出发后，先在涿州下车，略作停留。因此，借机换上马车前往城中云居禅寺一游。

二、涿州

涿州有双塔，高耸云天，俗称南塔、北塔，均为辽、金时代的建筑。北塔乃八角六层[48]，塔基台座的栏杆，见有与日本法隆寺同样尺寸的佛教标识的框格[49]。台座处所立碑石有元代至正二十三年（1286 年，即日本后村上天皇正平十八年）的镌文，还有明代嘉靖十二年（1533 年，日本后奈良天皇天文二年）的《重修云居寺塔记》，

---

48 参见第 115 图（イ）、（ロ）、（ハ）。

49 参见第 112 图。

记曰：

吾涿州有二塔。其一为南塔、一为北塔，传闻创自辽金时。北塔视南塔，差一级，相去里许。

碑文所记与双塔现状正相吻合。涿州双塔的塔身比例非常有趣，塔身愈往上伸则层高越低，如下所示，其层高多少乃是依照椽子数量的多寡而定。简言之，六层塔分三大段，每两层属同一段。不同层高椽子数为：

底层　椽子 32 根（仅是八角的一个面，下同）
二层　椽子 30 根
三层　椽子 27 根
四层　椽子 26 根
五层　椽子 23 根
六层　椽子 22 根

二层以上的椽子系圆形，每一根椽子都悬有风铎。塔上相轮的形状则如第 115 图（八）所示，但或许此非最早的原物，而是后来者李代桃僵亦未可知。

南塔系八角五层[50]，与北塔大致形同。南塔各层椽子的分布如下：

底层　椽子 30 根
二层　椽子 28 根
三层　椽子 27 根
四层　椽子 26 根
五层　椽子 24 根

其匠意就在尽可能展示底层空间之巨大，反之，则最大限度压缩顶层空间。南塔顶上的九轮则如第 115 图（ホ）所示，但此物是否故物依旧，则不得知。

涿州城东门外 5 里处有一清凉寺，寺中有一小尊五层塔，此塔的相轮亦不无观赏价值。

涿州附近一带的名胜古迹，还有一处称为大树楼桑庙的汉代古建筑。此庙在涿州正南方向 20 里外，据闻此地亦是当年刘玄德的故里。从此地再朝西南易州方向行 15 里，有一处叫"张飞店"的所在，此即当年张飞故里，据闻当年张飞杀猪卖肉时所用的一口井至今犹在。

50　参见第 115 图（二）。

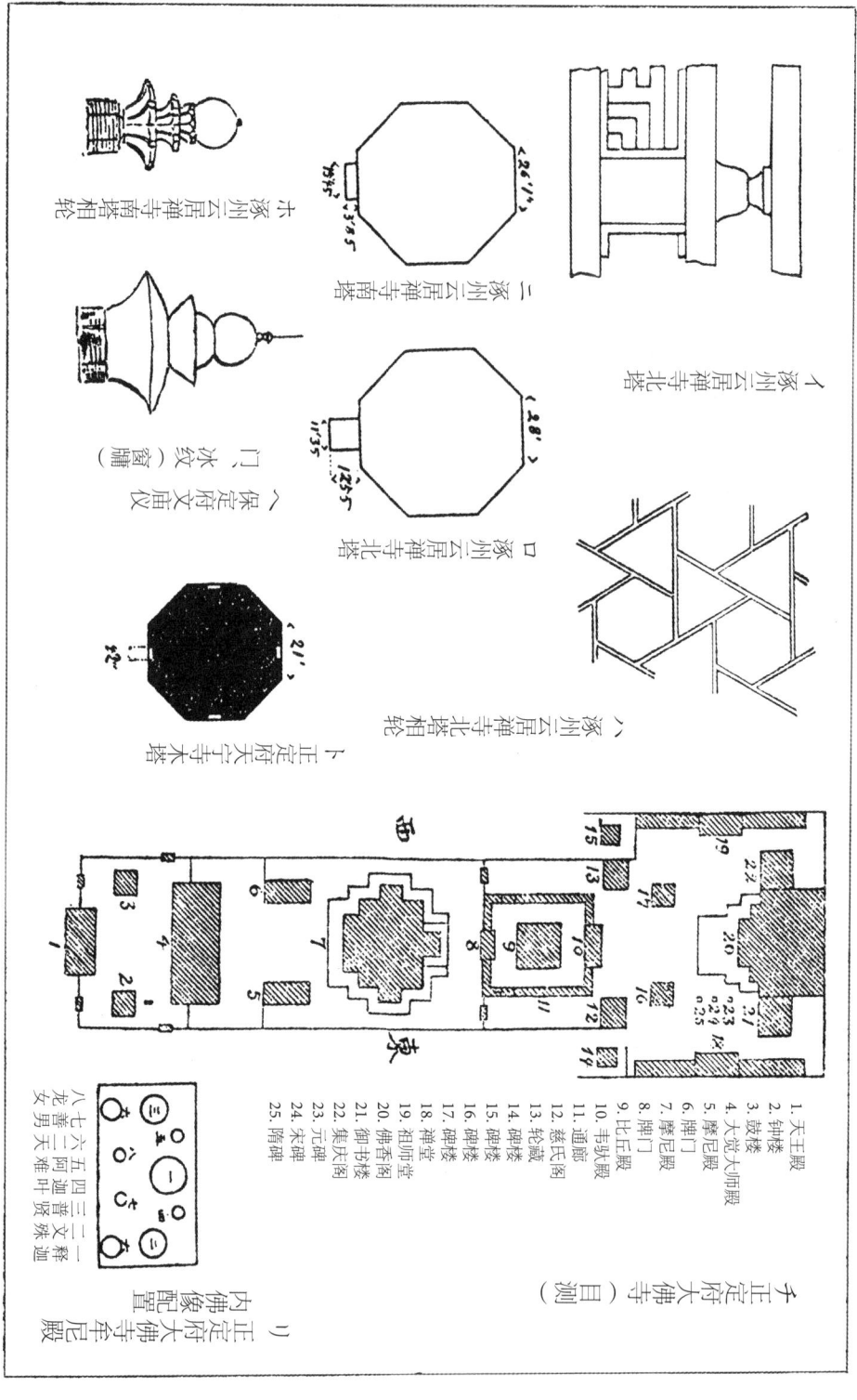

第 115 图 涿州云居禅寺北塔基坛高栏及其他 8 景

三、保定府

离开涿州,继续前行,下一站则是保定。保定乃是当时直隶总督府衙门所在地,据说人口在 5 万以上。古建筑方面,此地似乎并无特别值得观瞻的去处。莲池书院虽然闻名遐迩,却是池水浑浊,堂宇倾圮。大悲阁固然是楼高三层的大建筑,但也不过尔尔。只有文庙尚值得一看,庙内有延祐二年(1215 年,日本花园天皇正和四年)的碑石。文庙仪门的窗牖如第 115 图(へ)所示,系六角与三角形状,即近似所谓称为"冰纹"的不规则直线图形。

四、正定府

从保定再启程前往正定府。抵正定府后,发现正定府城竟有保定的两倍大,但城中面积有四分之三却是农田与荒地,城中街路亦是脏乱不堪,且市面萧条。时值霍乱流行,棺材铺生意最好。估计正定府人口也就是 15000 左右。古时,正定又称"常山",为蜀国大将赵子龙之故里。

芦汉铁路预定通至正定,此地已经先期开工。我等真正的骑马旅行须由此伊始。循旧例,有关旅行所需的器物装束、日常用品的购置,以及沿途照会各官府衙门等诸多事项,笔者俱面会正定官府的知府与知县,请予襄助其成。在正定官府,受待甚隆,以致得以下榻当地知县官宅。在正定知县建议下,笔者在此地买驴 1 头,用以驮载行李。之后,在 4 名兵丁随护之下,离开正定,开始真正的中国内地之行。正定一地,其古建筑之多倒是出人意料。首推者当属正定的大佛寺(本名龙兴寺),此寺创建于隋朝开皇年间,属佛教律宗寺院。论规模之宏大,大佛寺称中国佛教丛林首屈一指者亦言不为过。第 115 图(チ)为大佛寺平面图。首先是天王殿,殿内有喇嘛教派的四天王像。继之,乃是东西两边的钟、鼓二楼。再往前则是大觉大师殿,大觉大师殿前东侧立有碑石,上镌《特赐大龙兴寺重修大觉大师殿记》。碑文末尾所附日期为:

书大元大德五年岁次辛壬九月也[51]

石碑额首的龙雕甚是精美。再往东西朝堂方向行去,遂抵牟尼殿,此为大佛寺正殿。牟尼殿的佛像配置如第 115 图(リ)所示,佛像前摆放供桌,上供喇嘛教派的八宝。佛像背光见有迦楼罗(金翅大鹏鸟)口中衔蛇的画面。殿后有回廊环绕,曲径通幽,

---

51 即 1301 年,也是日本后伏见天皇正安三年。

直指比丘殿。又在回廊后面两侧，有慈氏阁与轮藏[52]东西迎面相望。再往前则见庭院开阔，有碑亭东西对峙。前方尽头正中处，乃是三层的佛香阁，佛香阁自二楼以上俱加飞檐。如此建筑形制与日本药师寺大殿称为"二层二阁"的建筑式样颇为类同。换言之，似可推测日本药师寺大殿的建筑于某种程度上借鉴了这一式样。日本《七大寺[53]日记》记曰：

  二盖重阁各有之仍造样

金堂

  四盖也每层有木绘可见

如此记载可视为上述推测的有力脚注。在此佛香阁中，塑有大悲观音菩萨立像。此尊观音立像，目测高度四丈五尺许，蔚为壮观。在此佛香阁旁，还有闻名遐迩的隋碑，碑铭最后记曰"开皇六年"[54]，碑首上部题"恒州刺史鄂国公为国劝造龙藏寺碑"。正定，即为昔日之恒州。环绕恒州刺史鄂国公题字周围的乃是最奇诡亦属最古朴的中国龙的图形。此碑背面还立有一唐代端拱二年（989年，日本一条天皇永祚九年）的重修碑，此碑四周所雕草木图案与古代日本天平年间[55]的雕饰极为相似。在此唐碑后面还有元代至正十三年（1353年，日本后村上天皇正平八年）的碑石。

此外，正定天宁寺木塔在中国也算是最具价值的古建筑之一。天宁寺的殿宇已经倾圮殆尽，于今唯有此塔尚存，但建造年代不详。在木塔附近，还见有明代嘉靖三十一年（1552年，日本后奈良天皇天文二十一年）立的木塔重修碑，至于比木塔重修碑更早的碑石则未能得见。此塔造型如第115图（卜）所示，为八角九层。每一层塔在东西南北4个方向开有窗牖。塔的底层为砖砌而成，比之其他各层相形见高，每一面均隔成4间。第二层与第三层，也一样是每一面隔为4间。第四层则隔成3间，但其与下面三层同，俱有椽子环构四周。自第五层起，往上各层均为一面3间，亦无

---

52 【译注】轮藏，又称转轮藏、转关经藏。即收藏于大藏经之库房中，将藏经之搭棚，做成八角形，于其下安置车轮，中央立一支柱，以便回转搭棚，得以自在检出所需之经卷。轮藏创始于梁代善慧大士傅翕。《释门正统》卷三《塔庙志》载："初梁朝善慧大士愍诸世人，虽于此道颇知信向，然于赎命法宝，或有男女生来不识字者，或识字而为他缘逼迫不暇披阅者。大士为是之故，特设便方，创成转轮之藏，令信心者推之一匝，则与看读同功。"至唐代，轮藏之构造，每于其上复安置佛龛、彩画、悬镜等，并环藏敷座，形制更为精美。（见《全唐文》卷676）

53 【译注】七大寺，乃日本古代奈良及其附近7大官寺总称，又称南都七大寺、奈良七大寺。通常指大寺、兴福寺、元兴寺、大安寺、药师寺、西大寺、法隆寺。然依《七大寺并兴福寺诸堂缘起》所述，另有三种说法。中古时代以后，盛行七大寺巡礼之风。但在镰仓时代以后，此风日渐衰微。

54 即586年，也是日本用明天皇元年。

55 天平年间为日本圣武天皇治世年代（729—748年），此时日本佛教极盛。

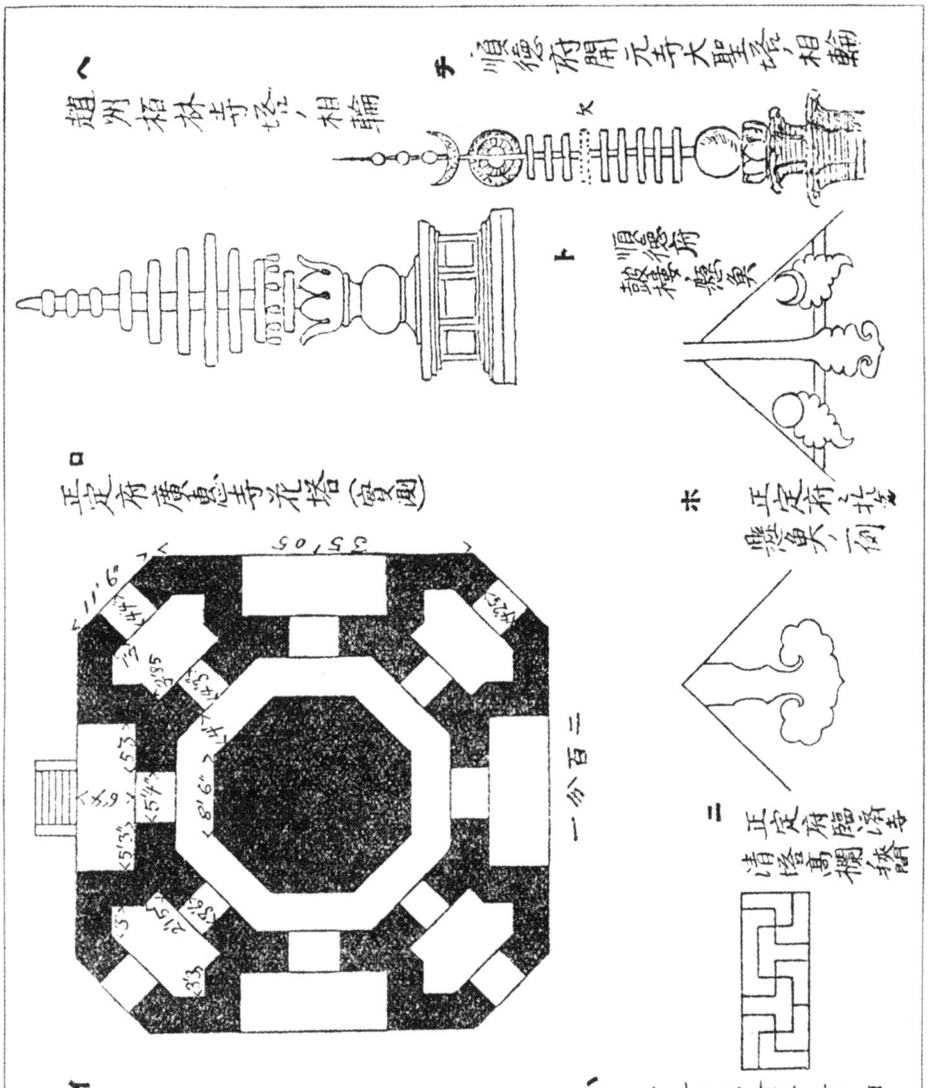

第116图 正定府天宁寺木塔相轮及其他7景

椽子加固，且层高急遽变低。随着升至呈屋盖状的最顶层，其建造式样反而与日本塔的筑造有诸多相似之处。相轮如第116图（イ）所示，共8轮。8轮中，由下往上数，居第5轮者最大，然后依次向上、向下两个方向逐渐收小。如此相轮，堪称奇观。正定天宁寺木塔目测高度约130尺。

还有广惠寺的花塔，在中国亦属独一无二。广惠寺花塔的平面布局，如第116图（ロ）所示，中央建造八角形的主塔，主塔四隅再各造一座小塔，创意独特。只是广惠寺花塔的建造年代不详，立于明代嘉靖二十七年（1548年，日本后奈良天皇天文十七年）的碑石记曰：

真定有古刹七寺，广惠寺居其一，建于隋，兴于唐，寺中有浮图，高数十丈，云云。

又，明代正统年间的碑文尚有以下文字可辨，即：

○○魏、隋之间　　重修于唐宋之间

"○○"者，推测应是"建于"二字才对。

广惠寺花塔，可谓无以类比。就塔的形制而言，此塔属于普通的多层塔与西藏窣堵婆[56]的融合。广惠寺花塔很难分得清共有几层，若是一定要分个明白，则勉强可称四层。即：底层为四个角落均建造有小塔的部分；二层为八角形的部分；二层之上有莲台，莲台上面又有八角形的塔身，此为第三层；第四层具有相轮的作用与意味于其中，塔身表面密密麻麻刻满小佛龛与动物雕像，远远望去，犹如疏密有致的松冠。第四层的顶盖骤然陡峭收尖，呈金字塔状，且覆被八角曲线，塔尖冠以宝珠。

另有一处则是临济寺的清塔[57]。此塔八角九层，高80尺许，其状甚美。清代雍正十二年（1734年，日本中御门天皇享保十九年）的碑文中有"创立以来经千百余年"一辞，故可认为乃是造立于唐代贞观年间。现存的临济寺清塔，则是经清代雍正年间重修。临济寺清塔采用回轩建造手法，致使每一塔层尽显匠心不同，创意各异，实是妙不可言。相轮在八角状的承露盘上面，承露盘上有双层莲座，莲座上则是半球形伏钵，伏钵上面为八角形冠盖，冠盖上为七轮重叠，再上面为水烟，再上面为第三层冠盖，再上面为四叶[58]，再上面为3个小珠串在一起的三重宝珠，整体造型妙趣横生。第116图（二）为临济寺清塔勾栏的隙缝。

56　【译注】窣堵婆，系源于印度的塔的一种形式，印度的窣堵婆原是埋葬佛祖释迦牟尼火化后留下的舍利的一种佛教建筑，以后，凡保存佛骨、佛牙、佛经和一切佛的纪念物的塔，通称为"舍利塔"。唐黄滔《大唐福州报恩定光多宝塔碑记》："释之西天谓之窣堵波，中华谓之塔。塔制以层，增其敬也。"

57　参见第116图（ハ）。

58　【译注】四叶，亦称"仰月"。

正定的开元寺也有一座九层塔。此塔为四角形，一柱通天，塔身越往上越显削瘦。每一塔层的分隔再是简单不过，并无新奇之处。第116图（ホ）系某处建筑的悬鱼[59]造型。概言之，正定此地保存的古建筑之多实在笔者意料之外。

五、栾城县及赵州

离开正定，再往前行。行行复行行，来至滹沱河边。渡河时，人乘船抵达对岸，马则涉水过河，盖河水只深及马腹。又行路几里，终抵栾城县（栾城县距正定80里）。入城之后，拜访当地知县。在知县安排下，我等一行留宿于龙岗书院。夜里，书院的山长来访，谈话中称官衙根本没给书院一文经费，因此书院只能停办，书院再开之日，实是遥遥无期，云云。谈及书院如此中落，山长扼腕唏嘘。

翌日，在4名卫兵护送下，一行又从栾城出发，继续南行。道路两旁，高粱地里，尽是一人多高的青纱帐，绵延不断。透过高粱地的青纱帐，太行山脉，始终在西边方向时隐时现。不久之后，遂至赵州城（赵州距栾城40里）。赵州只是一个人口六七千的蕞尔之地，当时附近一带霍乱正在流行，赵州城中已死千余人，一片乱象，据称光是县衙内就已毙命四五人。赵州城中有一名为柏林寺的古刹，别有情致。此寺似可推定为金代所建，寺内立有金代与宋代的碑石，金代的碑石镌有题名为《大金沃州柏林禅寺三千邑众碑记》铭文。伽蓝中有一座八角七层的塔婆，其底层入门上方处，题曰：

特赐大元赵州古佛真际光相国师之塔

故可推定此为元代遗物。其形制，与正定的木塔相同。如第116图（へ）所示，此塔亦饰有相轮。

赵州城南道上有一石幢，又叫相轮幢，只是俗称"石塔"。此石幢颇为奇妙，并非我辈于日本所想象的那种石幢。此石幢立于基坛之上，为八角形石柱，石幢系由几段石柱相接，不同段截分别刻有莲花、动物、力士等图像。石柱下部镌有铭文，文末记曰：

景祐五年三月十八日建立
大宋赵州南关厢邑人等重特建幢子相轮记

景祐五年，即宝元元年（1038年，日本后朱雀天皇长历二年）。

---

59 【译注】悬鱼，就是以鱼作为象征物，实为生殖崇拜留存于民居建筑上的一种抽象化表现，多用于悬山式屋顶，以祈福平安，鲜明体现出中国建筑的美学特征。

六、栢乡县及内邱县

从赵州出发,渡过青龙河,于大平原上行走 60 里,意趣索然,终于来到栢乡县。途中唯一值得看的乃是位于赵州南面三十里铺的坟墓。一座造型如日本传统的酒壶、腹部鼓鼓隆起的塔婆踞于八角形的基座中央。在故城店附近,还有一处所谓"王莽城"的地方。此外,在栢乡县北十里铺的路旁小祠堂见到一方汉碑,据称此碑出自汉光武帝时代,此地亦借此汉碑证实其乃汉光武帝即位称帝的千秋台故址。栢乡县无非是一弹丸小县,人口不过 4000,并无特别值得观瞻之处。

而后,我等一行又从栢乡县出发,渡过泜河,行走 60 里,遂入内丘县境。此地人口不过 3000,亦无一睹为快之所在,于是复又上路。离开内丘县,在大平原上犹是风尘仆仆,南行数十里,于东方处望见一山挺秀,此即唐山。往西面看,亦是冈峦叠嶂,或是鹤度山亦未可知。途中 45 里处有一小石桥,桥畔刻有"豫让桥"三字。据传,昔日豫让即隐于此桥之下。

七、顺德府

再行 60 里,来至顺德府。顺德府城,果然是一通都大邑,城墙高大,气势雄伟,人口似有上万。顺德府在古代称邢州,于今依然下设邢台县。笔者按惯例拜访当地知府。知府其人甚怪,听笔者说是为学术考察而游历中国后哈哈大笑,此人称中国既无学也无术,若是从中国去日本学术考察那还说得通,从日本跑到中国来考察,真是无法理解,云云。

笔者整个白天都在顺德城中对古建筑进行考察,回到下榻处,天已很晚,直到半夜才就寝。但四周声响不断,耳边频频传来马的龁啮声,以及驴叫声,通宵难眠。此类事时常有之,有时则是受臭虫骚扰,彻夜未合眼。

顺德城中有两大伽蓝。一是开元寺,又叫东大寺;二是天宁寺,又叫西大寺。

东大寺规模宏大,有诸多殿宇堂塔与碑石。寺里留存至今的古碑中,有铭文镌刻者计有:

一、开元寺圆照塔记
大观四年岁在庚寅十月丁酉(1110 年,日本鸟羽天皇天永元年)
二、大金邢州开元寺重修圆照塔记
大定五年岁次丁酉八月丑朔十七日(1165 年,日本二条天皇永万元年)
此碑上部雕有龙形,周围饰有蔓藤花纹,颇有观赏价值。
三、大元顺德府大开元寺资戒坛碑

至正十六年（1356 年，日本后村上天皇正平 11 年）

四、大开元寺重建普门塔之碑

至正十六年（1356 年，日本后村上天皇正平 11 年）

此外，还有泰定三年（1326 年，日本后醍醐天皇嘉历元年），以及至顺元年（1330—1332 年，日本后醍醐天皇元德二年至元弘二年）的碑石。

至于殿宇堂塔，首当其冲者自然是佛殿。佛殿的本尊佛像为释迦牟尼佛，文殊菩萨与普贤菩萨分别配置左右两侧。佛殿正面台阶上突出部的柱子上刻有铭文，曰：

正德十三年七月十五日立（1518 年，日本后柏原天皇永正十五年）

有此铭文，东大寺的创建年代就很清楚。此柱为一石柱，附有蛟龙翻腾的雕刻。在日本，当年织田信长建造的安土城也见有雕刻蛟龙的柱子。年代再往下移，至德川时代，此等匠意的雕刻越加多见。现在看来，非常清楚，原来它们都是传自中国。其次，大雄宝殿亦值得观瞻。再其次，则是离大殿稍远处位于北面的一座塔，感觉似是元代建筑，名为"大圣塔"，乃是一座八角七层的砖塔，其形制与正定临济寺的清塔完全相同。此塔所附相轮，即如第 116 图（卜）所示，为一完整的九轮大相轮，与日本佛塔的相轮极为相似。

塔的前面立有东西对向的碑石。东边的碑石，据铭文所记，此碑立于大德辛丑十二月（1301 年，日本后伏见天皇正安三年）；西边的碑石，据铭文所记，则是立于天祐[60]庚戌正月（956 年，日本村上天皇天历二年）。

属于这一伽蓝境域的还有一柱石幢[61]，同样是八角形的石柱，分为 4 段连接。石幢最底下一段的一面，大小为一尺一寸，上刻有经文。石幢上部额首处则刻：

大佛顶随求尊胜陀罗尼之幢

陀罗尼柱第 2 段以上八面均刻有佛像。陀罗尼柱最上段的部分已经缺损。此柱所立年代亦不详，感觉总有点像是宋代的陀罗尼柱。此陀罗尼柱亦俗称"尊胜幢"。

另者，西大寺，也就是天宁寺，有一塔婆最是有趣。碑石铭文记曰：

大元顺德路天宁禅寺虚照禅师明公塔之铭

文末刻曰：

延祐六年岁在己未八月（1319 年，日本后醍醐天皇元应元年）

60　天祐年号并无庚戌年这一干支，肯定是将"乾祐"错写成"天祐"，应该是笔者当时误记所致。

61　于今此石幢已被移至寺外。

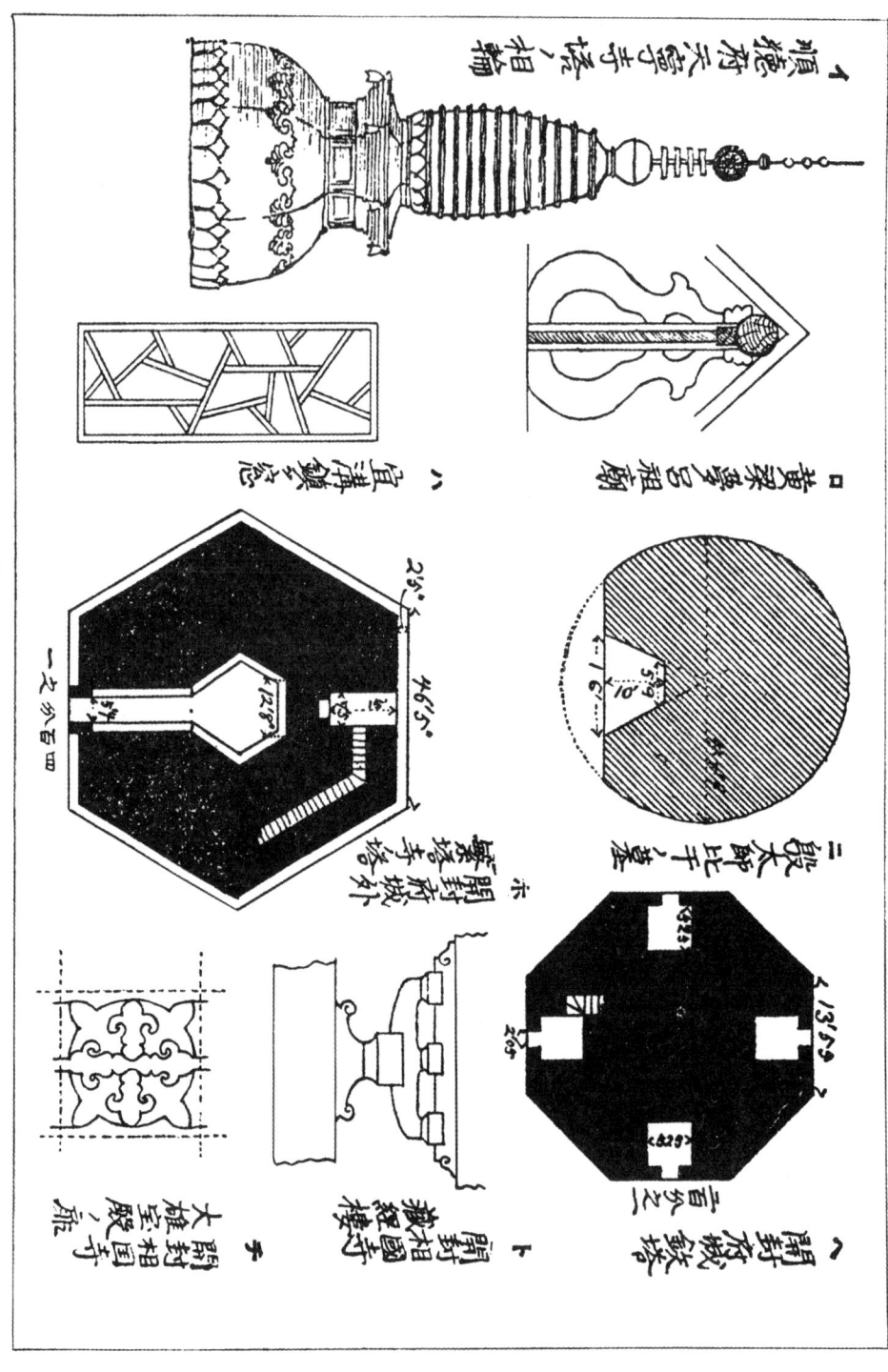

第117图 顺德府天宁寺塔相轮及其他7景

其建造形制与日本东大寺的大圣塔完全相同，且年代也相同。第117图（イ）乃此塔的相轮，不难看出，此造型乃是何等的匠心独运。

除以上介绍之外，顺德似再无特别值得一顾之处。第116图（ト）为鼓楼的悬鱼，亦是妙趣横生。

八、沙河县

从顺德出发，行35里，抵沙河县。

然沙河此地并无值得光顾之所在，无奈盛夏之际，烈日炎炎，我等一行都已酷热难忍，只好在沙河作长时间歇息，直到下午4点才离沙河县，往南行去，以渡沙河。行约20里路，此时夜色已重。一路行来，道路损坏之严重实在难以言表，再加此时夜黑如漆，连路都没能看清，时而天还落雨。道路左右两旁，绵延10来里，全是高粱地，1丈多高的青纱帐，似森林一般黑黝黝、阴森森，仿佛里面藏有什么不可告人的秘密。一行人，不知于何时前后拉开了距离，呼喊也不见回应，打头领路的护卫兵丁远远走在前面，早已离笔者几里之外，而驮载行李的却还远远落在后头。寂寞与不安的感觉愈来愈重，直至夜晚8时，渡过沙河，才抵临洺关。然而，由于前方驿站没事先通报告知，故临洺关一地并没作接待准备。无奈之下，我等一行只好找一勉强能住的地方夜宿。其住处的踢蹐与脏秽，比笔者之前山西之旅所遇最不堪的住处还更不堪。食物方面，唯有面条，此外再别无他物。

笔者这下算是对中国旅行走夜路的不便与不安感受铭深。从沙河县至临洺关，计其里程，有35里之遥。次日晨，当地衙门的同知（品位比知县低一级的官员）前来拜访，并循前例，为我等一行的下段旅程提供所需之便。离开临洺关，一行人又继续南行，由于连日下雨，但见到处水洼，道路已成河流状，车马行走时，车轴尽没入水中，形同水上行舟。行走20里，终于来到黄粱梦。此地有吕祖庙，庙中内殿，有卢生做梦的石雕。据传此石雕为唐代所制，但制作工艺却是粗劣非常。传说是卢生在此庙作了一场50年荣华富贵的黄粱美梦。第117图（口）为吕祖庙的建造技术。

九、邯郸县

从黄粱梦前行20里，便来至邯郸县。邯郸为古代赵国都城，据称其旧址就在今日邯郸县往南五六里处。今日的邯郸县城，东西长仅1里，南北长为3里，户不过250许，人口约1500，只是一蕞尔小县，并无特别值得观瞻之处。从邯郸县出发，继续前行，有幸看到路旁的廉颇墓。自杜村铺始，往南的路面状况有所改善。道路两旁,但见小河清清,流水潺潺。水中有盛开的莲花与萍蓬,还有菱藕、灯心草等水生植物,一派盎然生气。更有小杂鱼嬉戏于水中,让人心旷神怡。究其原委,恐怕是这之前一路行来,途中尽是在与沙尘、泥泞、浊水、粪土搏杀,可谓是大煞风景,其惨状无可言表。一旦行来此地,得以幸遇一泓清水、一枝生气盎然花草植物,故状如孩童一般雀跃欢欣、兴高采烈。想来,此乃人之常情常理,又何怪之有?

十、磁州

再往前行,即抵磁州。磁州位于邯郸以南70里处,由于此地出产瓷器,故因磁得名,以磁州称之。磁州人口3000左右。感觉此时磁州正是霍乱流行之际,但见街上棺材铺一派忙碌景象。在磁州的衙门中幸遇堪称稀世之宝的魏碑。碑上所刻如图所示:

献 尚 钺 魏
高 书 太 侍
公 事 师 中
碑 文 录 黄

据称,碑文乃是三国鼎立之时魏国的曹丕亲笔手书。此碑最值得观赏之处并非它的碑文,而在于上部碑额的龙雕以及侧面的图案雕饰。碑刻雕饰的曲线遒劲有力,且灵动飞扬,其艺术品位远在正定的隋碑之上。如此精致的龙形雕刻乃笔者平生首见,堪称举世无双之瑰宝,得瞻此物,实笔者之幸矣。

从磁州启程,再往南行。由于道路沿河流逶迤而去,故一路行走,河岸风光,别是一番情致。行30里处,遇一大河,名叫漳河。漳河源出山西太行山西麓,流经此处,正好将直隶与河南在此划地分界。之后,漳河再流向东北,最终与白河汇合。漳河两岸有三四町之距,其河面之宽与滹沱河不相上下,只是漳河流水色呈深褐,看去不免几分心怵。渡口见有壮汉八九人,赤膊正将车马行李弄上船。

渡过漳河,上岸之后,此时已置身河南境内。来至一处称为"乐丰镇"的地方,当年曹操建造的铜雀台,旧址据闻就在离此15里远的东南方处。刚才从漳河渡口作伴同行的有4位青年,他们说是要往河南开封赴试赶考。笔者曾向他们打听有关铜雀台之事,可惜却一无所获。笔者单刀直入询问可知铜雀台为何物,果然对方坦言不知何为铜雀台。几位书生要赴乡试大考,却连鼎鼎大名的铜雀台都闻所未闻,说来未免令人匪夷所思。

路上，正好遇见知县出行，此事笔者已略述于前。出行的知县，仪仗极为堂皇，坐的是冠冕考究的 4 人抬官轿，另有 4 名轿夫跟前附后，以便随时值换。此外，还有两名属员在其左右徒步扈从。开路在前的乃是一高擎的大红罗伞，知县的行李分别驮在五六匹马上，1 名随从押后照看。区区知县，论其官位大小，也就相当于日本的郡长而已，没想到出行却是如此排场，简直就像日本旧时的大名出行。

自漳河南行 40 里，渡洹河，遂抵彰德府。

十一、彰德府

彰德，昔日三国曹魏都于此地，又名邺都。南北朝时期，北齐王朝亦都于此。留存至今的都城，方圆 10 里，人口万人有余，下辖安阳县。城内值得一看的去处，有天宁寺的伽蓝。天宁寺伽蓝创建于隋文帝时代，今为临济宗的一处别院。要说天宁寺建筑，首推应是天王殿，此殿于清乾隆年间重修。其次系大雄宝殿，为五开间歇山顶建筑，在此还有幸得见造型极为复杂的悬鱼。第三则是雷音殿，为七开间单层人字形山墙建筑，殿内，据说中央是释迦牟尼本尊佛像，西面是阿弥陀佛，东面是药师佛。但是在笔者看来，3 尊佛像却是青面獠牙，简直就是骷髅头上戴顶帽。释迦牟尼佛手拿 5 把叉，背光中有喇嘛教派常见的迦楼罗。雷音殿内建筑所用大拱，呈八瓣形造型者有之。

还有 1 座八角五层的塔婆。此塔上大下小，上面部分比下面更显空间开阔，其造型之奇异未必绝后但绝对空前。最底层的台基置一莲座，莲座上立八角塔身，四周造拱，以纳佛像，塔身四面还开窗棂，柱上盘有蟠龙。总之，其匠心创意与北京天宁寺相同。此塔自二层始，每层塔身逐渐加粗。在四层处塔顶上，代替相轮的乃是细长状藏式窣堵婆。

以上所述建筑，建造年代均不详，似乎于清代康熙年间均有过重修。

此外，彰德城内的关帝庙、观音阁亦值得一看。另外，还有唐明皇庙，系唐代所建，于今尚有古碑留存。

出彰德城外，道路右方有韩魏公故里。前方 10 里许，有魏家店，传说乃当年曹孟德的屯兵之处。又行 10 余里，来到一处称做"姜里"的地方，据闻此地乃周文王故里。过了姜里，不久便至汤阴县。

十二、汤阴县

汤阴县位于彰德南面，两地相距 45 里。汤阴人口在万人以上，可谓一处通都大邑，其街市繁华非常，出人意料。此地知县对我等一行款待尤为盛情，甚至将县衙行台充为客舍供一行人下榻。不仅下榻之处内外装饰，且生活用具一应齐全，更调派 15 名吏员负责接待，所提供的晚餐实是丰盛非常。所谓行台，乃是中国的高官大员，即总督以下道台以上的朝廷命官出官差时下榻的官舍。笔者的中国之旅，于此地首享下榻行台的优渥待遇，随后此类优渥的待遇则纷至沓来，伴随笔者走过中国大地。

此地最有趣者当推岳祠。岳祠门前摆有五奸像，自西向东，每一人像胸前都镌有文字，即：

(1) （大宋奸党诬成冤狱谏议大夫万俟卨）　双手上铐
(2) （○○贼秦桧妻王氏）　双手反绑
(3) （奸贼秦桧）　双手反绑
(4) （大宋枢密使奸党张俊）　双手上铐
(5) （○背主诬陷○○○睢儿）　双手上铐

入门之后即见前殿，殿内置有诸多碑石，其中还有岳飞亲笔自题的碑石。殿中塑像分别为：

中央：岳飞
右边：义烈将军施公讳全
左边：威武将军张公讳宝

内殿有岳飞及其夫人立像。门前的五奸由于不断为游人所辱，像已多有缺损。

离开汤阴，再行往光村，此地有嵇绍墓。从光村再行 25 里，来至宜沟镇，当地驿馆已经内外洒扫就绪，正等候我等一行到来，有三四名官员忙进忙出，正张罗着为来客准备供作午餐的丰盛佳肴。

第 117 图（八）系此地某一家宅的窗棂，即所谓的冰纹式。窗格的布局，看似无规则，却是错落有致，匠意别具。

从宜沟镇启程前行，又走几十里，经过子贡故里，渡淇水之后，太行山脉迎面而来。但见苍茫暮色中，雨后天空，彩虹如画，宛若神界仙境，令人心驰神往。但毕竟是下过雨后，道路泥泞难行，车马行进速度缓慢，到达十里铺时，已是夜幕降临，四处一片黑暗。总算到了淇县，所幸汤阴知县早已知会淇县方面，淇县官衙对笔者一行的投宿早已安排在先。淇县位于汤阴县西南，距汤阴县 85 里。

十三、淇县及卫辉府

淇县并无特别值得一看之处，算来只有城内南关的殷代三仁祠。再前行，在淇县西南方向 40 里处，有殷太师比干的墓陵，此墓陵可是大有观赏价值。第 117 图（二）

即比干墓平面图。比干墓陵呈圆锥形且墓头不高，但墓陵前端却似被切掉一块，想来此即中国古代墓陵的形制亦未可知。比干墓陵所立的碑石中，最早的要算是商少师碑，其年号见碑文所题，曰：

宋建中靖国元年[62]春正月汲令聊城朱子才立石

只是，此碑却不见龙雕，也无蔓草花纹图案。

其次乃金代泰和甲子年（1204年，日本土御门天皇元久元年）的碑石。第三则是《皇元敕修太师忠烈公殷比干庙碑》，题为"延祐四年岁在丁巳十一月甲子（1317年，日本花园天皇文久元年）"。此外，还见有镌刻《周武王封比干墓铜盘》铭文的碑石，以及刻有唐贞观十九年二月敕祭的祭文碑石，只是二者俱是延祐五年立碑。离开比干墓，渡过卫河，遂至卫辉。卫辉位于淇县西南，距淇县50里。

卫辉府下辖汲县，府城方圆13里，据闻卫辉府城内外人口计有3万之多。卫辉即古时的朝歌，为殷代纣王都城。卫辉府城，看去市面甚是繁荣，此地有来自英国和法国的传教士，而且，修建怀庆与浚县间煤炭铁路运输的英国技师也住此地。

于卫辉府城停留期间，令笔者最是疲于应付者，乃是县衙书办（其身份犹如书记官）的一再来访。此人频频宴请笔者一行，席上有美味佳肴自然再好不过，但此人自称精通兵法，说是六韬三略不在话下，即便是孙、吴兵书，亦可出口成诵，还说在中国如其旷世英才根本无用武之地，真想干脆投往日本，在彼国必受重用，谈何曾国藩、李鸿章之辈，不过是小角色尔尔，天生我才，所谓文章学术，又何足道哉，有朝一日，兵权在握，必让中国称雄于世界，云云。真是痴人说梦，且气焰甚为嚣张。此人吹嘘得连岩原君都不知如何翻译是好，可想有多滑稽、荒唐。

当地值得观瞻的所在实不多见。屈指数来，一个是朝阳禅寺，位于卫辉府城西南郊外，主要建筑有天王殿与大殿。二是府城南郊有当年孔子击磬遗址。三是城东南有一座八角七层的灵应塔，塔高百尺许，看似塔内有阶梯可直通塔顶。此塔为砖构建筑，底层每边宽七尺一寸，整体看，此塔并无值得钦点之处，毋宁说是俗不可耐。四是城北郊外有一祭祀大禹治水的祠庙，曰三圣祠，但已倾圮，毁损严重。另外，位于卫辉府东北面的滑县，据称乃是当年关云长讨颜良而获白马的地方，风闻那里有二十圣贤像。

汲县的县衙前面，正好有刑犯示众。一个囚犯颈上戴着2尺见方、3寸来厚的重枷，枷上连一粗铁链锁在衙门前的石狮上。该囚犯就如此被枷锁于户外，任风吹日晒，示众数日。但被示众者看去神情却甚是泰然，但见与过往行人有说有笑，还向旁人乞讨食物。在其身边，则是满身泥粪脏秽不堪的野狗与猪崽来回游荡。县衙前的那头石狮

62　1101年，日本掘河天皇康河三年。

已经破相，耳朵缺损一角，但依然是直对示众的刑犯张牙舞爪。

十四、延津县

我等一行，从卫辉府开始，行程转向东南，将太行山脉甩在身后，又行进在大平原上。行 70 里，来至延津县。延津县城，方圆 3 里许，人口 3000 左右。城内大佛寺有一塔，八角七层，状同卫辉府的那座塔婆，名曰"万寿塔"。此塔说是建造于宋代，后几经重修，于今已面目全非，看上去俗不可耐，全无观赏价值。此塔底层，每面宽幅十六尺八寸，与卫辉府所见之塔尺寸相同。塔顶所饰九轮，看上去像似最近才修旧如新。

从延津出发，又是穿越大平原，百无聊赖，行行复行行。行 18 里，抵一小驿站，此地名曰"济云"。驿站南门，勒有碑石在旁，上题：

　　　曲逆侯陈平
汉　　　　　故里
　　北平侯张苍

再行 50 里，遂至黄河北岸。但见浊流滚滚，波涛汹涌，自天而来。站在河边，甚至一时难以辨清哪儿是河长，哪儿是河宽。唯有对着正南方向，远远望见对岸树木，此时方知彼此之距乃是河宽而非河长。但即便是河宽，两岸之间最狭窄处，相去竟也有 4 里之距。黄河水色，浑浊无比，观其浑浊程度，已是饱和至极，无以复加，与其说是黄色，莫如说是红色。黄河水咆哮如雷，稍微多看片刻，便会令人目眩头晕。河面上三四艘渡船穿行往返，由于水流湍急，舟船要直线横渡岂有可能？只得顺流而下，朝远处的渡口方向斜行而去，摆渡一趟得水行 10 里，费时 40 分钟。毫无疑问，黄河之水，论气势之磅礴，绝对是世界之最，无有可与比肩者。自太古洪荒始，黄河在历史上屡屡变更河道，屡屡泛滥成灾。在远古大禹治水时代，黄河是从今日的天津附近入海，其后又改为从今日山东省西北部入海，继而又变成流往江苏方向，从同是山东的利津县注入渤海。由此不难想见，黄河水道的几经变迁，乃予中国历史何等深刻、深远之影响。窃以为，对黄河的研究，即等同于另一文本的中国文化史之研究。我等一行安然无恙渡过黄河，翻过加固的黄河大堤，将黄河的拍岸惊涛甩于身后，继续南行而去。此时，放眼望去，但见瀚海平沙，茫茫一片。据闻当年张良椎击秦始皇的博浪沙，即与此时笔者脚下之路相接，乃前方伸延的另一条稍稍偏东的道上。

自黄河岸始，行 20 里，抵河南首府开封。开封下辖祥符县，其在延津正东南方向，两地相距 90 里。

十五、开封府

今日开封即宋代的汴京。五代时期的后梁、后晋、后汉、后周,亦俱建都于此。笔者不妨据历史诸文献所记,就开封的沿革略述一二。

开封城邑,最早为节度使李勉建造于唐代建中二年(781年,日本光仁天皇天应元年)。当时的开封城,方圆20里又155步,东西南北4面,城门不少,计南有朱雀、保康、崇明3门;东有丽景、望春2门;西有宜秋、阊阖2门;北有景龙、安达、天波3门。

开封城的历史变迁如下:

五代
周显德三年(956年,日本村上天皇天历十年),增筑东京开封府城周围48里233步。

宋
建隆三年(962年,日本村上天皇应和二年),拓宽皇城东北角。
开宝元年(968年,日本冷泉天皇安和元年),增修京师开封城。
大中祥符九年(1016年,日本三条天皇长和五年),增筑京师开封外城。
天圣元年(1023年,日本后一条天皇治安三年),增修京师外城。
元丰元年(1078年,日本白河天皇承历二年),重修京师外城。
政和六年(1116年,日本鸟羽天皇永久四年),改修京师外城周廻50里160步。
(详见《宋史》记载)

金代
正大四年(1227年,日本后掘河天皇安贞元年),浚汴城外濠。金都城门十四,曰:开阳、宜仁、安利、平化、通远、宜照、利川、崇德、迎秋、广泽、顺义、迎朔、顺常、广智,元代以后,汴城外濠多堰塞。

元代
至元二十七年(1290年,日本伏见天皇正应三年),修汴梁城。

明代
洪武元年(1368年,日本后村上天皇正平二十三年)重建河南开封府。

自金迄元,汴梁外城毁,内城存。洪武元年,改汴梁路为开封府,河南省于此始。内外甃以砖石,设卫守之城。周围20里195步,高3丈5尺,宽2丈1尺。池深1丈,阔5丈。门五,其东一曰丽景,又曰宋门;一曰仁和,又曰曹门。其南曰南薰;其西曰大梁;其北曰安远。各建月城三重、角楼4座、敌台84、警铺81,甚称严密。

永乐十二年(1414年,日本称光天皇应永二十一年)秋八月,修开封土城160余丈,永乐二十年冬十月修开封城。

嘉靖四年（1525年，日本后柏原天皇大永五年），太监吕宪重修开封府城。

万历二十八年（1600年，日本后阳成天皇庆长五年），巡抚曾如春增建敌楼。

迄清代，于康熙五十九年（1720年，日本中御门天皇享保五年）在开封城西北建万州城。万州城高1丈，蜈蚣架全围5里又192步。开封府虽亦几经重修，但大致还是因袭明制。现今开封府城，状近正方形，声称面积不下40里，就实际勘测结果看，其实只在32里至33里之间，即相当于日本长度单位的4日里30町。即便是40里不到只在三十二三里之间，开封府城也已是其大甚焉，怪不得古代诸多王朝均建都于此。唯有一点，却令笔者百思不得其解，乃开封的地势地形。开封城四周，放眼望去，一马平川，尽是绵延不断的大平原。将一座都城建造于如此平坦的地形之上，毫无险要可据，其理由安在？从我辈外行人的眼光看，选择如此地势筑城建都，显然有违军事常识。

开封城内，出人意料地并不繁华。城内北面，多是空地一片。开封虽称人口有20万之众，但实难凭信，以笔者所见，最多也就不过8万之数。

开封不乏颇具历史文化价值的古代遗迹。首推者必定是旧汴梁帝京的宫殿旧址，其位于今日开封府城中心偏北，古时的殿宇亭台楼阁，于今全无踪影，唯见荒地、池塘一片。昔日帝宫旧址，现已建庙祠在此，名叫"龙亭"。在这里未能寻见可判定为汴梁帝京的旧时遗物，但在龙亭前阶，却见有蟠龙浮雕，堪称佳作。推测之，此蟠龙浮雕，传世应在明代之前。

下面摘录一段《开封府志》，曰：

汴故宫

在县城内正北，本宋之大内，金人广之。皇城南外门曰南薰门。南薰门之北曰新城。新城之北曰丹凤门。丹凤之北曰文武楼。其东曰太庙。其西曰郊社。正北曰承天门。双阙前引，东西左右两掖门。承天之北正殿曰大庆殿。东庑曰嘉福楼。西庑曰嘉瑞楼。大庆之后曰德仪殿。正内曰隆德殿。隆德之次曰仁安殿。仁安之次曰纯和殿。纯和之次曰宁福殿。宁福之后曰苑门。而北曰仁智殿。有二大石。左曰敷锡神运万岁峰，右曰玉京独秀太平岩。苑门东曰仙韶苑。北曰涌翠峰。东连长生殿。又东曰涌金殿。蓬莱殿西曰浮玉殿，曰瀛洲殿。南曰阅武殿。又南曰安泰门。东曰寿胜宫。北曰徽音院。又北曰燕寿殿。徽音、寿圣东曰太后苑。有庆春殿，明洪武十一年，即其故址建周王府，国朝改为贡院，今恭建万寿宫。

有关开封府汴梁帝京旧址，容笔者他日再徐徐道来。

开封府的寺院建筑亦不少，其中以大相国寺、祐国寺以及国相寺3处最值得观瞻。

先说大相国寺。大相国寺位于开封府城东南，创建于北齐天保六年（555年，日本钦明天皇十六年），时称"建国寺"。后于唐景云二年（711年，日本元明天皇和铜四年）改名"相国寺"。宋至道二年（996年，日本一条天皇长德二年）敕建三门，并御赐匾额，上题"大相国寺"金字。清代乾隆朝《重修大相国寺记》载曰：

（前略）寺以内为山门、为钟楼、为鼓楼、为接引殿、为大殿、为罗汉殿，最后，为藏经楼。以观音、地藏二阁副之。西院各配殿，以及戒坛、方丈焉大备，洵中土选佛胜场矣。

由此可知大相国寺所配建筑之大概。

总之，大相国寺乃一处气势恢宏之伽蓝，其建筑之精美亦可谓出类拔萃。天王殿、大雄宝殿、罗汉殿、藏经楼系大相国寺之主体建筑。其中，以大雄宝殿为最，乃进深7间、宽5间的多层歇山式建筑，斗拱的形制亦独具一格，至为罕见，一应雕刻，亦堪称冠盖绝伦。

第117图（チ）乃大相国寺窗牖花格。罗汉殿有八角回廊将八角堂（本尊造像为千手观音）环抱其中，罗汉堂内则见罗汉像依次亮相。第117图（卜）系藏经楼（多层歇山式建筑）的三拱。

其次为祐国寺。祐国寺位于开封府城内东北方向，最早是晋代天福中（947年，日本村上天皇天历元年）在明德坊建造的一座寺院，称"等觉禅院"。嗣后，此禅院于宋代乾德二年（964年，日本村上天皇康保元年）移至现今寺址处，当时名叫"丰美坊"，后于庆历元年（1041年，日本后朱雀天皇长久二年）改称"上方寺"。寺内有一琉璃塔，俗称"铁塔"，只缘其色如铁，故有是名，其实该琉璃塔所用材料与铁毫无干系。至天顺年间，此寺遂改为今名。明朝末年，开封遭遇水灾，祐国寺伽蓝尽毁，唯此塔独存。有关此琉璃塔，且看下记：

塔八棱十三级六十寸，宋仁宗庆历时建，以铁色琉璃砖砌成。每砖摸（模）佛像，或罗汉，或飞禽走兽。四周簷砖，俱摸（模）"宿州"字，旁又有"土主吴靖"字。倒读成文，未解何义。又，每级间以铁砖，中铸佛像，两旁有字，高不可辨。塔座下，八棱方池。北面有小桥，过桥由北洞门入，盘旋而升，如行螺壳中。极顶尽处，座铁佛一尊。每级俱有门户。门壁上俱陷黄琉璃佛一尊，高约三尺，洪武二十九年周藩造。共四十八尊。壁上题敬德监工重修，当是周府内使名，俗以为尉迟敬德，误也。塔右自西而北，复折向东一带，廊约二三十间。圆脊甬瓦，四面飞簷，内外棂窗。西房后是马道，北房后是土山，及玲珑石山，聊络至东院阁后。

上文所记与此塔现状正相吻合，只是此塔于今乃是形单影只，并无廊阁与其相连。第117图（へ）乃此塔平面图。此塔塔内有明朝洪武二十九年（1396年，日本后小松天皇应永三年）镌刻的铭文。塔上九轮形制简约，轮上宝珠乃是刚刚装上。塔婆的外部装饰，即上葺琉璃瓦，瓦面俱雕有佛像，或是蔓藤花纹图案。就笔者目测，琉璃塔高为 200 尺许，上文记"三百六十尺"云云，实不足信矣。

其三则是国相寺。国相寺位于开封府城外东南，于今名叫"繁塔寺"。此寺有塔刹一座，亦属塔中翘楚。《开封府志》记曰：

在城东南繁台前，又名繁塔寺。五代周显德元年建，名曰天清，又名曰白云。宋太平兴国二年[63]修。明洪武十七年[64]，修改今名。正德十五年[65]，重修。

明代万历四十五年（1617 年，日本后水尾天皇元和三年）所立碑石，题记此塔重修事。碑文记曰：

（前略）正殿后为繁塔，即宋之兴慈塔也。太平兴国年建，初本九级。见塔北洞内陈洪近修塔记，明太祖以王气太盛撤去六级。李空同碑谓七级铲去其四，殆失考也。今存者三级，犹高九丈五尺。周遭六面，各四丈许，共二十四丈。极顶正中作尖峰，高二丈。塔之上下，一色方砖，就每砖俱作圆凹月，一砖一佛，趺座其中。下一级，向南洞内有座佛。（下略）

碑文所记，与现状甚相吻合。第 117 图（ホ）为其平面图。此塔原为九级，因后来改为三级，故其塔身与普通的塔相比，更显细长。就其现在形状看，称其为一阙三层楼阁似更相宜。又，外部塔身的砖面悉数刻满小佛像，此等创意，与前述的铁塔如出一辙，颇为奇特，难得一见。类似心裁别出的创意尚有许多，似可认为俱属印度传来。塔顶上，于今已将原有的七级小塔换成相轮。

除此之外，著名的寺院，还有诸如位于相国寺东面的惠林禅院——俗称"铁仙寺"；位于开封府城北、安远门外的天王寺；位于城东 40 里处的景福寺；以及繁塔寺旁称作"吹台"，即古时师旷的吹律之处。另外，府城之内，还有信陵君的祀祠。

最令笔者兴趣盎然的应是府城内的犹太教寺院遗址。犹太教于宋代传入中国，是以开封建有犹太教堂。固不待言，彼时开封已有不少犹太人居住于此。

犹太教堂今已湮灭无存，唯剩碑石一方，据闻上面刻有犹太文字。只是笔者探访该遗址时，此座刻有犹太文字的碑石却未能得见。所幸得遇在当地传教的英国神父罗伯特·鲍威尔（Robert Pawoll），有关开封犹太教堂事，笔者得获诸多信息。据闻，罗伯特鲍威尔已在开封传教 6 年，但见其身着中国汉服，首留长辫，口言汉语。除传教之外，他还开医馆，热心慈善，济世度人。

63　977 年，日本圆融天皇贞元二年。

64　1384 年，日本后龟山天皇元中元年。

65　1520 年，日本后柏原天皇永正十七年。

风闻当地最近开设大学堂，笔者赶紧前往探访。该学堂学制 3 年，所有普通课程均有讲授，就其程度而言，显然要比日本初级中学更高一筹。学堂所教授外语为英语，教科书亦全采用英文汉译之版本，即便如物理、化学、高等数学此等不易翻译之教材，也照样巧加移译。据说教师尽是中国人，未聘任何外国教师。为中国自身教育事业发展计，此措举不能不说是可圈可点。

笔者在开封逗留期间，每日均受困于滂沱大雨。道路因下雨而泥泞非常已是不堪，更有路旁路中随处可见的人畜粪便，因雨水与路面泥泞混在一起。于如此路面行走往来，等于就在粪坑里跋涉迈步。徒步行走时，泥泞甚至陷及膝部，此时，恶臭难闻，头上脸上，粪水喷溅，此景此相，实是平生首见。

开封府考察终告结束。一行人又启程西行，按计划前往洛阳、长安。一路行来，行李辎重已是越来越多，而用以负重的驮马则越显不支。前方尚是路程漫漫，不能不让人忐忑不安。因此，后来决定将行李辎重改为用马车拉载，并将原来负载行李的驮马（原价 35 圆）和毛驴（原价 15 圆）在当地卖掉，售银 12 两。于是，下段行旅，我等一行就只剩骑马 2 匹与马车 1 架。8 月 29 日，一行人从开封府出发又上路前行。此次行程，有官府派出的 4 名骑兵护卫，另有 2 名县吏随行，此外，后面还乱哄哄跟随着闲来无事看热闹的闲人一帮。

十六、中牟县及郑州

从开封启程，出西门，方向西南，于平原上行进 70 里，渡过运河，抵中牟县。中牟县城，方圆 6 里，人口 3000 许，古建筑有兴国寺。据其《县志》载：

> 兴国寺在县南门内，原名佛道寺。宋太平兴国三年[66]，敕额为智度寺。今称兴国寺者，从年号也。有宋时，石幢高七尺六，面上刻经千百字。

只是，如今石幢已荡然无存。大雄宝殿内的 3 尊佛像多少还有观瞻价值，尤其是居中一尊带有背光，此佛像最值得一看。

除兴国寺外，其余古建筑，据《县志》记载，还有县南晶泽里寿圣寺，寺中有塔 2 座，高 10 丈许，故今名"双塔寺"。另外，据闻县城西面 30 里处白沙镇，尚有一延福寺，乃宋太平兴国八年创建。笔者对上述所在甚感兴趣，可惜，依行程所定，已无暇前往。与中牟几乎是正西北方向，有黄河渡口，即历史上有名的官渡旧址。翌日，从中牟出发，继续西行在大平原上。一路望去，尽是大田毗邻相接，地中种有大豆、高粱、番薯等作物。大雨连绵数日，道路积水如汪洋，积水往往深及马腹。行走 70 里后，遂至郑州。在此，

---

66 978 年，日本圆融天皇天元元年。

终于又见山峦叠嶂。雄峰峻岭，已是未谋面久矣。眼前看见的连绵群山，乃是嵩山山脉的东端末段。郑州城，方圆12里，自称人口有2万余众。要说此地古建筑，最名闻遐迩者，当数郑州开元寺。郑州《县志》载：

开元寺　在州治东，创建于唐〇宗开元年头，门内广建，舍利塔一座，见古迹。

寺境内有一塔婆，八角十三层，塔上部最顶端两层已塌。此塔造型、大小与延津、卫辉所见之塔完全相同，并无特别引人之处。寺内还有1柱万胜幢。此幢乃多层连接，底座镌有铭文，上部则刻佛像，甚是值得一看，或为唐代遗物亦未可知。

附近一带，还有许多墓陵不可小觑，如汉代周勃墓就在县西北30里处菱桥村；宋代裴晋公墓在郑州南面30里处；后周柴世宗墓陵在郑州南面50里处；宋代王德用墓在郑州南面40里处。

十七、荥阳县

次日，从郑州又动身上路，依原定计划继续西行。途中，一切如常，情景依旧，唯见大平原于不露声色中转变为山地。一路行来，但见道旁田地要比脚下路面高出百尺以上。道路泥泞不堪，且崎岖不平，行路之难实非语言所能描述。随行马匹亦是精疲力竭，几近倒毙道中。嵩山山脉已是渐行渐近，但见峰峦愈加高耸入云，别是一种恢宏雄健之美。行走70里，一行遂抵荥阳。据荥阳县衙新近调查结果，荥阳县城，方圆5里30步，人口为3734人。县衙内有一方古碑，堪称瑰宝。此碑立于一小亭中，亭曰"汉碑亭"。碑首有蟠龙雕饰，古朴苍然。据碑铭所载，此碑立于熹平四年（175年，日本成务天皇四十五年），确否待考。此外，城中文庙，亦有古碑，碑正面镌有铭文，落款为神龙元年（705年，日本文武天皇庆云二年），碑背面所刻铭文之题记则为景龙二年（708年，日本元明天皇和铜元年）。碑首龙雕，奇诡却又雄健，其狰面獠牙状看去让人心怵。

古时荥阳旧址，在今荥泽县治西南17里处，或荥阳县东北40里处，即当年汉高祖陷项羽重围之古战场。当今，荥阳县东北25里处，还有一口井，称为"厄井"，即当年汉高祖隐匿藏身所在。说是敌兵追来，却发现鸟鸣于井台之上，蜘蛛也在井口吐丝织网，于是追兵认定敌人不可能藏匿于此而离去，汉高祖本人因此逃过一劫。是故，此井也就成为古迹，为后人所观瞻。

十八、汜水县

次日，离开荥阳，向西北进发。道路依然如故，路面全都落于平地之下，与周边平地上下落差有百尺余，简直就像在坑道跋涉，举头看到的只是一线天。加上路面凹凸不平，坑坑洼洼，泥泞与土尘共伴，堪称此次中国行最不愉快之旅程。行40里后，已近黄河，一行人来至汜水县。此地为汜水汇注黄河之处，县城方圆四五里，人口千许。汜水县城西关，即虎牢关。从此伊始，一路过去，尽是山道，此系进入洛阳盆地的门户所在。当年，项羽将汉高祖围在荥阳，虽进可取成皋，然终究还是功亏一篑，其乃不得地利所致也。荥阳、汜水，正好位于河南大平原边缘，不夺虎牢关之险蹈，则无望取洛阳。当年楚汉相争，楚军将汉军压在汜水，但最终没能破虎牢关，汜水可谓扼守关洛形胜之地。如果登上城北小山岗眺望四方，但见黄河在西北，浊流滚滚，一路奔腾向前，扑面而来；汜水则自南面来，在此地汇入黄河。往南望去，还见崇山连绵，冈峦叠嶂，起伏群山如汪洋大海，其为嵩山山脉尽头。汜水位置之重要，由此可见一斑。

汜水城外有一古寺，曰"等慈寺"。寺中有两方古碑。其中一碑，题记"显庆四年岁次己未[67]八月乙○朔十五日"。此碑高约两丈、幅宽五尺三寸、厚一尺八寸五分，称为一流巨碑实不为过。侧面的立涌形花纹图案既气派且高雅，碑首龙雕亦可谓精巧无比。另一方则系唐碑，只是年号不详。不过，此碑碑首的龙雕亦与前者同，均属美妙绝伦之佳作。此碑题名曰：

大　　唐　　皇
帝　　等　　慈
寺　　之　　碑

十九、巩县

第二天，自汜水县城出发，过虎牢关，渡汜水，一条陡峭坡道接踵而来，此坡就叫"老犍坡"。老犍坡突然拔地而起，非常陡峭，坡高近千尺。从北京出发以来，于此算是第一次真正翻山越岭。登上崎岖且又陡峭的羊肠小道，但见脚下风光无限，右边是黄河东流，东面则汜水尽收眼底，西边乃洛口在望。不久，一行又是一路下坡行往山脚，遂来至洛口，即洛水汇注黄河之处。在此地，发现许多穴居式住居建筑，此发现乃大出笔者意料。第119图（46）即其中一例。在几乎呈垂直状粘土岩壁表面，横向挖掘洞穴，洞穴之内，或作一居室，或分作二居室、三居室。如此住居全靠自然采光，但见洞穴

67　659年，日本齐明天皇五年。

高处亦錾有小窗，此窗并兼烟囱之用。住此穴居的人们，白天多在户外劳作，洞穴只是充作夜间憩息睡眠之处。过了这一穴居村落，一行人行抵东关，东关为一行商脚贩买卖甚为红火之小集镇。我等继续沿洛水前行，遂至巩县。出乎意料，此地却是凋敝非常。巩县县城，方圆5里，人口不过六七百。建筑方面，并无特别值得观瞻之处，唯县城东门外有杜甫祠庙，笔者方知杜甫生在此地。

其次，则是城隍庙。城隍庙建筑不过尔尔，主要是城隍庙旁有一大莲花池，一泓清水，荷花飘香，牌坊如画，立于莲叶田田之中。与牌坊照面相对者，乃是半已倾圮的城墙雉堞，好一幅意味悠深的画面。此处风韵清雅，笔者亦陶然其景，流连此间，忘了暮色苍茫，夜幕将临。据闻与洛水隔水相望的对岸，有与洛阳龙门一样的石窟寺，但却没能前往探访，实属一大憾事。《县志》载：

隋　石窟寺　巩县西洛水北
（金石考）石窟寺即净土寺。有二石幢。一为唐开元十九年；一为后唐长兴三年。

其他《县志》载曰：

汉　慈云寺　明帝时西僧摩腾、竺法兰创建，在有龙山内。
后魏　元领军寺　巩县西洛水北
隋　栢谷坞寺　巩县西南之百峪也

巩县古迹，计有以上所列。另外，巩县西南40里处有宋陵，计有：

宋宣祖安陵　太宗永熙陵　真宗永定陵　仁宗英照陵
英宗永厚陵　神宗永裕陵　哲宗永泰陵　钦宗陵
宋太祖贺后陵　同王后陵　太宗尹后陵　同符后陵
真宗潘后陵　同郭后陵　徽宗王后陵

只是，亦因时间关系，没能探访。

翌日，离开巩县，沿洛水向西南进发。行25里，来至黑石关，并在此渡过洛水后继续西行。洛水两岸相距40乃至60间[68]，虽然河水非常混浊，但水流相当平缓，得以方便舟楫船行。洛水对岸就是邙山脚下。邙山东西走向，横亘于黄河与洛水之间，自东往西朝洛口方向延伸，直至新安县边陲，绵延长达200里。邙山与其说是崇山一脉，莫如说是丘陵一方；与其说是丘陵，毋宁说是平地。只因邙山既没有山脊又没有山谷，其实不过就是平地隆起而已。邙山最高处，离其山脚地面也就不过四五百尺，但是，邙山之上，却遍散数个小山岳，望去突兀挺拔。首阳山即其中之一，其位于偃师县西北，高度千尺许。

嵩山传为五岳最高，冠以"中岳"之称。从洛水渡口正南方向地方望去，可以看

68　【译注】"间"为日本的一种用于建筑物与土地方面的长度计算单位，一间约等于1.82米。

见嵩山山脉的最高峰，此峰高 7000 尺许。嵩山山脉，东自郑州边缘始，向西延至洛阳龙门南面，长约 300 里。少室山，几乎就是嵩山山脉正中段。

二十、偃师县

少时，一行人来至偃师县。偃师县城，方圆 10 里，人口 4000 许。果然是帝喾及殷朝古都，此地古碑古迹为数众多。笔者先是观瞻文庙并看古碑。偃师县文庙古碑，最引人注目者至少有以下 5 方：

(1) （碑名未详）　大唐开元二年（714 年，日本元明天皇和铜七年）

  碑首龙雕有颈轮，造型及雕工俱佳。

(2) 大唐赠太子少师徐府君之碑　贞元十五年（799 年，日本桓武天皇延历十八年）

  龙雕略嫌精致不足，无颈环。

(3) 唐故左拾遗赠舒州刺史窦府君祠遗碑　元和十三年（818 年，日本嵯峨天皇弘仁九年）

  龙雕太过粗糙，有颈环。

(4) 大唐二帝圣教序碑　显庆四年（659 年，日本齐明天皇五年）

  龙雕甚是精美，无颈环。

(5) 唐故舒州刺史何公碑　年代不详

  龙雕尚可，有颈环。

据《县志》所载，偃师县墓陵，有重要文物价值者，计有：

商汤王陵	县东 6 里
商中宗陵	县东
伯夷叔齐墓	县西北 25 里首阳山
齐田横墓	县西 10 里
魏文帝陵	县北 25 里首阳山
文帝郭后陵	首阳陵西
唐孝敬皇帝太子宏陵	县南景山上
唐昭宗和陵	鞍氏镇东北 5 里
唐杜甫墓	县西土娄村

此地于魏、唐、宋各朝代间还建有诸多寺院，但由于其所在俱离县城较远，故未予探访。

翌日，一行离开偃师，大体上沿洛水北岸，与洛水同行并进。所谓洛阳盆地，实为一东西 200 里、南北四五十里的一片平原。朝右边望，但见邙山中堆起的坟包绵延不绝；朝左边望，嵩山山脉连绵不断，逶迤相连。行走 10 里，望见田横墓。附近一带，众多坟墓俱呈圆锥形状，大坟墓面积不下五六十间，小坟墓面积则不足十来间，其陋无比。大田里大都种植棉花，地里其他各种蔬菜则呈色彩别异的美丽图案。经过昔日后魏都城遗址，再往前行，望见塔刹一座就在前方不远处，此即闻名遐迩的白马寺。来至塔前一看，出乎意料，此塔的汉代形制已是无影无踪，寺院伽蓝亦是湮灭无存，只是最近才在此塔近处刚新建一座喇嘛教寺院。其实众所周知，白马寺乃是创建于汉明帝时，被称为中国佛教寺院之始祖，位于魏都西门外 3 里处。因此，由此塔所在位置即可推定昔日魏都所在方位。五代时，粤庄武李王倾尽资产重建寺院，并称之为"东白马寺"，还在寺中建造九层塔一座，高 500 尺许。后又经 150 年，岁次丙午，东白马寺再罹兵燹，大金朝廷又予重修。此次重修，依照彦公大士所定，在之前旧址上建十三层塔一座，高 160 尺。今日所见白马寺塔与金代所建之塔大体形同，只是金代以后，似乎此塔还经数度翻修。此处所存碑石不过尔尔，并不见有年代久远者。有一碑石题为：

无垢净光○陀罗尼经

并记"端拱二年五月四日（988 年，日本一条天皇永延二年）敕"，附有"天禧五年（1021 年，日本后一条天皇治安元年）"年号。此外，还有大金大定十五年（1021 年，日本高仓天皇安元元年）题记重修白马寺的碑石，以及明代嘉靖年间所立重修碑石。简言之，此十三层塔造型并不够美，建造工艺亦无精湛可言，而且，就其建造年代来看，出乎笔者意料，此塔实在也是太过年轻。虽然今日白马寺有天王殿、大雄宝殿、接引殿、毗卢殿等系列建筑，但并无特色，平淡无奇。唯寺内一方古碑最受见重，此碑乃清光绪二十六年在位于白马寺东南方向洛水中发现，碑上有"武定三年岁在乙丑○○丁丑朔十五日（545 年，日本钦明天皇六年）建"铭文。碑首刻有 3 龙，碑右现龙体 3 躯，碑左则仅现龙体 1 躯。此碑与荥阳县衙内汉碑形制相同，只是碑龙所在位置，二者正好相反。此碑题曰"魏报德王为七佛诵碑"。碑上所刻龙首与日本奈良时代铸钟所见龙首及其五官，尺寸完全相同。另外，寺内还有碑石，题曰"洛京白马寺祖庭记"。此碑乃至顺四年九月十五日（1333 年，日本后醍醐天皇元弘三年）立，碑上龙雕精美异常。

二十一、河南府（洛阳）

离开白马寺后，一行人继续西行。渡过瀍河，来至洛阳（河南府城）。瀍河已经断流，河床干涸，其宽不过五六间而已。瀍河发源于邙山，如前所述，邙山实是一小丘陵，隆起于平原之上，并无广袤森林覆盖，故瀍河自古以来就一直是涓涓细流，甚至都难冠以"河流"之名。

来至河南府，发现城邑规模却是如此之小，谈何堂堂洛阳，实在是出人意料。洛阳城邑其小如斯，想来城中人口也就不过25000人许。今日洛阳城，位于洛水以北、瀍河西边，东西长不过20余町，南北亦不过15町。众所周知，恰恰是因为位于洛水以北，故有"洛阳"之称，盖河流通常以北为阳、以南为阴。洛阳最早被都为帝京还是在东周时期，其后则是东汉，称为"东都"，再后来是后魏、隋、唐，只是各朝各代都城位置却不尽相同。要述帝都洛阳历史沿革，非得长篇累牍不可，只能另文专述，此处只能长话短说。简明扼要讲，东周时期，都城在涧、瀍之间；东汉时期，都城在瀍水以东，彼时帝都，方圆只有东西7里，南北9里，其规模之小不难想见；至后魏，洛阳城规模日渐扩大，达东西20里、南北15里，位置在今洛阳与偃师二地中间；至隋大业元年，洛阳被重新规划，并被名为"新都"；唐武德四年，"新都"之名被废，唐贞观六年，号"洛阳宫"，唐显庆二年，改名"东都"。当时洛阳城池外郭，东面扩至瀍水以东，西面扩至涧水以西，南接伊阙，即，东15里210步、西12里120步、南15里70步，北7里20步，方圆共计69里210步。"洛阳宫"宫城在洛阳西北角，帝宫东西径长4里188步，南北径长2里85步，方圆13里241步。后来的皇城在其南面，东西径长5里17步，南北径长3里298步，方圆13里250步。皇城西面有上阳宫，上阳宫西面有神都苑，面积为东面17里，南面39里，西面50里，北面24里。包括外城在内的洛阳城，洛水自西向东，穿过城中，将洛阳城一分为二。洛阳城内架在洛水之上的天津桥，为一木桥，正对皇城正中，其位至尊。五代之时，却有四代，以及后来北宋王朝，均是迁都汴京，即今日开封府城。元以后，由于定都北京，致使洛阳愈加衰落。于今洛阳之城，仅是囿于瀍水以西、洛水以北一方弹丸之地。总体而言，汉文化乃随着黄河东流而下，故汉文化最早是以长安为中心，后逐渐东下，转向以洛阳为中心，又继续东下，移向开封，接着再往下，继而北京、南京。说来有趣，汉文化可谓从崇山峻岭开步走向濒海之地。

然而，尽管洛阳与长安共同被誉为中国第一古都，但令人意想不到的是洛阳存至今日的古代遗物却少之又少。别说先秦时期或者汉代，就是魏、隋、李唐时期的古建筑也已荡然无存。据《洛阳伽蓝记》所载，六朝以后，洛阳乃是中国佛教中心，伽蓝遍城，宝塔如林，梵钟悠悠，香风阵阵，风铎清脆声响风中飘荡，久久回响，更有紫云呈祥，天女奏乐，满天红霞，俨然是西方极乐世界。

但是，屡经兵燹，加之岁月沧桑，曾经的佛教胜境，如今已是丰韵尽失，风采不再。慕名而来的人们只能面对亘古不变的浩浩长空，黯然追忆那曾历经千年的帝都春秋。北魏时期，胡太后创建永宁寺中百丈宝塔，如今连地基遗址位于何处都无从得知。李唐时期的皇城宫门，如今也已无影无踪。于今，映入人们眼里的洛阳城，只是那些与粪水同流合污的泥泞与沙尘肆虐的陋巷,是行将倾圮的歪倒破屋,是在如此凋敝破败的景象中留一长辫、穿着长衫马褂的中国人,看似悠闲,却又是惶惑不安。

二十二、龙门

洛阳附近一带古迹中,最有历史文化价值者,当属位于洛阳城南25里处的龙门。北魏时期,龙门就有寺院8处。《县志》记载:

后魏龙门八寺　　龙门有八寺,其最著者曰奉先、曰香山。

（按）后魏所建八寺,见于《伽蓝记》者唯有石窟、灵岩二寺。余六寺见于旧《洛志》者曰乾元、曰广化、曰崇训、曰宝志、曰嘉善、曰天竺,而奉先、香山不兴焉。

然而,今日所存,唯有潜溪、香山二寺。潜溪寺名,并不见于上记《县志》所载,究竟何故,不得知。

龙门,乃伊河绕过嵩山山脉西麓后汇入洛阳盆地之处,即伊阙是也。大河两岸,尤其西岸,几乎全是悬崖绝壁。在此峭壁之上,开凿石窟,鏨刻佛像,从北向南,绵延长达6町许。所鏨佛像数量,真正可称是无以计数,任用何等方式计算,结果都是数不胜数。大的石窟,窟内径长30尺以上;小的石窟,径长甚至只有一二尺的小佛龛,均鏨有佛像供奉其中,亦多有铭文镌刻。铭文中最多见的年号有:

孝文帝　　太和（477—499）
宣武帝　　景明（500—504）
　　　　　　永平（508—511）
　　　　　　延昌（512—515）
孝明帝　　熙平（516—517）
　　　　　　神龟（518—519）
　　　　　　正光（520—524）
　　　　　　孝昌（525—527）
孝武帝　　永熙（532—534）

东魏孝静帝　天平（534—537）
　　　　　　　武定（543—549）
西魏文帝　　大统（535—551）

换言之,龙门石窟代表北魏王朝后期艺术的最高发展,与同样代表北魏王朝前期

第118图　龙门所见的建筑形制及手法（一）

艺术发展的山西云冈石窟寺，共同成为中国最为弥足珍贵的艺术瑰宝与历史文化遗产。有关龙门石窟，拟另文详加论述，此处仅是泛泛带过而已。

第119图（45）为龙门石窟平面图。需说明之处为此图系笔者考察龙门石窟时自行绘制，或许多少有不够准确之处，还请读者诸君包涵。自洛阳出发，最先来到潜溪寺，此寺在伊河西岸，共有4个大石窟。

第1窟名曰"齐拔堂"。石窟内室，宽三十一尺五寸，纵深二十二尺三寸五分，石窟入口处宽计十三尺。窟内最深处，乃是本尊佛陀释迦牟尼须弥座上趺坐像，其须弥座，长十五尺三寸，宽十二尺三寸。本尊佛像左右两旁为阿难、迦叶立像。左右两侧壁面，还有两相对望的伺服二菩萨与二天[69]刻像。石窟内佛像的背光及其纹饰，与日本法隆寺佛像同出一辙。石窟内顶上天花呈穹庐状，上绘莲花。

第2窟与第1窟几无不同，但有后世修补痕迹。石窟内室，宽二十六尺三寸，纵深三十一尺七寸，石窟入口处宽计十二尺四寸。本尊佛像台座长十八尺七寸，宽九尺二寸。所有其他配像与第1窟完全相同。

第3窟称"宾阳洞"，亦属四大石窟中最为重要一窟。石窟入口处左右两边，刻有二天像。宾阳洞，入口处宽十二尺八寸，石窟内室宽三十七尺，纵深三十二尺四寸。

---

69 【译注】佛教中的二天，一是大自在天，二是毗纽天。大自在天，亦称摩醯首罗；毗纽，亦云韦纽，也叫韦糅，或称遍胜、遍净。

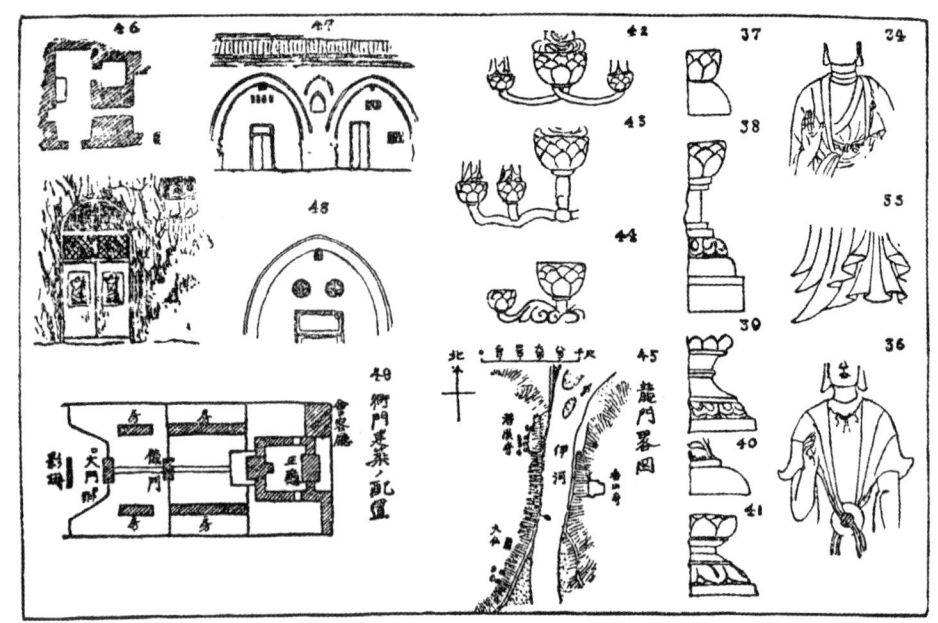

第119图 龙门所见的建筑形制及手法（二）

本尊佛像台座长十七尺五寸，宽八尺二寸。供奉于正面的佛像有3尊，左右两壁壁面，则各有四体佛像相对望。窟内地面，刻满亚西利亚风格图案。窟顶天花，其边缘四周，尽是与日本法隆寺屋顶天花边缘四周同样图案的雕刻。飞天的造型，与天寿国曼陀罗[70]所绘画像风格完全相同。

第4窟与前者形制相同，石窟入口处宽十二尺一寸，石窟内宽二十九尺三寸。窟内纵深分为前、后二段，前段深十八尺三寸，后段深十二尺。后段上方造有长十六尺五寸、宽七尺五寸的台座，以供佛像。座前有石狮一对，正面供奉3尊佛像，左右壁面各有一体侍奉佛像。第3窟与第4窟之间有一古碑，上题"伊阙佛龛之碑"。碑石四周有图案雕刻，碑首龙雕最是传神。可惜，碑上未见年号题记。

一行人继续南行。一路上，但见道路右手边的悬崖壁面，如蜂巢般开凿大小石窟无数。与其说是石窟，莫如说是佛龛迭架更为贴切。大佛龛径长达2丈有余，龛内壁面，同样雕凿许多佛龛，看上去有大有小，密密麻麻。每一佛龛内都供奉一尊自壁面凿出的立体佛像。其雕凿技法之精妙，实是难以言喻。

南行复南行。不久，望见前方有一处高高隆起的台地，一尊半已坍倒的大佛踞于

---

70 【译注】天寿国曼陀罗，即《天寿国曼陀罗绣帐》。此幅刺绣系圣德太子去世后，王妃橘大女郎发愿绘制的太子转生之极乐世界。图案由东汉末贤、高丽加西溢、汉奴己利绘制，椋部秦久麻督促宫中采女绣制。画风古朴，与朝鲜半岛的高丽壁画风格相近。

其上。看大佛容貌极尽轮奂之美，雕功亦精湛无比，称其为绝代佳作亦不为过。据闻此乃唐高宗敕造的号称"八丈卢舍那佛"，其实，原本佛像高度也就预定五丈三尺，但实际看来似乎5丈不到。侍立两旁的二天，其尺寸大小，也与本尊卢舍那佛的高度大小呈比例关系。整个佛雕，绝对是稀世罕见的大手笔，如此大气磅礴，不仅可谓在龙门一处无出其右者，恐怕整个亚洲，亦难有可与之相媲美者。

从卢舍那大佛处再往南行，随之道路转而折向西南，路上能看到的悬崖壁面开凿的佛龛也越来越少。只是龙门石窟群分布的最末段，倒有2处石窟颇具重要考察价值。在此2处石窟内壁，均见有浮雕，其工艺技法不仅颇具艺术价值，且不乏建筑实用价值。

向东渡过伊河，终于看见香山寺立于一小山丘上。伊河东岸，所见建筑，似都不过尔尔。虽然也有昔日开凿的佛洞石窟，但毕竟数量稀少。饱览过伊河西岸的龙门石窟群，再到伊河东岸一看，自是索然无味。

总而言之，龙门石窟，其佛雕造型，多为北魏时期艺术风格之体现。虽然隋唐二代，在龙门也还开凿石窟若干，但到宋代以后，则再也不见有开凿石窟之壮举。从艺术风格看，北魏时期的佛像与日本法隆寺的佛像完全相同。属于唐代时期的龙门佛像，则与日本天平文化时代[71]的佛像如出一辙。不过，于北魏与李唐之间，尚有诸多值得观瞻的文化瑰宝，此段时期，大致相当日本白凤文化[72]时期至养老年间的历史年代。第118图（1）至第119图（44），为龙门所见建筑技法集锦。

第118图（1）至（3）为立柱的建筑式样。类似（1）的式样，在日本法隆寺伽蓝建筑的大斗亦可寻见，还有就是立柱下方可见力士雕像。（2）与（3）的立柱造型，明显与中国传统风格不同，其创意应是出自遥远西域。第118图（4）至（6），系柯里安特式建造风格[73]，或是与其相近的建造风格，此创意来自印度。第118图（7）至（8）为斗拱形制，其中，当数一种人字形蟆股最有意思。自然，此造型和创意绝对是源自中国。第118图（9）至（21），系斗拱种类，看得出有许多是印度风格。第118图（13）为珠帘卷帐形。第118图（22）、（23）系浮雕所见建筑式样，其印度风格一目了然。第118图（24）、（25）为屋檐形状，其中，四注瓦茸、鸱尾上翘，系中国传统建筑之范式。但是，于梁中央加饰人面鸟身造型，此创意来自何方则不得而知，或是迦楼

---

71 【译注】"天平文化"，系取自圣武天皇在位时的年号（724—748年），但广义上指的是整个奈良时代（710—794年）的文化。这一时期的文化，深受盛唐文化影响，并形成了包含佛教文化在内的贵族文化。

72 【译注】白凤文化，指日本从645年大化改新到710年迁都奈良前一段时期的文化，由白雉年号（650—654年）而得名。这一文化乃是以佛教文化为中心，但前期受大陆六朝文化影响，后期受唐朝文化影响。养老年间系古代日本的一个年号，为716年，即唐开元四年。

73 与此类似的手法在武梁祠也曾见过。

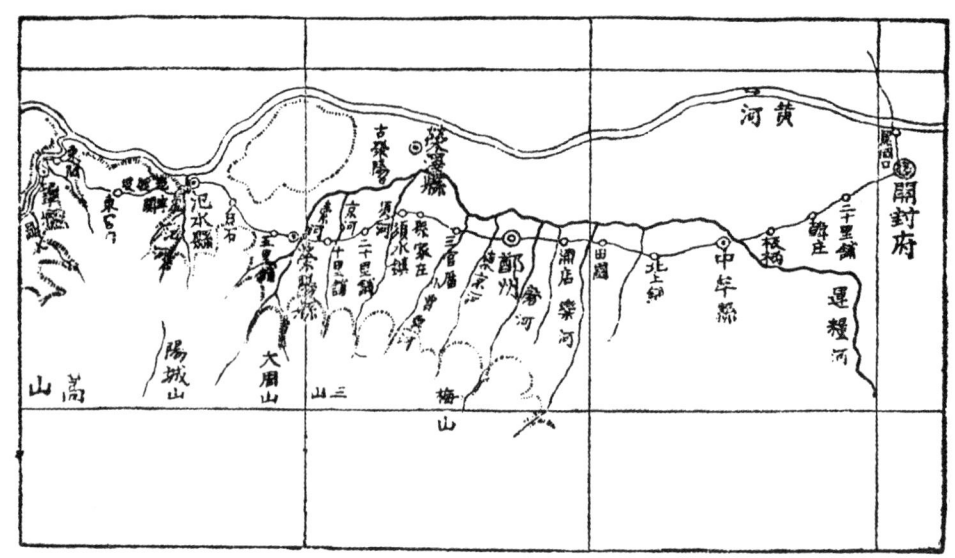

第120图　从开封至巩县路线图

罗亦未可知，或有可能佛教传来之前中国就已有此人面鸟身造型。

第118图（27）至（33），俱是出现在浮雕中的塔刹造型。于浮雕中所见塔刹者，均为四角形，层数不等，少者三层，多者十三层，造型俱属日常所见者。在龙门塔刹中，看不到印度佛舍利塔的造型。有序循进、层层加叠，乃中国本土佛塔传统建造风格与特征。想来，印度的佛舍利塔建造还是经由西藏一地吸收消化之后再传到中国内地而非直接由此及彼。

第119图（34）至（36），系佛像衣纹式样。一看便知，与日本法隆寺佛像如出一辙。

第119图（37）至（41），乃是佛像所踞莲座或台座。第119图（42）至（44），虽然同为莲座，却是以莲梗造型将本尊佛像与侍奉佛像的莲座连为一体。此种创意与造型，似同日本法隆寺以及橘夫人[74]念持佛的佛像台座二者间有某种无法忽视之关联。

有关龙门石窟，姑且叙述到此。实话说，不花3个月时间，对重要物件进行现场测量、摹写、摄影，则所谓龙门石窟群之研究，终究只能是蜻蜓点水。笔者对其考察为时只不过3天，毫无疑问，肯定是挂一漏万，唯待来日有机会再作深入考察。

除龙门石窟外，笔者在洛阳还探访了清真寺。清真寺即伊斯兰教寺院，据闻，洛阳城外，清真寺院共有10座，穆斯林则不下2000人。洛阳城外伊斯兰教寺院建筑，

---

[74]【译注】橘夫人，全名橘三千代夫人，是圣武天皇夫人，光明皇后母亲。据说她将阿弥陀三尊像放置于所使用的厨内，这三尊像是她所持有的念持佛。三尊像由青铜铸成，最中间是阿弥陀如来结跏趺坐，左右两旁是观音及大势至菩萨，他们的台座有如盛开的莲花，下面连接粗壮的莲梗，象征三尊像从莲池中浮现。

从外观看，其乃因袭中国传统建筑风格，但内部建筑及一应设施，却与阿拉伯国家伊斯兰教寺院别无二致。如图案装饰等，所使用文字也是阿拉伯文。又，此地穆斯林头戴尖帽，并用布缠至额头。有关中国清真寺话题，笔者拟另文再述。

从洛阳往龙门途中，有一关林镇，此处有关羽墓，墓陵规模甚大。关羽墓系传统古坟造型，墓前立一庙堂。关羽墓陵规模之大实为罕见，然建筑本身却无值得称道之处。

话别洛阳之前，实有必要就北魏时期佛寺建筑略作交代。北魏王朝，论信佛至笃至诚，当属中国历史之冠。北魏历代帝王，多有大兴土木，以建伽蓝。可惜，凡此建筑，于今已是荡然无存，故北魏时期佛寺建筑究竟如何模样，世人不得知。后人只能从龙门幸存石窟雕刻中探寻北魏佛寺建造蛛丝马迹，并借此进行相关考证，除此之外，别无他途。据考察结果，笔者以为，当时北魏佛寺建筑应是中国本土传统建筑与西域以及印度建筑相互融合之作品。在北魏鼎盛之时，西域自不待言，最南一面直至印度边陲，最西方向有欧洲罗马[75]，都与之有过交往。毫无疑问，凡此国家之文化产物也必然传来。当时，与中国有来往者，有些国家令今人甚至感到陌生。且看《县志》所载的《永明寺记》，曰：

后魏永明寺　宣武帝所立，在大觉寺东，沙门三千余人。西域，远者乃至大秦国。南，中有歌营国，去京师甚远。虽二汉及魏，亦未尝至，今始有。沙门拔陀自云：北行一月至勾稚国；北行十二日至孙典国；又北行三十日至扶南国，方五千里，南夷之国最为大；又北行一月，至林邑国；出林邑国，入萧衍国。拔陀又云：古有奴调国，乘四轮马车；斯调国，出火浣布，以树皮为之。凡南方诸国亦与西域、大秦、安息、身毒诸国交通往来。

二十三、新安县·渑池县

从洛阳出发，时为明治三十五年九月九日。告别热情好客的洛阳知县，一行人继续西行。行 10 里许，渡过涧河，并沿涧河南岸更往前行，遂至王祥河。"王祥河"之名，系出自"王祥卧冰求鲤"传说。此村又名孝子铺。过王祥河后，再向西行，二渡涧水，终于来至函谷关。其实应称函谷新关方妥，汉武帝朝，元鼎三年，函谷关隘迁移至此，先秦以前之旧函谷关则非此地。看此函谷关，所踞之地并非险要，只是于平常山岭处修建关隘一处，坦言之，无险可踞，不足道哉。过函谷关后，一行人来至新安县。新

75　【译注】以前，中土将当时欧洲罗马称作"大秦国"。据《旧唐书·列传》卷148、《大唐西域记》卷11"波剌斯国"条、《释迦方志》卷下"波剌斯国"条等所载，大秦又称拂菻，即东罗马帝国，位于波斯西北。东罗马帝国于君士坦丁堡建都后逐渐强盛，兼并小亚细亚及叙利亚等地，并与东方诸国交通往来，我国隋唐时称其为拂菻。

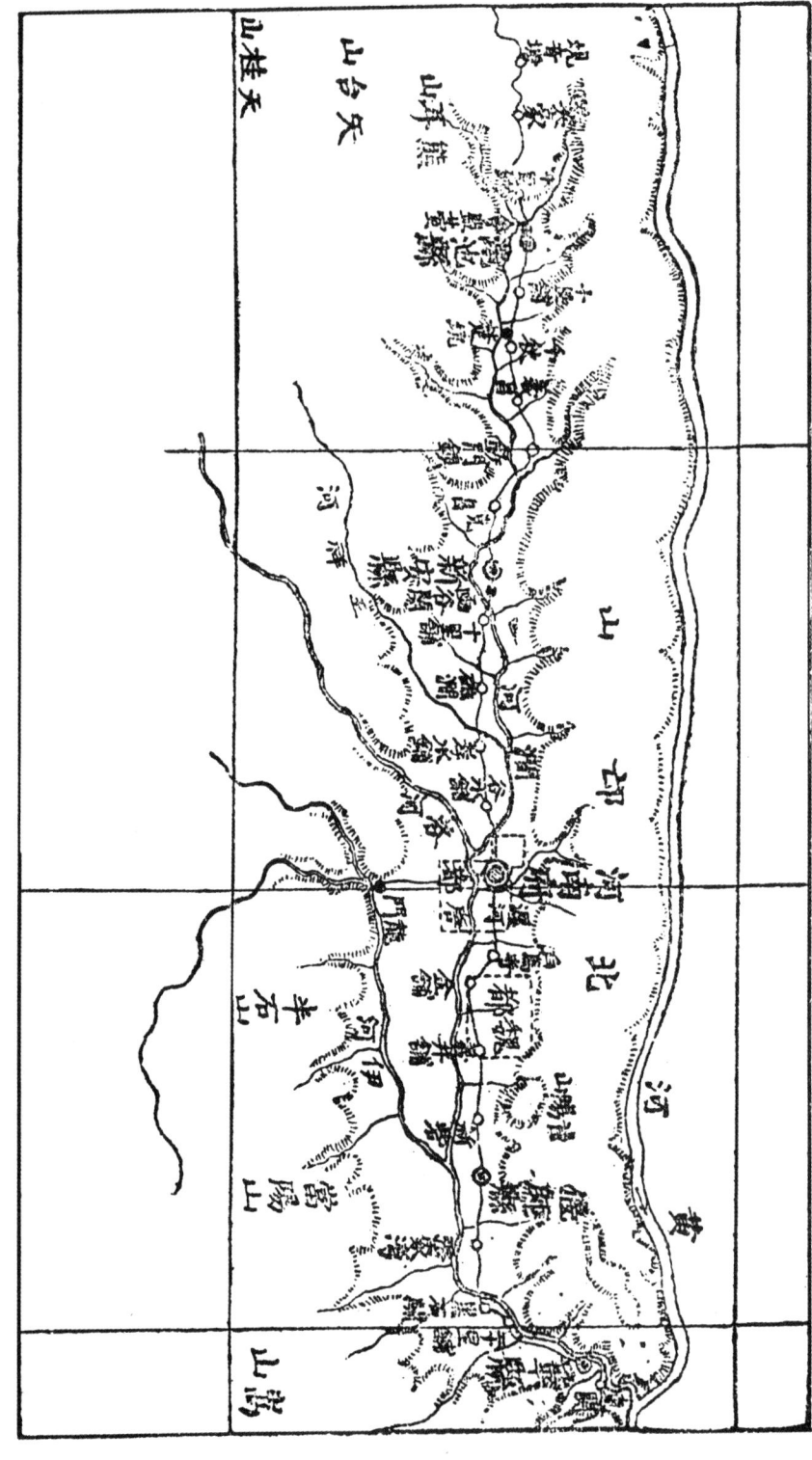

第121图 从巩县至渑池县路线图

安县城，方圆 5 里，人口 3000 许，有城隍庙、关帝庙、文庙等。凡此建筑，看去一般，俱无特色。

翌日，又从新安县城出发，望西而去，沿涧河北岸逶迤前行。但见涧水河面越来越窄，流水变细，平地亦随之愈显踽踽，南北两侧，但见崇山峻岭逼近前来，遂将洛阳盆地如门闩一般紧紧锁牢。前方 70 里处，有当年楚汉相争时楚坑旧址。楚坑者，即项羽坑埋秦降卒 20 万的坑址。此地道路险恶，四周景象，萧瑟而又凄凉，乱石如骷髅，仿若啾啾鬼哭不绝于耳。《县志》载曰：

楚坑　治东二十里铺（自渑池始也）之西、白龙庙东，今尚有坑形，广袤约七八十亩。

行有 90 里，遂至渑池县。渑池县城，方圆 3 里 128 步，户 574，人口 2970[76]。城内并无特别值得观瞻之处，然附近一带似有古建筑值得一看，其中，以石佛寺最为出名。石佛寺，建造风格似与龙门石窟群相同，有明显唐风建筑特征。只是由于时间关系未能前往一睹为快，实在遗憾。《县志》载：

石佛寺　旧《志》治西北三十里，元至正三年重修。

（按）石佛寺建自唐，一名丈八佛寺，佛殿三间。中就石崖镌成佛像，高丈八，侧刻大中二年立。左有石洞，深八尺，宽八尺，石佛二十二尊，小佛无数，坐西向东。佛堂一间。前，石桥一座。关帝、菩萨殿各一间。天王殿三间。左半崖石窟一孔，有成化二年、嘉靖癸丑重修碑。

又，渑池县城西门外 1 里许，有先秦时会盟台古址，其旧基于今犹在。此乃秦王见赵王之处，蔺相如逼秦王击缶一事名闻天下，人所共知。彼时，赵国都城为邯郸，秦国国都在咸阳，渑池位于二者中间，只是离秦国都城稍近些许。

离开渑池后复往西行，来至涧水河源尽头，平路即转往山道，开始翻越洛阳盆地西边尽头处一小山岭。再行 30 里，经过一处村庄，名曰"英豪"，此为古三崤之地。三崤者，即盘崤、石崤、土崤。据说石崤、土崤后来讹转为石壕、土壕，又讹转为英豪。过观音塘后，山路愈加崎岖，脚下之路只是一径小道直通山下。下山之后，见一溪流汩汩北去。一行涉水而过，望见一牌楼，楣上匾额书曰：

分陕古邦

过此牌楼，来至一小村落，此处即峡石驿。昔日，周成王当朝之时，周公、召公分陕而治，此地即其分界处。是夜，投宿峡石驿。

76　以上数字为当地县衙所提供。

二十四、陕州

翌日，依旧西进在崇山起伏绵延间。途中，最感新奇处莫过于与驼帮相遇，此乃自北京出发以来首见骆驼。一般来说，中国北方直隶南部及河南中部，沃野千里，甚利车马出行，根本无须借助骆驼之便。行行复行行，不久，丘陵尽而平地现，滔滔黄河近在咫尺，陕州城就在眼前。陕州为直隶州所辖，置甘棠驿，虽说陕州县邑方圆13里，却是一了无生气之冷清小城，人口不过五六千。陕州之由来，即如《州志》所载：

周武王封王季子虢仲于此，是为虢国。成王时，周公、召公分陕而治，东西为界，乃为分陕之地。

至于甘棠驿，据传乃因甘棠生于此地而得名。甘棠，盛名天下，其诗作亦脍炙人口。州志曰：

甘棠 在召公祠内，相传即公所憩之树今犹存。

又

石柱 在北城上，相传为周召分陕所立，以别地里。唐人作铭于上，今石犹存，铭漫漶不可识。

想来此甘棠驿应是颇有情趣之所在，可惜，终于未能前往观看。

寺塔方面，陕州有寺，古称"宝轮寺"，于今称"万寿寺"。宝轮寺有天王殿、佛殿、佛塔。佛塔系砖结构建筑，四角十三层，其形廓颇似白马寺塔刹，唯缺九轮，但从建筑角度看，此塔并无特别之处。塔前照壁，刻有唐代、金代铭文。金代铭文，年号落款"大定十七年"（1177年，日本高仓天皇治承元年），并附有蔓草花纹图形。《州志》载：

宝轮寺 在州东南隅。唐僧道秀建，金僧智秀复置砖塔焉。

次日，又从陕州出发，渡青龙、藏龙二涧，行向西南。道路逶迤，时而沿黄河岸与黄水相伴同行。途中，不时遇有小河流横亘在前，河面与平地落差竟有数十尺之巨。脚下道路变得难行，路面犹如经过虫蚀，坑坑洼洼、凹凸不平。道路边上，农田开阔，精耕细作，看得出乃是何等稼穑辛勤，地里高粱、蔬菜，俱长势喜人。黄河流经陕州地域，黄水至此，望去河宽仅为千尺许。黄河两岸，俱是高峻崖岸，绝壁峭立。不论何时何地，黄河景色无不是壮观无比。

途中，得见窑洞建筑，笔者可谓眼界大开。第119图（47）、（48）即此窑洞，正面筑有哥特式尖拱。如图所示，壁面錾洞，看上去亦多少有点像哥特式建筑。当然，窑洞建造如许，说其具哥特式建筑风格，其实仅是二者巧合，纯属偶然。但也证明，大千世界，虽天南地北，然人心自有相通处，建筑风格亦然，有道是心有灵犀、异曲同工。

二十五、灵宝县

行40里，来至一地，名"曲沃镇"。灵宝县的官吏早已携带酒食在此迎候，接待方实是礼优有加。县衙官吏、护送兵丁，以及相关人等，计数十人，将笔者一行众星拱月般迎往灵宝县城。灵宝县乃古时宏农之地，距黄河南岸仅2里余，县城方圆3里，据说户有上千，故人口或有6000人许。一行人被带往贡院[77]下榻。灵宝县的贡院与弘农书院毗邻，原本就是建筑精巧，错落有致，为供笔者等人住宿，特地新换房间顶上天花与窗棂。是夜，笔者总算久违地睡了个好觉。

灵宝县城附近一带，若论具观赏价值之古迹，于《县志》所载，计有以下数处，曰：

函谷关 邑治西南里许，过涧水则龟原也。曹操西征张鲁时，开粮道于此，后终置关。基址久湮灭，邑令江繁重建。去旧关十余里。

鸡鸣台 在县南十里，即函谷旧关尹喜所守，老子曾过之。田文度关客，为作鸡鸣，故名。

宏农古城在函谷关东。

老子故宅在县北里许。

虢州古城在县南四十里。

龙逢墓 在县南五里孟村之西。

魏徵墓 县东南十里南、杨村之东。

上记之函谷关，位于流经灵宝县西南的宏农涧西面，于小山岗上劈路修道以作关隘。此函谷关，仅一历史故迹而已，着实无让人兴趣盎然之处。函谷旧关，因鸡鸣之历史掌故而名头甚响，可惜因故未能前往探访。寺院方面，有灵宝县城南门内御题寺。《县志》载曰：

御题寺 在南门内，唐宝应初，德宗为雍王时征史朝义，过此留诗于壁，因名，有碑记。

只是，于今，御题寺现状实不堪入目。

---

77 贡院者，为供乡试考场之用的官衙建筑。

二十六、阌乡县

从灵宝县启程，渡宏农涧，过函谷关，复望西行进。一路行去，平淡无奇，并无新鲜之处、新鲜之物，只是道路两边景象愈显恢宏气势。右边，俯瞰黄河，如怒海滔滔；左边，仰望逶迤秦岭，如屏风般千嶂仞立。黄河，两岸相距10里许；秦岭，据称高在万尺之上。如此景色，其气势何其磅礴。走40里路，来至太子营。从阌乡县派出的4名骑兵和4名步兵已迎候在此，酒食亦从阌乡县携来。我等一行，在阌乡县派来的步兵、骑兵，再加上灵宝护送的兵丁，共计20多人前呼后拥下进入阌乡县。

阌乡县，位于黄河南岸，县城方圆八九里，户不过300，人口仅为1500，实乃一清寒小县。我等一行在此所受款待甚是优渥，被留宿在黄河边上大王庙内的公馆。是夕，笔者一行，被马车拉着前往黄河边观赏暮色乃至夜景，许久方返。浓茶水般的黄河水在此阌乡一段却平静如镜，极目眺望，黄河流水九曲回肠，但见天边峰峦缥缈，于暮色苍茫中更显巍峨壮观。暝合天色中的黄河水，如苏枋、如紫檀。不久，九曲黄河逐渐消失在黑夜中。这般景致，舍此阌乡别无他有。

次日，从阌乡出发，渡水复又西行。虽然一路景色与昨日无异，但却是秦岭步步逼向前来，一座座山峰擦身而过，群山起伏或聚或散，好一幅多变多彩画面，令人饱览不尽，心中快然，不由得大呼快哉此景。一路行去，数度涉水过溪，走40里路，来至文底镇。前方官衙差遣的厨子，今晨天色未明就已先行赶路前来，此时已在此杯盘等候。对于地方官衙如此礼优有加，笔者直是惶恐不安。后又行20里，终于进入秦岭支脉北坡。此处有一关隘，关上匾额题曰"第一关"，此处即是河南与陕西二省分界。

二十七、潼关

过"第一关"后，再往前行，不久，即见左边上方高岭上城堞蜿蜒，此即潼关是也。在道路右边，脚下方则是大海一般滔滔巨流，正是黄河流水。

有关潼关地形地势，笔者不妨略述一二。

秦岭山脉，横亘在黄河流域与长江流域中间，成为二者分界，并跨甘肃、陕西、河南三省，位呈东西走向。秦岭山脉最高峰，算来当属位于陕西地界的大白山[78]，都说此山高有一万三四千尺。且说秦岭东段尽头没入河南省，是以衍出伏牛山脉，并成淮水之源。秦岭山脉另一支脉则是南接陕西渭水，自西安以东，逶迤前行，并横亘在黄河与洛水之间。此支脉似无其他名称，依旧称作秦岭不变。其秦岭支脉为南北走向，

---

78 【译注】原作有误，应是"太白山"才对。

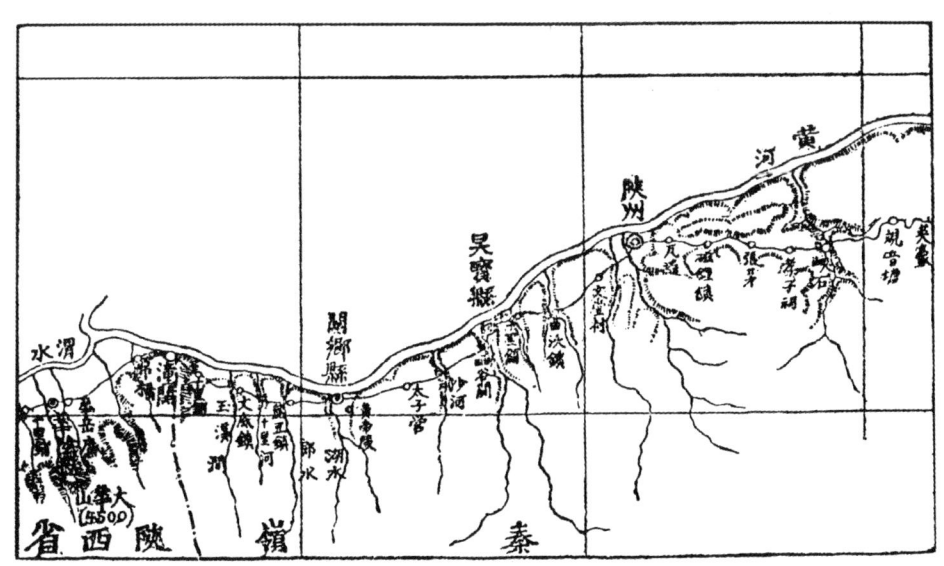

第122图 自能耳山麓至华阴县路线图

呈蛇行状游走蜿蜒，陕西与河南二省边界，主要以此秦岭支脉走向而划分。此山脉，从山梁往山坡迄山麓方向呈放射状向北伸延，一直推至黄河岸边。如此地势山貌，若以日本为喻，刚好就像大莲华山脉，将信、越分水于两边，其往北走向即为越中与越后的分界线，而后大莲华山脉继续急行向前，最后骤然下落并消失在日本海，致有"亲不知子不知"[79]断崖之存在。将此处潼关，比喻为是在"亲不知子不知"断崖上修造的城垒亦无不可。是故，潼关也就成为从东面方向进入关中的唯一门户，因而潼关所踞天险，也被称为"一夫当关，万夫莫开"。想当年秦灭六国而定鼎天下，靠的就是其地利之势。关中之地，最北包括黄河流域，往南则以秦岭之险为屏障，出入只在东面的潼关与南面的蓝关，行往四川的通道，主要就是大散关。余者，虽然还有如斜谷、箕谷、子午谷等，但均属万尺以上的崇山峻岭，鸟亦难渡，何况人乎！因此，要想从外面进犯关中，其难可知。以诸葛孔明的谋略也落得铩羽而归，虽说与孤军出征致使辎重后续不上不无关系，但毕竟有秦岭山脉如此拦路巨障在前，此亦系诸葛孔明出师失利之重要原因。通过正面作战的战略手段从外面攻克关中，于军事常识而言，几近痴人说梦，天下未尝有人成功过。历史上取潼关成功者，无不是借助特别手段并有特别机缘。

潼关人口及万，城内建筑鳞次栉比，市面生意兴隆。观市面生意之红火以及民气之活络，潼关可谓洛阳以西之首。举凡笔者至今所经之州县，尽未见有都市之容貌，

---

79 【译注】传说旅人至此，大人顾不上小孩，小孩则连看父亲一眼的空暇都没有，因此名为"亲不知子不知"，亦简称"亲不知"，以示道路之险峻。

无不是历史故迹之残存，独独潼关一城，完全有别于之前所见州县之容颜。潼关之地建筑虽然不古，但城隍庙、文庙、关帝庙、金灵古寺等，俱值得观瞻。金灵古寺，寺中塔刹，融合喇嘛塔与佛塔双方风格，外观极为奇特。

二十八、华阴县·华州

翌日，离开潼关，沿黄河南岸，贴近山脚逶迤而行。往前看，秦岭山脉，从山梁向山麓，往黄河方向，即朝北往下伸展。随群山起伏不断映入眼帘者，乃是巉岩奇峰，千姿百态，或如剑锋，或如锯齿，或如握空拳状，或如谢顶之首，或如刀剁，或如斧劈，或如錾凿，或如刨切，总之，极尽造化之功，争奇竞妙。画面中，还可看到几乎就是峭直壁立的擎天一柱，此即五岳中的西岳独尊——华山。华山，海拔据称4500尺，但望去却似有五六千尺。不久，一行来到西岳庙。此西岳庙，堪称金碧辉煌，金城门、灏美殿等，无不雕梁画栋、美不胜收。可惜，全系现代所建，历时未久，未能给人予历史厚重感。从西岳庙再行5里，即抵华阴县。华阴县城，方圆仅4里，未足百户，人口不过500而已，实为一蕞尔小县。供我等一行下榻之馆驿，所见设施却是一应俱全，睡觉房间也装整如新。看来，民间流传"百姓皆饿殍，官吏独撑足"并非诬言。此地官员还给送来一瓶德国啤酒，实在让人大感意外，不禁好奇打听何以有此尤物，对方回答此乃知县之前从天津带回。

从华阴县城到华山山麓，路长十余里，再从华山山麓到华山顶上，又是10里路。从山脚处几乎就呈垂直状向上攀登，说是路程4里，实在真伪难辨，反正是花了整整一天做登山演练。第二天，却是终日阴霾不散，不见晴天，偌大华山，虽是咫尺之间却容颜不现。无奈之下，原定登山计划只好作罢，继续打点行装再向西行。天不作美，不久即下起雨来，随后雨势愈来愈大，下得天昏地暗。不仅人如水中捞出，且所负行李俱被淋湿，其狼狈之状及懊丧神色，实非语言所能描述。日暮时分，遂抵华州，即被迎往公馆住宿。但见公馆房间，屋漏不堪豪雨，狼藉至极，其状堪比鬼屋。华州城，方圆4里，即相当于日本的5町见方，而人口才不过五六百。虽说仅是一寥落小城，但对笔者一行却是款待甚丰，晚餐堪称佳肴美味，莫不是又一次印证"百姓皆瘦，知州独肥"这一民谣？华州衙门内有唐碑，碑额题"李元昭懿功德碑"，下有"贞元五年[80]十一月"落款，碑上龙雕精致非常。

翌日，滂沱大雨时断时续，在其间隙，则是霏雨绵绵。载送行李的马车，在滂沱大雨中，犹如一叶扁舟，于浪中颠簸，被冲来荡去，艰难前行，马连呼吸都有困难，屡屡被雨水呛到，只能屏紧鼻孔低低吸气。用于骑行之马则在没腿泥泞中挣扎前进，

80　贞元五年即789年，日本桓武天皇延历八年。

不管是马是人，都是泥头土脸，就像从泥浆地里爬出一样。与岩原君相顾对望，不由得大为惊讶，只见对方满脸泥浆，仅是眼球部分才见一丝光亮。不久，来至距渭南县治东面 6 里之处，只见坡道两边绝壁因连日大雨而崩塌，并将道路堵塞。马夫、兵丁等人众，连忙借来土锹等物，奋力打通道路。为等道路打通，一行人在大雨中原地等待三个半小时，身上无一处不湿透，怕是连骨头都已淋透。在等待道路打通时，夜幕降临，一行均下马步行，将骑乘马匹用来拉载送行李的马车，最后总算通过塌方路段。再往前行 3 里，又是道路塌方受阻，一行人虽再为通路竭尽全力，但马匹终于气尽力竭而倒地不起。无奈之下，只好让人赶往衙门，请派车马来接。此间，又在大雨中等候一个多小时。饥寒交迫，痛苦难耐，只好打开行李，取出鱼干像老鼠一般啃，取出砂糖如蚂蚁一般舔，姑且算作果腹之举。之后，接送的马车终于到来，将已是筋疲力尽的我等一行运载至渭南城内行台。从早上 9 点到夜里 10 点，整整折腾 13 个小时，所行路程却只不过 50 里（相当于 7 日里）。

二十九、渭南县

渭南县城，方圆 9 里，人口仅为四五百。此地民居一大特点，乃诸多建筑以栋为轩。另外，许多人家门前竖有石旗杆，其造型如同印度伊斯兰教寺院塔刹。除石旗杆外，也有铁制旗杆，旗杆上还有雕龙镌文。

次日，天依然不见放晴，细雨濛濛，如烟如雾，要想清除身上与一应物件上的泥泞，以及想将湿衣物晒干均不可能。加之昨夜投宿行台夜雨漏屋，笔者所带行李与寝具俱已濡湿，无奈之下，只好咬牙忍受，继续上路前行。行 40 里，时已晌午，虽然天已不再下雨，但路况之不堪，却一点也不在昨日之下。

车马行进速度迟缓，抵达新丰店时已是日薄西山。此刻，整日凝滞不散的天上乌云逐渐消散，看得见夕阳染红西天。新丰店，即古时的鸿门。再行走不久，便见一轮明月从秦岭山脚升起。今日乃阴历十八，月亮已不甚圆，看上去有点变形。须臾，天上云彩尽散，唯见碧空皓月，银光倾泻大地之上，夜白如昼，一行骑马行进在山道上，沐浴在月光中，此情此境，实是妙不可言。暴雨之后，各色昆虫，原先深藏不露，而今都在月光下亮相，一起欢叫。啾啾虫鸣，何等悦耳，方知已是夏去秋来。曾几何时，算来是今年阴历三月之末，樱花尚是未绽之时，笔者去国离家，踏上中国土地，并往内陆旅行考察，不知不觉间，整整一个夏天，就于行旅倥偬间悄然消逝在异国他乡。而此时此刻，望见长安上空一轮明月，思乡之情油然而生。在虫鸣中与月光下，一行人继续行走，不久，便抵临潼县城东门。县衙官吏与护兵已迎候在此，在其引导下，我等一行穿临潼县城，出南门，经柳营马场，下榻于骊山脚下的行台。

三十、临潼县

此处行台，即唐代华清池旧址。骊山本就在临潼县城南面，两座山丘东西坐望，其高千尺许，有硫黄温泉汩汩涌出，故早在秦始皇时就已建离宫。时至李唐一代，在此营造华清宫，致使骊山一时风光至极。想当年唐玄宗携杨贵妃临幸此，长生殿里，情到浓时夜正阑，此段帝王佳人乐极生悲的情缘传奇已流传千年。当年杨贵妃所用浴槽，即所谓"贵妃汤"于今犹在。华清宫，当然已无唐时风韵与光彩，但虎廊通幽，宫宇巍巍；池榭亭阁，错落有致，颇有皇家气派。尤其是不久前西太后慈禧老佛爷西驾之时，此华清宫曾加修缮，故今日更显耐看。除行台之外，华清宫还为一般民众设有男女浴槽，供其洗浴。

临潼附近一带有各种古迹。首先是秦始皇陵，位于城东 5 里处。有关秦始皇陵，诸多文献俱有记载，称陵高 50 丈者有之，称数十丈者有之。但现场所观，乃是下方为一底盘，方圆 200 间许，上为高约百尺许方锥形陵体。据说当年项羽打开始秦始皇陵，动用 30 万人，费时 3 个月，内中金银财物尚没能搬尽。笔者策马扬鞭，直上陵顶，登高望远，俯瞰渭北平原。

其次则是儒坑。听说儒坑在临潼县城西南 5 里处，但笔者终未能前往实地考察。儒坑者，即当年秦始皇坑埋儒生所在。

骊山老母庙在骊山顶上，离山脚约有 8 町之遥，海拔有八九百尺许。在骊山顶上眺望四方，视角最好，关中大平原以及渭水流域，还有西安、秦岭，尽收眼底。

再说临潼县城。其方圆 10 里，人口 3000 许，城中街市，并无让人眼目一新之处。临潼知县人真好，我等一行在骊山温泉共住 3 天，此位知县竭尽所能给予厚待，并提供诸多方便。在此 3 天，一行人终于能彻底干净换洗、晾干衣物、整理行装，并让身心得以小憩。

三十一、西安府

次日，自临潼启程复往西南。行 30 里，来至灞桥。此乃石桥一座，跨于灞河之上。昔时，遇有发长安以远行者，俱送别于灞桥之上，并折依依杨柳以表依依不舍之情。于今，当年杨柳尚在，叶犹依依，照样垂拂在道路两旁。又行 10 里，终抵西安府城，时为日本明治三十五年九月二十三日。自八月五日从北京出发，此次行旅，耗时 50 天，行程 2745 里，或计算为 392 日里亦可。

却说陕西省首府西安即昔日长安。现今西安府城，东西 10 里，南北 7 里，方圆 35 里，人口 30 万。西安府城，东西南北四向皆有外关，中以东西二向外关面积最大，若问其大几何，据实地勘测，东西长 1 日里有余，南北则有 25 町许，有万来户，人口约

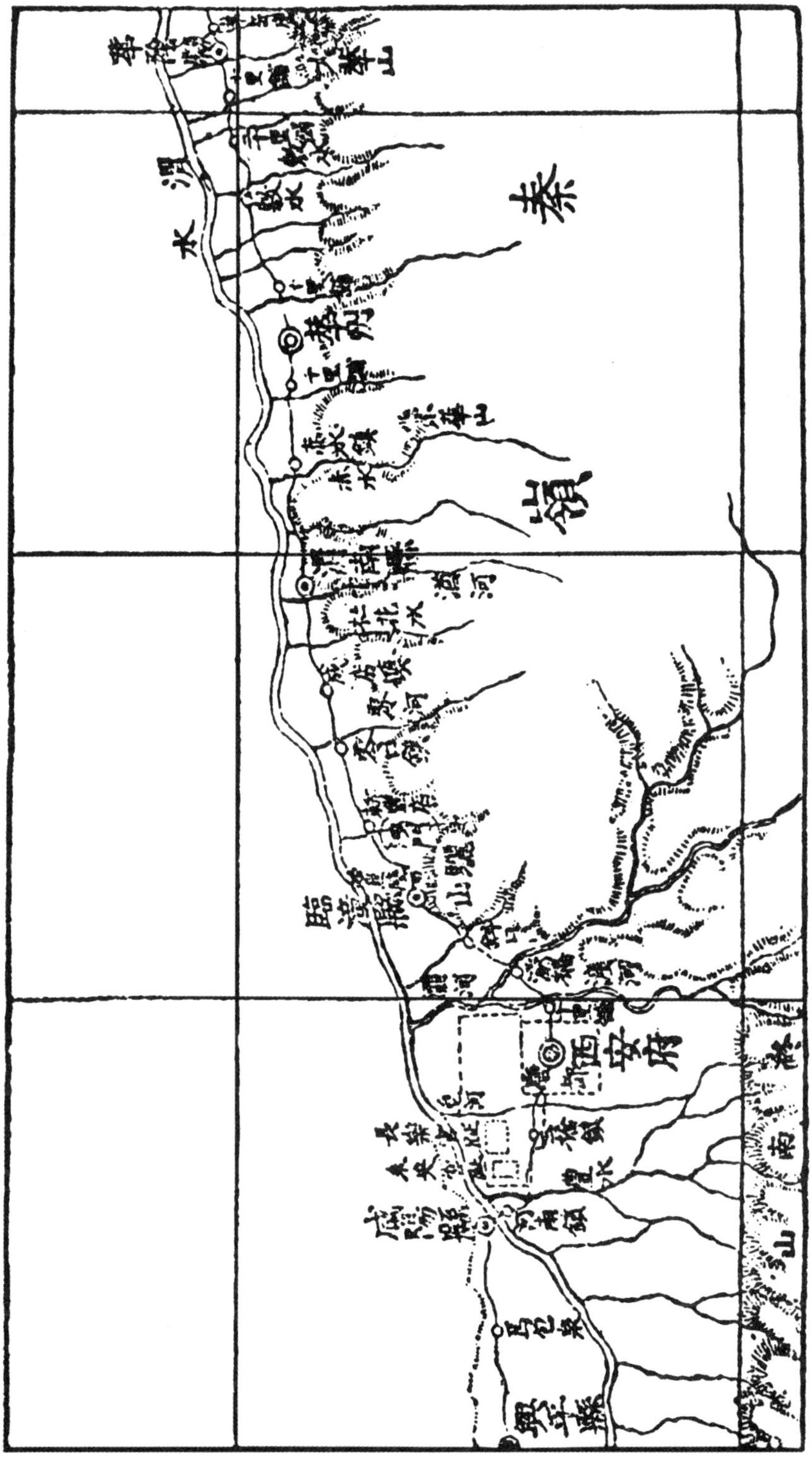

第 123 图 自华阴县至兴平路线图

5万。西安府城呈正方形，东门称"长乐门"；西门称"安定门"；南门称"永宁门"；北门称"安远门"。一条十字大街，将四个城门连在一起，其交汇点就在钟楼。自钟楼往东西二门，各自相距约20町，离北门则为18町许。西安府城东半区属咸宁县管，西半区则为长安县所辖。有关西安的记载，不仅见于《西安府志》《咸宁县志》《长安县志》，而且诸多中国史籍均娓娓道来，故笔者实无赘述之必要。至于笔者对西安做实地考察之详情，似别撰另述更为相宜，在此仅就西安地形地势及名胜古迹略述其要。

西安地形地势与洛阳最是迥异，亦与日本京都正好相反。长安乃是北有渭水；南有大山，名曰终南（乃秦岭山脉一支）；东有浐河、灞河；西有沣[81]水。说来有趣，虽是形胜之地，长安却与风水学上所称"四神相应"并不相符。于是，长安即取南望秦岭、北倚平原、左右临水之状态。

再述西安历史沿革之概略。最早乃是周朝，即有都于此地者，最初地名为"丰"，就在当今沣水附近，位于大致今日西安西南方向。而后，都城迁移至"镐"，也就是今日西安西南方向镐水附近。当年，秦王朝都于咸阳。汉代国都，即在今日西安西北面毗连渭水处，当时的未央宫、长乐宫，即在第123图所示之位置。两汉之后，苻（符）姚、苻（符）秦、后周，俱建都于西安。隋开皇二年，长安筑建新都，恰恰就是今日西安所在位置。唐继隋制，最先称西安为京城，天宝元年改称西京，至德二年又称中京，上元二年复称西京，次年变称上都。西安府城规模大致相当于日本古代平安京。西安外城略显方形，皇城与宫城，均位于西安城中北端。此外，东北面自外城向外扩出，另建有大明宫。通过以下数字，可知西安府城范围大小。

名称	东西长	南北长	方圆
宫城	4里	2里270步	13里180步
皇城	5里115步	3里140步	17里150步
大明宫	3里	5里	16里
外廓城	18里115步	15里175步	67里

至于西安城内与西安城外所存重要历史遗迹，大致有以下几处。

慈恩寺大雁塔，位在今日西安城南七八里处农田中，最早名叫"进昌坊"，位于当时城内，系唐高宗为文德皇后所建造，内有七层浮屠。此塔建造于唐永徽三年（652年，日本孝德天皇白雉三年），塔基面积径长140尺，塔高180尺，仿西域佛塔建造。据载，大雁塔上层石室内有褚遂良书写的碑石，然今天所见褚遂良手迹《大唐圣教

---

81 【译注】原作行文中亦有数处记作"丰"字，特此说明。

三藏之序》碑石则是在大雁塔下层而非上方。又，大雁塔底层及第二层均为9轩之隔，塔基面积径长83尺6寸，第三层及第四层却仅7轩，五层以上则5轩而已。大雁塔塔顶无相轮，唯承一宝顶。今日所见大雁塔，是否唐代原物留至今，有否历经后世修复而已变样走形，笔者实在不得知。另外，西安大雁塔与普通佛塔意涵不同，大雁塔并有七层精舍之象征意义。印度内地古时有建造佛教精舍之传统，祇园精舍即其中一例。大雁塔乃仿西域佛塔建造，此西域者，即指古代印度，大雁塔其所摹者，并非印度塔刹而是精舍一物。开封繁塔寺中塔刹，应该也是同一类型，其大体形状可参见第31图。

荐福寺小雁塔，位于西安府城南门外3里处，古时此地为西安城内的安仁坊。荐福寺创建于隋炀帝时期，武则天朝天授元年获此名。小雁塔始造于唐中宗朝，据载塔十五层，高300尺。小雁塔保存至今日，却已是四角十三层，塔基面积，径长37尺6寸，坛座凸起部分10尺5寸，塔身每层未加塔檐，只是以拼结粗糙的刳形斗拱（砖结构）分层上下。

宝庆寺，在今西安城南门内，隋代仁寿初年建，唐代文宗朝增造五色塔。据称五代时宝庆寺殿宇尽遭焚毁，唯塔一座幸存至今，现称此塔为"花塔"，六角七层，系明代重建之物，塔顶九轮之上尚有昔日所葺琉璃瓦残留。寺中佛像，自古以来闻名遐迩，系出自六朝至李唐时的建筑艺术佳作。

崇圣寺，位于城西3里处。寺中有《大秦国景教流行中国碑》，驰名于世。碑文记当年大秦国僧阿罗本赍景教经典至长安，并在宫中译经不辍，遂于两京及天下诸州创建波斯寺，即大秦寺，云云。此碑落款为建中二年（781年，日本光仁天皇天应元年），碑首刻有十字架，碑体下部与两侧均有刻铭，为古代叙利亚文，此碑价值可谓弥足珍贵之历史文物。将此古叙利亚文拓本请教一位来自叙利亚阿勒颇的希腊教教长，据其判读，铭文所记年号为希腊历1092年，耶稣纪元781年，正好与唐建中二年时间相符。

继之，则是西安最让人兴趣盎然之所在——碑林。碑林乃将西安附近一带古碑收集一处，称其为碑刻博物馆亦无不可。自唐宋以下的数百碑石列于长廊之中，供人观赏，可惜未按年代顺序排列，不无序芜杂乱之感觉。笔者就其中龙雕与蔓草花纹图饰甚为精美且艺术价值颇具者略举数个。

(1) 大唐故骑都尉濮州濮阳县令于君之碑
　　碑刻上部龙雕雄健高逸，无纹饰。
(2) 大唐左街僧录大达法师碑（柳公权书）　会昌元年十二月二十八日
　　上刻蟠龙腾云。
(3) 大唐故大智禅师碑铭并序　　　　　　开元二十四年九月十八日

上刻蟠龙腾云，碑侧所刻佛像及蔓草花纹图饰甚为精美。

（4）篆寿千字文碑　　　　　　大宋乾德三年十二月二十八日
龙雕甚是精美，碑侧刻有蔓草花纹图饰。

（5）寄赠梦英大师碑　　　　　　咸平元年正月初三
碑上有龙雕及蔓草花纹图饰。

（6）唐大兴善寺大辨正广智三藏国师之碑　建中二年十一月十五日
　　　　　　　　　　　　　　　大中八年四月十五日再立
有龙雕，但碑侧无纹饰。

（7）大唐多宝塔感应碑　　　　　天宝十一年四月二十二日
有龙雕。

（8）大宋新译三藏圣教序　　　　端拱元年〇月七日
龙雕已遭损毁。

（9）大金重修府学教养之碑　　　正大二年十二月
有龙雕，碑侧有纹饰。

（10）大元重修宣圣庙记　　　　　至正二十六年三月

（11）大中祥符三年正月初一

（12）中书刘子碑　　　　　　　景裕二年十一月

（13）颜真卿草稿

（14）三坟记（阳水书）　　　　大历三年
碑侧有纹饰。

（15）龙口岩诗（赵子昂）

（16）圣教序（王羲之书）

（17）颜氏家庙之碑（颜真卿书）　建中元年七月

（18）宋碑　　　　　　　　　景裕元年正月初五

（19）玄圣文宣王赞并序　　　　大中祥符元年十一月二十四日
有龙雕。

（20）篆书目录　　　　　　　咸平二年六月十五日
有龙雕。

（21）劝慎刑文　　　　　　　天圣六年五月
有龙雕。

（22）重修文宣王庙记　　　　　建隆三年八月二十五日
龙雕甚精美。

（23）大唐御史台精舍碑铭　　　开元十一年
龙雕甚精美。

(24) 佛说摩利支天经　　　　　建德六年十月十五日

(25) 黄帝阴符经　　　　　　　建德四年四月十三日

龙雕已遭损毁，碑侧有纹饰。

(26) 大唐故比丘尼法玩碑　　　景龙三年五月十日

龙雕甚精美，碑侧有纹饰。

(27) 孝经序　　　　　　　　　天宝元年

台座上有雕工精致的宝相花纹及石狮。

(28) 大唐三藏圣教序　　　　　咸亨三年十二月八日

龙雕甚精美。

此外，在布政使衙门内还有：

(29) 大唐赠太保郭国贞献公庙碑（颜真卿撰并书）

广德三年十一月二十一日建

龙首有颈环，雕工精致，以碑侧所雕狮子、凤凰以及宝相花图案最为精美，碑面上下框内亦有纹饰。

据闻西安附近一带有诸多古迹，但因日程安排限制，终未能探访，实是遗憾非常。听说西安城南兴教寺有3座塔，1座已崩塌，其余2座尚存，塔婆造型为四角七层，当年玄奘曾在此寺译经，于今寺中还有唐代佛像并玄奘碑等。又听闻，自兴教寺再往南登终南山，有五台山七十寺；在兴教寺西北面，则有午头寺，此寺亦闻名已久。此外，从咸阳往东北方向，即渭水之北，有周陵；咸阳东北90里处为泾阳县，从泾阳县再行30里，至三原县，有唐高祖等人陵寝4处；若咸阳往西北方向行70里，抵醴泉县，则有唐太宗及唐高宗墓陵。还听说在醴泉县与兴平县之间有汉陵。不过，凡此皆属听闻而已，笔者并无亲自探访。

总之，在西安附近古迹探幽最为精彩。若要细加考察，至少要花半年时间，并需历史学家、佛学家、地质学家襄助其成，若要圆满完成对西安之地历史故迹考察，非有如此豪华阵容不可。笔者一人，只能于行旅悾偬中对此地历史故迹及古建筑略加窥见，并对相关研究方法及对其研究难易程度予独自判定，换言之，即为后来者大规模考察先行探路与踩点。因此，笔者不可能在此滞留过久以作考察。山迢水远，总算来至西安，但在西安府城也仅停留5天。虽说这5天忙碌非常，但也无从进行像样考察，转眼间，又是行旅匆匆，挥手告别这一千年古都，笔者心中多有遗憾与失落之感。

不妨就西安观感略述一二。西安不愧是一中国大都会，在此多少可感受现代文明之气息。于西安城中，西洋货也偶有所见，笔者即在西安买到照相所用胶片。在此地还可买到来自日本的香烟与包袱裹布。笔者还在西安府城遇见外国传教士，虽然日本人在此难得一见，但笔者滞留西安期间，却有不少访客登门。访客中，有位蓝田人氏，姓阎，系革命党党魁，曾于之前游学日本1年，对日本国学制以及世风民俗多有考察。交谈中，此人对日本国家淳风美俗赞不绝口，同时对日本民俗某些失格现象亦不无微词，希望能予改正，实是一识见不俗的伟丈夫。此人还送笔者一瓶日本酒，在异国西安能从中国人手中受赠日本酒，令人匪夷所思，堪称海外奇遇。

西安唯十字街附近一带方显繁华，其中最热闹处莫过城隍庙。若将西安比日本东京，则城隍庙内就像是浅草公园。只是和浅草公园不同，中国自古有一陋习，即对妇女禁限甚严，故于如此热闹所在却难得寻见花枝招展的夫人、小姐倩影。城隍庙内，倒是不乏乞丐及同是衣衫褴褛的流浪汉，实在是大煞风景。除非废弃对妇女禁限甚严的习俗，否则中国的画面永远都是色调阴冷，即便是春来也无花开，就算是秋高亦无月圆；不改变对妇女歧见，中国就永远改变不了其行为残忍与性情冷漠。

最后再述中国官衙建筑。中国各处府、州、县衙建筑，看上去大同小异，基本是依一定之规建造。第119图（49）即中国衙门建筑平面图。衙门前面建有照壁，起隔断、遮蔽作用，照壁壁面绘有蟠龙戏珠，并嵌有青瓷碧瓦。照壁正对面者系官衙大门，门前置一对石狮。官衙大门左右两边，两面墙一溜斜向伸前凸展，此乃"八字壁"。八字壁壁面饰以灵兽、草木、云彩等绘，其画风与日本天平时期绘画何等相似乃尔，此亦颇出笔者意料之外。

官府衙门乃歇山顶建筑，面宽三间，大门开在正中，大门正面楣上悬额，上书何府何州何县。还有衙门于大门前面再建一牌楼，书有府州县名的匾额即悬此牌楼上方。进官衙大门后，又有一道仪门，依然是歇山顶建筑，照样为面宽三间，楣上悬有书写"仪门"二字匾额。仪门再进去之后是牌楼，牌楼门楣上横悬长匾额，上面必定书写以下字句：

尔俸尔禄　民脂民膏
下民易凌　上天难欺

诚哉斯言！然能以此言为鉴、方正为官的"良二千石"[82]，而今安在？

穿过此牌楼，面前正对一大堂。大堂由正堂、前堂、后堂三部分组成，正堂中央有一低阶，上置公案桌。公卿大臣以及地方官等，都在公案桌背后壁面开一扇门，上堂时直接从那扇门出入，平民百姓则穿过公案桌两旁边门从后堂方向出去。前堂、正堂、后堂分别隔开，大堂与中庭之间还置一正厅，正厅中央必定摆放桌椅，桌上则有

82　【译注】汉朝将民间的"贤良、方正、孝廉"察举到朝廷当郎官，郎官表现得好，再放出去当二千石。汉宣帝对二千石格外重视，经常以玺书"良二千石"勉励，并赐爵晋官。

签筒，用以插放写记刑名的木片。签筒摆放在右手位，签筒旁边还有一金属制大笔架。地方官同时也是司法判官，又是税务官，故于审讯断案时，凡此器物，必不可少。在正厅左右两侧庭院旁边有厢房，吏属随员俱在此办差。此外，仪门内左右两侧有平屋，此乃给事房，分为户、兵、礼、刑、吏、工等科，各科属吏在此供职。另者，在正厅旁边或者后面还有客厅，系地方官会客所在，笔者一行在旅途中拜访各地方官员，见面之处无不是此等客厅。客厅最里边处有一高台，中国人称之为"炕"，上设主客双方坐席，坐席上铺有大红褥垫，后面备有一大枕头，俗称"炕枕"。主客坐席之间还架一茶几，上置茶具，并有茶盅，谈话结束后，主客分袂之时，端起茶盅轻啜一口，以表送别之意。炕前有一踏脚之物，称为"踏台"。炕后有隔板，上有衣帽架，隔板上还有琉璃灯或牛蹄灯。所谓牛蹄灯者，乃是由于此灯碗多以牛蹄制成。牛蹄灯造型或为蝙蝠，或为喜字，外面描红。若主客双方不倚在炕上交谈，则于炕前椅上对坐交谈，椅子旁边必有桌子。主客之间相距数尺，有时还真必须大声说话以免对方听不清楚。隔桌对坐交谈的场合亦曾有之。桌子正面披有红色桌裙，椅子亦覆红色椅套。当主客双方大声说话之际，衙门吏员、下人、仆役，甚至看似乞丐的蓬首垢面者，黑压压一片在外面围观，喧哗声与叱骂声不绝于耳。对此情景，地方官长却无动于衷，自是平心静气，侃侃而谈。在其讲话之时，围观者时不时地会反唇相讥或出言不逊，然地方官却置若罔闻，放任自流，实在令人不可思议。有关中国人生活状态，具体说，即衣食住，以及待人接客、人情世故、世风民俗等方面，笔者将详述于后。

里程表 二（北京至西安）

北京—保定	345 里	新安县—渑池县	90 里
保定—定州	145 里	渑池县—峡石	70 里
定州—明月店	30 里	峡石—陕州	75 里
明月店—新乐	30 里	陕州—灵宝县	60 里
新乐—辛安店	60 里	灵宝县—阌乡县	60 里
辛安店—正定府	25 里	阌乡县—潼关	60 里
正定府—栾城县（桓山县）	80 里	潼关—华阴县	40 里
栾城县—赵州	40 里	华阴县—华州	70 里
赵州—栢乡县	60 里	华州—渭南县	50 里
栢乡县—内丘县	60 里	渭南县—临潼县	80 里
内丘县—顺德府	60 里	临潼县—西安府	50 里
顺德府—沙河县（邢台县）	35 里	西安府（咸宁县 / 长安县）	
沙河县—邯郸县	80 里		
邯郸县—磁州	70 里	合计 2745 里	
磁州—彰德府	70 里		
彰德府—汤阴县（安阳县）	45 里		
汤阴县—洪县	85 里		
洪县—卫辉府	50 里		
卫辉府—延津县（汲县）	70 里		
延津县—开封府	90 里		
开封府—中牟县（祥符县）	70 里		
中牟县—郑州	70 里		
郑州—荥阳县	70 里		
荥阳县—汜水县	40 里		
汜水县—巩县	60 里		
巩县—偃师县	60 里		
偃师县—河南府	70 里		
河南府—新安县（洛阳县）	70 里		

中国纪行【三】

（明治三十五年九月至同年十一月）

咸阳县—兴平县—武功县—扶风县—岐山县—凤翔府—宝鸡县—翻越秦岭—凤县—凤岭—留坝厅—褒城县—汉中府—沔县—宁羌州—千佛崖—广元县—皇泽寺—昭化县—剑阁—剑州—重阳亭—梓潼县—绵州—罗江县—德阳县——汉州—新都县—成都府

一、咸阳县·兴平县

明治三十五年九月二十九日，一行人自西安府启程，过西关，行往蜀道。行不多久，路上遇一西洋女人，但见其一身粗布汉装，乘轿打西面过来。就在笔者百思不得其解之时，不久，又见后面快步走来一西洋男人。此人更让人感到惊奇，同样是衣着汉装，却更是一身苦行打扮，辫子盘于头上，跣足着履，戴一顶中国帽，手执一面旗，上书毛笔大字"天国近了 应来悔改"。看见我等一行过来，此人即刻停下脚步，与我等搭讪攀谈。据言，其乃美国传教士，立誓跣足着履环行中国，前面过去的那位西洋女子即其太太。虽说此举未免有点狂热太过，但其对宗教的虔诚与热忱却让人感铭至深。此人称，倘若不行走天下以观芸芸众生，又何以知人间冷暖，所言极是。

经过汉代都城故址，穿过三桥镇，涉过沣河，渡过渭水，遂至咸阳县。咸阳县城，方圆9里，户有五六百，人口3000。咸阳太小，不足道哉，并无特别值得观瞻之所在。据称古代咸阳宫就在当今县治以东二三十里处，笔者揣测莫不会就是在沣水三桥镇边上，然未加确认，唯笔者揣测而已。

翌日，又从咸阳出发，再向西行。往南方向，望见终南山巍然高耸；北面，乃是一片茫茫大平原——毕原，诸多古代陵寝即散落在此平原之上，其中就有前记的先秦与两汉古墓，凡此陵墓，俱为锥形山包。此外，附近一带还可以看到许多窑洞式民居，当地人对地形地势巧加利用，窑洞取朝南坐向，以便获得采光最佳效果。再行25里，来至一地，名"马包泉"，此处泉水无味无臭，当地人视同饮料，生饮无碍。又行25里，抵兴平县，此乃西汉的槐里茂陵之地。兴平县城，方圆 9 里，人口四五千，城东门外有秦五女墓，城内有一古刹，名"保宁寺"，只是于今改名"万寿宫"。寺内，有一古碑，立于天禧二年六月十八日（1018 年，日本后一条天皇宽仁二年），碑题：

保宁寺浴室院新修钟楼记

碑上龙雕甚是精美，只是未有纹饰。此寺还有八角七层塔刹，亦称北塔，只是别无新奇之处。还有南塔，与北塔相对望，系四角七层，同样不足与观，唯塔顶呈葫芦状凹进凸出，堪称奇异。

兴平县附近一带建筑的屋顶鬼瓦，实在非常奇妙，看其似龙非龙，有须，作腾飞状，远远望去，却又像鸡，向工匠打听，方知此物并非蟠龙而叫"鳌头"。甚有意思，如此鳌头的蓬首须面，却与印度的蛇神，即当地人称之为 Naga 的昂首造型颇为相似。可参见第 124 图（リ）。

从兴平往北，朝醴泉方向，此地一带遍散许多古坟，只是具体多少，由于笔者未予核实，故无法提供确切数字。醴泉就有唐太宗、唐高宗陵寝，尤以太宗陵寝规模最为宏大，陵园中有石兽，传闻石兽中有六骏马，还有石凤凰，其实就是鸵鸟。简单说，唐陵系利用自然地势及山岳地形以成墓陵，汉陵则是于平地上人工造丘以成墓陵。综观之，先秦以后至李唐一代，墓陵建造之沿革，于今看来大有可探察之处。待到他日，所有墓陵均予发掘，届时中国艺术史或将大放异彩。只是，就今日而言，要予发掘并深入考察，又谈何容易。对中国的研究，无可奈何总是伴随着遗憾，一种无法深入仅是隔靴搔痒的遗憾。

翌日，离开兴平县，又西行在茫茫大平原阡陌之上。行 30 里，来至马嵬镇。此地有杨贵妃墓，然于今只是一抔黄土，状如馒头，高 6 尺许，坟墓周围建筑俱已倾圮，拜殿与庙门破败不堪。廊下刻有元、明、清各朝各代游客所题诗句，诗中无不对贵妃红颜薄命唏嘘不已。笔者刚于数天前在骊山见过贵妃最为风光岁月时的故迹，而今却又看到她香消玉殒于斯，真是感慨万千，不能不叹人生如梦。再看玄宗皇帝，已是花甲之人，犹是沉溺于贵妃美色，遂酿下千古悲剧，致使社稷危在旦夕。此即所谓英雄好色乎？后人有诗为证：

身委马嵬坡上泥，
六军不发迫官妃。
年年风雨闻铃夜，
为闻三郎知不知。

竹添井井先生亦有诗，曰：

六军底事驻前旌，
枉杀蛾眉太不情。
毕竟君王忘旰食，
美人未必尽倾城。

以上二诗，俱不难看出杨贵妃深受同情。对千古风流的绝代贵妃，笔者亦抹一把同情泪，挥手告别，行往武功县。

二、武功县

武功乃古邰国之地，亦是后稷封地。武功县城，方圆6里，人口不足3000。武功城外，有一古刹，名曰"报本寺"，据称此刹为汉高祖别邸。先是仁王门，内供四大力士，皆手持金刚杵。后是一大殿，大殿后面为一塔刹，八角七层，规模大小及造型式样俱与兴平县北塔相同。塔后面是天王殿，殿内供四大天王。天王殿后面是佛殿，供奉三尊佛。佛殿后面系卧佛殿，内供涅槃卧佛，身长2丈7尺许，只是此涅槃卧佛看去一般，难称艺术杰作。综观之，此寺唯在殿堂布局方面别具一格，尤其其塔刹所在位置前所未见。

据闻武功附近一带有些古坟颇值一看，如以下者即是：

苏武墓　在县北

隋炀帝墓　在县西原　武德五年八月辛亥唐高祖葬帝于此

次日，从武功出发，再向西行。约行15里，发现路南有一碑石，题曰：

唐故司空文鼎公苏府君之碑

此碑龙雕甚为精美，可惜年号未题，不知其立于何时。

三、扶风县

一路行来，遂抵扶风县，照例宿于该县行台。扶风县城，方圆4里，人口1500许。县衙屋顶已经倾塌，墙亦岌岌可危，实在是破败不堪。因为不知知县何时转任，故任上知县没人愿意动手修葺。换言之，历任知县抱定同一宗旨，即县衙又非自家私产，就算倾圮又如何，尽可漠然置之。于是，官衙、道路、桥梁，凡此皆少有维修之举。只要建筑尚未倒塌，道路还能行走，桥梁犹是跨在水面，就难指望有维修之举。偶尔有慷慨解囊热心公益事业者，行义举修桥筑路，即誉为德政楷模而被大肆宣扬。究其原委，中国地方官员原本就是一承包商，在其所辖管区内，按一定之规将租税上缴国库，

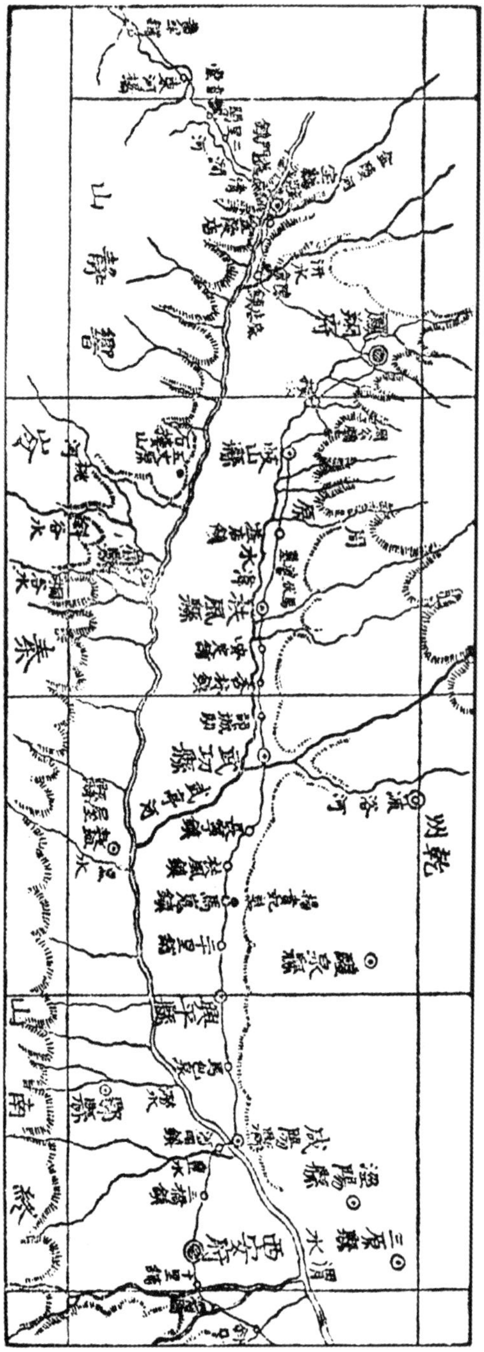

剩余者自然进其私囊。因此，知府、知县等官员，其实并不在乎自身俸禄多少，而是处心积虑如何敲诈勒索、鱼肉百姓。比如说，按规定一个知县年上缴库银10万两，此位知县大人便会极尽敲诈勒索之能事征得银两20万，其中10万上缴，余者10万则归己有。所谓爱民如子，所谓政治清明，本就空话一句。于是，官吏鱼肉百姓，百姓痛恨官吏，如今的中国何曾有国泰民安可言。

今日，照例给护送兵丁及车夫发赏，但见众人三磕头一鞠躬。能受如此答谢实在难得，迄今为止，笔者尚不曾受礼如斯。

次日，继续西行。一路过来，发现地势渐高，脚下平地已是高出河面百尺以上，河水看上去像药液沉淀，色褐如茶。路上闲来无事，与车夫聊开。据车夫言，其一家4口，每月要能挣得6两银，生活必定小康无疑。岩原君与车夫对话最是有趣，岩原君戏称自己夫人艳若天人，但车夫手指却比画3寸来长，问岩原君夫人一双天足可否只是这般大小。中国人心中美人，至少须有一双三寸金莲，走起路来婀娜蹒跚，至于眉清目秀与否，则在其次。

四、岐山县

走不多久，来到岐山县。岐山县乃周文王故邑，或谓西伯旧治。岐山县城，方圆5里，人口5000许。城内有佛刹，名曰"太平寺"，创建年代不详。寺内有一佛塔，八角九层，名曰"太平塔"，高一百二三十尺。虽然与武功、兴平二处佛塔外型相似，

第124图 自咸阳县至宝鸡县路线图

但岐山县太平塔建造工艺却远不及前面二者。只是此塔毕竟有其自身特色,太平塔底层与第二层俱勾栏及腰;第三层乃莲台外加栏杆;第四、第五层仅见栏杆而已;第六层以上不置栏杆。塔身正面面宽三间,中间为入口,左右两边横连并接,檐下斗拱双抄。塔身呈圆形,却又四角飞檐。第九层塔顶已坍圮,不见九轮踪影。

历史上著名的五丈原即在岐山县治以南约40里处。渭水之南,石楼山麓,有一大高原,即五丈原也。由于行程安排之故,笔者没能前往探访。据称,五丈原刚好正对斜谷出入,好一处要冲之地,因而势成兵家必争。当年司马仲达在此布阵于小山岗上,与渭水遥相对望,诸葛孔明则希冀先占关中,并以此为基地逐鹿中原。然而,如前所述,关中据有地利,易守难攻,何况司马仲达精明至极,任对方如何辱骂、挑衅,就是一味坚守不为所动。诸葛孔明再有谋略也无计可施,遂于五丈原郁郁而终,直令后人扼腕唏嘘,但也只能说纵有神机妙算,又其奈何乎?窃以为,如果采纳魏延所献之策,即翻越太白山直击长安,虽然冒险,却有出其不意之功效,或可取胜亦未可知。魏延如此妙计未被采纳,肯定悻悻然也。殊不知,此时孔明已是身患重病,抱病之身尤其神经过敏,更显小心翼翼。恰逢重病在身,加上平时又看魏延不顺眼,此时任是魏延再如何施计,诸葛亮也肯定不会接纳。——纯属外行人瞎揣摩,恕笔者姑妄言之。

翌日,从岐山出发,往西北15里处访周公庙。庙在凤凰山麓,远在市井之外,四周绿树掩映,郁郁葱葱,幽邃闲寂。周公庙由3处建筑物组成,中间乃周公庙,西侧系召公庙,东面即太公庙,可惜建筑物本身无特别值得观瞻之处。周公庙所在地有一泉眼,名曰"润德泉",只是今已干涸,已无泉水。有一方碑石可观赏,碑刻如下:

润德泉记　　　　　大中二年(848年)
碑石背面　　　　　元祐八年(1093年)
岐山周庙润德泉碑　至正二十五年三月七日(1365年)
重修周公庙记　　　大德二年三月十五日(1298年)

五、凤翔县

从周公庙折回,依原定路线继续行向西北,遂至凤翔府。凤翔府城东关,有一大校场废址,于今只剩庙前旗杆高竖,总算让人多少感觉不致于太过空虚。

凤翔县城,方圆11里许,据称户有3000,如此说来,人口应在15000以上,市面看上去却未见熙熙攘攘,而是一派寥落、冷清景象。中国之行以来,笔者第一次产生自礼仪之邦即将踏入蛮荒之地感觉。凤翔城内,根本就无可引人注目的建筑,只是县衙置于此,故以县城称之。

从凤翔开始，行走路线折向西南。本来，西安至凤翔，此条道路乃是通往甘肃乃至新疆的主道，若要行往成都，则要在凤翔折向另一分道，故一行人次日启程出凤翔南门，朝西南方向行去。细雨濛濛，与笔者作伴，同行在大平原上。行60里地，渡过汧水，来至底店镇。汧水与渭水在此汇合，底店镇即古代陈仓。

此前，一路行来，所经之地尽属关中大平原，关中大平原尽头处即陈仓。自此始，前方道路紧贴渭水北岸逶迤而去。道路右边，望去尽是峰峦叠嶂，由此可知陈仓已是关中大平原的尽头，自是易守难攻的要冲之地。当年，诸葛亮曾围陈仓，但终究未能攻下，最后只好退却。虽说当时陈仓守军英勇奋战是陈仓未被攻陷的重要原因，但陈仓所占地利却也作用重要。其实当年诸葛亮几次用兵攻打关中，基本上没取得任何成功。从陈仓往东20里，有一地方名叫"虢川"，据说当年诸葛亮就在此地挥泪斩马谡。此话纯属风闻，确否待考。从此伊始，道路更加崎岖难行，加之已是日落之后，跋涉甚是艰辛。赶了20里夜路，遂抵宝鸡县。宝鸡县城，方圆4里，人口千余，位于渭水北岸，地处所谓"秦栈"入口。

六、宝鸡县·翻越秦岭

秦岭山脉，始于潼关附近，绵延至西安一带的高山大岳，与渭水相去尚有百余里之遥，但随后就与渭水越贴越近，至宝鸡县境，渭水南岸已与秦岭山岳贴在一起。看此处崇山峻岳，何等突兀奇拔。面对如此险峻山岳，笔者不由得惶恐忐忑，为不知能否翻越秦岭大山而不安，为翻越之后面对陌生世界的神秘、未知而不安。试想一下，已经习惯平原风光，却见数百里绵延崇山与万仞高峰突然扑面而来。如此景象与这般气势，与其说是恢宏壮丽，莫如说更让人感到一种几近凄美的惶恐，更准确地说，是一种悲壮的感觉。笔者就要翻越如此悲壮的秦岭，行走在曾是古栈道的路上，前往南边古代的蜀国。

何为栈道？即将坚木插于断崖绝壁腹中，上架木板，以成通途。具体方法就是在断崖绝壁表面錾出大小合适的孔穴，将木头插入其中，在木头上铺架木板，并加装护栏。秦岭山脉原本就出产木材，故修造栈道所需材料的提供并不困难，只是在绝壁上錾孔却非易事。如此结构之栈道，一旦有变，一把火便让其灰飞烟灭，烧个干干净净。当然，于今如此栈道已经不见，笔者走在脚下的乃是一条平坦易行的山道。

秦岭系渭水与扬子江两大水系分水岭，故秦岭栈道也就成为黄河水域与长江水域分界线。据《县志》载，古时栈道计有4条，曰：

考古栈道之所出，有四。其自成和阶文出者为沓中阴平道，邓艾取蜀由之。其自两当出者为故道，汉高取陈仓由之。其自褒凤出者为今之连云栈，高帝入南郑由之。

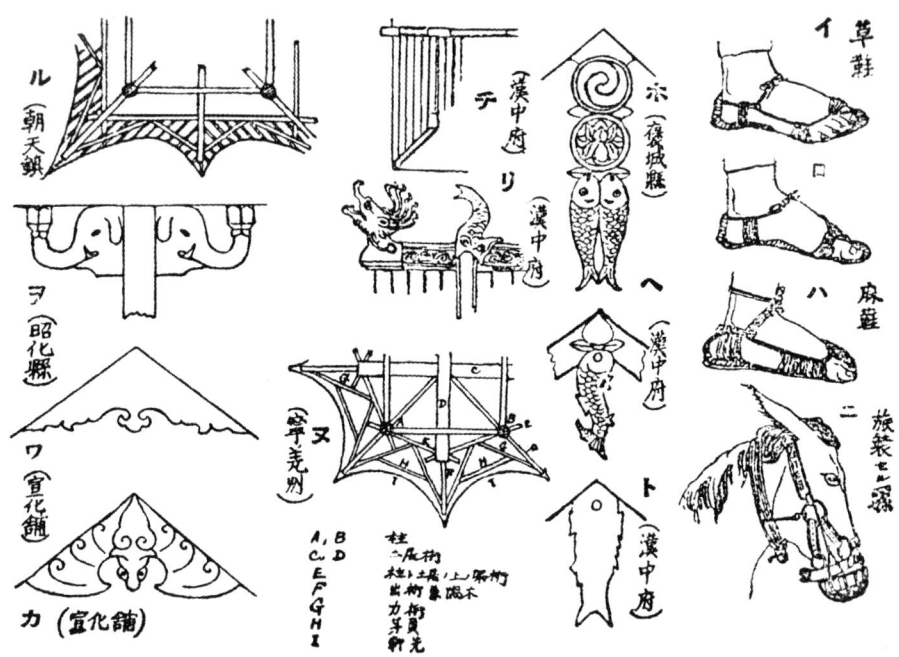

第125图 褒城县、汉中府、宁羌州及有关建造方法13图

从洋县出者为斜谷道，武侯屯兵渭上由之。（下略）

又，《府志》载：

栈道由宝鸡进至褒城为连云栈，即北栈也。由沔县进历宁羌、广元、昭化、剑州为南栈。当川藏冲大石塞途者，烧以薪、浇以醋、碎以巨锤。峭壁无可施力者，錾孔横巨木、覆以板、钳以钉。涧深不能逾越者，亦架长标巨板。羊肠一线而壁立千仞，虞驿递者逸而蹶也。绕石槛木栏作栏马墙，此栈道之所由名也。

从以上记载大致可知栈道为何物。

一行人总算穿越关中大平原，于今将渡过渭水并翻越秦岭。中国纪行之趣谈将写就于秦栈蜀道上、在北栈行旅途中。

此时，我等行装必须为之一改。虽然还是以马代步，但行李辎重已不再车载。承蒙宝鸡知县大人厚意，受领驮骡2头，每头骡可负重240斤。若是普通马匹，则负重才不过百斤。第125图（二）所示乃为我等所用驮骡头部素描。随行人夫如第125图（イ）（ロ）所示，脚穿草鞋；或如第125图（ハ）所示，着麻鞋。知县还说要给轿子，但笔者谢绝。出宝鸡县城南门，行走1里许，便抵渭水。但见浊流如矢，湍急汹涌，河面宽有五六十间。渡船抵河对岸处，刚好正是山道路口。山路沿一溪流蜿蜒崎岖，溪名曰"清涧河"，一路行去，坡道甚陡。途中，看见一水车，呈卧状平贴于水面，悠悠在转，别是一种怡然景致。再行15里，来至益门镇。又行40里，遂抵二里关。此二里关，即古时大散关，看见路旁勒石刻有"古大散关"4字，又镌"陕南天险"，显然此乃兵家必踞之天险。山路自此更为险峻，乱石遍地，不时磕绊马蹄，难行至极。只是，与此同时，山越来越高，沟谷则越降越深，潺潺溪流，更是淙淙作响，何其悦耳！胸中阴霾，因之一扫而光。

山高云深霜来早。此刻日本龙田姬等地，也已是机杼作响、美锦织得欢的时节。眼前这番清秋风光，让笔者别有一番似曾相识的感觉。再向云深处行去，来到一处叫作"观音塘"地方，在此投宿过夜。次日，又登程上路。山路甚陡，几乎就是路长6尺则坡高1.5尺乃至2尺。其陡如斯，方知"蜀道难，难于上青天"其言不假。从渭水河畔转入山道，一路登山不止，行60里，遂抵岭头山口。如此所在，中国习惯称之为"坪"，故此地也叫"煮茶坪"，海拔大约6500尺。

从煮茶坪一路往山下行去，只见山脚下有一溪谷，细流涓涓，此溪流名"东河"，发源于嘉陵江上游，故亦属长江水系。溪流左右两边俱是农地，一片平坦，有水田，也有旱地。旱地里长着玉米、荞麦。一行人沿溪流而去，行向西南，途中经过几处村庄。是夜，投宿在红花铺，系由凤县前来迎候的公差安排。从红花铺看去，东河河床在此豁然开阔，左右两岸，山峰巍峨高耸。河床中乱石嶙峋，一片白色，与淌过此间的碧水清流色彩反差明显、对比强烈。此情此景，让人不由得产生行走在日本木曾街道[83]的感觉。说来有趣，当地人并不懂得在溪流中捕鱼。一年四季，唯以玉米果腹，说来实在可怜。笔者曾问当地人为何不食河鱼，回答却是鱼食不得。由于晚餐没菜下饭，笔者向招待方求讨青葱若干，没想到送来青葱只有四五棵之数，且不过筷子一般粗。据称由于此地海拔6000尺，葱再如何生长，也只能大若此。

七、凤县·凤岭

次日，继续前行，方向不变。穿石门关，渡安河，地势亦显舒坦开阔。再行不多时，便抵凤县。凤县县城，方圆3里，人口有一千二三百许。凤县城内没有官驿之类宿泊之处，故于普通客栈投宿一夜。客栈墙上贴有告示，上书"凤岭盗匪猖獗，行囊被抢时有发生，来往客商，务加小心"。凤县城内并无值得观瞻之处。

第二天，从凤县县城出发，往凤岭方向南行而去。凤岭系秦栈与蜀栈中海拔最高

---

83 【译注】木曾，位于日本长野县西南部，与岐阜县交界的木曾川上游。御狱山的山脚平原即木曾川的流域一带，木曾街道沿道保留着昔日的风貌，是日本三大美丽山林之一。木曾街道为17世纪到19世纪作为连结江户与京都的交通要道而发展起来的大路。受到木曾川侵蚀所形成的造型奇特的岩石在这里伫立着，清澄的木曾川溪水缓缓流过，是木曾地区的一大名胜。

的山口。出凤县县城，往东南方向行约5里，来到五里关。自五里关始，道路骤然变陡，马不堪负，直喘粗气，时不时得下马徒步。再行20里，终达岭头山口，此处古时的关隘犹在。凤县海拔，估测不下5500尺，故凤岭山口处，海拔至少应有8500尺。再往南望，远处山峰高耸云天，山巅处如毡房一般鼓起，目测其高不在万尺之下。翻过山口便又下山，脚下行道似条新路近日才刚拓成，下山之路因此平坦许多。下山路上，途中多有看见石灰烧窑。经红心铺、三岔，抵留凤关，再涉水过河，即达古时的废丘关。关上桥边立一碑，上刻"项羽封章邯处"。桥为木桥，其造型犹如屋架，甚是奇巧。当晚，在一个叫作"南里镇"的地方过夜。

次日，又向东南方向溯流而上。行5里，见路旁立一石碑，上镌"对面古陈仓道"6字，此系自汉中通往陈仓的古道。再往前行，经过榆林、松林、高桥，来至一处山岭，名叫"柴关岭"。此岭海拔未及7000尺，系嘉陵江与汉水分水岭，此岭以东水域为青羊河、为褒水、为汉水。凡此水道，最后俱汇入扬子江。

在柴关岭再次得见驼帮，堪称幸遇。此驼帮系自甘肃往汉中运送食盐，据称每峰骆驼驮盐300来斤。柴关岭南有一奇峰突兀，直插云天，此乃鼎鼎大名"紫柏山"，为秦栈道中第一名山。紫柏山高不下9000尺，山峰秀丽，气宇轩昂，加上满山红叶，层林尽染，更显风情万千。

下柴关岭后，来到紫柏山脚，有一"庙台子"村，村中有"留侯庙"。山中蕞尔寒村，却有庙堂气派如斯，并有庭院、花园，实是引人入胜。所谓中国的北方风景，在笔者翻越秦岭的同时消失殆尽，笔者眼前，别是一番山明水秀新气象。正是如此，此处留侯庙，建筑风格也与中国北方地区大相迥异，其中国南方建筑特色让人眼目一新。据称，此留侯庙乃当年张良辟谷之处，于今，庙中道士四五十人，有大片田地，粮米无忧，道人堪比仙人，悠游过日。

八、留坝厅

再往前行，过乱石铺，抵留坝厅。留坝厅，方圆3里，人口1500许，只是山中一僻邑。留坝厅厅长系一同知[84]，身体肥胖，体重怕是30贯[85]有余，但却非常热情，对笔者一行关照有加。交谈中，听其介绍说虽此留坝厅位于山腹之中，但气候温暖，山中多有云豹、野猪，只是未曾见过老虎与熊罴。自进入栈道以后，沿途所见山民，十有八成颈部都长一大赘瘤，其中又以女人居多。不知何以如此，向该同知打听，方知其乃一地方病，

---

84 【译注】同知系地方行政副长官，掌通判府、州事。元各州、府有同知。明清沿置。分掌巡捕、粮务、屯田、水利、江海防务等。清各州同知称州同，同知与通判并为地方政权厅一级长官。

85 【译注】"贯"乃日本旧时计量单位，一贯等于现在的3.75公斤。

说是寒气所致。如此病状，后来在云南亦多有所见，只是北京一带似极罕见。

在留坝厅过一夜，次日又起身上路，继续前行。行 10 里，经画眉关。又行 10 里，渡青洋河。后又越新关岭，只见路旁立有一碑，上刻"故三交城"四字。再往前行，来至武关驿，此乃古时的武休关，一行人在此渡过武关河，再沿褒水而下。褒水系上游处青洋河与源发大白山的大白河[86]二者合流。随着河道变宽，水量巨增，四周景象更显大气恢宏、苍劲奇拔。尤其是过了武曲铺后再行数里，此处景象最为壮观，盖此条道乃穿鏊巨岩以成通途，实在让人叹为观止。抬首仰望，但见上头危岩怪石悬于半空，摇摇欲坠兮岌岌可危；低头下看，只见渊深莫测，万籁无声，直通黄泉奈何桥上。不妨借用竹添先生名文以喻此景之绝妙，曰：

道旁大石题"千古烟霜"四字。山间有瀑袅袅泻下，风来飐之如撒明珠。褒之水，潴则蘸蓝，奔则翻雪。奇岩怪石，如蟠龙，如奔马。栈道一线通于其间，行旅皆在图画中矣。

此处河道中，有皑皑白石看似棺柩，道旁巉岩，状如合掌之卧人，岩上小碑镌刻"阿弥陀佛"字样。随行护兵虽说得不甚清楚，但总算听明几分，即此乃古人死后被殓于棺，却死而复生自棺中爬出并登上山，结果山下棺柩与山上死者俱化为岩石，听来纯属鬼怪奇谭。在武曲铺附近，有一称为"养生泽"的鱼塘，供乡人放生。偏山僻野，却有如此善地，行此善举，实是大出笔者意料之外。

又行 10 里，抵马道驿。马道驿入口正对一河流，名"樊河"。樊河谷深流急，实难按传统方式架桥，故将铁索 8 条系于两岸石头上，铁索上面铺板，如一道倒悬天虹横跨两岸。过河时，但见桥板摇晃不停，让人不免心惊胆战。笔者一行，当晚就投宿在马道驿。因有水利之便，所以此地不乏大米，连一般贫苦人家也吃大米。副食方面，猪肉、白菜、豆腐，一应俱全。夜里，房东老妪，年已八十有二，听说有日本人来，大感新奇，特来探见，并叙谈诸多趣事，听来就像海外奇谭。

次日，离开马道驿，沿褒水向南行进。途中，在一小村庄略作憩息，并尝过用玉米制作的地方小吃，每个价 6 文（日本钱 8 厘许），味道不错。过二十里铺后，来至一处称为"青桥"地方。溪谷上方，同样用铁索 6 条架设索桥，以通天堑。再往南行，景色更为秀美，与其笔者拙文献丑，莫如选竹添先生美文一节，曰：

过青桥驿抵新开岭，为栈中第一胜景。山皆如巨石砌成。风箐露篠，弥缝罅隙，垂垂欲坠。其下即褒水。纡曲汇为潭者，漾青蓄碧，深不可测。沿岸皆平沙，一白如雪，与山岚水蔼相映带。水西之山有悬瀑，流入褒水。架石桥，曰卧龙桥。桥西为阎王碥，贾中丞煅石劈路处。盖栈中之险，有岭有关，皆以十数，而碥为之最。碥之险有燕子，

86　【译注】"大白山"与"大白河"恐皆为作者笔误，应是"太白山"与"太白河"才对。

有火烧，有小鬼，有青石，亦以十数，而阎王为之最。

复往前行，至褒似[87]铺，相传此地为美女褒姒故里。又行，至蘇坪寺，此地山水风光美不胜收，让人无法目不旁顾只低头走路。水中有巨石，名叫"将军岩"，其高6丈，状似网兜。河床底砂，皎白如雪，其间，似有宝珠熠熠生辉，在笔者看来，连城璧[88]真品舍此其谁？此番美景，又岂是和氏璧那一盈尺见方的玉石能相媲？能于倥偬行旅中领略如此山光水色，可谓幸哉。不久，又一岭头山口在望，名曰"七盘岭"，此岭坡长5里。山头岭顶又名"鸡头关"，有一关帝庙，朝北方向匾额上书"秦栈隘要"四字；朝南方向匾额上书"蜀道平"三字。关帝庙，犹如栈道尽处一观景台。此时此地，笔者以手加额，往南眺望，但见秦栈在此已尽；远处，褒中村落，稀疏散落于平原之上，又望褒水如长蛇一般，逶迤蜿蜒，穿过平原与汉水相会；南面更远处，乃四川省界，但见千山万嶂缥缈云海间，山峰云彩，难辨彼此。云海苍茫，天地浩然，立此岭顶山巅，笔者连呼快哉。大凡过往行客翻越秦栈，立此鸡头关上，俯瞰汉中平原，想必多会如孩童般欢欣雀跃。

从鸡头关下山，行2里，路见一祠，名曰"白石土地神祠"。此祠所祀，乃一方白石。据随行护卫兵丁言，相传当年沛公与项羽在此共宴，席中，沛公命褒水遣一神人送水前来，宴后此神即化作一方白石。嗣后，沛公经此路入关中，遂得天下，其实是此白石暗中助力方告功成。土地祠中道人更是牵强附会，称此白石乃黄石公之徒弟。如此穿凿，实在荒唐太过，无非是投世人猎奇之所好。

九、褒城县·汉中府

从岭上下来，其速之快，可谓"一泻千里"。山脚下即褒城县，方圆3里，人口千余。城内建筑一般，并无特别值得观瞻之处，只是褒城县中建筑与中国北方建筑全然不同，中国中部地区建筑风格尽现其中。第125图（ホ）悬鱼乃此地建筑寻常物件，迥异于北方地区建筑风格于兹显见。除悬鱼之外，可为例证的建筑式样尚有许多。从宝鸡县到褒城县，共7站580里路。古人所叹的秦栈难行，毋宁说，而今已是通邑大道，风光旖旎，今人不必故作无病呻吟状，叹什么蜀道难。

蜀道起自成都，其干道乃是从褒城直指沔县，并不经由汉中，只是笔者实在不忍与只须半日行程的汉中擦身而过，故专从褒城前往位其东南40里处的汉中府。汉中府城，方圆10里，人口说是30000许，下辖南郑县。汉水从汉中府城南向东流去，据称

87　【译注】此系原文舛误，应是"褒姒"。

88　【译注】连城璧，原指价值连城之玉。《史记·廉颇蔺相如列传》："赵惠文王时，得楚和氏璧。秦昭王闻之，使人遗赵王书，愿以十五城请易璧。"后用以形容极其珍贵的东西。

扁舟一叶，从此地放流而去，即可行至远在天边的湖北平原。概言之，汉中即汉水平原西端终点，且为成都咽喉要地，故汉中被制，则巴蜀休矣。在巴蜀建国，汉中绝对是必踞之地。

南郑县知县曾在上海住过很长时间，相当健谈。对笔者此次中国考察，评论则是中国历史十有八九造假，所谓古迹，几乎都不可信。在其看来，研究不可凭信的假历史又何益之有？莫如去开采对面南山地下埋藏的丰富矿物获利更多，还问笔者对采矿一事意下如何。笔者还拜会此地知府，希望能查阅当地《府志》。可知府对笔者言，莫非足下看得懂中国书？就算看得懂，《府志》所载对足下又何用之有？知府衙门，看上去吏员不少。

当地建筑，显具中国中部地区风格，即以砖木结构为主调。比起中国北方，当地建筑用木料更多，建筑物的木线更显轻灵流畅，屋檐乃是明显从中间往两边翘。此外，所见二三层楼阁，与塔婆建造相同。此地楼阁挑高甚多，力显空间开阔，且整体均衡性极佳。建筑物的窗棂、格子等物，雕饰也比中国北方多姿多彩，阿拉伯风格的蔓藤纹饰亦属多见。建筑物上诸多悬鱼绘风颇为写实，第125图（ヘ）、（ト）悬鱼即其例。为何中国建筑要以悬鱼为饰？笔者原以为是禁制火灾之用，后来听人言，悬鱼乃是音谐"吉庆有余"，盖"鱼"和"余"音同，故建筑物饰以悬鱼。另外，此地建筑物飞檐造型亦甚怪异。如第125图（チ）、（リ）所示，飞檐所饰正吻共有两类，朝外的系通常所见鳌头，朝内的则以吻形为饰。当然也有用螭吻。因飞檐反翘太过，故位于檐端处的螭吻几乎就呈仰天状，看上去甚感别扭。屋檐正中，此地盛行置一宝瓶，由于如此布局太显夸张，只好在宝瓶左右两边再添缀些许饰物。

一行人于日本明治三十五年十月十五日从汉中出发。当地知府特地派出多达15人的一队护兵随行护送，并配1名哨官带队。从汉中护送至四川广元，行程共计6日。

从汉中至广元，中间要经沔县及宁羌州。通常在州县交界要办交接，但由于此次护卫系由知府衙门派出，所以经沔县及宁羌州时就不必再办交接，而是直接护送至四川省域某县。且说一行人又是风光排场挥别汉中，沿汉水北岸向西北行进。行30里，再渡褒水，又行70里，来至黄沙，相传当年诸葛亮就在此地使用木牛流马。从汉中出发算起，计行百里，终抵沔县。笔者中国之行以来，今日走路最远。

十、沔县·宁羌州

沔县县城，方圆4里，人口4000许，位于汉水北岸。城东门外，矗立一塔，八角十一层。塔顶已遭破坏，外形甚显粗鄙。在笔者看来，其价值绝不在普通人家的一柱烟囱之上，只不过是为和谐周围地形而建造于此。大凡中国各地塔刹，其取位、造型，均有与当地山川地理风水相辅相承之考量，故对其考察与品评，切不可孤立地就塔论塔，

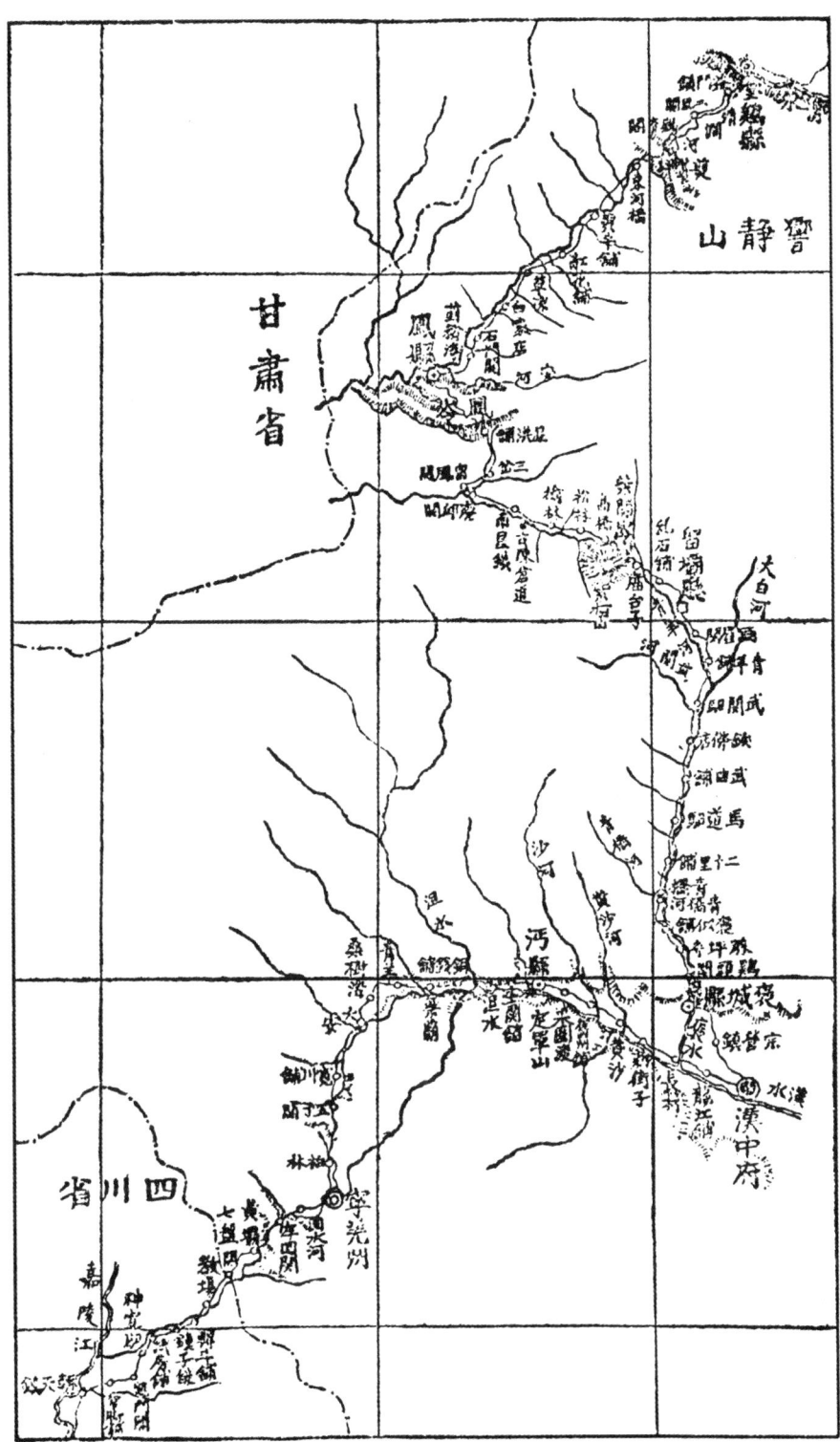

第126图　从宝鸡县至朝天镇路线图

也不应以日本人的好恶标准对其评头品足。

城北有一小山岗，名曰"卧龙岗"，相传为当年诸葛亮耕读之处。

城南，与汉水相隔，对面有一小山，名曰"定军山"。据称诸葛孔明遗骸即葬于此，又传八阵图正是布于此定军山，此处亦是夏侯渊被黄忠枭首之地。

县城往东2里处，有孔明祠，建筑本身并无特色，然规模甚大。祠庙下方建有戏台，左右两侧俱开辕门，中有牌楼，有清音阁。祠庙中，鼓楼与钟楼对面相望。更往深处，见有二门，乃东西两院迎面对望。再向前则是前殿，随后是正殿。正殿内供有武侯像，只是雕塑一般，算不上杰作。大殿内还有一石琴，上刻"章武元年"，只是不知真假。

翌日，从沔县启程复向西进，又是崇山峻岭迎面而来，汉中平原遂阻于此。只是，沿汉水北岸一带尚余少许狭窄平地，或水田，或菜园，与日本农村田园景象不无相似之处。路上看见几个人用网在汉水打鱼，打上来的多是鲤鱼，小则二三寸，大的有五寸。对方叫价80文，还价70文即可成交。行30里，渡沮水。又行40里，抵蔡壩。自沔县至蔡壩70里行程中，一度告别汉水转入山道，待与汉水再次相会，一行人已是抵达大安驿。供下榻的公馆已有着落，数百士民聚集围观，争先目睹来自万里之外的异国稀客。今日行来，于途中看见路旁散落3具骸髅，缘于道路塌方，致使坟茔崩圮骨曝于外。过往行人俱置若罔闻，亦不见有警察或相关人员给予处置。笔者不忍目睹，可怜兮无主骸骨，也不知其生前如何造孽，于今还得受过往行人践踏之辱，遭曝骨之耻，真是罪过。

次日，又沿汉水向南行进，但见流水渐变潺潺，高山更显巍巍。经烈金壩、宽川驿，来到五丁关，此处即汉水发源之地。翻过一山岭，途经滴水铺、栢林驿，此时，又见河面渐宽，水流复显欢腾。沿途，水田、菜地，鳞次栉比；鸡鸣、犬吠，声声入耳；农家院落，或二三，或五七，毗邻相接。不经意间，一行已抵宁羌州城。宁羌州城，方圆6里，人口3000许。本地知州看上去年岁不大，资历尚浅，闻悉乃是一靠父亲门路二靠钱路才摘得此顶乌纱帽。交谈中，屡有"贵国亦行圣王之道乎？""四书五经可是贵国道德学问之根本？"一类怪异提问。宁羌州城位于可称为巴蜀栈道入口之处，南有黑山与四川交界，山高岭峻，海拔8000尺，望去山势峥嵘、怪石嶙峋，草木不生，其相凶神恶煞，让人不寒而栗。据称，山中多有熊罴、山豹、野猪、豺狼出没，冬天下山觅食，时有伤害人畜。

第125图（ㄨ）为宁羌州城内钟楼。八角形屋顶撑一穹面，且见四个尖角矗于穹面之上，如此建筑结构在中国北方见所未见。此钟楼系三层建筑，最上层屋顶乃是葫芦状造型。

又从宁羌州城出发，复行往西南。此前，笔者所骑马匹由于长途跋涉，疲劳太过，到后来简直慢如蜗牛，不得已今日只好换乘轿子。此顶轿子名叫"三丁拐"，即三人抬之意，前面两人，后面一人。此轿又名"鸭棚子"，轿辕为竹制，颇有弹性，每走一步，都会上下跳动，刚开始坐时难免忐忑不安。不久，来到牢固关，此处为汉水与嘉陵江两大水域分界，海拔5000尺许，道路险峻。下牢固关后，山脚下就是黄坝驿。此地附近一带，水田大片开垦，当地人都能吃上大米。大米便宜，也就70文一升，若是上等好米，则卖110文。饭铺之处，一大碗白米饭，盛得冒尖，也就只需12文钱。虽然唯有腌萝卜与青菜下饭，但吃来却是格外可口，一碗米饭下肚，就已腹饱足矣。

再往前行，平路变成山道。开始是闵家坡，然后是七盘关，一路爬坡而上，路陡难行。七盘关关隘与图画中所见一样，系川陕交界。有关中国四川，笔者不妨略述几句。

众所周知，中国十八行省中，幅员最为辽阔、人口最为众多者当属四川省。四川，因其境内流有4条江河大川而得名。一是金沙江，系扬子江之上游，源出西藏高原，流经四川省后入湖北；二是嘉陵江，发源甘肃，流至重庆与长江汇合；三是岷江，亦自西藏来，经成都奔流而去，至叙州处汇入长江；四是鸦垅江[89]，此江流出西藏后穿过四川省西部，最后同样汇入长江。4条水流俱是大江巨川，流域有数百里之长。再说四川面积，包括其西部土著民居住地区，达日本国土面积三分之二强（不包括库页岛）。四川人口，有说7000万，也有5000万一说，窃以为，应是5000万以内较可凭信。四川首府为成都，总督衙门即在此。

四川原为古巴蜀之地，东接长江以通湖北，川东北则借栈道以连汉中。此外，四川还西毗青海、西藏化外之域，南邻云南、贵州边远之地，完全可以说别是一副陌生面容。四川中部，沃野千里，物产丰饶，更且矿产丰富。但是离海太远，须假中原之道方能出海，交通不便之弊于兹显见，故自古以来，巴山蜀水，多被视作退身之地。以诸葛武侯之才智、之谋略，竟然无法鼎定中原，究其原委，根本还在巴蜀之地孤悬一方，滞塞太过。反过来说，若是想享太平盛世求颐养天年，则巴山蜀水可谓是再相宜不过。

且说一行人下了七盘关进入四川省，来至教驿场，并在此宿夜。次日，笔者将轿让与岩原君，自己骑上于当地征来马匹启程前行。此马身高不过三尺五，体形与普通毛驴相差无几，但没想到脚力之健却是令人惊奇，爬高岩、下绝壁，马蹄不见丝毫打战，疾行如山羊。笔者一行所用马匹，系北方张家口产，虽长于沙漠驰骋，却不堪如此险峻山道、崎岖石路。造化堪称伟哉奇哉，大千世界，无不是一方水土一方物。

离开教驿场，复向西行，过转斗铺、钟子铺等村庄，来至神宣驿。再往前行，遂抵龙洞背。此处山体，乃石灰岩质。石灰岩层，裸露于地表，年长月久经受雨水冲刷，四处可见怪石嶙峋，其状可掬，真可谓妙趣天然。借竹添先生妙笔描画其状，曰：

---

89 【译注】应是"雅砻江"才对，或是当时亦名"鸦垅江"亦未可知。

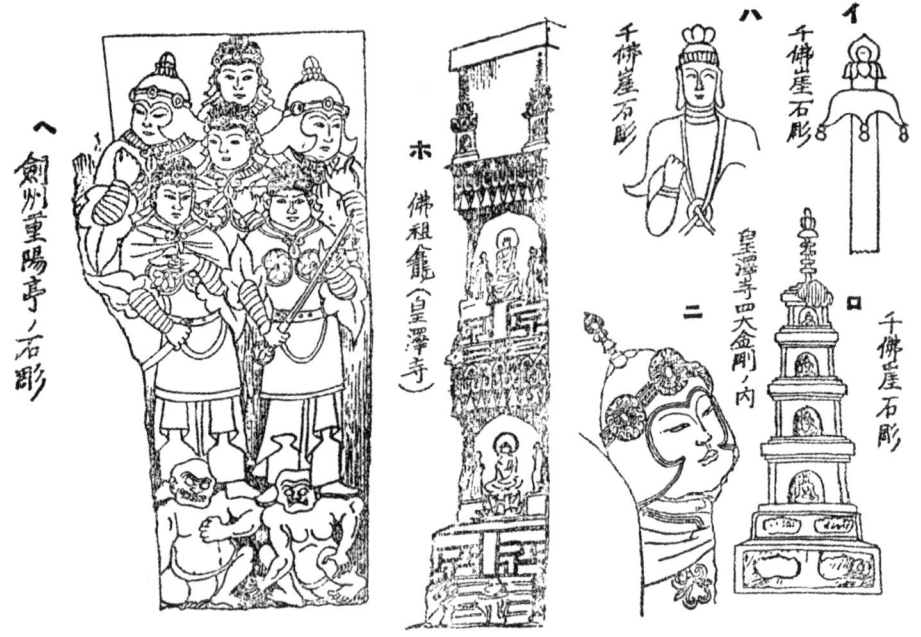

第127图　千佛崖石雕及其他4景

　　大石攒列，遍地有昂头而仰天如巨鼋者，有隆肩而曲喙如橐驼者，有如蜂房者，有如燕垒者，伛偻而跪拜者，偾起而暴怒者，面平如砥者，顶铁如笋者、钟卧者、鼓悬者、錾成七窍者、皱裂成披麻皴者。殊形诡状，备极奇观。

　　山谷对面有一天然大洞穴，名"龙洞"。洞中出一种贝类化石，当地人捡此化石售与过往行客，每个叫卖1文至3文钱。

　　不久，来到朝天镇。此镇毗连嘉陵江东岸，城邑轮廓半已成形。第125图（ル）为朝天镇东门处三层城阁。上层穹顶伸出四角探檐，并架有八角屋面，如此建造手法堪称奇妙。若从朝天镇行走陆路，则须先翻越朝天岭。随行护卫兵丁，经连日跋涉，已是疲惫异常，故再三请求弃陆路而改水道。据闻从此地走水路可直下重庆。虽然走水路不得不考虑舟船之险，但笔者还是接受随行护兵请求，雇船两艘，直下江陵。至于行李辎重，仍由骡子驮载，照样从陆路行走。

　　船下嘉陵，其疾如矢，好不快哉。但见两岸绝壁，如刀削一般峭立，绝壁之上，离水面一二丈处，每隔一定距离，均有錾孔，其孔径大六七寸许，乃古栈道之遗迹。行至广元以北10里处，见千佛崖。船在此略作停留，以供笔者对此处石佛进行考察。千佛崖石佛，如雷贯耳，闻名天下。

十一、千佛崖

千佛崖，可谓洛阳龙门石刻袖珍版。《县志》载：

> 千佛崖　在县北十里江东，即古石柜阁也。峭壁千仞，逼临大江。杜诗云：古柜层波上，临虚荡高壁。先是悬架木作栈而作[90]，唐韦抗錾石为路，并凿千佛，遂成通衢。

即千佛崖最早开凿于唐代，后世续凿不已，遂成此景。何以见得？千佛崖佛刻不乏唐代以后艺术风格与雕刻手法，即为其证。说来有趣，在此千佛崖亦有显示为北魏及隋代艺术风格的佛像雕刻，第127图（イ）、（ロ）、（ハ）即为其例。千佛崖佛刻明显可分3类。

第1类如（ハ）所示，与日本的鸟佛师[91]佛雕异曲同工。

第2类则是与日本法隆寺壁画所见佛像，或是和铜年间[92]制作的佛像如出一辙，脸部轮廓较宽，蚕眉凤眼，颐骨凸挺。

第3类乃与日本天平年间盛世之时的佛像一样，看上去面容丰润，神态温和。从千佛岩佛刻可以发现，传于北魏时期的佛雕技法（相当于日本法隆寺佛雕技法），即便到了隋、唐二代，亦未式微，其盛依旧。千佛崖佛刻所见年号主要有：

唐宪宗元和年间（806—820）
唐宣宗大中年间（847—859）
唐僖宗广明年间（880—881）
宋真宗咸平年间（998—1003）
宋哲宗元祐年间（1086—1093）
宋哲宗元符年间（1098—1100）
南宋高宗绍兴年间（1131—1162）

又，千佛崖大石窟中有碑石，颇具观赏价值。此碑题曰"大云寺"，并附年号"嘉祐庚子（1060年，日本后冷泉天皇康平三年）九月"，碑上龙雕堪称精美。

佛像位置排序则因循惯例，最中央处乃狮子座，上为释迦牟尼佛结跏趺坐像；释

90　【译注】原文所引文献记载部分文字有误，并非"先是悬架木作栈而作"。查乾隆年《广元县志》所载，乃是"先是悬岩架木作栈而行"。

91　【译注】据《日本书纪》卷20、《元亨释书》卷17载，我国南朝梁时人司马达于日本继体天皇十六年（522年）到日本弘传佛法，住在大和高市郡阪田原之草庵，为日本佛教私传之始，后被赐以"鞍部"姓氏。其孙鞍部止利，是个佛像雕匠，被称为鸟佛师，法隆寺金堂的本尊像以及其他许多佛像，均出于此人之手，为制作飞鸟佛像第一人。

92　【译注】日本的和铜年间为元明天皇在位时期，708—713年。

迦牟尼佛像左右两侧为迦叶、阿难立像；迦叶、阿难左右两侧立有二天；二天左右两侧，即最边上置一对石狮；在迦叶后面，立一神像，三头六臂，此神像一臂持日轮，一臂持月轮。笔者之流系门外汉，实不知如此造型有何寓意。但如此排列，于笔者而言，并非陌生，此前于洛阳龙门石窟已有所见。笔者以为，若对洛阳龙门石窟深入考察之后再到千佛崖来，定会收获更丰。

十二、广元县·皇泽寺

考察千佛崖后，又解缆下行，遂抵广元县，一行在广元县投宿过夜。笔者先去当地衙门拜访知县大人，刚好县太爷正在公堂之上笞刑犯人。但见犯人趴伏在地，被用竹笞痛打屁股。此即笞刑，笞打次数总在百下以上，受刑犯人此时呼天抢地，哀叫不停。后来听说，看犯人一方对笞手贿赂有无及贿赂多少，笞手心中有数，下手可轻可重。受刑时，犯人照例大声哭叫，以遮人眼目。笞手若不手下留情，真是笞打百下，已是血肉横飞、呜呼哀哉。是夜，对从汉中随行前来的护卫官兵以及从宁羌县加派的护兵论功行赏发奖钱，为此笔者破费不少。

翌日，渡嘉陵江，访江对岸处皇泽寺。据传，此地乃武则天故里，皇泽寺亦武则天所创建。皇泽寺建筑，与之前所见千佛崖及龙门石窟同，俱呈典型唐代风格。如第128图（二）所示，从皇泽寺建筑上犹可窥见唐代文化艺术的瑰丽多彩，此为四大金刚之一。此外，皇泽寺中有一"佛祖龛"，如第127图（ホ）所示，龛中佛像（与日本法隆寺佛像同）、勾栏、天穹等雕刻，北魏艺术风格极为明显，情致别现。除皇泽寺外，笔者还探访洞二寺。听说附近一带还有其他寺院，只是无暇一一探访。

离开广元县后，一行又沿嘉陵江向西南行去。行至十里铺，见一塔婆，八角十三层，系典型四川建筑造型，于中国北方地区见所未见。此塔看上去犹如一柱石笋，塔基宽阔，按比例计，塔基径长为塔高6倍，并且塔顶冠有九轮。如此塔婆，在当地兼具地标与风水双重作用，最早传自印度佛塔窣堵婆，只是年长日久，遂被异化，面目亦非。

途中，由于岩原君贪近路，致马匹陷泥泽而不出，一行进退维谷，只好拦下过路行人求助一臂之力，谁知却被索要报酬并讨价还价，迟迟不肯出力相助。曾听人谈过亲历往事，某处火灾发生时，就有人提水桶过来，桶中盛水，当场开价一桶水多少钱。凡事以金钱为准绳、为考量、为利害之选择，实非明智之人。

十三、昭化县

不久，一行渡过嘉陵江，来至昭化县。昭化县城，方圆三四里，人口有一千二三百人。城内有三国时期蜀国官员费祎墓陵，此外似乎再无其他。第125图（ヲ）系此地某处庙宇建造式样。

当晚，从北京一路跟来侯姓随从相告，说是四川变乱，今后行程恐不安全，笔者等人若匿身于轿中，犹如微服出行一般，或许不致有事。还说自己愿为前驱，先打前站，探查前方动静，一旦发现有不测之变，一行人即可立马转回北京。其真诚之意溢于言表。为此，笔者告称此次出行是由地方官府加以保护，有军兵随行，应是无恙。此人犹据理力争，认为虽有卫兵随护，也就不过几条枪，一旦发生不测之变，恐怕护卫兵丁会是逃跑在前。此话或许不假，要是发生不测事变，随行护兵根本指望不上，其作用也就平日防止意外发生，仅是防微杜渐而已。

翌日，离开昭化，向西往山中进发。迄今为止，都是沿河顺流水行走，但自昭化始，我等一行却是常常翻山涉水，即在河流与山谷间穿行出没。今日，同样是翻山越岭。走十来里，抵天雄关。站在岭顶山巅，四面河山尽收眼底，风光无限。此时此刻，一种穿越千年的历史沧桑感油然而生，顿时无比感慨，就如蜀国始创之时一般，梦想灭曹魏而吞东吴，何等英姿飒爽，又何等壮志雄心。可回过神来，发现自己不过就一介书生，只是机缘巧合行经至此，当下之世乃明治时代，就是如此，亦不过如此，书生不必在此发呆，且惜别此关快快赶路。

十四、剑阁

过天雄关后，一行人尽在翻不完的山梁上与嶙峋乱石间行进。过牛瀼旦、新铺、古墓樑、大莫树，发现奇峰二柱由远及近。峰顶如断崖壁立，高10丈许，其形看似要塞城垛，有月楼，有战垛，有雉堞坍圮，一应尽有，虽非真城垛，却胜真城垛，如此鬼斧神工，不能不叹造化之妙。此奇峰者，即闻名遐迩的大、小剑山，笔者地脚下之路就逶迤在二峰夹道之间。随大、小剑山渐行渐近，脚下道路也愈加难行，往往行至疑似山穷处，却又峰回路转，别现新径。上山路乃一石道蜿蜒于断壁峭立的两山之间，且行且去。山顶之上，巍然屹立一关门，系二层楼阁建筑，其景如画，此即剑阁是也，关上楣匾大书"剑阁"二字。如此奇拔恢宏之画面，笔者可说是平生首见。剑阁之景，蔚为大观，甚至梦中也未曾见过。笔者深信不疑，如此风光，世界绝无二处，仅此一景。当年对峙死守之际，邓艾却出间道出其不意偷袭成都，遂令蜀国告亡，姜维亦君命难违终于向钟会投降。凡此悲壮故事，俱与卫护庄严河山的要塞剑阁关系密切。是非成败，大浪淘沙，雄关依旧，英雄于今安在？想到此，笔者潸然泪下。进关之后，发现里面有姜维庙，并有数十方古碑，所刻俱是游人过客题咏剑阁诗句。据闻，若进姜维庙，剑阁七十二峰即可尽入眼底。当晚，邀请剑阁驿、剑阁司、剑阁汛的吏员差役共进晚餐。剑阁驿丞还带两个儿子赴席，一个10岁，一个11岁，非常可爱，为席间增添乐趣不少。进入栈道以来，今日翻山越岭最是频繁不断，原先土路已经不见，脚下变为石板道，一路行来，鞋履干净，泥土不沾，好不快哉。

十五、剑州·重阳亭

次日，从剑阁起身，又向南行。脚下路与昨日走过一样，亦老是不断上下山，几乎就没见过平地。过汉阳铺、抄手铺，又跨武侯桥——此桥据称是诸葛亮所架设，遂抵剑州。剑州城，方圆4里，人口4000许。其建筑，仅城外文庙还算值得一看。笔者前往当地衙门拜访，希望查阅当地《州志》，没想对方已然备好，正在恭候驾到，听笔者一说，立马送《州志》一部过来。看来是之前所到之处，笔者免不了总是索要《县志》《府志》一类地方文献，以供查阅，致使各地方衙门认定笔者系一《州志》《府志》《县志》非索不可之过客，因而行文通告各地。于是，而后笔者所到之地，官府衙门皆不乏《府志》《县志》相赠之举。事实上，《府志》《县志》一类文籍，大多未见坊间有售。

望见州城东南有一塔刹，前往考察。此塔系八角六层，可惜看上去太过粗陋。离河不远处，另有一塔，名叫"新塔"，八角十一层，高120尺余，塔层之间，未见层檐探出，塔刹通体俱绕以阶状刳形曲线。如此形制，即川式建筑之典型。

二座塔刹，虽然建造平庸无奇不免令笔者扫兴，但于归途中却有幸目睹一精美石刻。此系一重阳亭，于岩壁处开錾并刻有佛像，可谓巧夺天工。在此重阳亭，于唐代遗迹部分中，可见到大中八年碑刻、治平丁未年碑刻，以及颜真卿书、撰于上元二年、刻于大历六年碑石。此碑序述安禄山之乱，曰：

天宝十四年，安禄山陷洛阳。明年，陷长安。

笔者最感兴趣者，还是第127图（ヘ）所见浮雕。此浮雕见于石窟入口处左右对峙的岩壁之上，因此可判定为四天王像，妖魔鬼怪俱踩其脚下。从造型与风格看，此四天王像与日本天平时期佛雕，还有法隆寺佛雕、药师寺佛雕有似曾相识之处，堪称稀世佛雕。可惜，世人太过无知，总是将古碑旧字削去而后镌上新文、将古旧佛像脱胎换骨令其姿容尽改。如此愚昧行为不改，恐怕于不远将来，此四天王浮雕一类稀世珍宝亦难逃被毁之厄运。

次日，又从剑州出发向南行进。所走道路，一如先前，总是平地少而翻山不断，其间，或越溪谷，或穿泽地。中午在柳池铺打尖[93]，此地所卖中午饭，有红豆米饭，还有地瓜叶一起煮成的稀饭，1碗7文；有不掺杂粮的大米饭，1碗8文。唯是此时，笔者方见1文钱的价值之体现。此外，还有面条，亦是1碗8文，酱菜每份3文。行75里，遂见武侯祠。据称当年诸葛亮出师中原，总是屯兵在此。武侯祠里有诸葛孔明像，

---

93 在中国，所谓"打尖"，即"吃中午饭"之意。

然全无观赏价值,纯系粗制滥造之物。日行80里后,至武连驿,即古时武连县。于今,武连驿人口近2000。驿站门外有一佛刹,曰"觉苑寺"。据称此寺始创于李唐一代,然真正的唐代遗物,于今已荡然无存,只有唐大历五年五月颜真卿书的"逍遥楼"碑石犹在。此碑可谓精美,"逍遥楼"三字,每字大小约2尺半,无一不是遒劲雄健、力透纸背。笔者本对书法通悟有限,但观此"逍遥楼"三字,肃敬之感却油然而生,致使于碑前流连甚久,不舍离去。

次日,复往西南行去。眼前渐显平川坦途,险峻山路逐渐消失。行60里,来至吉阳铺。但见柏树成片,郁郁葱葱,宛如日本神社境域。柏树林中有关帝庙,其规模之宏大,实是令人惊叹。又有文昌祠,与关帝庙比邻。何为"文昌",笔者不甚清楚。据闻,此地颇奇,有神仙出没,神仙居所为一地下洞穴,胯下之骑状若驴骡,云云。距文昌祠不远处,有一方卧石,曰"盘陀石"。石旁有一树古柏,四周绕以围栏,古柏已是枝干尽枯,仿若古木残骸。此地驿站,又称"琅珰驿"。就在驿外,有大小两处千佛岩,与之前所见千佛岩同,其实就是在岩壁上面錾刻佛像。只是,此两处千佛岩佛刻,已经大半被剥蚀,且佛像錾刻本身也似无精美可言。下到山脚处,有一牌楼,上书"坡去平来"。听闻此处以前还有一亭,似称"送险亭",于今却不知所踪。凡此,皆送给行往过客一个信息,即山路已尽,前面将是一马平川。巴蜀栈道,承蒙厚待,就此拜别。

十六、梓潼县

过古瓦口关,即见古剑泉。一泓清泉,汩汩涌出,据闻此泉俗称"水观音",此地亦有"五丁遗剑处"之名。再往前行,坡道平缓,一路下山,前面即梓潼县。梓潼县城,方圆4里,人口六七千余,濒临九曲水,坐对长乡山,实为形胜之地、繁华城邑。建筑方面,如盖天宫、禹庙等,无不金碧辉煌。有关四川养蚕一事,笔者不明之处甚多,当地知县俱娓娓道来,一一解答,同时也向笔者讨教有关日本教育诸问题。对此,笔者亦详细说明。听笔者谈到日本在校学生人数占全国人口十分之一,知县大人非常错愕,惊呼学校获利岂非惊人,天下何来如此生财之道? 闻之,笔者亦是同样错愕非常。

次日,继续西行。出城之后,先去观看文塔。此塔位于城南5里处,八角十层,高150尺许。其建造式样,依旧是典型四川风格,寻常一般,平淡无奇。走过横跨九曲水上的天仙桥后,原本一径平路转眼变成崎岖山道。一路看过去,四周荒山正被开垦,农田毗连成片,桑园随处可见,山边路旁,柏树成林,郁郁葱葱。行43里,至宣化铺。如第125图(ワ)、(カ)所示,此地建筑所饰悬鱼乃是从蝙蝠变化而来。行60里后,遂抵魏城驿,一行人,当晚就投宿在此。魏城驿,人口千余人,并无可游览观赏之处,但在其东南方4里处张家湾,有一大高塔,六角十三层,塔底边长十六尺二寸,名曰"文风塔"。此塔形廓没有曲线,只是从底往上,次第变细,最终收为一尖顶,犹如毛笔毫尖。如此形状,称为川中建筑造型最美亦言不为过。

凡此塔刹,俱是作为当地风水构成重要部分,具有守境护域之作用。多数场合,此等塔刹均建造在都邑东南四五里处。魏城驿外,(在其东南方向)还见有一建筑,为三层阁楼。此阁楼,底层与第二层均为四角,唯第三层才呈六角状,造型颇显奇特。

十七、绵州

次日,离开魏城,依旧西行,照样是蜿蜒起伏的山道。行约 50 里,终于遇见在此迎候的绵州官员。只见一名官员走上前来,恭敬有礼地递上当地知州名片,并致辞欢迎。在此官员后面,肃立枪兵 4 名、铳兵 4 名,于欢迎辞毕敬礼致意,铳兵并对空鸣铳致礼。接受鸣铳致礼的欢迎仪式,于笔者而言,尚属首次。行往绵州城途中,渡涪水时,再次鸣铳致礼;进入绵州城后来到行台时,第三次鸣铳致礼,实是礼待甚隆。绵州行台已被大加装点,所需器物,一应俱全。最开心者莫过于天花板上垂吊两个大气灯,自北京出发以来,还是第一次看到煤油灯。稍过片刻,衙门差来数名差役,并牵来盛装打扮的乘马,供笔者一行骑往衙门拜访。在绵州衙门,笔者与知州自是不免一番叙礼寒暄,此乃例行公事,过往州县,概莫能外。

绵州城,方圆 7 里,人口怕有一万二三千之多,看上去市面繁华,还有一名英国传教士在此开药店。涪水从绵州城东北流过,河面宽 1 里有余,护河堤岸俱涂刷白垩,皑皑一片,其白如雪。城内万寿宫、关帝庙、魁星阁等建筑,值得过往行客驻足一看。其中,魁星阁建筑最是气势恢宏,为八角五层楼阁,阁顶呈元宝状造型。另外,在绵州附近一带,还流行一种中国式弓状山墙式样建筑。此外,还有一种建筑手法亦颇独特,即于大梁中央,撑出三角桁架,三角桁架呈弧状由下往上徐徐展开,如日本神社中鸟衾形鸟居[94]一般。还有一塔,立于涪水岸边,八角六层,塔身整体呈急速向上收缩状。又,于绵州城东南 5 里处,风俗因袭,小山丘处建有风水塔一座,此塔八角十层,看上去与魏城驿风水塔颇为相似。据《州志》载,绵州城东北 42 里处,还有一座塔刹,四角七层,据称该塔每层四隅均有柱撑。虽是《州志》记载,但在行进途中,如此形制的小型塔刹还是时有所见。据闻,距绵州城西 50 里处的安县,也有一座十三层"白塔",高达 20 余丈。

在绵州,看士兵射击训练最让笔者感到滑稽。操练场就在魁星阁后面,军鼓鼓点

---

94 【译注】一种类似于中国牌坊的日本式建筑,设于神社的大道上或神社周围的木栅栏处。鸟居由一对粗大的木柱和柱上的横梁及梁下的枋组成。梁的两端有的向外挑,也有插入柱身的。著名的如伊势神宫的鸟居,造型简练刚挺,寓巧于朴。

不成节奏。听任鼓点嘈乱，士兵们照样甩手投足，实在让人捧腹大笑。此外，小女孩玩的"喜雀（鹊）"游戏亦属新鲜。将羽毛5根插在2文铜币大小的皮面上，颇类日本的羽毛毽子，但见女孩细足纤纤、弓鞋尖尖，却是轻灵蹴鞠，其动作与日本踢毽大致相同。此时，两手已属多余，全见脚上功夫，技高者可不停蹴鞠，还时而抬脚过腰，大是风姿绰然，妙趣横生。

十八、罗江县·德阳县·汉州

　　翌日，从绵州启程，渡茶坪河，继续西行。随行护兵所携武器为梭镖的一种，形状怪异，名"猫儿刀莎镖"。行60里，来至金山铺，只见罗江县衙派出的迎接人众已等候在此，并备好茶水、点心。罗江县出迎队伍的士兵，其手持兵械同样让人感到稀奇，乃是青龙大刀之类。在其前导下，更行30里，渡泞水等，遂抵罗江县。罗江县城，方圆4.3里，人口3000许。于今，通邑大道无不坦途，仅有二三小山丘横亘其间。罗江县土地开垦甚多，水田随处可见，旱地麦苗绿茵一片。此外，还种花生、红薯，以及蔬菜之类。此地甚重水利，到处水汊河道，大水车高二三丈许，悠悠转来，引水浇地。树木也栽种许多，一眼望去绿荫成片。岭上山坳，郁郁葱葱；袅袅炊烟，几多人家。真正是风景如画，让人陶醉。目睹此景，方知四川天府之国岂是浪得虚名。想到四川省府大都会正渐行渐近，笔者兴奋不已且充满期待。

　　在罗江宿夜，次日又行向西南。行7里，发现前方有一小山包，路旁立一标记，上书"庞士元战死之处"，并题"古落凤坡"四字。又行3里，来到白马关，此处有庞靖侯祠，飞檐错落，掩映在葱茏林木间。入庞靖侯祠，只见前殿供奉孔明与庞统的并列塑像。看庞统像，确如书中所载，其相甚丑。前殿后面乃是正殿，此处只供庞统像。正殿后面系墓陵，墓为圆形，以石垒之，外建墓屋以蔽之。墓屋为八角状，上有宝顶，造型甚奇。

　　从古落凤坡再续脚程，复往前行。下了落凤坡，放眼望去，眼前是一片方圆数百里大平原，此乃成都附近的沃野良田。树林、农田、村落，交织其间；通邑大道，人马往来，络绎不绝。再往前走，渡緜水，过黄许镇，遂抵德阳县城，一行人被接到气派不凡的当地行台下榻。德阳县城，方圆7里，据称人口15000。城内建筑，魁星阁、鼓楼等均值得一看。魁星阁共三层，下面一层呈四角状，进深三间；第二层及第三层，皆八角形状，第二层各处转角顺势而为，加构厢檐，如此创意，可谓别具一格。鼓楼则是五层建筑，下面一层与第二层为四角状；第三层、第四层、第五层系八角状，第五层部分加构厢檐。县北5里处，系秦宓故里，地名就叫"三造亭"。

　　次日，又从德阳动身，向南行进。一路上有不少村落看上去人烟稠密，还有大片瓜园菜地。渡过灌溉一方土地的几条河流后，一行人来到汉州。汉州城，方圆7里，

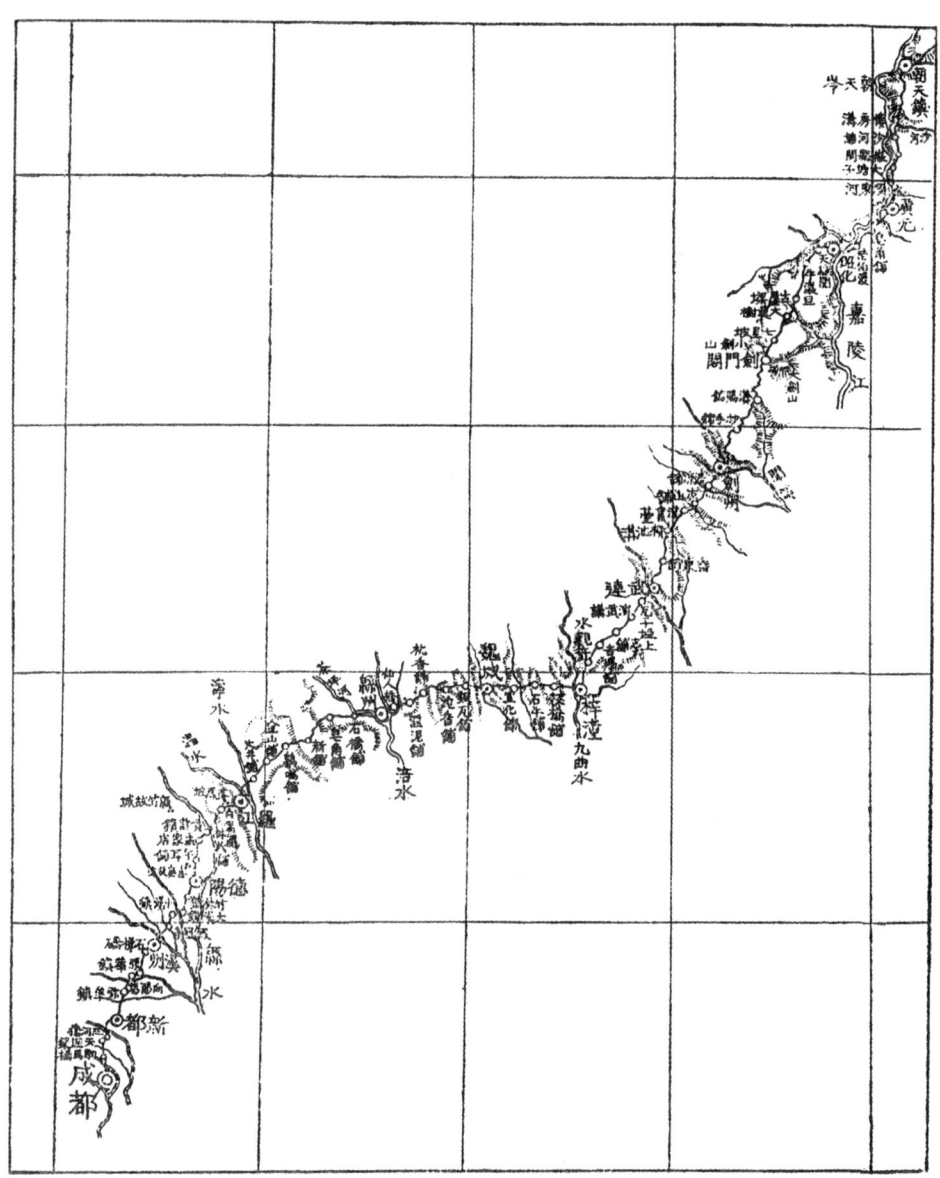

第128图 自朝天镇至成都府路线图

州城内外,人口共计15000人。若论建筑,汉州唯三帝宫稍有观赏价值。在四川平原,独轮车普遍用作运输工具,当地叫"推车"或"鸡公车",只需一人在后面推即可,可谓最轻便的交通运输工具,既可载物,又可载人。笔者亲自试过,确实非常轻便,即便是路狭难行,也照样畅通无阻。

在汉州住一宿后,又继续南行。看得出这一带土地垦拓更为充分,路边翠竹葱绿,如杨柳依依,向远客致意。看得见竹丛周边有新笋破土而出;看得见柏树遍散各处遮天蔽日，何等轩昂壮观；还看得见土地无荒，水田菜地毗邻相接。行走30里，至弥牟镇，此地有孔明祠及八阵图。孔明祠内，供有刘玄德、诸葛亮、五虎将，还有姜维、马岱、王平、廖化、张翼、秦宓等数十人像。所谓八阵图，其实是一小土丘，径大二三间，高5尺许。只是土丘具体数量不详，据竹添先生游记所载，其数为71。凡此土丘或是坟茔亦未可知。当地《县志》载有八阵图相关说明，据其载，北方天覆阵、南方地载阵、东方风扬阵、西方云垂阵、西北龙飞阵、东南虎翼阵、西南鸟翔阵、东北蛇蟠阵，又布点三十二，将天前冲、天后冲、地前冲、地后冲、天冲、地轴、风、云等阵型连为一体。读此记载虽令人一头雾水、不得要领，但感觉甚是有趣。再行不久，即至新都县。新都县城，据称方圆不过5里，人口却有2万之多。

十九、新都县

于新都县，一行人照样下榻当地行台。好一堂皇气派所在，还有咖啡、饼干招待，果然是新都县位于成都边上，在接待外国人方面，新都知县比之他地更胜一筹。抵新都县后，本想即刻前往县衙拜访，却被差役告知："现在正是日食最甚之时，知县正在祈天救日，请于黄昏日落之后再往无妨。"听此一说，笔者当即将眼镜片用煤油灯熏黑，然后对着太阳照看，果然见太阳上端有缺，缺口不下二三分，时乃明治三十五年十月三十一日下午三时半。入夜时分，配有华丽鞍具的高大骏马从县衙门来到行台，接笔者前往衙门拜会，还有员吏2人、马夫2人、提灯差役8人一路随行，可谓前呼后拥，真够气派。在拜见当地知县时，笔者问及如何祈天救日，答曰："天变可畏，何况天上太阳为天子之象，故天上日蚀，则恐人间天子有异变，是以祈天救日。"知县并反问笔者："贵国于日蚀之时有何举措？"笔者回答说"日本只有天文爱好者一类才会观测日蚀"。对方听后，似大为不解，神情颇显困惑。

建筑方面，新都城北有宝光寺，系一大丛林，属临济宗门。先是二天门，内奉四大金刚，即青除灾金刚、赤辟毒金刚、黄随求金刚、白净水金刚，四大金刚皆左手持降魔杵，右手持金刚圈。

过二天门后见天王殿，殿内供四大天王。四大天王的名称及所持之物如下：

东方　持国天王　持龙与剑
南方　增长天王　持琵琶
西方　多闻天王　持舍利塔
北方　广目天王　持伞

以上系寺中和尚所介绍，但不乏让人难以置信之处。本来据佛典所载，佛教中须弥四大天王之名称及所持之物乃是：

北方　多闻天王　持幡枪与鼠

南方　增长天王　持长枪

西方　广目天王　持宝石与蛇

东方　持国天王　持琵琶

虽佛典所载如此，但确实中国的内地和西藏地区与日本佛寺中四大天王所持之物各有差异。

天王殿后是十三层塔，此塔据闻创建于李唐一代，但今日所见乃是后来重修，已非原物，看上去粗俗不堪。

次为佛殿，再次为大雄宝殿，大雄宝殿后面是法堂，凡此，建筑价值俱不高。考此佛刹之缘起，据介绍乃创建于周灵王四十一年，即天竺孔雀王朝阿育王四十三年。事实上，阿育王四十三年仅相当于秦始皇十四年，与周灵王四十一年相差足足300年。并且，周灵王只在位27年，"周灵王四十一年"又何来之有？明显谬误太过。

二十、成都府

翌日，从新都出发，继续南行。一路过来，平原无垠，终于来到成都。成都附近，建有诸多节孝坊及其他牌坊，有旌表节妇孝子的节孝坊；有为地方官员歌功颂德的德政坊；有庆颂寿长过百的百岁坊；有纪念状元及第的状元坊。各种牌坊，虽五花八门、名称不一，但造型却基本相同，皆状如牌楼。在中国，节妇孝子尤其为人敬重，此亦是令外国人新奇不已的牌坊大量留存于世的一大原因。

于成都所见市井民居，彼此之间均有高墙相隔。此地砌墙，盛行墙上部两侧凹陷、中央凸出成弓形，即日本称为"唐破风[95]"的造型。此外，屋顶葺以稻草的民居也是一大看点。只见屋檐依间距凹凸互现，檐中搭圆木3根，以承杉木檩条，并起装饰作用。屋檐尾端，如日本神社鸟居横木两端，皆长尾外翘。

有关成都州府建筑，容后详述。

95　【译注】唐破风（からはふ），系屋顶建筑样式之一，源出中国古典建筑的"博风"，即两边凹陷，中央凸出，呈弓形，颇类当今的遮篷。此种建筑式样是从中国唐朝时代传到日本的，故称"唐破风"。

里程表 3（西安至成都）

西安府—咸阳县（咸宁县、长安县）	50 里		沔县—大安驿	90 里
咸阳县—兴平县	50 里		大安驿—宁羌州	90 里
兴平县—武功县	90 里		宁羌州—教场驿	70 里
武功县—扶风县	60 里		教场驿—朝天镇	70 里
扶风县—岐山县[97]	60 里		朝天镇—广元县[99]	93 里
岐山县—凤翔府（凤翔县）	50 里		广元县—昭化县	53 里
			昭化县—剑阁	80 里
凤翔府—宝鸡县（凤翔县）	90 里		剑阁—剑州	65 里
			剑州—武连驿	80 里
宝鸡县—观音塘[98]	50 里		武连驿—梓潼县	80 里
观音塘—红花铺	75 里		梓潼县—魏城驿	60 里
红花铺—凤县	85 里		魏城驿—绵州	65 里
凤县—南星镇	85 里		绵州—罗江县	90 里
南星镇—留坝厅	100 里		罗江县—德阳县	50 里
留坝厅—马道驿	90 里		德阳县—汉州	50 里
马道驿—褒城县	95 里		汉州—新都县	50 里
褒城县—汉中府（南郑县）	40 里		新都县—成都府	40 里
			合计 2356 里	
汉中府—沔县（南郑县）	110 里			

96　此间，还有向南前往五丈原，行程 40 里；向西北前往周公庙，行程 15 里。

97　此间，还有向东往陈仓，行程 30 里。

98　此间，还有向北前往千佛崖，行程 10 里。

中国纪行【四】

（明治三十五年十一月至明治三十六年三月）

成都府—青海、西藏旅行指南—双流县—新津县—彭山县—眉州—青神县—嘉定府—峨眉县—大峨山—峨眉登山—岷江—犍为县—叙州府—南溪县—江安县—纳溪县—泸州—合江县—江津县—重庆府—长寿县—陪州[99]—酆都县—忠州—万县—云阳县—夔州府—三滩三峡—宜昌府—沙市—汉口—武昌府—汉阳府—岳州—洞庭湖—长沙府—沅江县—龙阳县—常德府—桃源县—辰州府—辰溪县—沅州府—晃州厅—玉屏县—镇远府—施秉县—清平县[100]—平越州—贵定县—龙里县—贵阳府[101]

一、成都府

　　成都府系四川首府，下辖华阳、成都 2 县。成都府城，东西长约 8 里，南北长约 6 里。据成都府保甲局调查统计，府城内外，人口共计 27 万许。历来，地理书均称成都人口五六十万，甚至 80 万，明显是夸张失实之辞。话说回来，在与海岸线相去遥远的中国腹地，能有成都这般近 30 万人口的都市，也算世所罕见，出其右者，唯有美国芝加哥。

　　成都府城，其格局几近长方形状，府城北、西、南三面，均临大江，甚得舟楫之便，经嘉定可顺流而下叙州。再说陆路，通邑大道，不一而足。先是两湖通道，向东行往重庆，借此可出长江以向东南；再是云贵通道，向南行往叙州，借此可从云南通往印度的前、后二方；三是向北翻越栈道，经由汉中、西安，可通北京；四为向西行往打箭炉的西藏通道，此道最是艰险难行，需翻越数处崇山峻岭。此乃成都与外界相连的 4 条主道。此外，成都平原上，还有许多乡村道路，如蛛网一般，纵横交错。

99　【译注】此处原作有误，应是"涪州"。

100　【译注】原作此处的施秉县—清平县之间漏掉了"黄平州"一名。

101　【译注】作者此处的地名排序与文中所叙述的行走路线先后顺序略有出入。

成都街市可谓人流如织，汉语中"熙熙攘攘"一词，恰是成都市貌的最好写照，此乃成都府城街道太窄所致。城内最主要道路，其宽亦不及2间半，至于一般街道，则宽不过2间，若是再小一点的街道，也就只9尺来宽，甚至仅六七尺宽。城内交通，绝对不用马车，当然，街道狭窄也难通马车。故有钱人自是出门乘轿，若有急事则可骑马，至于其他人等，徒步走路是再平常不过的了。轿子分为2人抬或3人抬二种，价钱一般在每个轿夫17文钱左右。因此，若乘3人抬的轿子，路程10里，则须付钱210文，约值日币32钱。另则，四川的10里，相当于日本40町。

成都一带道路，路面全是石板，所以即便雨天，路面也不见泥泞，比起中国北方，此地出行可是方便太多。

气候方面，就是盛夏酷暑，气温也不超过华氏九十二三度。再怎么冬寒料峭，气温最低也在零度以上，尽管也少量下雪，但据称积雪几乎不曾深过1尺以上。概言之，此地气候温润宜人。

由于森林资源丰富，故此地盛行木构建筑。别说以泥土为主要建筑材料，就是砖构建筑也是少见。此地有太多房屋清一色为木材建筑，砖石材料尽被拒之。然观此地房屋，建造却未免太过粗陋，少有精致可言。先看地基部分，任地面再如何凹坑不平，也不先将其整平，而是直接在上砌基建屋。立柱亦然，任木头又弯又扭，工匠根本不予理睬，亦不斧正削直，直接撑作立柱。圆柱实在是虚有其名，根本没经认真刨削以呈圆形。用作壁板的木料，看上去也是厚薄不一、宽窄各异，并且也不考虑纹路对接、形状搭配，而是随意拼接。窗户也是依木料弯斜形状构建，故看上去歪歪扭扭。此外，墙体都涂成暗褐色，并贴满红纸。此即成都一带民居建筑。与中国北方最为不同的是，此地民居建筑，屋内并无"炕"这一尤物。自然是由于此地气候温暖，根本不需要此物，但遇严冬季节天寒地冻之时，当地也会用火钵取暖。在中国北方地区，炕也是供人睡卧之处，但在此地，房间另有卧床让人寝息。

另外，此地民居都有便所，人来人往的道口路边，还有公共厕所。有此公共厕所，粪便得以集中，不致到处污秽。只是，奇哉怪哉，厕内茅坑，全是门户开放，一览无余，根本没有隔板分开。想来，当地人根本不在乎如厕时不雅相公诸于众。再说，旁人又有谁会左右顾盼。若遇有人同在出恭，自然视线转向他方。笔者真心佩服，中国人几无例外，均自觉遵守如此习俗。至于女用茅房，自然是隔有挡板以做遮拦。

资源物产方面，成都主要有铜、铁、丝、棉、盐、中药材、沙金、烟草、藏红花等。成都府城所见商铺货架，也有售各种西洋杂货，包括不少来自日本的日用百货。明治三十五年的日本天长节，笔者就是在成都度过的。是日，就在成都市中，笔者买了产自日本大阪的朝日啤酒以及其他数种日本食品。

笔者在成都逗留8天，每天到处走访，并考察成都寺院、祠庙建筑。此期间，发生一事，堪称不幸。供作笔者坐骑的马匹自抵绵州时起就已罹病，一路行来，病情有增无减。虽请马医诊看却不见效，只好免其所有负载，让其一路跟行至成都。到成都次日，此马终于呜呼哀哉。自张家口以来，此马就一直作为笔者坐骑跋山涉水，行程万里，而今，爱马却倒毙在此。即便它再向笔者踢来，令笔者胫骨受轻伤；即便它再次发飙，致笔者滚落马下，那也绝非过错在它，自然是笔者自身过失在先。此马后来非常温驯听话，犹如爱犬一般，不幸沦为对骑马最不在行也最不懂与马相处的外国人胯下之骑，却是何等任劳任怨且忠实不渝。可以说，此马于笔者有恩，笔者永志难忘，故笔者想善理其后，并立一方石碑以悼之。为此，笔者询问所下榻客栈东家能否为其善后处置，对方回答是需银2两。在笔者看来，2两银子实是便宜得不近情理，但再加思索，发现不对。莫不会笔者付与银子2两后，对方所谓善后处置却是对此爱马剥皮啖肉。若是如此，2两银子岂非等于付与对方工钱以剥皮吃肉，那不是滑天下之大稽。为此，笔者将如何善后处置的方案详细告知对方。对方听后惊愕非常，说是将马下葬闻所未闻，首先寺庙和尚断不肯为马超度做法事，其次即使于野外找块地风光下葬，恐怕是等不及次日就已被人挖走剥皮吃肉，就算为马立碑，过后一样会被人将碑拔走，扛回家去另派用场，云云。对方倒是劝告笔者，倒不如将死马作价卖掉了事。对方如此一说，倒让笔者感到困惑，最后只能将马尸送与客栈东家，并称如何处置悉听尊便，对方自然是欣喜异常。可以想象已毙爱马的最终结局，怕是难免被剥皮，任宰割，而后叫卖于市场肉摊上。

成都府城内外，有主要观赏价值之建筑者，可举以下若干：

位于城南处武侯祠与照（昭）烈庙。二者同在一地，林木参天、郁郁葱葱，内有池塘亭榭，景观如公园一般，可供游人在此休憩、饮茶、闲聊。照（昭）烈庙建筑称不上出类拔萃，但美就美在林木、庭园浑然一体，极为协调。庙内拜殿，神位排列如下：

庞统	关	刘	张	赵云
简雍	羽	备	飞	孙乾
吕凯				张翼
傅彤				马超
费祎				王平
董和				姜维
邓芝				黄忠
陈震				廖化
蒋琬				向宠
董允				傅佥
秦宓				马忠

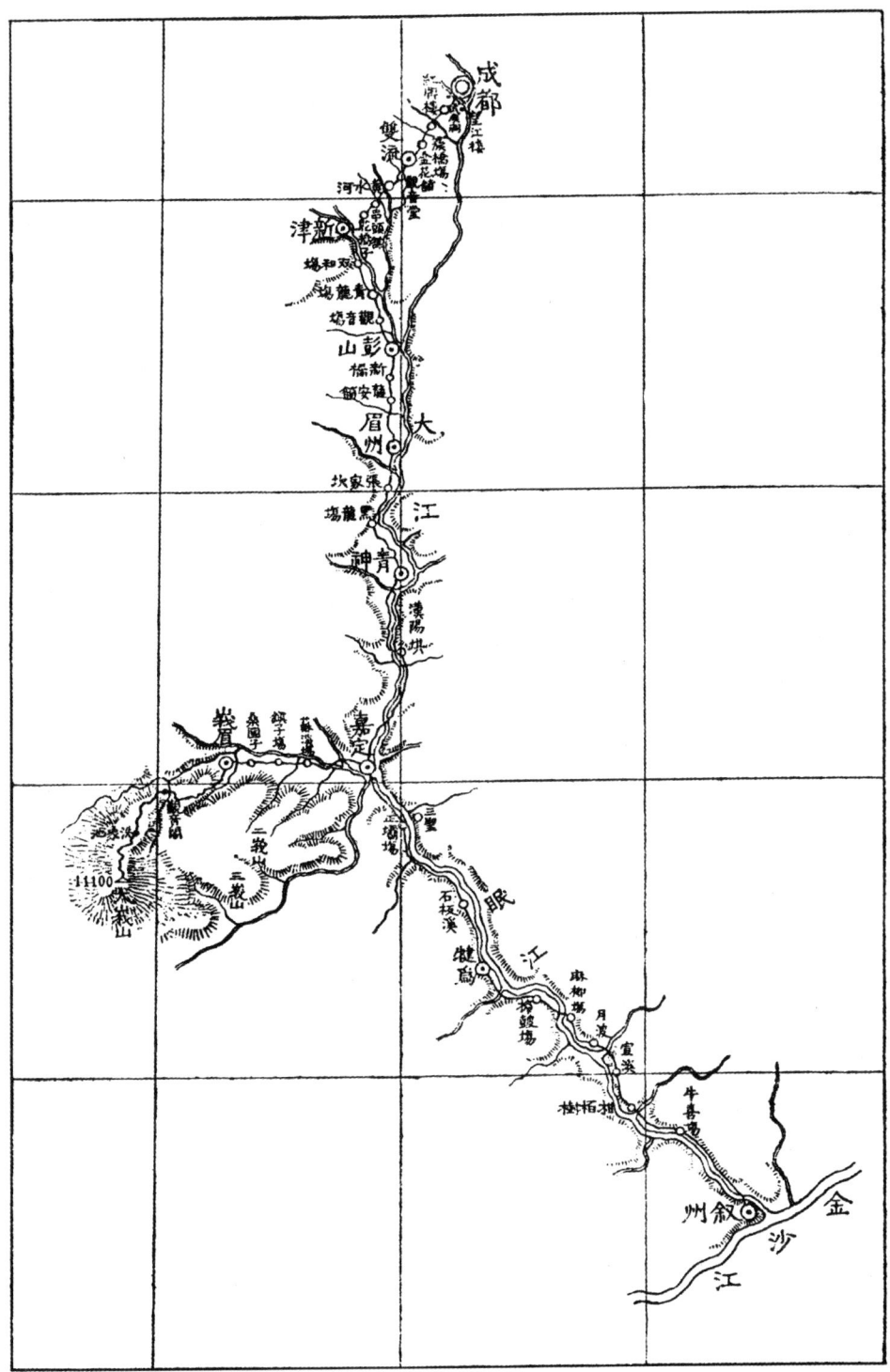

第 129 图 自成都至叙州路线图

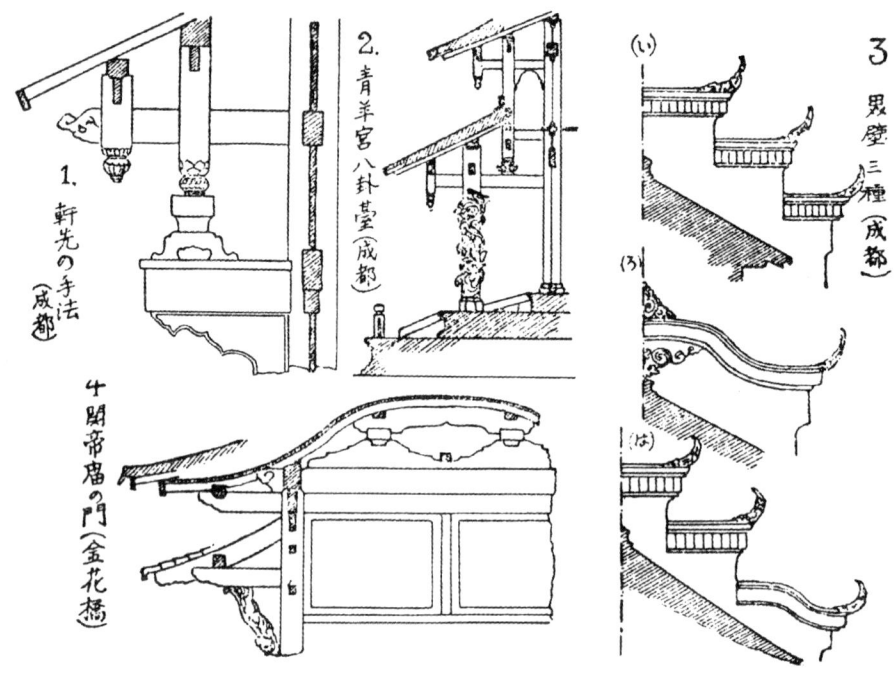

第130图　成都附近一带建筑的方式手法

杨洪	张嶷
马良	张南
程畿	冯习

如此排序，依据何在，笔者未详孰是。只见刘玄德塑像旁边有一铜鼓，此物系苗疆独有。照（昭）烈庙后殿即武侯祠是也，祠内供有诸葛孔明及其子孙塑像。另外，离照（昭）烈庙几步之遥，有一玄德陵，为土丘状巨型陵寝。

照（昭）烈庙东南，有一伽蓝，名"衣冠寺"。寺内有一墓陵，陵前勒石为碑，上镌"关羽衣冠之处"。

从照（昭）烈庙向西行去，位于城外西南郊野处，有一小庙，名曰"宝云庵"，古称"百花潭"。若从日本标准衡量，宝云庵建筑则可归入茶室一类，庭园小筑，临水之畔，其创意与匠心何等写意、轻妙。第130图（1）即其檐前部分。说来有趣，日本式建筑习见的拳鼻、斗拱、蟆股等物件，在宝云庵一应俱全。

再向西北行去，至青羊宫。青羊宫系老子祭祠，其建筑规模之宏大，实是让人叹为观止。然老子本尊坐像被置于佛教式的须弥座上，老子坐像还见有佛陀塑像常见的背光，像前摆设亦是佛教常用的祭祀用具，还有道士敲木鱼诵经。八卦坛堪称青羊宫中至宝，此坛系双层建筑结构，下面一层为圆形，上面一层为八角形，状如第130图（2）

所示，整体看去，颇感风格别具。

从青羊宫再西行不远，有一草堂寺。草堂寺属临济宗门，相传草创于李唐一代，于今俨然蜀中一大伽蓝。草堂寺建筑，计有山门、天王殿、大殿、戒坛、方丈等。天王殿内，四天王所持之物为：

持国天王　琵琶
增长天王　弓箭
多闻天王　舍利塔与鼠[102]
广目天王　伞与龙

杜公祠与草堂寺毗邻，杜公祠内还有冀国夫人祠。杜公祠系一幽邃所在，祠门前修竹丛生，高百余尺，翠绿郁葱，即使白天亦幽深如阒。杜公祠内，有池榭亭台，有淙淙流水，有奇花异木。祠堂正中，供奉杜公像，左边乃黄山谷，右边为陆放翁。据闻文人墨客常游至此，并于祠中流连终日。

出东门，走过锦江上九眼桥，便来至对面江岸一处风景名胜，名曰"望江楼"。此处庭园景观颇值一看。园内有诸多亭台楼阁，实为难得一游的风流去处，其中，以薛涛井最为赫赫有名。又有一高楼，称作"崇丽楼"，楼高四层，底层与第二层为方形三檐，三层、四层各八角，琉璃瓦顶，看上去金碧辉煌、珠光宝气。

北门之内，有一"文殊院"，寺院规模宏伟，观其窗棂格子造型别出心裁，并呈典型的阿拉伯风格，想来或系受伊斯兰教影响颇深。有关文殊院的窗棂格子，容后再予细述。

出北门，往东南方向行10里许，有一大伽蓝，名"昭觉寺"，或为成都府城最大寺院亦未可知。此寺草创于李唐一代，属临济正宗。据称昭觉寺域15里许，林木参天，葱郁无比，给人感觉极是肃穆森严。昭觉寺建筑如下所示：

(1) 大山门
(2) 天王殿　四天王所持之物
　　东方　持国天王　琵琶
　　南方　增长天王　弓箭
　　西方　广目天王　伞
　　北方　多闻天王　舍利塔与鼠
(3) 缘觉殿
　　本尊　准提佛　○左右十二缘觉佛　○后韦驮天
(4) 大殿　供奉释迦三身像

102　多闻天王手持的鼠通称"结缥"。

中央法身毘卢尊佛　　○东方报身卢舍那佛　　○西方化身释迦尊佛

（5）法堂　即藏经阁

（6）上堂

凡此建筑，俱无特色，唯是规模宏大而已。寺中住僧，据称人数在200以上。

就笔者所闻，成都府城著名建筑大致如此。所有建筑细部特征与特色如下所记：

（1）界墙

街面所见民居界墙，就其形制而言，大致可归纳为3类，即如第130图（3）所示，第1类为飞檐，呈水平直线，为台阶状造型。第2类即所谓"唐破风"造型。第3类为第一种与第二种类型的混合，即上面部分呈台阶状，下面部分属"唐破风"。

（2）椽子

椽子多为扁平状板条，几乎没见过圆状椽子。有些建筑，简陋至极，干脆直接椽上葺瓦。

（3）飞檐椽子

成都府城建筑以单梁为多，鲜见飞檐椽子。偶有遇见，也仅限于局部或细部，并不见用于建筑主体部分，且此种飞檐椽子，外形扁平，状如板条。

（4）檩条

此地建筑所见檩条，通常亦是板条状，只是若干殿宇之类建筑，所用檩条有呈方形状。

（5）椽子扇状布构

方形屋面，几乎不用椽子扇状布构。若是殿宇一类建筑，个别边角部位或可见到椽子扇形布构，然毕竟少见。

（6）椽面遮蔽

成都府城建筑，多见有将檐外椽子的末端遮蔽，恰与日本奈良的大佛殿建筑相同。若系二轩式建筑，则椽子与檩条末端俱被遮蔽。

（7）屋脊两端高翘

如此建筑技法堪称一绝。屋脊两端，呈斜状向上反翘。屋角两端实际并未过长拉伸，但由于屋脊弧形高翘极显夸张，故屋角两端向外凸出明显。

（8）檐上装饰

成都建筑，屋脊多有饰物。用作屋脊收头的"鬼瓦"较为罕见，倒是被一种长状凸形的"雀瓦"取而代之。又，大屋脊中央，总置一饰物，山字形，呈三角状，似云珠，又像宝瓶，可是既非云珠亦非宝瓶。若是寺观等建筑，屋脊两端通常饰以鸱吻。此外，汉中府一带，如之前图例所示，屋脊大檐两端，还会搭接小檐一段。

（9）悬鱼

悬鱼图形，多为蝙蝠并加祥云缭绕，也有单纯只是蝙蝠，或只画鱼形，总之，形形色色，多式多样。悬鱼图形的曲线运用堪称妙哉，比起中国北方，此地所见悬鱼可谓妙不可言。

（10）窗格

此地窗格极富变化之妙，大致可分为四角形、三角形，以及六角形、八角形数种。其中，还见有阿拉伯风格。

（11）图案雕饰

此地木雕技艺，要比其他地区明显胜出一筹，想来与此地盛产木头大有关系。如中国北方建筑并不多见的悬鱼、蟆股、拳鼻一类曲线构件，在成都一带屡见不鲜，且无不惟妙惟肖。

成都建筑的特色及风格，大体如上所述。

二、青海、西藏旅行指南

虽然人还在成都尚未离去，笔者却想先就而后的青海与西藏之行略微用笔。

西藏历来被认为是一方神秘土地。可是，行走过西藏且到过西藏首府拉萨的外来者究竟多少？坦言之，世人多是依据自身想象勾勒西藏神秘莫测之面纱。大谬不然！西藏远非世人想象那般神秘，此前曾深入西藏腹地并将其西藏之旅公诸于众者绝非凤毛麟角，至少人数要比一般料想得多。至于西藏文化艺术的基本风格，从中国内地、蒙古、康藏等地喇嘛教派的寺院岂止窥豹一斑，称一览无余亦无妨。当然，说入藏难，此话不假，但并非不可能，甚至可以说入藏路径非止一条，入藏方式亦不少。传闻日本的河口慧海法师以及寺本婉雅法师在此之前就已入藏。还有能海润法师，风传于入藏途中惨遭杀害。凡此入藏先驱者，俱各自手法巧妙，敢以身试天路之难，皆尝尽辛酸苦辣，乃至惨遭杀害。笔者于成都停留期间，曾向成都府洋务局有关人士，即相当于外交事务部门官员打听入藏事宜。据其所言，中国政府每三年均有一次官员公差入藏，若能加入其中随行入藏，则安全相对得以保证。虽说将自己装扮成汉人，并且加入汉人一行，由说汉语的汉人掩护，鱼目混珠，随其进藏，此事未必就毫无风险，但比起只身深入蛮荒之地，虽说同样是冒险，二者却是不可同日而语。加之，有西藏噶厦政府保护，进入康巴地区应是安然无恙。再从康巴入西藏，据闻亦非危险太甚。

从成都行往西藏路线，如下所示：

（1）从成都至打箭炉

此路段970里，分11站。道经雅州府，多为平地。

(2) 从打箭炉至里塘

此路段 685 里，分 8 站。要翻越大雪山，其高 2 万尺许，再渡雅砻江，后又翻越雪山。多为崇山峻岭，地势险峻。当地住民皆藏人。

(3) 从里塘至巴塘

此路段 545 里，分 6 站。全系大山，属藏人居住区，巴塘位于金沙江东岸。

(4) 从巴塘至察木多

此路段 1435 里，分 14 站。渡金沙江后即入西藏，于崇山峻岭间向北行进，遂抵澜沧江畔。此间，要翻越雪山，其高 2 万多尺，行人若放声呼喊，即有冰雹骤降，真正是山中鸟飞绝，百里无人烟。

(5) 从察木多至拉里

此路段 1510 里，分 15 站。渡澜沧江及潞江，于高原一路西行，途经察罗松多。山势险峻，人须鱼贯而行。冬天坚冰，夏天泥泞，此路段人称天下第一险。

(6) 从拉里至拉萨

此路段 1070 里，分 10 站。路多坦平。

总之，从成都至西藏首府拉萨，计 64 站，全程 6215 里，相当于 690 日里[103]，何其山迢水远。西藏，即存在于如此闭塞的高原雪域，亘古至今，与世隔绝、未沐教化。故要说当地藏民，愿为喇嘛教奉献一切，视生如梦、视死若幻，也就不足为怪。

若从成都往青海，其道路比从成都入藏更难行。据成都一位曾出征青海的总爷[104]言，为镇压青海叛乱，曾率兵出征青海。先出打箭炉，后往西北渡雅砻江，再翻大雪山，至金沙江上游，沿江行去，遂抵青海。自成都算起，全程正好 3000 里。青海正是夹在黄河流域与长江流域之间，地处高原地带，又是高寒气候，冬天一到，天寒地冻，据说能把手指头冻烂掉。总爷此人所带队伍，人骑马上，辎重则用毛长过尺的牦牛（或称"犁牛"）和骆驼驮负。行军途中，何止道路险恶，连走 5 天，依旧人烟不见，如此经历并不少见。遇到此，只能自搭营帐，自行炊饭，夜间，士兵还要相继放铳击退来袭野兽。

话说青海之域，水草丰盛，又有苜蓿一类植物生长，游牧方面占有天时地利。但是，作为人的粮食，却只有麦类作物（如此作物笔者于山西旅行一章已有提及）。起初，笔者甚吃不惯，吃后感觉烧心泛酸，非常不适，且难下咽。后来慢慢习惯，还好没闹出病来。

青海建筑，看上去完全是西藏风格。民居建筑的外墙平直一线，屋顶也是平如纸面。当地人将头发于额前分为两络，并盘卷成髻。

---

103 姑且推定中国的"里"与四川的"里"二者等同。

104 总爷，中国武官的职名。

青海至今尚属蒙古所辖，但不管就地理而言，还是从人种上看，其实青海与西藏更显亲近。青海的出境大道通往甘肃，有驿站，日常住宿应无大碍。至于成都的那名总爷，为的是兵贵神速而抄近路出间道，故免不了一路艰险。

三、双流县·新津县·彭山县

明治三十五年十一月十日，笔者自成都出发，朝南行往峨眉山。胯下坐骑已于几天前倒毙，想要再买，却一时没能找到合适马匹，或看到有中意马匹，卖主却又漫天叫价。加之，峨眉登顶之后，将走水路下汉口，届时马匹反成累赘。因此，决定自成都伊始，以轿代步。是日，一行出成都南门后，朝西南方向行进在成都平原之上，过红牌楼，经簇桥场，抵金花桥。在金花桥，笔者得以一览当地的古关帝庙建筑。第130图（4）为金花桥古关帝庙大门断面图。唐破风式屋檐、唐破风式屋檐所承虹梁，以及该虹梁所承双层斗拱与蟆股，凡此俱堪称工艺精妙。出金花桥后，继续前进，遂至双流县。双流县城，方圆不下10里，人口有八九千，俨然一小都市。笔者一行到达时，下榻的公馆已洒扫庭除，安排停当，为迎远客，有关吏员还在忙忙碌碌。总之，接待方面，双流县旧例照循。成都逗留期间，笔者一行并未被安排在公馆下榻，但官衙却每日派1名差役前来下榻处应差，供使唤差遣。双流县城建筑，并无特别值得一看之物，只是却于普通民居见到某些建筑样式甚是奇巧，第131图（イ）即其中一例。此外，还见有许多彩绘，图案多彩，造型优美。

翌日，又从双流县城出发，依旧在大平原上行往西南。渡东河后，来至新津县。新津县城，方圆不到3里，人口仅2000许，不过是一蕞尔小邑，但城中有几处古建筑值得一看，文庙即其中之一。第131图（ハ）乃文庙悬鱼，其变形蝴蝶造型堪称创意不凡。第131图（ロ）、（ニ）、（ホ）为新津县城内其他建筑悬鱼造型实样。从第131图所列悬鱼实样可以看出，新津县城建筑所见悬鱼，样式繁多、造型各异，然而却都非同一般，着实让人惊叹。若从新津继续行往西南，则将进入川藏道；若是从新津折向东南，却是通往峨山道。出新津县城，渡南河，绕过一小山丘，复穿行于大平原上，此时感觉就像行走在东京郊外。据闻就在附近一带，近来匪患不断，曾发生两次激烈枪战。一次土匪被杀29人，另一次土匪亦折损多人。我等一行经过时，此地局势正在动荡不安之际，各处都见有军队屯扎，旗号醒目，全副戎装，看去戒备森严。不久，一行抵彭山县。彭山县城，方圆四五里，人口五六千。此地建筑，一如之前所见，极富创意与匠心。如第131图（ヘ）、（ト）、（チ）所示，竟然看得到古代忍冬纹饰变形的图案，不由得让人拍手称妙。

当日，拜会当地知县。闲谈之后，笔者问及刑罚方面有关事项。该知县言，刑律最重者莫过于杀夫与杀亲，若犯此等罪，则难逃大卸八块之极刑。其次为斩首、流放、

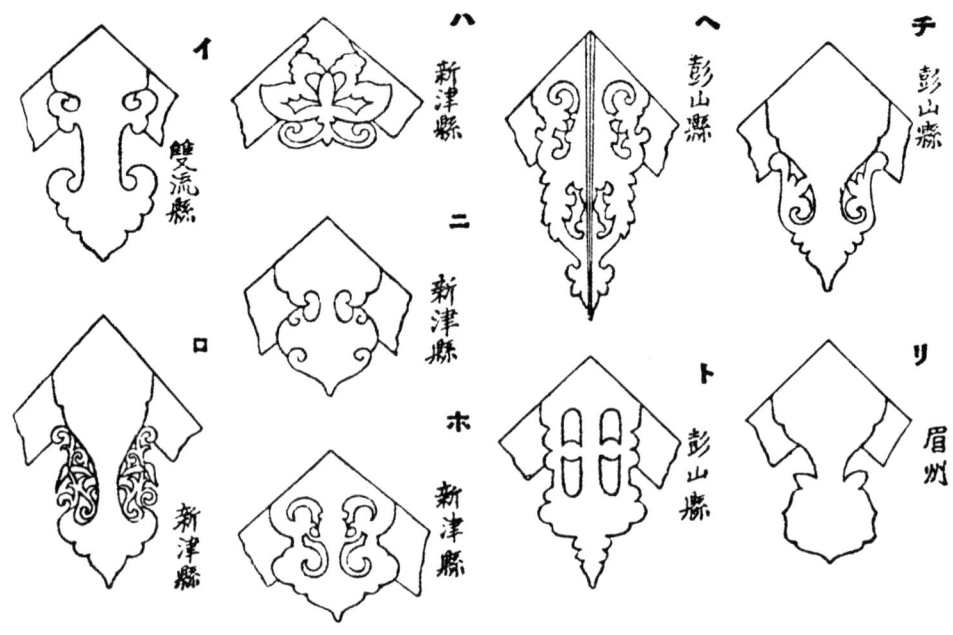

第131图 彭山县、眉州、新津县、双流县建筑的方式手法

笞刑，劫匪自是斩首无疑；若犯通奸罪，男枷首示众30天，女处笞颊之刑；盗窃须受笞刑或再加枷首。据称死刑交由武备衙门执行。

次日，自彭山启程，继续前行，方向正南。一路行来，但见大片土地已被开垦，水牛、猪、鹅、鸡、犬，举凡我等熟悉的家禽家畜，尽于陌上田中悠然觅食，好一派田园风光。当下时节，正是花生收成方毕，只见猪在地里拱土正欢，希望找出土中遗落花生，偶尔被其拱到，则仰天咧嘴狂嚼一通，好不快哉。鸡、鹅禽类，则随其后，一路跟行，捡食地里昆虫。犬却跑前跑后，与正在觅食的家禽家畜嬉戏打闹。水牛被牵在十来岁孩童手中，何其温顺乃尔，看上去水牛反倒像是放牛小童的忠诚卫士。此幅画中，不见家猫身影，想必是在家中孤独守望，或许此时偎着火炉睡得正酣。

四、眉州·青神县·嘉定府

不多时，一行便抵眉州。眉州县城，方圆9里，城内城外，人口共计14000。此地建筑，值得观瞻者为数不少。第131图（リ）即其中之一。

次日，从眉州出发，向南行进，遂抵青神县。途中，有幸眺见正对西南方向的大峨山，何等峻峭奇拔，目测高度当有12000尺。路上还听随行士兵闲聊家常。据其所言，每月饷银二两八，但衣食全部自理，不管打仗还是护送过客，根本再无一文津贴。

青神县城，不知其方圆多少，但人口似为1500左右，此邑并无新奇之处。次日，即从青神发舟顺岷江直下嘉定。船共3艘，一艘为笔者一行所用；一艘搭载马匹、从人；一艘让护卫士兵乘坐。江面开阔，最宽阔处至少200间，狭窄处亦不下百间。虽说江流平缓，亦有不少江段水流湍急。顺水而下，行旅舒适，可惜沿江两岸景色一般，难有景致让人赏心悦目。船到嘉定，上岸一看，果然嘉定府是一繁华所在。嘉定府下辖乐山县，府城方圆10里许，人口4万余。嘉定府城中，商铺鳞次栉比。据说此处还居住有英国人、法国人、美国人，皆为传教纷至沓来。当地物产有沙金、蚕丝、棉花、煤、茶叶、麝香、铅、蜡、药材、镰刀等。

五、峨眉县·大峨山

于嘉定之日，笔者无暇细细观赏当地古建筑，行程匆匆，次日即动身复往西行，直向峨眉县。一路行来，发现到处所垦农地尽为水田。不知不觉间，西南方向的连绵群山渐近身前。最先近前的乃是三峨山，山形廓近圆锥状，顶部平弧如圈。笔者目测判断，三峨山高约8000尺。与三峨山相邻的二峨山，一半隐在云雾中，真容难识，唯知比三峨山更为高峻。大峨山位于更远西边，云遮雾绕，未能窥其全貌。不久，一行遂抵峨眉县。峨眉县城，方圆4里，人口万余。大峨山正对峨眉县城西南，据称，从峨眉县城往大峨山顶，路程有120里之远。有关大峨山，笔者不妨带上一笔。

四川省西部，金沙江、雅砻江及其支流所经地域，有几条山脉，呈南北走向，与周边江流共伴相随。从最东面山脉分岔的山岭，依旧是一路蜿蜒向东，并沿大渡河北面往嘉定府逶迤而来。在此自成一脉的崇山尽头，却有峰峦兀立挺拔高耸，此乃峨眉山。峨眉山最高峰者，即通常所称"大峨山"，位于峨眉县西南120里处；次之为二峨山，位于大峨山东面，二山相距百里许；次之为三峨山，在二峨山南面10里处；次之为四峨山，位于峨眉县西面20里处。至于高度，大峨山目测高度11000尺许，感觉已是其高甚焉，但将其与西藏境内大雪山比，则又简直是小巫见大巫。又，凭目测，二峨山8500尺，三峨山8000尺，四峨山6500尺许。若论山岳外观，大峨山东南两面俱是壁立千仞，面积大凡四五千尺，观其悬崖峭壁之壮美，堪称世界无与伦比；西面山势略显平缓，绵延滑向山下深谷；北面则是群山相接、峰峦重叠。要登大峨山，只有始发峨眉县才是唯一径道，若试图从南面或东面登山，则形同天堑，虽可望却不可及。大峨山，自古以来就被认作普贤菩萨道场，与南海普陀山、山西五台山齐名，并称佛教灵山胜迹，三山之名甚至盖过五岳之尊。

从峨眉县城到大峨山顶，一路过去，寺院不绝。近者，两座寺院相距不过数十步之遥；远者，相距则在一二里之外。凡此寺院，主要靠夏天香客、游人登峨眉山，香火钱与住宿费足够寺院一年营生。每年夏天，香客、游人纷至沓来，人数据闻有几十万之众，称熙熙攘攘亦言不为过。只是到了冬季，香客、游人自然绝迹。明治三十五年十一月十七日，为登峨眉，笔者自峨眉县启程。笔者的世界之旅费时3年，在此3年间，明治三十五年的峨眉登山堪称一大快事，留与笔者最为美好之记忆。

峨眉登山前夜，笔者拜访峨眉知县，询问有关登峨眉山事宜。知县大人倒是向笔者谈及诸多冬季峨眉登山的难处。知县大人还称，就是现在之时，峨眉山恐怕半山以上已是白雪皑皑，若是执意登山，防寒方面务请准备充足。对知县大人所言，笔者却难置信，毕竟感觉中国人说话多是言过其实。其实，岂止中国，日本人亦是如此。看来，喜欢夸大其词或许就是人的本性。只是，像行路的难易、气候的寒暑，却非人的夸大其词能转移。何况，峨眉山区，位处北纬29.5度，要说终年积雪的雪线，在此纬度，最少海拔须在17000尺左右。在十一月中旬，肯定不可能半山以上已是冰天雪地，也不可能寒冷到将人的耳朵鼻子冻掉的地步。因此，笔者对知县大人的忠告并不以为然，照原计划登峨眉去。除笔者外，还有当地县衙派出的6名兵丁随行，另雇挑夫2名，以带生活用品等小件行李上山，加上岩原君并1名从人，一行共计11人。

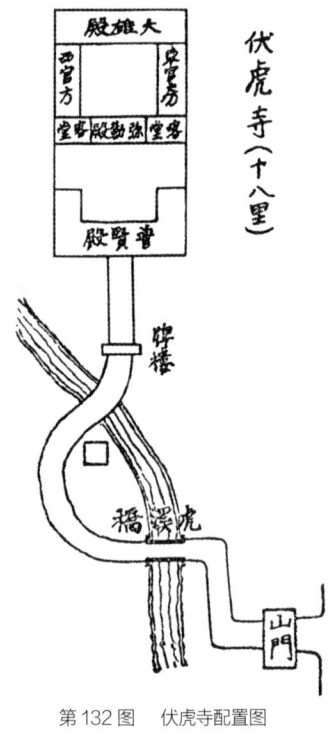

第132图　伏虎寺配置图

六、峨眉登山

从峨眉县城动身，出南门，行3里许，看见兴圣寺。再行不远，又是圆通寺、了宝楼。行至6里处，有圣积寺。寺中，有一铜制塔婆，曰"万佛塔"，塔身刻满千体佛。再行15里许，开始山路行走。进山处有一伽蓝，名"报国寺"。进山门后，只见殿宇佛堂依次相接，一庭院被环抱在寺院中，庭院四周，或佛殿，或僧房。如此中庭环抱的格局，正是峨眉全山寺院建筑的基本范式。且看报国寺，中庭正面为普贤殿，普贤殿左边系官房，右边为客堂；中庭右侧为斋堂，左侧乃僧房；中庭背对大雄宝殿，此殿供奉释迦牟尼本尊佛像。

从报国寺开始，步步登山，山势险峻，林木参天，巍峨之势令人肃然。放眼望去，峰峦叠嶂，群山连绵，白云缭绕，山岳身影时时隐没在苍茫云海间。行18里，至伏虎寺。如第132图所示，其整体格局乃是先为五开间三楹楼门。进山门后，过虎溪桥，曲径通幽，行至牌楼，内有普贤殿。再往前，即如前面报国寺一样，依旧是中庭环抱。中庭正面，中为弥勒殿，弥勒殿两边为客堂，最里面就是大雄宝殿。中庭左右两厢分别为东、西官房。就峨眉山佛教寺院而言，伏虎寺堪称规模最大者之一，只是多少令人有点惊异，其建筑却无精致可言。伏虎寺屋上顶瓦乃是最下等的栈瓦。又，伏虎寺建筑所用木料为枞木，系峨眉山中出产。伏虎寺建造时，工匠只是将砍来的木材略加斧削之后便马虎就位，寺内木作，许多看上去就是原色白木，根本没有上色、油漆或绘彩。寺内佛像，亦无一不是出自近人之手，难有精美可言。寺中僧人更全是无学无识，甚至连自己所在寺院的来历都不知，唯以向前来朝拜的香客收钱为能事。在正殿的柱上竟然贴有"米饭一碗×文"字条，令人错愕非常。此类事并非伏虎寺独有，峨眉山中佛教寺院尽皆如此。算是比较清净的峨眉山寺院尚且如此，其他各地佛教丛林更是可想而知。

行至23里处，有一"雷音寺"。雷音寺中庭前面为斋堂，中庭后面纵深处为观音殿，中庭左右两侧俱为大佛殿。

行至26里处有华严寺。寺中有天王殿及普贤殿。

行至29里处有纯阳宫，系一道观。先是中庭前面有三官殿，即天、地、水三官的祭殿。次为普贤殿，位于中庭背后。普贤殿后面另有大雄宝殿，内供释迦牟尼佛像与十八罗汉像。次为纯阳殿，位于大雄宝殿后面。中庭左侧乃送子殿，其实就是子嗣司命之神金霄、银霄、玉霄的拜殿，送子殿的二层楼上供奉太子菩萨。斋堂则建在与送子殿相对望的中庭右侧。

行至33里处有大峨寺。此寺规模甚大，分为前廊、后廊两大部分。前廊在中庭前方处有天王殿，在中庭后方处则有大雄宝殿。后廊部分，其前有三教殿，后有普贤殿。天王殿位在前廊，楼上祭祀玉皇大帝，楼下则供奉四天王。四天王及其手持之物如下：

东方　持国天王　琵琶

西方　广目天王　蛇

南方　增长天王　降魔剑

北方　多闻天王　伞与鼠

普贤殿内供普贤菩萨像，看上去好一副老态龙钟相。

神水阁与大峨寺相邻，位于大峨寺东侧，阁前有一石幢，多有损毁。

行至37里处有中峰寺。此寺格局，如第133图（イ）所示，可谓规模完备。天王殿前供有燃灯古佛像，额头、腹部、下臂、肘部、上臂、膝上、脚趾等处各置一小莲台，以燃佛灯。又，燃灯古佛双手合十，持一燃灯。

行至38里处有观音寺。

行至40里处有龙升岗。寺院中庭前面乃大佛殿，观音殿建在中庭后面。寺中佛像分别为：燃灯佛像供在释迦佛像前面，观音像左右两侧分别为文殊、普贤像。

行至44里处有光福寺。其格局如第133图（ハ）所示，庭院有前后之分，如此前庭后院的建造形制与中峰寺相同。新楼，为光福寺配殿之一，又称三官殿。

行至 45 里处，有清音阁，当晚就投宿在此。清音阁就在两条溪流交汇处，溪流潺潺，水声淙淙，其音清兮，故名"清音阁"。观音殿建在中庭正前，中庭后面建大雄宝殿，客堂配置在中庭两侧。一行人被安置在左侧客堂，只见寺中僧人一派忙碌，又送火盆，又是端茶送水。须臾，寺僧送来寺中素斋，以供晚膳。寺中素斋与日本高野山寺院佛门料理看似相同路数，只是食材各异，清音阁寺中素斋乃以豆腐皮炖番椒，另外还加一物，味道极香。此寺海拔 4500 尺，寒气逼人。耳边是流水淙淙，声犹急雨簌簌，头枕幽谷溪流，笔者酣然入睡。

翌日，依旧登山。山路更加难行，坡度陡至三四十度，有的路段，

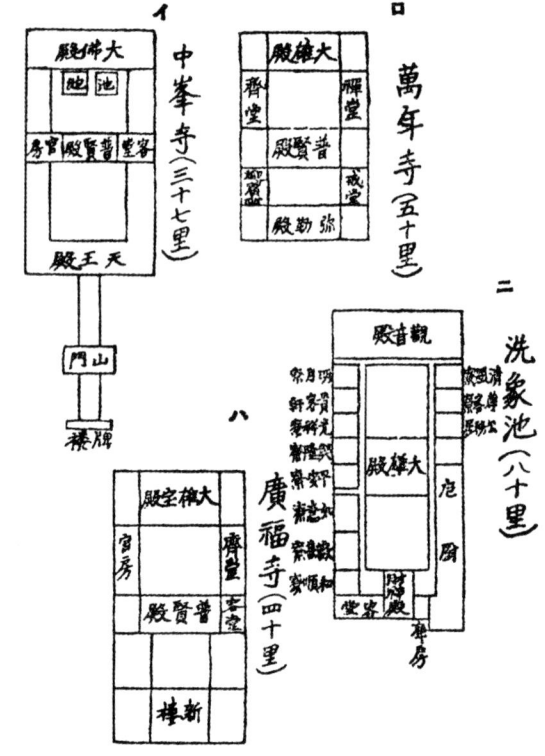

第 133 图　中峰寺、万年寺、广福寺、洗象池平面图

坡度甚至 45 度以上。脚下的路是石板道，脚步稍有不稳，即会滑倒。越往山顶行去，越发现云彩近在咫尺。山谷下方已是深不见底，只听见空谷溪流的淙淙水声。层林尽染，漫山草木如锦一般。风光如此秀丽，即便神来之笔，亦难传其韵。笔者立时神清气爽，疲劳顿消。

行至 47 里处有白龙洞。进山门后，照例是方形庑廊接引至中庭。中庭前面是普贤殿，后面则是大雄宝殿。

行至 48 里处有金龙寺。金龙寺的普贤殿却是在中庭后面。

行至 50 里处有万年寺。此寺庭院分为前后二庭，如第 133 图（口）所示，整体布局井然有序，堪称峨眉山中最佳寺院建筑，甚至连建筑构件及殿中相关器具亦俱施彩绘。万年寺的正殿又名"万年砖殿"，由是可知，此殿乃砖构建筑。殿内中央，有普贤菩萨骑象塑像，像高 3 丈许。殿内四壁，錾有诸多小龛，龛内供奉佛像。此等创意，与石窟寺异曲同工。另有一伽蓝位处万年寺后面，曰"古白水寺"。其中庭前方为新殿（天王殿），大雄宝殿位于寺内最后面。新殿内有韦驮天像，制作还算精巧。正殿内有一尊舍利石塔，造型与日本的宝箧印塔相同。

行至 55 里处有观心寺。寺中，财神殿、大雄宝殿与中庭前后相对，处于同一中轴线上。

行至 60 里处有息心所。弥勒殿、普贤殿，还有中庭，三者亦是前后对齐在同一中轴线上。

行至 65 里处有长老坪。普贤殿、大雄宝殿以及中庭同在一中轴线上。中庭左侧为尊客寮，右侧为观堂。普贤殿内，中为普贤菩萨跏趺像，其左右两侧为侍服童子像。普贤菩萨像前还供燃灯古佛像，后面则是韦驮天像。大雄宝殿内，则供释迦牟尼佛三身像以及十八罗汉像。

行至 68 里处有初殿，相传此乃峨眉辟为佛教圣地以来最早之殿宇。中庭前面为财神殿，后面为錾井堂，錾井堂内供有释迦、文殊、普贤像。是日，在初殿用午餐，时为午后 1 时，当时测得气温为 43 ℉。

过初殿后，山路如绝壁般更显陡峭难行，笔者只好拄杖以行，且脚下更须用力。一路登山，汗水淋漓，但稍停步歇息则立感寒气逼人。

行至 72 里处有华严顶。财神殿与大雄宝殿分别建在寺院中庭前后两面。

行至 76 里处有莲花寺。此寺中庭前面为普贤殿，后面为观音堂，客堂与大雄宝殿则分别坐落于中庭左右两侧。

行至 80 里处有洗象池，乃峨眉山中规模最巨之佛刹，如第 133 图（二）所示，整体布局错落有序。一行人于下午 4 时来至洗象池，测得气温为 40 ℉。当晚即投宿在此。寺方接待甚是周全，所供斋食制作精致。山中寺院能烹制如此佳肴，委实令笔者赞叹不已。寺院住持拿出一册住寺游客名录让笔者签名，并向笔者化缘，求取香火钱。笔者只付与对方价格公道的餐费与住宿费，至于所谓香资则予拒绝。看得出此举令对方大失所望。

此地海拔已在 8000 尺以上。按照先前峨眉知县的说法，现在应该已是大雪纷扬、路面山上白茫茫一片，但实际正如笔者原先猜测的一样，根本就没下雪，山上寒冷远不到难耐地步。坦言之，峨眉登顶，既不危险，也无艰难可言。"洗象池"之称，相传乃普贤菩萨经过时让座下大象濯足于此，故名。大象濯足的水池于今犹在。第 134 图所示为洗象池寺内所见墓塔，看其造型，此墓塔与佛教密宗的五轮之说似有渊源。

翌日清晨 7 时，试测一下户外气温，温度显示为 38 ℉。拄一金刚杖，笔者又攀行在陡峭的山路上。脚下山路，比昨日更加难行，且路面多处已经结冰。只是，路边草木上的雾水、露珠尽呈结晶状，犹珠花怒放，又如水晶璀璨，或像冰糖一般晶莹透亮，实是美不胜收。

行至 84 里有大乘寺。此寺财神殿与大雄宝殿亦是分别建在中庭前后两面。

行至 88 里处有白云寺。中庭前后两面分别为祖师殿与大雄宝殿，祖师殿乃供奉白云祖师像。

路行至此，似已坦平许多。仔细一看，发现已是山脊所在，左右两边俱为万仞绝壁，尤其东面一侧，即左手边上悬崖，简直就像是刀劈斧削，峭壁垂立，其深千丈，试着张眼下望，不由得毛骨悚然。在山脊之上，只见白云滚滚涌来，致使咫尺之间亦莫能辨，只能朦朦胧胧地看到山道中的一行人。

行至 91 里处有雷洞坪。此寺财神殿、通明殿与中庭均排列在同一中轴线上。通明殿即大雄宝殿。

行至 94 里处有接引殿。中庭前后，分别有接引殿与大雄宝殿，斋堂位于中庭右边，方丈则在大雄宝殿左右两厢。

平地到此告尽，再往前行，又是崎岖山路。听向导言，山道尽处即为峨眉绝顶。一听此话，不由精神抖擞，踩在冰滑路面上的双脚亦备感有劲。路方行半，顷刻间却已是云散雾消，抬首一望，碧空如洗，乾坤朗朗。再注目望去，真是错愕非常，发现自己的身影竟投射在云层之上。苍茫云海间，如海上波涛，白云翻腾汹涌，看上去却又别样轻盈而飘忽。万尺以上的峨眉高峰，无不从云海中竞相探首，犹如浩瀚大海中的一座座岛屿，每座山峰都风姿万千、风情无限。尤其是大峨山峰，从云海望去，令人不免联想到蓬莱仙山，更想到此时为白云深锁的下界凡间。那是何等污秽的尘世，浊流滚滚，芸芸众生，蝇营狗苟，熙熙攘攘，皆为利往之辈，终究要入阿鼻地狱，万劫不复。幸哉，笔者此时置身于斯，人间天上，净土一方。在此沐浴和煦阳光，感受大自然神奇之伟力，笔者身心融于大自然，将忘却烦恼以证菩提。于此浩然天地间，何等欣喜乃尔，直令笔者不知今日何日，今夕何夕，唯有陶醉其中，犹如置身水天茫茫的浩瀚大海，看不见帆影，看不见船行，只见拍打岛礁的白浪溅起无数细碎的水花，化为雾气，袅袅升腾，并幻化为白云朵朵。笔者从大海与白云的遐想中回神过来，意识到此身依旧在峨眉山中，唯有继续峨眉登山而别无他途，此时唯一的意念就是尽快抵达峨眉顶，以领略更为壮丽的景色，并陶醉其间。

行至 99 里处有太子坪。一入山门，发现大雄宝殿却是首当其冲，就在寺中最前面。

行至 100 里处有永庆寺。中庭前后二域分别是观音殿与大雄宝殿，观音堂建在中庭右侧，堂内供奉六臂观音像，观音手持如意轮。

从永庆寺向西眺望，景色最为壮观。群峰突兀，出没云海间；白云缭绕，有如港湾，有如海岬。极目所至，最远处就是西藏境内的大雪山，峰高 25000 尺，恰如一白金雕件，在阳光下金光四射，美哉斯景。

行至 101 里处有沉香塔。中庭前面为观音殿，后为普贤殿。观音殿内，正面为观音像，背面却是文殊菩萨像。此尊文殊菩萨像堪称艺术佳作，普贤殿内所供骑象普贤铜像亦属雕塑杰作。

行至 101 里半，此处有天门石。寺中，财神殿与玉

第 134 图　洗象池墓标

皇殿各自西东，不成一体，玉皇殿西有灵祖殿。

行至 102 里半，此处有七天桥。寺院中庭前后分别为财神殿与普贤殿。

行至 103 里处有普贤塔，其建造格局与七天桥同。

行至 104 里处有锦瓦殿。建筑布局呈"田"字形，普贤殿位于寺院最后面。

行至 104 里半，此处有金顶，即峨眉之顶是也。

金顶建于大峨山顶峰的东面绝壁之上，中庭前为观音殿，后面有大雄宝殿，再后面有金顶正殿。金顶正殿后面有一径道，数尺宽，径道外缘安有石栏杆，栏杆外即绝壁悬崖。若扶栏探头朝外或往下看，保准会头晕目眩。悬崖绝壁，拔地而起，一气呵成，高 4000 余尺，深不见底。听寺僧说，曾有一男子不慎从此处掉落，后虽百方设法，雇人山下大举搜索，终因粉身碎骨、血肉横飞而未能寻见一片肉、一块骨。

从金顶眺望四方，景色实在是壮丽无比。下界凡间皆遮蔽在云海之下，一片茫茫皆不见。极目远眺，见二峨与三峨正于风轻云淡时露其峥嵘，仞峰高耸。

一行人当晚宿于金顶之上，寺僧接待甚是周到。虽说此处海拔 11100 尺，但并不觉得寒冷难忍，地上积雪亦不过一二寸厚。听寺中僧人说，一年四季，在此尽可活得自如。只是若遇天寒地冻，致使山上积雪数尺之厚，则只好封山姑且与山下隔绝。

次日清晨，狂风大作，雪花飞扬，气温降至 25 °F。一行人顶风冒雪行往金顶西南的千佛顶及万佛顶，拍四五张照片后即刻返程。此时，昨日上山来时漫山翻涌的云海已渐消散，山风亦随云海消逝，到处阳光灿烂，让人精神大爽。下山时，脚步老是收不住，石板路本来就滑，加之昨日下雪，致使路面结冰，光如镜面，稍不留神，即刻滑倒。途中，望见雷洞坪的大悬崖，实是让人触目惊心。当晚，又宿于洗象池。

翌日，继续下山。可谓幸甚，天气晴好，山川景色，历历在目，尽收眼底。下山途中所经寺院，大多一望而过，不再驻足。当晚依旧投宿清音阁。从莲花石至清音阁，二地另有间道一条相通，此条道上还有几处寺院。但下山归途，笔者走的依旧是来时行往的主道。

早晨出发之际，随行护兵与寺僧发生争吵。起因为寺中饭菜供随行护兵吃个饱，但在付饭钱与住宿费时兵丁方面却坐地还价。寺僧大叫付钱太少，兵丁则坚称所费足够，双方各不相让，越吵越凶。对寺僧，笔者劝说道，汝等出家人最是忍辱负重，何必为区区小钱如此争吵，干脆，所谓不足部分在下代为补上，汝等不必再做计较可好？没想到寺僧根本听不进去，反而将矛头转向笔者，甚至恶语相加，说尔等客人，如此吝啬，还好意思来教训出家人。笔者如冷水浇头，只好暗叹好人难做，是以草草收拾行装，匆匆启程。

下山路上，又途经几处寺院，均未停下，但至大峨寺时，遂驻足入访。于大峨寺内，购一"金刚杖"，此杖甚不一般，乃枋木所制，杖上雕有怪异龙形及人物，实为珍稀之物。第 135 图（い）为寺内神水阁神签。其用法，听阁中管事道士言，签上写数目，

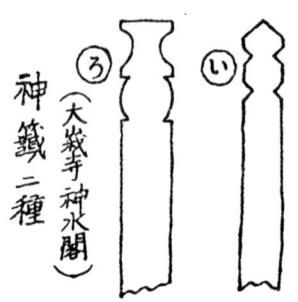

第135图　大峨寺神水阁神签2款

照数对票。票上有诗句，替神立言，以卜休咎。签分上、中、下三等，又分上上、上中、下中各等，云云。第135图（ろ）同为神水阁的窗棂状神签，有趣的是，（い）与（ろ）两种形状的神签与日本的板窣堵婆[105]的造型相似处颇多。又，第135图（ろ），佛教五轮塔婆的轮廓隐约可见。

终于回到峨眉县城。此时遥望大峨山，只见云海苍茫，依稀看得见巍峨金顶玉立于缥缈云彩中，一时感叹不已。曾几何时，还在金顶之上纵览云飞，而此时却已身在山下神思遐想，实是令人匪夷所思，仿若紫云伴随浩荡天风，自那高入云天的邈远山巅送我降临至地上人间。

此次峨眉朝山，来回往返，屈指一算，共计6天。于笔者而言，峨眉登顶，得以如愿以偿，其幸甚焉。只是，就峨眉山的建筑而言，却令笔者失望。峨眉山的寺院建筑，其特征缕述如下：

（1）建筑格局

峨眉山寺院的建筑格局多为"口"字形，通常是普贤殿在前，大雄宝殿在后。普贤殿供奉普贤菩萨像，大雄宝殿则供释迦牟尼佛像。寺院左右两边多是右为斋堂或者内库，左为客寮。知客堂多位于前殿某一角落，方丈则在后殿处。

峨眉山寺院多数未建山门，其他如钟楼、鼓楼、天王殿等，亦属鲜见（只见过一个寺院建有天王殿）。因此，可以说峨眉山寺院大多未具备伽蓝建筑规模标准。

（2）建筑材料

峨眉山寺院全系木造，砖、石、泥浆，一概不用。屋顶或葺木板，或葺铁皮，或葺粗劣栈瓦。木料为枞木及楠木，枞木产自峨眉山中。

（3）建筑形制

由于寺院多建造在坡面之上，故后殿多比前殿高。殿宇或建二层，或建三层。"口"字形大殿四隅架有4根梁。由于地势关系，后梁高度自然超过前梁，故用"唐破风"建筑式样将前后梁之间的高度差消弭于无形。

（4）建筑细部

匠工明显粗制滥造，建筑多数无观赏价值。

（5）装饰

有装饰者无几，多是原木白身，绝对本色。梁上不见有梁饰，屋檐处没有鸱吻，山墙部分亦无墙饰，窗棂格子也是极为普通一般。稍显雍容堂皇的寺院，虽然建筑构件施有彩绘，殿宇内亦上彩漆，但同样难言观赏价值。

105　【译注】佛教徒供奉佛舍利的纪念性建筑物——佛塔，印度称之为"窣堵婆"。日本的板窣堵婆，系佛塔的一种。

（6）佛像

只要是峨眉寺院，则必供普贤菩萨像与释迦牟尼佛像。释迦牟尼佛像或单独供于大雄宝殿，或有普贤菩萨像伴其左右。普贤菩萨像亦然，或单独供于前殿，或与释迦牟尼佛像一起现身后殿。普贤菩萨造像，或为耄耋老者相，或骑象，或不骑象。前殿多有祭祀财神者，同时还供燃灯古佛像。此外，还供或弥勒像，或观音像，或韦驮天像，或二十四天像，或十八罗汉像，或阿弥陀佛像等。

至于其所不足之处，就佛教寺院建筑常识而言，大致有以下几点：

（1）观其格局，有规模不够完备之嫌。

（2）从平面图看，明显有布局不尽合理之处。

（3）从建筑学角度看，峨眉寺院的建筑造型并无欣赏价值。

（4）从建筑学角度看，不仅峨眉寺院的建筑造型本身，建筑物的装饰部分亦然，无欣赏价值可言。

（5）论建筑结构，其水平并不出普通民居之上。

（6）论历史价值，无一物可称有历史价值。

（7）论美学价值，称其价值为零可也。

峨眉山寺院建筑的诸多不足，甚令笔者失望。只是峨眉登顶的欢悦已足以弥补这一心中失落。

笔者于十一月二十三日自峨眉县城动身，重返嘉定府。府城之外，有一小山丘，景色秀丽，见有外国人举家在此悠游散步，想必是在此传教的西方教士。去国怀乡，于万里之外的异国他乡，犹能怡情于自然风景，并享天伦之乐，此情此景，令笔者羡慕不已，亦感慨良多。进了嘉定府城，又遇见两位身穿汉服的外国人，同样是西方传教士。此时，嘉定府城正在进行科举考试，所有旅栈，一概客满。不得已，只好找一古寺，在其库房的泥土地上睡过一夜。

七、岷江·犍为县

次日，发嘉定府，由水路下叙州。船行岷江，水流如矢，船速极快。与嘉定府相对向，岷江东岸有一石錾佛龛群，其中最大者，系一尊大佛坐像，估计高10余丈。此佛像乃是直接从岩壁錾出，其他仅为数丈或数尺高的佛像则被錾于佛龛内。可惜，岩壁间杂草与灌木丛生，且佛龛看上去亦多有毁损，船又正驶在水流湍急的滩段，无法靠近，故未探访。舟船顺水而下，在西坝、石板溪等处略作小憩。当晚，在犍为县城上岸过夜。

犍为县城，方圆3里许，人口四五千，并无特别值得观瞻之处。当地知县热情接待，让笔者一行于县城公馆安歇，此夜总算得以睡个好觉。翌日，又上船顺流而下。江面渐显开阔，却是烟水迷离，两岸景色已成云山雾罩，朦胧不清。是日，在一处叫"柑柏树"的地方上岸住宿。次日依旧船行下水。行百里许，发现川江岸边有高塔矗于山丘之上，是以得知叙州已近。再过片刻，船行至岷江与金沙江汇合之处，江流滚滚，水天茫茫，右手边上有一大集落，屋宇鳞次栉比，看上去人烟稠密，俨然一通都大邑，此即叙州府。

八、叙州府·南溪县

叙州府为四川南部最重要的商品集散地，下辖宜宾县，人口4万余，府城方圆7里。在叙州府城，来自英、美、法等国西方传教士十几名，各自扶植地方势力，竞争不断。笔者于11月27日从叙州出发，顺金沙江而下重庆。此日，朝雾封江，唯见茫茫一片，两岸风景，尽在云里雾中，莫能见。船行120里，遂抵南溪县。

南溪县城，人口万余。笔者访毕当地衙门出来之时，于衙门前十字街口看到令人毛骨悚然的一幕。在街口路人川流往来处，有一木制囚笼，长3尺见方、高7尺许，内中枷一刑犯，已经毙命，脸色发灰。刑犯头露在囚笼之外，双足悬垂，离囚笼底面尚有尺许，原来刑犯乃呈悬颈吊首状，此系中国酷刑之一。仔细一打听，有旁人告知，此刑犯乃是强盗，今早受笞刑，后被枷于囚笼示众，刚刚死去不久。过往行人，亦连妇孺，见此令人恐怖的惨死之状却依旧神情自然，犹如平日里见到死猪死狗一般，人人气定神闲。笔者发现，原来人们竟然对人的死亡表现得如此冷漠与麻木。或许杀戮生命在此国中已是司空见惯，连妇女、儿童都毫不在乎地将被杀畜牲拖来拽去，而其颈部刀口尚是滴血不止。

九、江安县·纳溪县·泸州

次日，自南溪出发，行60里，至江安县。江安县城，方圆9里，人口15000许。此地盛产孟宗竹，个头硕大，当地人多用作笔筒、筷子、盆，以及其他器物，制作甚是精美。顺江而下，再行90里，来到纳溪县。纳溪县城，方圆4里，城内人口不过5000。

第二日，又是顺江而下，行40里，抵泸州。上岸后，少时，泸州衙门数名兵丁，连同四人抬大轿，还有一顶红伞前来迎接，笔者被请进轿中并被抬往公馆。于公馆安顿后，笔者即往衙门拜访当地知府。只见知府大人对笔者身上西服抚摩不止，对其赞不绝口，又对笔者面容端详一番，连称容貌方正、神情俊逸、天性聪慧云云。

有日本教师伊藤松雄氏在当地一师范学堂执教，故笔者专往拜访，共享同胞邂逅异国之乐。据伊藤氏言，此方少年，其心智发育总有失偏颇，或太过鲁钝，或太过敏感，按一般标准衡量的心智发育完好者，可谓几近于零。此话似不无道理，综观古往今来

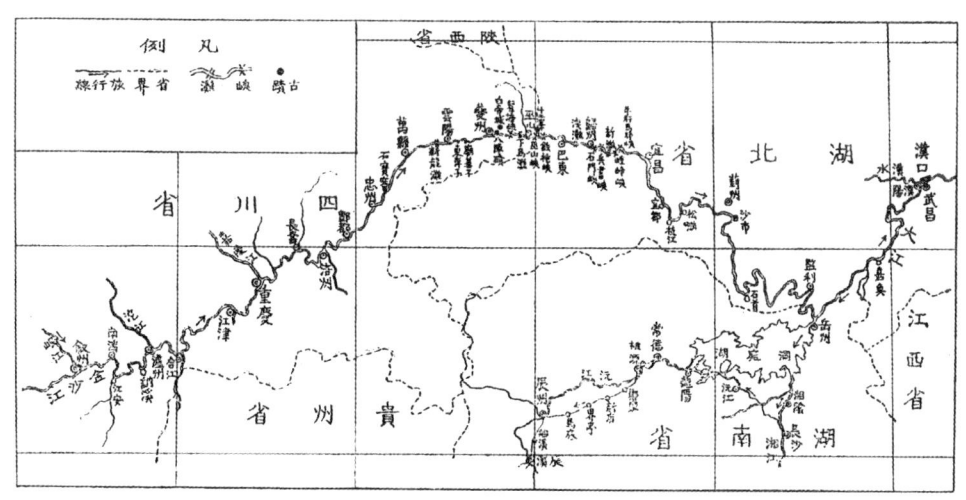

第 136 图　从叙州经汉口至辰州路线图

中国冠之"英雄豪杰"者、被仰为"圣人君子"者,多具有明显性格偏执特征,真正可称为圆满通达者甚少。

次日晨,伊藤氏带笔者游览城外宝山。在宝山顶上,可将泸州街市尽收眼底,还可以看见沱江逶迤流去。景色最为壮观者当推沱江与金沙江交汇处,江流滚滚,浩浩荡荡。宝山上还有武侯祠,庙堂建筑虽属一般,但其庭园小筑却是风姿绰然。

十、合江县

当天下午,从泸州出发,船行 80 里,于日暮时分抵合江县。合江县城,虽方圆不过 3 里,然城内外人口相加却达 15000 许。与之前抵泸州同,合江县衙亦是用大轿、红伞来迎远客。笔者直接就往衙门拜访地方行政长官。轿子抬至县衙大门处,听见爆竹三响。用炮仗迎客,如此礼仪为笔者中国之旅首见。后来至下榻公馆,先前于成都图书局曾见过面的傅姓教习刚巧亦宿于此,彼此为能有如此一番域外巧逢而欣喜。一说到四川的四方山,二人不由得谈兴愈浓。傅氏职为教习,毕竟是有识之士,笔者从其言谈中获益良多。傅氏仔细翻阅笔者所做笔记,并提出不少建议与意见,其中最有意思的还是泰山石敢当。附近一带,泰山石敢当上面常见有妖魔鬼怪画刻,在画刻下方则见一字符[106]。此字符出处何在,傅氏为笔者做出解释。在此之前,有关泰山石敢当,笔者于北京亦有所听闻,可惜不得要领。傅氏言:

太(泰)山是东岳大神,管阴曹诸鬼神,太(泰)山在山东,就是太(泰)山神在此,

106　【译注】此字符为一象形字,"羉",读作"jiàn"。

尔们那些鬼不敢来，我就是太（泰）山上的石头。

有关石敢当上所刻字符，傅教习称，乃是一护符。人死变成鬼，鬼死即变成那一字符表意之灵物。如同人怕鬼，鬼亦怕那字符所喻之物，是以将此字符刻于太（泰）山石敢当上以避鬼邪，云云。傅教习又言，再如用于超度亡灵的冥塔亦见有字符[107]刻于其上，此亦同然，俱为护符一类。笔者听来，茅塞顿开。

另外，墓地等处，见有勒石为碑，上刻"禁裁脉"三字，解为"切莫绝断水脉"。言下之意乃挖掘墓穴时得勘好地相风水，千万不可断了龙脉，也就是水脉。若是龙脉被断，则无水可润物，此乃中国传统迷信之学说。

笔者与傅氏在合江县的幸遇，后为汉口当地报纸所载，曰：

日本特派游历中国考察学艺之伊东忠太氏、岩原大三氏自张家口由陆路而入四川省垣，今又由峨眉山来，路经合江县，县主戴韵珊大令招待甚优。合江教谕傅崇○氏与伊东、岩原有旧，遂出其《游记》三册，将所记之山川、民物，所绘之工艺形象一一考证明白。信宿即去。冬月初四日可抵渝关，向领事处领款回京。

翌日，从合江启程，行180里，泊中白沙过夜。中白沙者，据闻为一正宗白酒之产地。

十一、江津县·重庆府

第二日，又行90里，抵江津县。江津县城，东西长3里，南北长1里余，方圆8里，据称人口2万许。此地知县，称与珍田捨巳、楢原陈政等日本人有过交往。述彼此交情，此君谈锋甚健，言语举止亦甚得体。但之后话题一转，却转到笔者身上西装上来。此君对笔者身上西装布质之鉴定可是手眼并用，于是，就有"此布料质地可是非同一般，足下这套西装其价几何"一类问话，听来俗不可耐。中国人总免不了在对物件评头品足的同时还要顺便探听其价多少，此已成一种习惯，在中国并不被认为于礼不合或有失教养。

江津县盛产蜜柑，笔者亦买几个尝尝。蜜柑拳头大小，两个3文钱，即相当于日币5厘，实在价廉味美。

翌日，从江津县出发，船行180里，抵重庆府。上岸后，笔者即赶往重庆的日本领事馆。领事馆方面已经知道笔者一行今日到来，事先腾出馆内一室以供笔者下榻。德丸副领事、井户川大尉、富田书记、内田警部，以及数位在重庆的日本人都予热情招待。笔者在重庆停留9天，承蒙以上人等多方关照，对此，笔者感激至深。

重庆正位于嘉陵江与金沙江汇合处，乃四川一大中枢门户。由于得舟楫之便，天

107　【译注】此字符为"䗩"。

下商贾纷纷云集此地，于是，两条大江汇合之处，一大商埠自然发育而成。在中国，以如此形式成长的商埠计有以下者：

金沙江与岷江汇合处　叙州府
金沙江与沱江汇合处　泸州
金沙江与嘉陵江汇合处　重庆府
长江与汉水汇合处　汉口及汉阳府

与大江汇合的支流大小，决定汇合点处生成的都市规模之大小，即二者成正比例关系。在四川省的四大江河中，嘉陵江为仅次于金沙江的第二条大江，其源头可远溯至甘肃、陕西，并且纵贯四川沃野千里，犹如四川一大动脉，其重要性不言而喻。重庆府下辖巴县，重庆府城面积，东西7里，南北4里，人口据称85万。物产有黄金、铁、绢绸、布、盐、朱砂、麝香、大米、煤、铜等。在笔者到来之时，在重庆的日本人已有十几名，多系商务考察，以及商会或商社人士在此地行商。英、法两国在重庆也设领事馆，英国领事对笔者接待极为热情。法国领事在缅甸与中国内陆的通行往来方面颇有经验，笔者今后要行走的路线恰恰此位领事先生之前走过，因此，有关缅甸道路的交通状况，以及缅甸旅行方面与不便之处，等等，笔者有幸向其一一请教。

重庆并无值得一看的古建筑。寺院方面，罗汉寺还算比较出名，内有五百罗汉像，但亦不过尔尔，难有耳目一新之感。报恩寺的伽蓝建筑亦属平庸。江南会馆有文星阁，系一楼阁，八角五层，其造型与塔刹几无不同，与塔刹不同的只是此楼阁屋顶并无相轮，以及楼阁遍处不见供有佛像。整体上看，文星阁建筑风格颇显流畅轻灵，不像塔刹偏于厚实稳重。

禹王庙也算是重庆著名建筑之一。禹王庙界壁端缘嵌有龙头，口中含珠。如此创意，在笔者看来实属新奇。只是，如此造型，于中国南方并不鲜见。

重庆民居，如第137图（イ）所示，规格布局大致统一，与中国北方地域的建筑大相径庭。此地民居建筑，厅堂分有前、中、后3处，并按此顺序布局，经前厅而中厅，再到后堂。如此结构，实在是大为不便。采光只靠中庭天井，明显光线不足。为弥补光线过弱，只好使用一种半透明屋瓦，名曰"亮瓦"。此瓦有普通瓦片两倍之大，若是普通瓦片，其大小一般为6×9寸。一个房间用两片亮瓦，所采光线足够面积为20平方米左右的一方斗室之用，人们昼间尽可于房内看书习字。

重庆民居建筑的太过粗简与有欠成熟亦令笔者惊诧。如第137图（ロ）所示，见于建筑物最中央的立柱称"中柱"，此外，有大金、小金、子金、子子金，一直到最外圈立柱，称"言柱"。桁梁则由下往上，称作"一川""二川""三川"等。第137图(ハ)为轩檐建造式样；（ニ）为廊上遮顶建造式样；（ホ）系栏杆建造式样；（ヘ）、（ト）

及（リ）为户牖窗棂等的花格造型；（チ）为扇形窗棂建造式样；（ヌ）为林角石建造式样；（ル）、（ワ）为屋顶建造式样；（ヲ）为山墙的3种造型。第137图都注有各细部名称，尽可查阅对照。重庆民居建筑构件的各部名称甚是奇特，与中国北方建筑称谓大不一样。例举如下：

中国北方称谓	中国南方称谓
柁	梁
标	领
佃板	板必
排山	?
花屈	寸弓
三叉头	?
瓜柱	?
方子佃板	皮巴方
二柁	二梁
二标	二领
石鼓	?
门框	抱柱
上坎	天罗言
门坎	门坎
门扇	?
门龙	门斗
川插	川（幺方）
格扇	格门
抱柁	?
伯逢	?
山墙	?
椽子	角子
非头	?
小连言	?
大连言	?
瓦口	?
	吊言
	瓦齐（用于屋顶处）
	瓦沟（用于屋顶处）

图解部分未见的建筑构件，此处再补述二三。

一是格门，即日本汉式建筑中"三秋田""五秋田"一类的称呼。日本的"三秋田"就像第137图（リ）所示，即用三格板；"五秋田"则是用五格板。

门坎	地覆
门斗	藁坐
天花板	天井
地楼板	床板
窗子	窻
柱	丸柱
爽磴	沓石
知麻柱	角柱
行条	葛石
梯子	段石
林角石	四半敷石
元光	迫持
扇面	半圆窻
下水同	竖樋
门墙子	在日本，指的是户外百叶窗一类的窗挂构件

之后，笔者出重庆而下汉口。此一行程中的重庆至宜昌段，计1700里，所谓"三滩三峡之险"，即在此间。航行这一水域，不管上水还是下水，都得用中国的小木船。下水船使用的是轻舟的一种，俗称"五板子"。若是夏汛水涨之时，三至五天便可抵宜昌，若是冬季水枯时节，则须费时八九天。上水船须雇人拉纤，轻舟于冬季枯水期亦须费时18天乃至20天，若是夏天涨水时节，少说30天，多至40天。要是大船的话，则拉纤的纤夫要四五十人。船在上滩时，拉纤纤夫多达百来人的场面并不鲜见，可见其行程所费时日之长。江水最涨的时季当推每年七八月，江水最少的时期为2月份，二者水位高低相差六七十尺至九十尺，甚至有的年份会达百尺或超百尺。夏汛水涨之时，江流尤其湍急，滩中险礁尽没于水底，目不能见，故此时行船最是危险，在此航段遇难的船只据称多至十损其一。但若是江水太少，行船亦难。春秋时节的行船可谓最是安全。

十二、长寿县·涪州·酆都县

机缘巧合，笔者此次刚好与要从重庆返回日本的岛田君同行，于是，我等3人雇一轻舟，发重庆而下宜昌。行期预定1周，至多8天。备足在船上期间所需生活用品之后，于明治三十五年十二月十三日拂晓从重庆出发。船行之前，先将鸡血溅滴船头，以祭河伯。极目所望，江流浩浩，但水并不湍急；两岸丘陵低伏，逶迤连绵；村庄几许，散落其间；又见蔗田成片，毗接相连。不久，船驶过位于川江左岸的长寿县。据闻长寿县人口约万人，此地盛产毛竹，其竹制品驰名四方，此外还出鸦片。这一天乃阴历十四，夜里月光如昼，船家操楫行舟，直至夜阑时分，方于左岸的李家渡泊船系缆。此日行程共计320里。

隔天清晨，船又顺流疾行而下，左岸的涪州一掠即过，此水域为涪陵江与川江合流处。涪州踞于山陵之上，人烟稠密，据称人口2万以上。涪陵江发源于贵州及湖南境内，涪州因涪陵江而得舟楫之便，加之，好茶出自涪州，于是，涪州也就商业繁华、财源广茂。船行不久，又经过左岸的酆都县城。据称酆都出产铁矿，然县城本身规模甚小，人口似乎不足万人。是日，船行240里，泊于右岸"高家镇"渡口。我等一行并未换装，直接就身着日本服装上岸闲逛，没想到当地中国人并不感到诧异。后来听人解释，我等被误认为是乡下财主。不结辫子，身着款式奇异的长衫马褂，乡下地主行装通常就是如此。

十三、忠州·万县·云阳县

第二天，船发高家镇，舟行如矢，片刻间，已与左岸的忠州擦肩而过。忠州一带，土地开阔，据闻，当地人除养蚕之外，还熬制鸦片，并种植苎麻，人口似是15000许。再行片刻，发现名声赫赫的石宝寨就在左岸。此乃一大巨岩，峭立于长江岸边，岩壁上搭造九重屋檐，层层叠叠，盘旋直上，屋檐最上端处却矗立一殿宇，看上去造型奇巧。如此布局，重在虚构一种空幻意境，使人难以置信其乃真实庙堂。看此空中楼阁，不由得令人疑惑不定，莫非大江底下有神魔出没，又莫非此阁乃神魔吐纳之气所幻蜃景。船继续疾行而去，遂抵左岸的万县县城，此日船行340里。万县为宜昌与重庆间最大商埠，位处平原之上，人口六七十万，往西有通邑大道可通成都，据称盛产鸦片、桐油、谷类、烟草。

翌日拂晓，船又发万县，折往正东方向行去。只见两岸山岳次第高峻，水流亦逐渐湍急，水流冲击河底乱石，旋涡处处可见，或大涡，或小涡；或左旋，或右旋；或逆旋，或咆哮而去，总之，蔚为壮观。船行120里，来至新泷滩。新泷滩者，乃一水流湍急之处，其势如泷，与其说是水自上往下流，莫如说是从高处向低处跌落。重庆至宜昌间，所谓"三峡三滩"，即大滩三处、大峡三处。峡者，乃左右皆绝壁的江面狭窄之处，新泷滩即为令人色变的三滩之一。船夫必须站立船头用力撑篙，竭力喊叫。船在过滩时，船体摇摆剧烈，让人不免胆战心惊。上水船更是一片喧嚣，纤夫竟有数十人众，于岸

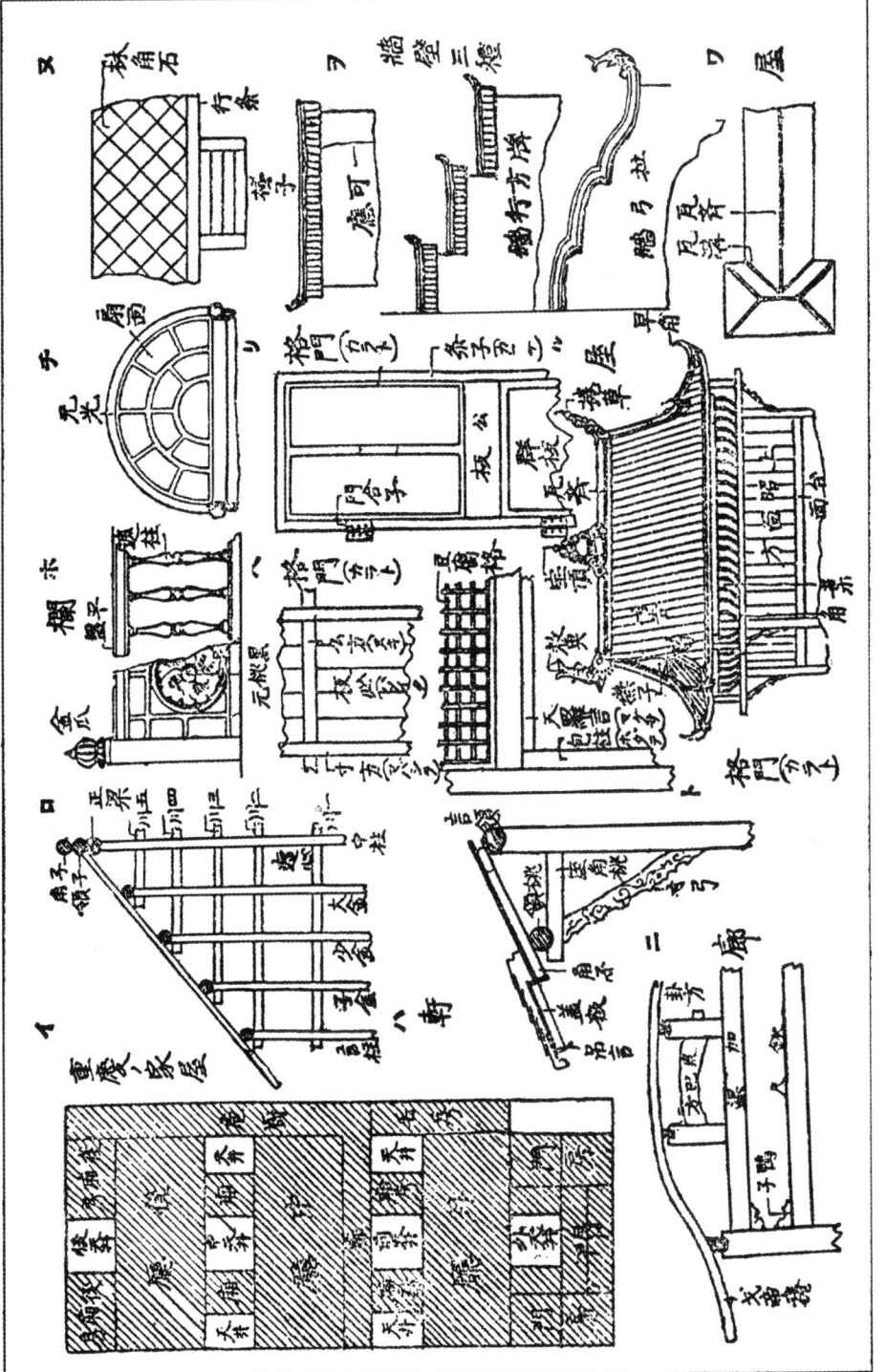

第137図　重慶民居及其建造方式12図

上合着号子步伐沉重地拖拽纤绳，船上还要击鼓，以指挥岸上的拉纤队伍。于如此航道之上，要躲暗礁、避旋涡，并冒危巢累卵之险，以娴熟撑船操楫之技，让船得以间不容发之机安然过滩，船老大可谓是生死安危系其一身。倘若有所闪失致舟船被卷入旋涡，则此时船如陀螺转圈，结果只能沉落江底而别无他途。倘若一不小心触上礁石，则船体破碎转瞬间已无踪影。又，暗礁与旋涡所在位置时有变动，船老大再有经验，也难免有闪失的时候。是故，相传夏季江水丰沛时节，过往船只总要十损其一。

不久，船又掠过左岸的云阳县。云阳县城，人口万余，物产丰富，并出盐，以供内地。船继续前行，又过一滩，名曰"东洋子"，后又过一滩，曰"庙基子"。此二滩均可谓至难至险。刚过庙基子滩，只见后面有一大船快速赶上前来，此船用棹十二、用橹六，如疾风一般，须臾，即超我小船变后为先。我等一行不由得兴从中来，以千文作赌，激励船夫奋力向前，与前方大船争先。果然，转眼间就成功地将那大船抛在后面。我等所在小船悠悠行来，于日暮时分抵达夔州府。此日，行程共计305里。

十四、夔州·三滩三峡

夔州府乃一大商埠，人口4万。凡是来往宜昌与重庆间的船舶俱在此地略作停留，采办物品，以作船上给养之补充。江岸泊有众多大小船舶，桅樯如林，城中市面极其繁华。一到夜里，果然如先前所闻，倡优人家驾着小船奏着弦歌前来献艺讨赏，若有客人想问花寻乐，一声呼唤，即见登船入舱，作莺歌燕语。献艺的优伶尽是妙龄女子，浓妆艳抹，身着罗绮，个个妩媚动人。我等一行所叫优伶，先是一个拉胡琴的，其次是个弹琵琶的。二者的演奏水平都很一般，笔者也没兴趣了解二位风尘女子是否身世不幸，即便打听，也未必就能如江州司马青衫湿，故匆匆写生，为其勾勒几笔之后，送上300文，便让其离去。据闻，夔州倡优最是出名，自然，她们卖艺的同时也卖身。

次日，笔者上岸，到夔州府城市井闲逛。街市外廓有一小河川，渡过此河，便见一片沙碛，名叫"八阵碛"。八阵碛有卤水自地下冒出，当地人正是用此卤水熬盐。其方法乃是将地下冒出的卤水导入一大池，而后注入大釜，并用煤火熬煮，熬至卤水结成晶体即告功成。如此制盐作坊，此地有数十处，俱是烟气腾腾。据当地衙门差役所言，盐坊一天可熬盐七八百斤，每斤盐售价32文。由此算来，一天制盐可售24000文，以一年开工120天计，则一年可获280万文，差不多是2880两银。尽管此地制盐作坊产量不多，但却是官营，有不少官员的职差就是在此。只是，夏季江水水位抬高时，此片沙碛便没入水底，因此只有冬季水退之时才可采卤水制盐。

大名鼎鼎的白帝城就在距八阵碛20里许之地，建在一绝壁之上的小山峰顶，看上去茂林掩映，古木葱茏。白帝城所在位置即三峡入口处，反之，若从武汉过来，则是相当于三峡出口处。昔日蜀国的昭烈皇帝为替关羽报仇，亲率大军征讨东吴，却大败于东吴大将陆逊之手,仅以身免,逃回白帝城,在向诸葛孔明托孤之后驾崩于此。"白帝城托孤"遂与诸葛亮的"八阵图"同为历史佳话而流传后世。

翌日,我等一行从夔州出发,经白帝城下,开始进入三峡水域。所过第一峡乃是瞿塘峡,相传此峡为大禹治水时所开凿,故建禹王庙祀之,其实此乃无稽之谈。瞿塘峡两岸,垂直距离仅40间许。进入瞿塘峡前,江面开阔,两岸相距有数百间之宽,最狭窄处也不下150间,然而,一进瞿塘峡,江面骤然收窄至40间许,故江水汹涌激荡,致使狂涛骇浪、到处旋涡。前者乃江水至此向上喷溅,后者系江水至此向下翻卷所致。总之,惊涛拍岸,浊浪排空,蔚为壮观。一进瞿塘峡,左右两边,壁立千仞,随着船行向前,崖壁越加峻峭,峰顶之上还残留斑斑雪迹。过了下马滩,不久后,即从船上望见左岸的巫山县。巫山县城,人口似只近万,但土地开阔,且此地农家精耕细作,故望去景色甚美。过巫山县城,船即进入名扬天下的巫山峡,此峡将四川与湖北划地为界的绵延山脉切断开来。整个巫山峡水域长达30里,两岸绝壁峭立,峰尖如剑如矛,直刺青天,乃至裂云落雨,所谓巫山十二峰,即由此得名。巫山景色何等奇妙,笔者自叹一管秃笔难以传神,所幸竹添进一郎先生在其大著——《栈云峡雨日记》中已妙笔生花之笔描述巫山峡水色山光,还请读者诸君一读为快。不久后,船过巫山峡,我等一行亦来至湖北省。再往前行,船又过铁关峡,于夜幕降临之时,泊于一小村落,名曰"官渡口"。是日船行265里。

第二天,船又发官渡口。昨夜开始刮逆风,风越来越大,故船行速度甚慢,身上也冷飕飕,颇感寒气袭人。总之,寒风让人兴致索然。少时,从船上望见位于右岸的巴东县,乃一蕞尔小邑,人口不过五六千。再往前行,船又过三滩之一的泄滩,亦望见位于左岸处的归州。归州亦系小县,人口仅是五六千许。又往前行,终于来至石门峡。此峡两岸有巨岩向外拱出,遂成天然石门。过石门峡,再下一滩,船至兵书峡,相传此乃当年诸葛孔明藏兵书之地。来到兵书峡中米仓口,船老大说是有事要办,就在此上岸离去,其他水手亦离船登岸,并在岸上过夜。船上只剩我等3人,甚感冷清、寂寞。目光所及,只有岩石与江水,不见过往船只,更不见人影。船上没有斗室一方,亦无烛光灯火,随着夜阑更深,身边世界尽为黑暗吞噬,但觉万籁无声,连江水似乎也悄无声息,只有飕飕冷风掠过舱顶呼啸而过。笔者因内急而出舱外,发现眼前的悬崖峭壁,如妖怪般狰面獠牙,脚下流淌的江水呜咽不止、如泣如诉,飕飕寒风拂面而过,感觉天地万物已然萧杀至极,眼前世界阴森逼人,不由得毛骨悚然,浑身打战。如此凄冷寒夜,笔者平生首遇,此后也再不曾经历。此日船行130里。

次日清晨,又续行程。少时,船即行至新滩。出于安全考虑,为防骇浪翻船,我等一行弃船上岸陆行。只见之前我等所乘之船,如枯叶飘落,转瞬之间,已经下滩。我等随即又再登船。一路行去,过崆岭峡,又过牛肝马肺峡,此乃川江上最后一峡,过了此峡,水流立马平缓几分。不久,船行至平钱坝,此处设有税卡,由英国人上船检查所携行李,但其所检查者,尽是行李的数目多少,却不查验行李所带何物。从平钱坝再行30里,一行人遂抵宜昌府。

十五、宜昌府

到宜昌府一看,发现与之前的川江景色大相径庭。宜昌水域,江面宽500间许,平静的水面泊着英国的军舰与客轮,还有数千艘中国船只亦集中在此水域,舳舻相衔,桅樯如林,状如陆上家居所用梳篦细齿,密密麻麻。看江天浩浩,千舟云集,一时豪情万丈。一行人要搭乘往来汉口的日本轮船公司的汽轮,只好一直待在泊于宜昌岸边的船上,整整等了7天。可惜,宜昌又无特别值得一看的去处,实在是百无聊赖,度日如年。每日只能于宜昌府城闲逛,或到对岸处山野闲游。在宜昌,有一事让笔者最感不可思议,从长江捕起的鱼中,笔者竟然看见有一种鲨鱼,以及两三种应是海中鱼类而非淡水鱼种。凡此海洋鱼种,居然能于淡水生息,实在令人匪夷所思。此外,还看到长达4尺大的鲶鱼、3尺以上大鲤鱼,以及其他数种大鱼,皆达三四尺之长,长江委实是天然大渔场。据称,宜昌府人口在3万上下。

听闻宜昌到汉口水路全程1425里,但据英国方面勘测,则是400英里。1英里相当于中国3.55里,而中国1里可折合日本4町余。四川的1里则要短一点,大概不足日本4町,但感觉湖北的1里要比四川略长。长江上营运宜昌至汉口航线的轮船公司共4家,即日本的商船会社、中国本土的招商局,还有英国的两家公司。笔者后来改变主意,没再坚持搭乘日本商船会社的汽船,转而改乘英国公司的轮船。笔者搭乘的英国轮船,长295尺、宽45尺、高10尺,算是相当不错的一条客船。大凡在长江上航行的汽船吃水都很浅,就像竹筏一样,因为冬天枯水期水位下降明显。至于票价,从宜昌至汉口,头等舱为30两银。不过,若是中国人,不管身份地位如何,一概不允许享用头等舱。船上另有一种专供中国人使用的一等舱,票价却是10两银。可恰好相反,若是日本人,无论如何都得买头等舱票,都得用头等舱,都得付30两银,该英国轮船公司就是如此规定。从重庆雇来的那条船亦在宜昌与我等一行告别。船老大曾在米仓口将他老婆接上船,此后这女人就住在船上并被带到宜昌。但这女人却是白天夜里都躲在舱内,从不见出舱门一步。船老大一早起来,光为这女人的梳洗打扮,就得忙上两小时。煮饭烧水,都是男人的事,还要送汤送水,供那女人洗脸漱口,并为其送饭送菜。船上一应杂活尽是男人在做,根本不见那女人做事,只是终日猫在船舱。

十六、沙市

汽船"江和号"于12月28日黎明时分起锚,当天傍晚即抵沙市,全程360里。

沙市有日本领事馆，故笔者上岸前往拜访。在领事馆，笔者受到大杉、中村、松平、中野诸君热情接待。沙市，距位其东南方的荆州府不过 3 里许，据称人口六七万。古建筑方面，听说此地有一塔刹，塔高七层，已有千年历史。可惜由于时间关系，笔者没能前往一探虚实。

次日，即 12 月 29 日，船又乘风破浪，驶向东南。过石首县后，长江甚显迂曲蜿蜒，但见船首朝向不断变化，东西南北，四面八方皆曾朝向。第二天，船至岳州。只是，岳州城在西南方向，离此江边甚远，未能识见。笔者所乘汽轮在此又是方向一掉，船首转向东北。经昔日的古战场——赤壁[108]之后，再往前行，发现江面愈加开阔，烟波浩渺，真如瀚海大洋，唯于苍茫云水间望见远山稀疏寥落。虽然江面开阔，但笔者发现此段水域其实很浅，船稍晃动，船底立即碰触江底，于是浊水泛起。不久，从左舷处望见前日在此搁浅的日本"大吉丸"号此时正在忙着卸货。12 月 31 日黄昏时分，汽轮放慢速度，缓缓靠向一个大都市的口岸。抬首望去，只见岸边江上，几千艘船，杆桅林立。岸上，则是高楼大厦、朱檐粉壁。位于长江右岸的城市乃是武昌，左岸的城市则是汉阳。我等一行搭乘的汽轮在拉响汽笛之后，与凄厉的汽笛声在水面回响的同时稳稳地靠泊在码头上，此乃汉口是也。

十七、汉口

汉口，又名夏口厅，处于汉水与长江交汇处，位于汉水之北、长江西岸，沿江岸边上绵延不断，长达一里半。据称汉口有 80 万人口，堪称中国内地最大城市，日本以及欧美各国，多有在此开设领事馆。有关汉口的历史、地理，想必读者诸君已很清楚，恕不赘言。笔者仅就其建筑略述一二。

汉口并无任何古建筑，现代建筑也无新奇独特之处。汉口唯一去处就是关帝庙，其规模甚显宏大，建筑本身堪称金碧辉煌，装饰方面则极尽浓妆艳抹。凡此，实在是当地许多同类建筑未能相匹，只是，却不能不说格调未免低俗一点。第 138 图（イ）即汉口关帝庙平面，可看出甚是规模宏大。其中，尤以春秋楼最是金碧辉煌。第 138 图（ロ）为关帝庙中立柱之一，（ハ）为关帝庙庑廊屋上天花板，颇具匠心。第 138 图（ニ）为屋檐端部琉璃瓦，如此建筑手法，在关帝庙以外建筑物上尚未见过。

笔者于汉口迎来明治三十六年元旦。笔者在汉口停留 40 来天，利用此段时间，仔细将之前 8 个月在中国收集的物件一一清点、整理，并数次游访汉阳与武昌，要不就是探访当地的日本友人。从英国领事那里，笔者还请教了诸多今后旅行需要的相关知识，可谓受益匪浅。在汉口，笔者放走了那名自北京一路随来恪尽职守的从人，让其

108　赤壁的真正位置尚不明了。推测之，当在现今岳州东北方向不远处。

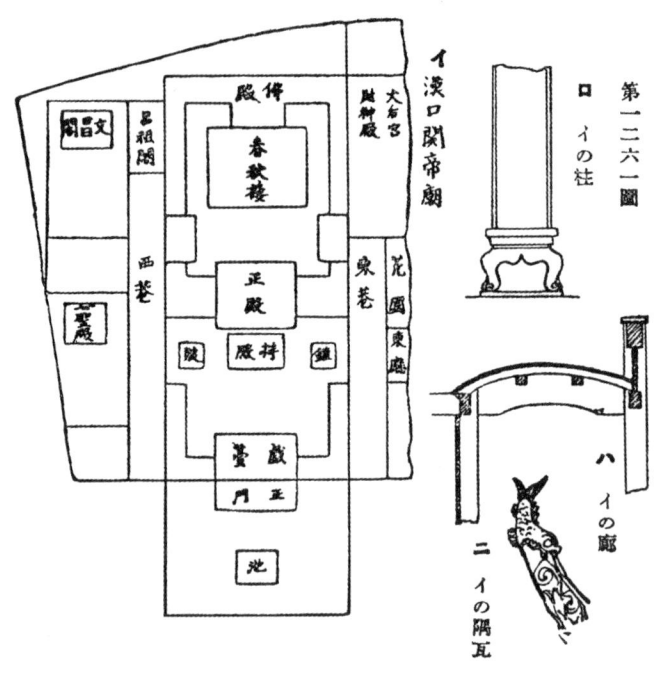

第138图 汉口关帝庙4景

返回北京。同样在汉口，笔者着手下一步湖南、贵州、云南之旅的准备工作。

十八、武昌府

武昌府乃是湖北省城，与汉口隔江相望，两地最近距离恰好1英里，人口据称不下40万。武昌城中，有山陵横亘东西，此山陵即为蛇山。蛇山西麓延至长江岸边，江岸边有昔日黄鹤楼遗址，第139图（イ）即其写生画面。此处还有一喇嘛塔，俗称"万年灯"。观测之，此塔似属明朝遗物。城内有曾国藩祭祠，第139图（ロ）、（ハ）即曾国藩祠一角。出府城东关，还有道观与孔庙。更向东去，可至洪山的宝通寺。此寺院规模甚大。先是山门，山门内东西两面共塑二金刚。再进去是天王殿，内供四大天王。四大天王手持之物如下所示，笔者顺便将其与汉阳归元寺的天王做一比较。

	宝通寺	归元寺
多闻天王	右手抓蛇左手持珠	剑及老鼠
增长天王	右手托塔左手持伞	琵琶
持国天王	琵琶	蛇
广目天王	剑	塔与伞

继之为接引殿，殿内供接引佛。其次为大雄宝殿，供释迦牟尼佛像、文殊菩萨像，以及十八罗汉像。大雄宝殿左右两侧，分别为客堂与斋堂。再往前有祖师殿，殿左、殿右两厢，分别为方丈、禅堂。寺中塔刹八角七层，属砖石结构建筑，每一塔层都围有栏杆。

时任湖北巡抚的方氏收藏有诸多青铜器及石佛、石雕，经时为日本驻汉口领事山崎先生穿针引线，笔者得以见识此等珍稀藏品。方氏收藏的青铜器有鼎、钫、洗、敦、彝、爵、斝、盉、卣、尊、觯、角、钟、权、量及昭版等，有许多属于先秦及汉代方物，其他还有唐钱、琮、璧、印，以及汉瓦等。石雕碑刻方面，有北魏佛刻以及唐碑断片等。总计，其所收藏达百件以上，无一不是稀世珍品。笔者建议方氏布一陈列馆展示之，并可借此将之妥加保存，但未受采纳。想必笔者当时所见珍藏于今仍在方氏的壁架上轮流"换防"。

十九、汉阳府

汉阳府，位于汉水以南、长江左岸，据称人口 20 万。在中国，习惯将河流南面称为"阴"，将河流北面叫作"阳"，然而，此地却将汉水以南城邑叫作"汉阳"，未免有点不可思议。汉阳府城以北，即汉水之南，有一"大别山"，其山不高，脉呈东西走向。此大别山，与武昌的蛇山同宗一脉，只缘长江滚滚流过而被拦腰截断。与大别山东麓相接的江岸边，有一晴川阁，名头甚响，与武昌的黄鹤楼遥相对望。登晴川阁，拾级上楼，四方景色，即收眼底。但仅就建筑本身而言，晴川阁系五开间双层歇山顶建筑，其实是再普通不过，并无特别值得欣赏之处。大别山上有禹王庙，禹王庙整体造型可谓有趣非常，简直就是他处建筑的照搬照套，此类事在汉水附近一带实属多见。大别山西麓有一湖泊叫"月湖"，月湖边上有一伯牙台，景致甚是不错，但也就是建筑未免太过流俗。

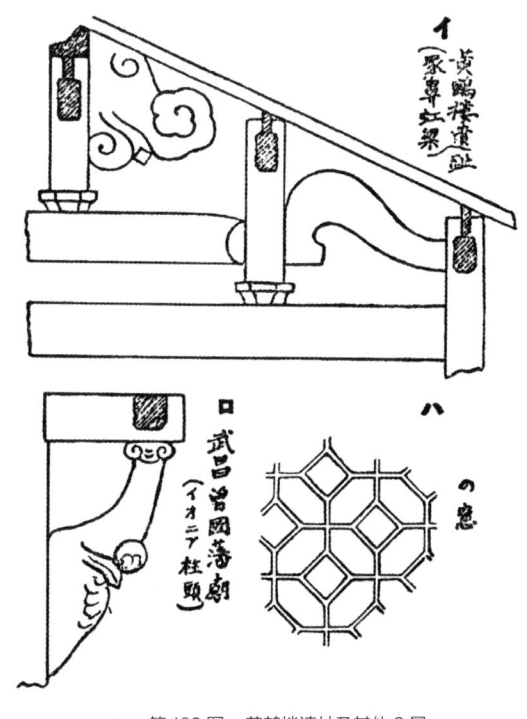

第139图　黄鹤楼遗址及其他2景

汉阳城西有一大伽蓝，曰"归元寺"。此寺始创于明代，就规模完备而言，归元寺堪称国中一流，主要建筑有五百罗汉堂、观音堂、藏经阁等。笔者于明治三十六年二月八日探访此寺，恰逢寺中举行法会，男女老少几万人，不分贵贱尊卑，俱聚集于此，看上去一个个穿戴整齐，用心打扮，笔者正好借此法会好好见识当地服饰的缤纷五彩。

汉阳城内并无景物值得一看。据闻，城南一带有一鹦鹉洲，其实也不过就是长江边上一沙洲。

在离开汉口之前，笔者试就中国南北方建筑进行比较，大致如下：

（1）住居与庭院的搭配

中国的南方民居建筑，造型、式样往往别具一格，因此，庭院布局也就与民居建筑的式样相辅相承，格局各异。只是，南方的庭园难免都相形见绌。北方的住居建筑，其式样与格局，均是大同小异，少有变化。是故，北方庭院，比之南方，多半显得了无生气，甚至寥落、苍凉。

（2）店铺

北方店铺，有许多是平面屋顶，正面朝前的端缘则加装栏杆。在南方，如此风格的店铺则见所未见。

（3）界壁

界壁主要见于中国南方的建筑，其形廓极富曲线之美。

（4）建筑材料

南方以木构建筑为多，北方则以砖构建筑为多。界壁的建筑只见于南方，想来主要还是出于对火灾时阻断火势蔓延的考虑。

（5）炕

南方不用炕，当然，主要出于其气候温暖的缘故。若是天寒地冻，南方一带则用火钵御寒。

（6）窗棂

南方的窗棂极富创意，造型亦极为复杂，甚至常常见有伊斯兰建筑风格的窗棂。北方的窗棂，较为单调、刻板、乏味。

（7）斗拱

南方所见斗拱甚是精致，但毕竟细巧太过，有点形同儿戏。北方的斗拱非常粗实，甚显气势雄浑。

（8）护框

南方往往会在墙的侧面砌出纤细的框型。此种建筑手法在北方亦属鲜见。

（9）飞檐

南方与北方，飞檐的形制大为不同。南方的建筑，通常总见飞檐高翘。

（10）支轮

只有南方才有，北方未曾见。

（11）橡子

南方少有同时使用普通下昂与飞檐下昂的建筑，偶尔有之，也只是小面积内使用。并且，南方建筑使用的下昂与北方有异，不是圆形而是扁平状。飞檐下昂亦然。

（12）橡头外露

在中国南方，除非是大型建筑，否则，一般不见橡头外露，总会在橡头处使用某一建筑材料将其遮蔽。

（13）屋顶中脊

南方建筑的屋顶中脊，为装饰计，习惯葺以刻有蔓藤花饰图案的屋瓦，且中脊正中部位一雕饰物，屋脊两端或造为鱼形，或造为鳌形。南方建筑的屋脊，不像北方建筑使用鸱吻，亦不见旁吻或鬼龙子。

（14）佛塔

南方所见佛塔不多，偶尔有之，亦是多半精致不足、粗犷有余，无法与北方佛塔的雄浑壮美相媲美。在佛塔建造式样的变化方面，南方佛塔也偏于呆板，缺少变化。

（15）风水塔

此种建筑多见于南方。感觉北方似乎没有风水塔这一形制的建筑。

（16）石敢当

在北方，几乎每一店铺都见有石敢当。但石敢当在南方却属少见。

（17）石敢当上錾刻字符

此字符也仅见于南方的石敢当。

明治三十六年二月十日，笔者离开汉口，搭乘排水量仅是七八十吨的小汽船"永平号"溯江而上，朝向湖南进发。一行准备跨湖南、贵州、云南三省，并再翻越崇山峻岭，之后行往缅甸。

二十、岳州·洞庭湖

笔者中国之行的前篇，即从北京至汉口的一段行程，已随汉口的抵达而于明治三十五年岁末完成。中国之旅的后半段，即从汉口至缅甸边境的行程，笔者估计，如此后段行旅，费时少说半年，而且，途中遇到的困难，会更甚于之前的中国之旅。能否安抵缅甸，并令此次中国之行得以圆满，实在是莫测难知，只能尽人事以待天命。抱以如此想法，笔者从汉口启程，搭乘开往房州的日本小汽船，再次浮游于大江之上。湖南省长沙府，乃笔者此行第一目标。从汉口至长沙，若走水路，全程795里，相当

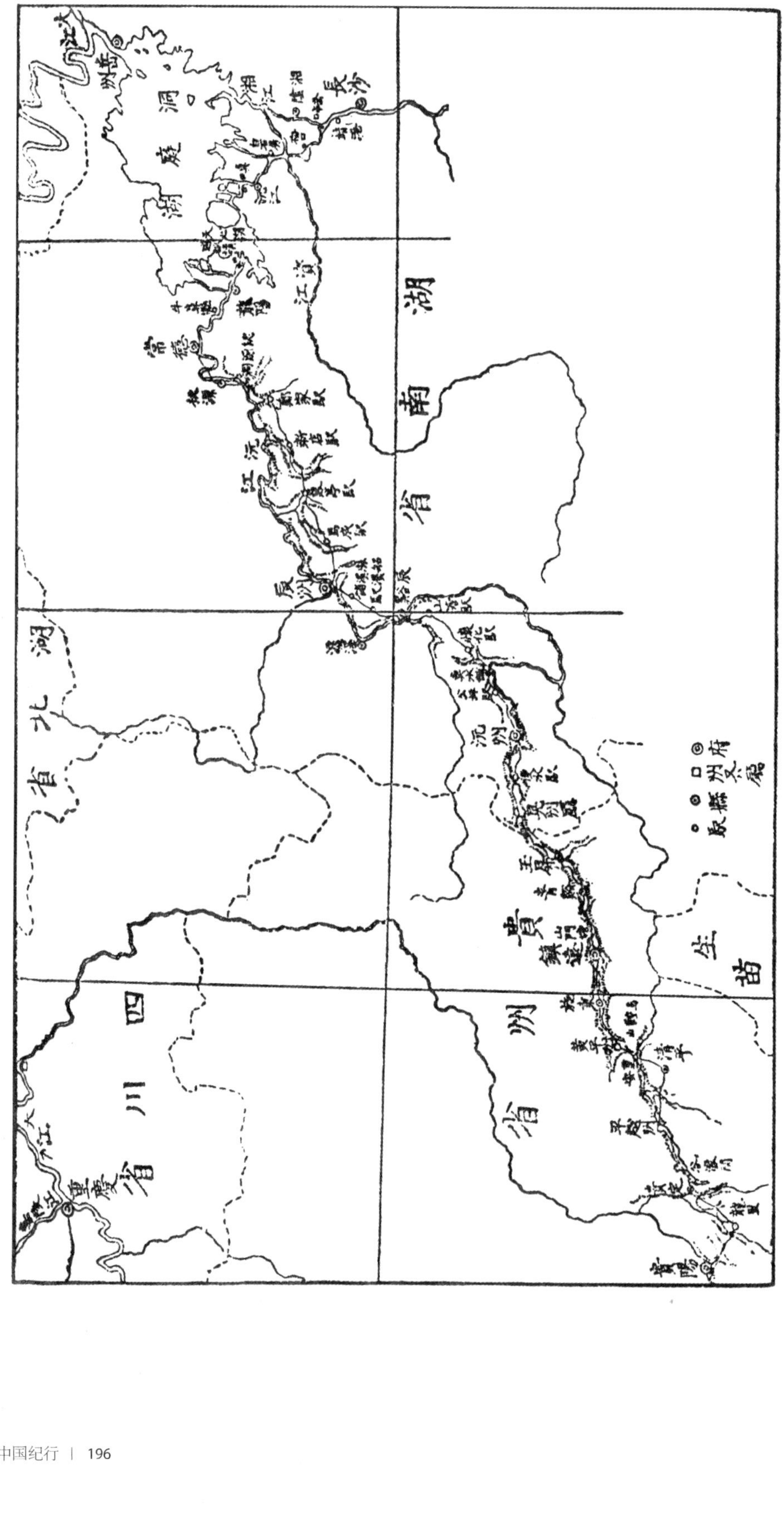

第 140 图 自岳州至贵阳府路线图

于 110 日里许，须费时三天三夜。船行次日，正好是日本纪元节[109]，是夜，汽船泊于距汉口 335 里的新堤过夜。

翌日，又继续前进，"永平号"进入湖南省域，并抵岳州。岳州，距汉口 445 里，位于洞庭湖东北，州城临水而踞。城上有岳阳楼，如画一般，此楼因范文正公的《岳阳楼记》而名扬天下。可惜没时间上岸，未能一睹为快。夜半，船又发岳州，进洞庭湖。天明时分，睁眼一看，大是惊奇，所谓洞庭湖，于今在笔者眼里，俨然是称为"洞庭"的一片荒原。原本是水天浩浩、如瀚海一般的中国最大湖泊，现在却处枯水状态，甚至可照见水底。水面上杂草丛生，荒芜一片，只有船行的航道，只有半里，至多 1 里宽的水面才不长草。所谓洞庭风光，时下已然不堪。洞庭湖为中国五大湖泊之一，其水系纵横覆盖湖南全境，是湖南一大聚水池。洞庭湖面积随其水量增减而变化不定，但大致是东西径长 35 里，南北径长为 20 日里。众所周知，自古以来，洞庭湖就以风光旖旎著称。少时，笔者所乘之船已穿洞庭湖，进入湘江，又经湘阴县，遂于夜半时分抵长沙府城。

二十一、长沙府

长沙府，位于湘江北岸，系湖南省首府，亘古至今，一直是要冲之地。春秋战国时期，长沙位于楚国南部；至秦，封长沙郡；迄汉，称长沙国。汉高帝五年，封吴芮为长沙王，然五传后绝嗣，故汉景帝封子发为长沙王，即历史上有名的定王。东汉末，孙坚为长沙太守；建安五年，长沙属刘表；建安十三年，长沙归刘玄德；建安二十年，刘备与孙权以湘江为界，划分各自疆域，是以长沙归东吴。如今长沙府城，东西 4 里，南北 7 里，人口据称四五十万，但笔者推测，长沙人口或许不足 20 万。适值日本的湖南汽船会社开通汉口至长沙航线，因此长沙的码头亦在建造中。日本湖南汽船会社的田岛岩平君及翻译三好君、园田技手，还有其他日本诸君刚巧就在长沙。经该会社社长白岩龙平君介绍，笔者拜访了该会社长沙事务所，并于之后在长沙逗留期间一直在此下榻。码头的建造工程，正处于打桩及砌基阶段，工地上的中国人，干活不紧不慢，终日里对工程建设就像看热闹，只觉新鲜、好奇而已。

要说长沙古迹，当推汉代的定王墓陵最值得观瞻。可惜，于今汉陵早已不存，只有 7 方汉碑集一石摺供人观赏。此碑石摺乃稀世珍品，多是东汉石碑，只是见于碑额的飞禽走兽雕刻，并未像隋唐碑刻那般轻盈灵动、上下飞腾或蹁跹起舞。笔者拜访当地知府时，曾再三请求将此东汉古碑石摺割爱相让，却未能如愿，只好选其二三，写生留念。据闻上述古碑石摺出土于四川某地，大小为 1 尺见方至尺半。此中，尤其

---

109 【译注】纪元节是日本传统的四大节之一，日本战败后被废除，后改名"建国纪念日"，时间定于新历 2 月 11 日。

以下四碑最值得观赏。

　　（1）建宁二年的碑（故孝廉柳君碑）

　　　碑首刻飞鸟（或是朱雀，确否待考），下部刻玄武。

　　（2）建宁三年的碑（○○○○○○○○君碑）

　　　碑首刻有数个弧形图案，似是龙形碑刻被中途而废。

　　（3）建安十年的碑（汉故领校巴郡太守樊府君碑）

　　　碑首有龙雕，但与六朝以后的碑刻龙雕大相径庭。

　　（4）光和六年的碑（白石神君碑）

　　　此碑上部有一对似蜥蜴的龙雕，但其腹部下面现有人形，实是稀世珍品。

　　次为黄忠故宅。黄忠，字汉升，于建安年间与太守韩元齐心协力，同守长沙。后刘玄德攻伐长沙，遂归顺之，时年已届六十，后为蜀国五虎将之一，屡建奇功。

　　次为贾谊故宅。贾谊为汉初名臣，曾一时受贬，谪为长沙王太傅。贾谊所撰《治安策》《过秦论》俱为脍炙人口之名篇，可惜他英年早逝，仅活33岁。

　　次为古铁塔。此塔在铁佛寺，高七层。相传此塔有石佛3、石罗汉18，但笔者探访时却一无所见。

　　次为曾文正公祠，即曾国藩祭祠。此祭祠庭院开阔，有池塘，有回廊，有楼宇，有亭榭，有台阁，可惜用水泥筑造的嶙嶙奇岩却显俗气太过，实在是大煞风景。

　　长沙府城垛东南隅有一气宇轩昂的建筑物高矗其上，此乃天心阁。两侧阁墙，廊呈冠状，最是奇巧鲜见。若登阁眺望，则湘江远近平原风光尽收眼底。

　　渡过湘江，江岸西面有岳麓书院，隐于岳麓山下，环境幽静，书院建筑亦颇值得一看。第141图（イ）、（口）为岳麓书院屋顶中檐的檐饰，其创意甚是让人玩味。从书院处登岳麓山顶，路上途中，山道旁边有一大寺院，曰"万寿寺"。岳麓山顶又有云麓寺，另有望江亭，为岳麓山最佳观景之处。从望江亭处极目远眺、纵览四野，一种唯此仅有的情致让人陶然。大凡两湖境域，若近大江流经之地，多为广阔平原，一望千里。故极目所至，望见的无非是茫茫烟水、萋萋芳草，既无山岳，亦无树林，可谓单调至极。但是来至长沙，却发现山岳近在咫尺，且山中郁郁葱葱，林木茂密，致使从汉口来到长沙的方外之客莫不对长沙景物赞美不绝。长沙果然颇受地利之惠，正是得天独厚的地理环境，成就长沙的古往今来。有关长沙府城，当地《通志》记载如下：

　　长沙城内，广五里，袤十里，周围二千六百三十九丈。有奇门，有九。东，二门，曰小吴，一作小鸟；曰浏阳。南，一门，曰黄道，一名碧湘，今称南门。西，四门，曰德润，即小西门；曰驿步，即大西门；曰潮草，即草场门；曰通货，今闭。北，二门，曰湘春，今称北门；曰新开，今闭。

长沙街面所见住居建筑，通常是将屋檐边端造成圆状形，所用建筑方法非比寻常，为此，椽子必须照此布成扇形。又，店铺前面常有拴马柱，此柱与栏杆其实属于同一建造类型，柱上还雕刻石狮，并有雕工精致的格纹。此外，前述的冠状形山墙也到处可见。屋上脊中，塑为饰物的正吻、旁吻，造型均略显怪异。

笔者又从长沙出发，走水路下常德。行程号称510里，相当于73日里，但依笔者推算，实际行程恐怕只有475里，也就不过68日里而已。若一路顺风，5天即可抵常德。但若天公不作美偏是逆风，何日可至常德则只有天晓得。行程所费时间姑且预定为一星期，笔者依此雇一艘小船，船中备足一星期所需的食品，如鸡肉、猪肉、鱼干、白萝卜、胡萝卜、白菜、葱、酱油、砂糖、大米、蛋、酒、茶叶、木炭、碗、茶壶、调羹、碟子、烟草、纸等。至于锅、盆等炊具，在此之前就已备好。只是，长沙洋务局方面有向笔者问起，是否比照同是来自日本的工学士细井君的旧例配备护卫兵丁。听说当时农务及商务方面的技师、工学士细井君前来考察之时，此地衙门为其配备百来名护卫兵丁。笔者赶紧叫免，只求护卫兵丁尽量少，大可不必旗鼓大张。最后的结果就是从水师营调派大船一艘，外搭水兵13人以及武官1名。此护卫船只还配备大炮一门、小铳若干。至于船上帆、橹等物，则一应俱全。明治三十六年二月十七日，笔者即搭此兵船发长沙而下常德。

头一天，船行湘江30里，来到下泥港，在此泊船过夜。次日，依旧是船行湘江，然船于此段水域因水浅而快不起来，故只行50里，至乔市口，在此抛锚碇泊。夜里，船上兵丁照例要击鼓操练，甚是喧扰，而船上舵工夫妻及其女娃打的呼噜，却与嘈乱的鼓点出奇的合拍。第三天，船告别湘江，转往西南，进入一条水道逼仄的支流。此航道，水面宽仅二三十间，最狭窄处仅10间许，有的地方，水深甚至不足二三尺。感觉船行之时船底常常擦及河床。加之顶风全无，只有细雨如丝，寒气逼人，船如爬虫蠕动一般，速度极慢。是日，船行50里，至梅口，在此过夜。船泊梅口时，笔者在此上岸随便走走。当地人听说有外国人前来，即刻围拢过来观望，但却大都错愕不已。见了在下这副尊容，但听私下里小声议论，说是看上去还不与中国人差不多？

翌日，船通过烂泥湖，穿过资江，行70里，泊于白石房过夜。晚间，交代船上的卫队长，严禁夜里击鼓喧扰。

二十二、沅江县·龙阳县

第二天，风势转强，看得见船行甚快，但见狂风呼啸，掠过船头。但据水手言，船在前面须下滩，疾行不得，不敢船速过快。顺风船行有20里，来至名曰"西河口"

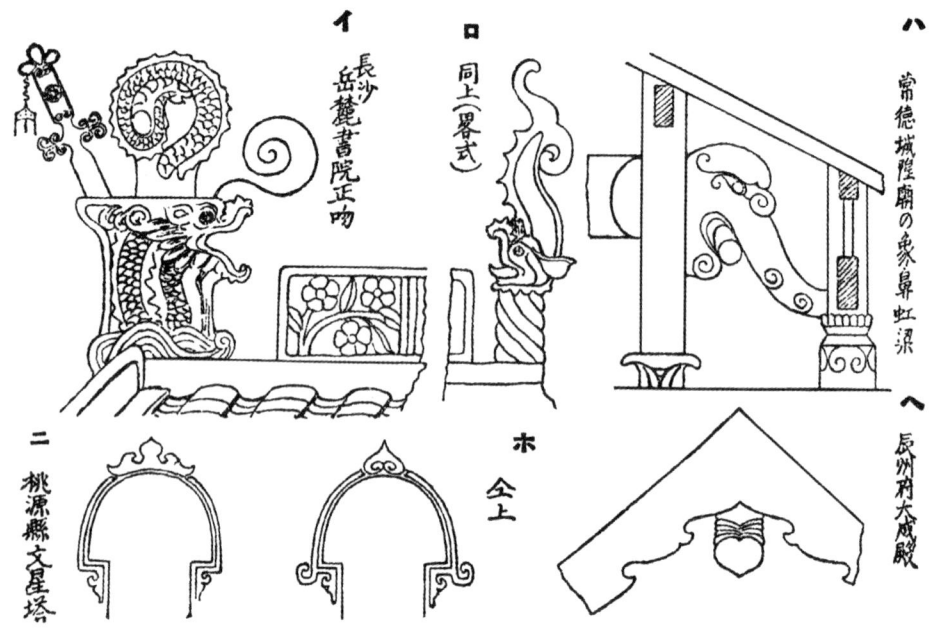

第141图　长沙岳麓书院吻兽及其他5景

的地方。自长沙出发以来，已是第5天，然行程尚未过半。长久局踏于船中，其结果便是困乏萎靡，无精打采，哈欠连连。次日下午，船来至沅江县。笔者在此上岸，采办今后数日所需的饮料、食品及日用杂货。少时，船又进发。当晚，泊于名曰"鱼口"的地方过夜。这一天行程65里。

次日清晨，继续赶路，终于来至位于洞庭湖西南部的天心湖，眼界豁然开阔，顿觉神清气爽。只见三四只渔船，出没茫茫烟波里，正在用鹈鹕捕鱼。一旦看见鹈鹕已捕到鱼，渔船即靠向前去，并将竹棹伸向水中，鹈鹕看见竹棹，即刻踩着竹棹上船来。船上渔夫，取下鹈鹕嘴中鱼后，又将其放回水中，再继续捕鱼。鹈鹕自小就受调教，已完全驯服。不久，笔者所乘船只穿过天心湖，驶入对岸沅江一处三角洲，少时，便至游巡塘，并在此碇泊过夜。一天行程75里。

翌日，船行60里，至龙阳县。龙阳县城，与沅江干流南岸相接，确实是一处繁华所在。船抵此地时，不巧乌云滚滚雨意正浓，故为免遭雨淋而打消上岸念头。沅江此段水域，河面开阔，宽达300间许。洪流滚滚，水天浩茫，沅江与湘江，皆当得起湖南养育父母这一盛名高誉。就在笔者瞭望大江之时，只见一艘大船正在靠近对岸。船上红旗，迎风飘扬；灯笼高挂，错落有致；烛火通明，映得江水平添三分妩媚。船上护兵又放火铳，又吹喇叭，直是震耳欲聋。打听之后方知，乃是姓魏的云贵制台，接刘坤一任两江总督，正往南京继任途中，今晚刚好也碇泊在此水域。笔者记得刘坤一似是殁在去年11月末，而魏氏却迟至今日尚在接任途中。交通不便致使公务滞慢，从而也极大妨碍国家发展与社会进步。还记得去年于四川翻越栈道途中，遇到一信使，此人身背一大公文包。据其所言，此次是要将四川总督上奏朝廷的公文送往北京。想来该信使此趟北京之行费时怕是两月不止，此间，时务政局又不知道会发生如何变化，而且，何等重要的国家机密就这般毫无安全保障地托付一信使，不可谓不是危险至极，但也看出中国人缺少紧迫感的做事不紧不慢的个性。

　　一夜过后，船又溯江而行。来到距常德20里处，已是日暮时分。今夜，难得一见夜空清朗，满天繁星。看见北斗星低挂在地平线上方，笔者感叹已从北方来到遥远的南方。笔者仰首星空，茫然张望，无所思想。

二十三、常德府

　　次日早起，江面大雾弥漫。雾中行船，简直如梦如幻，往来船只，皆影影绰绰隐约于雾纱水烟中。船行五六里后，看见右岸处矗立1座五层塔，此乃常德府的风水塔。又行15里许，终于来到常德。笔者给随行护卫兵丁及船上舵工水手发赏钱，没想到却招致牢骚大发，但听"不够，不够"，骂声一片。待群情平息之后，笔者才离船上岸，一上岸即被当地衙门接走，并被安顿到衙门歇息。

　　常德府紧贴大江北岸，位列长沙之后，亦是湖南省大邑之一。自汉代开始，就有武陵郡之称，名闻天下，于今依然有一武陵县为常德府所辖。常德府城，东西5里，南北3里，人口号称4万户，只是笔者难信其实，估计总数接近8万人。大凡湘南水系，东边主要是湘江，西边则是沅江，二者共为滋养湖南的大动脉。沅江水域发源于贵州腹地，合无数河流遂汇成浩浩大江，并最终注入洞庭湖。因而，其所提供的舟楫之便不仅惠及主流之域，亦惠及支流之地。从东部的贵州镇远府至湖南常德府，舟筏往来，络绎不绝。下水船，行程半月余；上水船，行程大致25天。黔东及湘西，民生百货皆靠沅江水系得以流通往来，两大地域亦因之而物阜商隆。

　　城内建筑可观赏者，屈指算来，首推关帝庙，次为城隍庙，三乃水心楼，四系雷祖殿。第141图（八）为城隍庙的虾形虹梁，准确说应称为象鼻虹梁。大凡中国建筑中的虾形虹梁多变形为象鼻虹梁，实是奇妙非常。雷祖殿的正殿中央，供奉雷祖神像以祭之。雷祖神像前面有风伯、雷公、电母；雷祖神像左右两侧有雨师分列。殿中神像，手持之物俱很奇特。

雨师　右手持剑，左手持瓶（甘霖雨露出自此瓶之意）
电母　左、右手持镜（以镜反射电光之意）
风伯　左手持虎头，右手持剑（或许是虎啸生风之意）
雷公　右手持铁錾，左手持铜锤（铁錾与铜锤相击以作轰轰雷鸣）

雷祖神像后面则供释迦牟尼佛像及观世音佛像，此乃更显奇妙。笔者在常德府逗留两日，当地知县非常好客，对笔者盛情款待，但是笔者却没能应其所请，为其作画二三，实在是于心有愧。

自常德开始，笔者决定试一试以轿代步，行李则由交由挑夫。3月1日从常德出发，随行兵丁11人、县衙吏员1人、挑夫5人，加上轿夫6人，还有笔者与岩原君，总共25人，一行浩浩荡荡向桃源县进发。

常德至桃源县，陆路50里，途中须二渡沅江。此片地域，土地丰饶，水田遍处，旱地种有蔬菜、蚕豆。耕作方面，此地多用水车，鲜见使用骡、驴、马匹一类畜力。一路过去，都是如此。即将进入桃源县域之时，望见一塔矗立，八角九层，名曰"文星塔"。此塔造型并无奇特，但是每层拱廊所见画饰各不相同，远远望去，此塔别有一种耐人寻味之处。第141图（二）即此塔造形，形近西方古典风格，又如哥特式，还有古印度建筑韵味。

二十四、桃源县

桃园县城，东南3里许，南北2里，户籍3000，人口一万三四千。城北有漳江阁，为八角三层建筑，第三层屋檐特别大，堪称一奇。但也就仅此而已，除此之外，似再无特别值得观赏之处。

翌日，自桃源县城出发，行20里，从右岸渡沅江，再继续前行，少时，即抵桃溪。桃溪对面丘陵的山腰处有桃源洞，此洞闻名四方，脍炙人口的武陵人传说，仙乡桃源即为此洞。据称，于今此洞已半崩塌。因时间关系，笔者未能前往探访。再往前行，渡廖家河、沈溪，来至郑家驿，并下榻于此地行台。今日所过之处，尽是平地，水田甚多，若是丘陵山坡处，则见生长有松、枞、竹等，所见家畜只有猪、牛而不见马、驴。

第二天，发郑家驿，朝西南方向行进在蜿蜒起伏的山岭间。但见土地丰饶，水渠纵横，更有水牛成群，悠游自在，背上有群鸦栖立，时而啄其身上寄生虫，顺带梳理水牛皮毛，看上去水牛惬意非常。

二十五、辰州府

辰州，古时属荆州，后屡生苗乱，伏波将军马援就曾征过辰州。于今，辰州府下辖沅陵县，府城方圆7里，据称户有3000，由此推算，人口当在一万二三千左右。古时，此地产辰砂。辰砂者，即辰州所出朱砂，故名。当今，辰州主要物产为水稻与棉花。

辰州城内，值得观瞻的建筑计有龙兴寺与文庙。辰州文庙，论规模之大，在湖南省可谓首屈一指。辰州文庙建筑，巧妙利用地形地势，即讲究地面的高低倾斜。建造手法方面，则显示出对传统有诸多突破。第141图（ハ）即其一例，此乃辰州文庙大成殿的破风及悬鱼。

龙兴寺在虎溪山，创建于唐贞观二年。其规模之大，世所少见，其寺院历史之久远，亦是世所少见。第143图（イ）为龙兴寺平面图。第一道门为二天门。二天者，即哈哼二将，相形相随，分立左右。哼将军双手合掌，十指交错；哈将军仅合掌而已。进了二道门后即四天王殿，四天王像看上去都是喇嘛打扮。此四天王即：

北方天王　手持琵琶
东方天王　持伞及古怪动物
西方天王　手持舍利塔
南方天王　持蛇及宝珠

次为弥勒殿，殿内供奉弥勒像与韦驮天像。次为大雄宝殿，此殿为五开间双阁层大型建筑，其建筑风格与日本镰仓时期的佛寺建筑颇有相似之处，令笔者兴趣盎然，想来，此殿有可能就是宋代建筑。只见殿内正中，供有释迦牟尼佛坐像，其左为药师佛像，右为弥陀佛像。又，释迦牟尼佛像前有八臂观音像；药师佛像右边有迦叶像，迦叶像前面是文殊菩萨像，二者对面相望；弥陀佛像左边有阿难像，阿难像前面是普贤菩萨像，亦与文殊菩萨像相对望。三尊佛像前的供案上有五具足[110]；殿内左右两侧有十八罗汉像；正门内双扉两侧，有韦陀像与金刚像两相对望。可惜，凡此雕塑，毋庸赘言，无一不是粗鄙太过。至于大雄宝殿建筑结构，如第142图所示，殿内与殿外相接，主要是通过跨梁的作用来完成，此种手法实属吊诡与奇妙。第143图（ロ）为大殿后厢的上桁架，如此建筑结构，日本镰仓时期及室町时期的建筑亦有之。第143图（ハ）为从大殿内视望的殿外回廊的建筑式样，同样也曾见于日本镰仓末期。斗拱部分，见有纯粹中国风格，也见有与日本式建筑似曾相识者。总之，五花八门，极为杂驳。只是，对其创意的大胆与新奇，笔者不能不加以赞赏。虎溪书院与龙兴寺相毗邻，书院建筑的绘饰方面甚是值得一看。

离开辰州，南渡沅江，行往辰溪县。沅江江面，只见舟筏如梭。最有趣者，莫过于将木材扎成木排，长七八间，宽五六间，木排上还搭一小屋，一家人就生活在木排上面，木排则在沅江上顺水漂流。官家的筏子更显气派不凡，筏上物件甚是齐全，还立有旗杆，旗杆上旌旗招展。

110　【译注】据《佛学大辞典》载，五具足指佛像前之供养器具。置水插花之花瓶、点灯用之烛台及烧香用之香炉，称为三具足。而花瓶、烛台各一对，香炉一只，则合称为五具足。

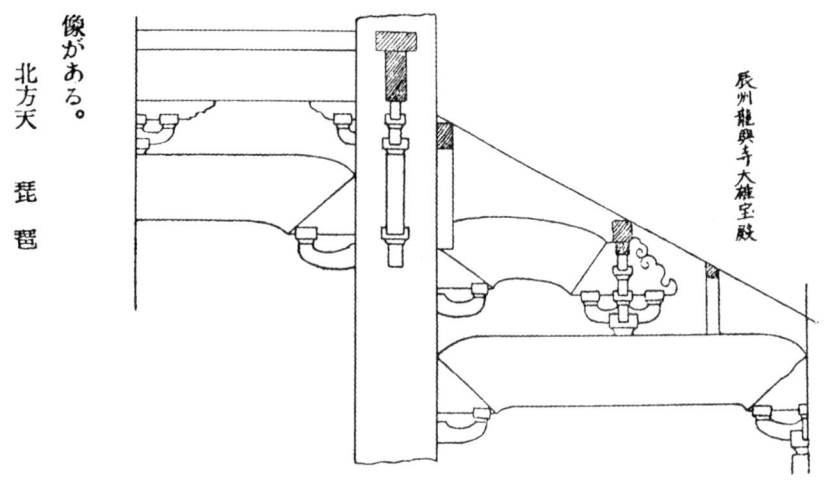

第142图　辰州大雄宝殿建造手法

二十六、辰溪县·沅州府

从辰州府至辰溪县，共计120里，此路程笔者一行走了两天。一路上，只见山陵起伏，田地山林接踵相连，一派田野风光，除此之外，再无其他景致悦人眼目。只是，路边有许多石灰岩，故烧制石灰的窑坊到处可见。另者，此地的方言自成一系，与通常的汉语相去甚远，想来或是受到苗语影响亦未可知。

辰溪县位于沅江南岸，县城东西南北长各1里，方圆3里，据称户有1000，推算起来，人口当有五六千。辰溪县处至偏至僻之地，建筑方面，并无任何值得观瞻之处。又从辰溪县再向沅州府进发，途中，依旧是已然看惯的山陵起伏，还有农地菜园的乡村景色。总之，景物乏味，了无新意。第一天夜宿山塘驿，第二天泊怀化驿。这一地域，自古以来就是蛮汉冲突不断，"怀化"二字即最好证明。在中国，大凡边境之地多带一"怀"字，如怀来、怀安、怀仁。沅州府出迎的人马已先期到达怀来驿，我等一行在此受到热烈欢迎及盛情接待。

第三日，翻山越岭，复折往沅江北岸，后沿沅江朝西南方向行去，晚上在公坪驿过夜。沅江此段，舟筏如织，来往穿梭，故沿岸村落亦显物阜民丰景象，看上去甚是繁荣，与中国北方苍凉寥落的大漠荒原情趣迥异。

第四日，按原先预定抵达沅州府。从辰溪至沅州，一路旅客往来及货物流通之寡少令笔者惊诧不已。整整4天路程，道上所遇过往行客实是屈指可数，原来是旅客与货物已多被沅江上舟筏截走。途中，轿夫号子此起彼落，笔者出于好奇将其记录在案，当然，意思莫明。

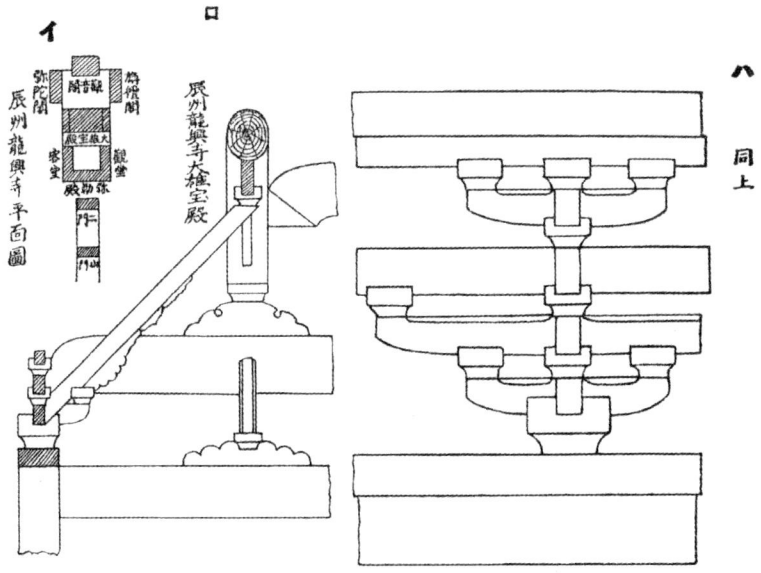

第143图　辰州龙兴寺平面图及建造手法2图

　　来到沅州府一看，果然是一颇具规模的通都大邑。沅州府，下辖芷江县，州城东西2里，南北2里半，户三四千，人口号称20000许。沅州府城位于北纬27度24分40秒，沅江从城西向南流过。沅州，周时属荆州；秦时属黔中郡；两汉至南朝齐时期属武陵郡；梁朝时属南阳郡；陈朝时属沅陵郡；隋唐时属辰州；五代时属懿州；宋以后属沅州。李唐以前，沅州一带基本为苗族独踞。后来，有部分苗民与汉人往来，彼此亲近，另一部分则退往贵州的大山深处，该支苗人，就是今日称作"生苗"的贵州边地苗人。

　　沅州城内并无可看之处，故没有必要在此多作羁留。于是，次日即起身出发，出沅州府城南门，跨过架在西沅江上的龙津桥。龙津桥长百余间，上有屋盖遮蔽，桥上两侧开有杂货店，倒是一处人气颇旺的所在。一般来说，中国的桥上鲜见如街市一般的开店摆摊，唯独湖南僻壤偏乡有此景观。有许多桥梁须从平地拾级登阶后才上桥面，自然，如此桥梁不通车辆，甚至牛马等牲畜要上桥也颇危险。是故，当地人出行多为徒步。若是富贵人家，或是老弱妇孺，则多半选择乘轿。

二十七、晃州厅

　　渡沅江后，穿行于逶迤起伏的山陵间。少时，又二渡沅江，来至右岸。此地有一驿站，曰"便水驿"，是夜，即宿于便水驿。翌日，复渡沅江，后翻越一山口，曰"蜈蚣关"，遂抵沅江左岸的晃州厅。晃州厅城，东西半里长，南北长不及半里，户仅150，人口不足1000，实乃一僻地寒邑。当地衙门特地腾出一方斗室供笔者下榻，已经可称为礼遇有加。此衙门建筑破败不堪之状，着实令笔者惊恐不已。曾几何时，此官衙建筑何尝不是气宇轩昂、富丽堂皇，只缘自落成至今就不曾有过修葺，致使屋顶坍塌，一遇雨天，屋漏如注；地板腐蛀，杂草丛生；梁柱倾圮，蕈菌遍地；窗棂残缺，壁面剥落；偌大中庭却是蒿蓬遍长，高可没人，城狐野獾，出没其间。笔者被留宿于斯，也只好既来之则安之。下榻于如此所在，实话说，与在野外露宿并无差别。就在笔者于斗室彷徨之时，衣冠楚楚的知厅大人前来相探，其穿着的雍容华贵与衙门的破败不堪形成强烈反差，又让笔者惊诧不已。不过，晃州衙门荒芜如斯，亦令笔者情趣别生。曾记得，稗史小说常是从杂草丛生、蒿蓬没阶、殿宇倾圮的宫苑中突见美人惊鸿闪过并回眸一笑的场景中拉开序幕。于今，笔者正巧身临其境，故无端产生一种莫名的冲动，企盼传奇故事中的艳遇不期而至。可惜，不幸之至，妖冶的美人没有出现，却撞见丑汉一个。

次日，我等一行又从晃州启程，再渡沅江，抵右岸后向西南进发。行不多久，来至一处村落，曰"大鱼塘"。听说有洋人经过，村人尽出，围而观之，且骂声不断。轿夫去吃饭之际，此时轿中只剩笔者一人，有一恶汉从后面偷偷袭来，将笔者头发猛揪一把，然后大声叫喊并逃之夭夭。笔者平生从未受过如此侮辱，着实气得咬牙切齿，但也无可奈何，只能催赶轿夫尽快上路离开此地。总体上看，湘人好斗，且性情刚烈。自古唯楚多才，英雄辈出，但也为祸不少，乃至今日，对洋人依旧是敌意不减。

二十八、玉屏县

大鱼塘村外，即湖南与贵州二省交界之处。从此伊始，笔者进入贵州省。一路行去，大致还是沿沅江方向朝东南前进，终于来至玉屏县。玉屏县城，方圆9里，人口4000许，实乃黔中贫寒小县，并无值得一顾之处。据称，此地苗人，分为红苗、青苗、黄苗等，族群不同，服饰亦不同。又听说，当地苗女，皮肤白皙，顶戴银花，还听说当地苗人俱是穴居。

抵玉屏县城后，衙门方面告曰：本地知县因要事在身，故不能前来相见。再详细打听，原来本县太尊去岁年末就已病故，明日正好要送其灵柩回故里，此时，衙门上下正为此事忙碌。中国风俗历来注重葬礼，死者入殓的棺木则极尽气派堂皇之能事，中国有个说法，叫作"父为子娶妻而倾家，子为父买棺而荡产"。木材在中国价钱不菲，可以看作木中优质大料多被大卸几块以造棺椁，之后再上漆、贴金，并想方设法让尸体在棺内长久不腐不臭。为此，一副棺材可是费钱不少。

中国是一个面子上注重礼节道德的国家，乃至今日，如果父亲过世，儿子得服丧三年。换言之，一旦父亲过世，儿子必须在家守孝三年。倘若死者生前是远赴他方异地为官，死后其妻室子女必须将其灵柩运送回家，需要克服山迢水远与交通不便的困难。为送死者灵柩回家，作为遗族，一路的艰辛不难想见。举个例子，从云南的腹地到北京，若是扶灵归去，得费时半年，银两需花费数千。据称常有途中旅费告罄，遗族饥寒交迫，只好伏棺痛哭。

隔日清晨，知县家属启程护送灵柩回归云南故里。看其行列，遗孀及家人分乘3顶轿子，家中从人乘两顶轿子，一应行李由3头骡马及10来名挑夫分担，还有几名兵丁随行。从此地到云南，行程大致40天，如此行头，路上每日花销少说要银25两，整个路程至少得费银千两。而在中国，白银千两绝非是等闲之数。

在扶灵归去的人群启程之后，稍待片刻，我等一行也跟着上路，依旧是沿沅江顺水行去。但见沅江两岸，山岳愈显高峻，风景渐呈恢宏大气。路上时有遇见苗人，观其容貌，与后印度地区的印度人多少有点相似。

过洋坪塘之后，不久终于来至青溪县。青溪县城，虽说方圆足有六里半，但人口却才不过3000余，此地实在是偏鄙太过，并无可供观览之处。别看青溪县城人口稀少，但其卫城却是城墙高筑、规模雄伟。卫城如此规模，少说可容纳3万人口，俨然是通都大邑，气派不凡。想来，应是考虑到若遇苗蛮揭竿而起烧杀掠夺时可尽量多收容四乡难民，故将青溪卫城建得规模如此之大。

第二天，依旧是行行复行行，与沅江北岸时合时离。脚下山路依旧崎岖蜿蜒，起伏上下。沅江九曲回转，到处可见湍流旋涡。抬头望去，山峰险峻奇峭，峥嵘毕露，堪称天下一大奇观。我等一行在名叫"焦溪场"的地方渡过沅江，穿过一处山野，又再渡沅江，终于来到贵州东部重镇——镇远府。

二十九、镇远府

镇远府，下辖镇远县，据称府城方圆七八里，户有3000，人口近20000。镇远府坐落于沅江北岸，此地巉岩怪石随处可见，看上去如画一般。如此所在，不正是中国人魂牵梦萦的山水绝佳去处？府城东面，隔江相望，只见状如拳头的岩山顶上，矗立一座风水塔，状若日本的德利酒壶，整体造型具独特的贵州风格。再看山下，碧瓦红砖，树叶葱翠，江水深蓝，如此山光水色，无有可与比肩者。在笔者3年半的旅行中，若论景观凄美，当属巴蜀栈道的剑阁无疑。但若论景色奇诡，则此镇远府绝对当仁不让。在此附近一带，可观览的景色有江东青龙洞、中元洞等，莫非皆是上古时期先民穴居的洞窟？另者，周边尚有不少矿山，法国人已获此地矿山开采权，现正试探开采。山门塘离城东20里，此地产煤；更远的城东北200余里处的同仁县产辰砂；清溪县南，隔江对面，有铁矿，产铁。

至于建筑方面，镇远府并无特别值得观瞻之处。本想尽快离开此地继续前行，却有山门塘的法国工程师前来拜访，并力劝前往山门塘一游。终究盛情难却，故依其意乘舟下江行去。只见大江两岸岩壁峭立、怪石峥嵘，又见江水浩浩荡荡、咆哮奔腾，其景其势，足与长江水域三滩三峡媲美。少时，抵山门塘。上岸之后，在法国工程师引导之下四处览胜，大饱眼福，中午还享美味佳肴，至入夜时分，才由陆路回到镇远。所谓法国工程师，原本只是一名船上水手，似乎根本就无开矿方面的知识与经验，但却享受本国政府所予优渥待遇，配有月薪50两银的翻译1名、月薪30两银的厨师1名、男仆3名、女佣1名、马8匹、游船2艘，所用食品及烟酒等物皆来自法国，住居则是依其喜欢的样式自行设计的木构建筑，可谓中西合璧。居住空间虽稍显逼仄，但看样子此先生却是生活得自由自在、愉快非常。煤炭的试掘正当是时，据其言，所挖出的煤炭品质不算太好，可开采量恐怕也比原先预计的要少得多。还坦言此矿其实收不敷支，得不偿失。

次日，从镇远府启程又向西行，所走道路与之前无异，或穿行于起伏逶迤的山间；或沿溪流一路徐行；或登羊肠小道步履艰难。此地山岳尽是石灰岩质，看上去无不是怪石嶙嶙。此等景致，乃蜀中栈道与长江三峡见所未见，实是无以类比，令笔者大饱眼福，连呼快哉。几经翻山越岭，忽见路旁有一洞穴，额匾书曰"华严洞"。只见此洞入口宽有丈余，至洞中，则宽及两丈。据称此洞深达30里，有无数石钟乳自洞顶垂悬下来。笔者好奇过甚，特地请洞前道观的道士帮忙敲下一柱完整的钟乳石，其粗足有一抱，其形则似花蕾，并专门雇挑夫将其带到贵阳府，而后带返重庆，最终运回日本，并一直为笔者所珍藏。

三十、施秉县·黄平州

是日，行至施秉县，并在此过夜。施秉县城，号称方圆7里，面积不可谓不大，然户仅500，人口恐怕多不过3000，看上去人少车稀，好不冷清。当地知县，言谈举止粗俗不堪。一打听才知，此位知县大人乃商人出身，一顶乌纱帽乃花银两3万买到手，实情怕是做知县比行商做市赚钱更多。

第二天，依旧向西行进。行不多久，发现路旁有一大洞窟，曰"飞云洞"，洞高10丈许。洞中，石钟乳如白糖融化，一溜下淌，自洞顶垂挂至地，不由得让人啧啧称奇。洞内还有一佛刹，曰"月潭寺"。

一路行来，于道中遇见苗人不少。由于苗族男人皆着汉装，孰苗孰汉，分辨实在不易。但是，苗族女子则风俗殊异，耳戴大耳环——实为一对圆形银片；头上缠以黑布；两袖与汉装不同，为筒袖，且襟开右衽。苗族女子似喜深蓝服色，手腕处还见有袖套，上绣各式花纹图案。苗女穿裙与西洋女子所着颇为相似，裙上皱襞清晰可见。又，苗女双脚赤足着草履。大凡苗人比汉人身材矮小，虽着奇装异服，但相貌却出乎意料的并不让人讨厌。

行不多久，我等一行抵黄平州。黄平州城，位于沅江畔，可谓近在水边。其城方圆 7 里许，人口 4000，城东立有 1 座五层风水塔。黄平州知县，实乃笔者所见中国地方官员中最傲慢无礼之辈。从与其交谈中得知，黄平州管辖区域，人口三成为苗人，大多与汉人杂居共处，只是现今于重安、岩门设二土司，以号令苗人。

在此附近，可看到诸多烽火台旧址。此外，看似堡垒的残迹亦随处可见。想来此等故迹，恐怕皆是昔日与化外边民战端开衅之时的军事设施。

翌日，从黄平州启程，折向西南，一路向前，翻过一座高山，即抵位于重安江畔的重安县城。方才翻越的岭头东面，有一山峰高接云天，名曰"马鞍山"，此峰高约 8000 尺。自此伊始，崇山峻岭，连绵不断。此地道旁立有状似路牌之物，看上去甚觉稀奇，其乃迷信符物的一种，即：

箭 当 碑
弓 开 弦 断
左 走 重 安 江
宝 贵 长 命
右 走 黄 猴 铺
箭 来 碑 当

三十一、清平县·平越州

重安江，发源于贵定县边上，向东流入湖南，并汇入沅水以成大江。重安设有土司，下管苗民二三百人。渡过重安江，又往西南行进，不久，即抵清平县。清平县城，方圆 5 里，人口 2000，据称城中人口苗人占半。黄平县当地的苗人称作"黄苗"，清平县此地的苗人则叫"清平苗"。

第二天，此地正好举行皇灵春祭，笔者亦于斯向皇天遥祝致礼，而后发清平转向西行。望前方，崇山峻岭迎面而来，不由得豪气干云，雄姿英发。翻越几座山岭，一条大溪横亘在前，闻知此溪名叫"麻哈溪"，深数十丈。渡过麻哈溪后，巍峨山岳益发险峻奇秀，脚下之路不知何时已伸延至大山深处，并逶迤在叠嶂的峰峦。山间桃花，此时正是盛开季节。桃花怒放，果然风情万千，别是一番景致。再往前行，又见溪流一条，乃重安江上流。只见下有碧潭，万籁无声，深邃幽远；上有绿树红花，疏影浓荫；其间，更有石桥飞渡，如虹贯日；又有一小祠庙，丹楹碧甍，紧贴在崖底大岩石上。如此景物相配，实是妙不可言。少时，来到平越州。平越州，系一直隶州府，下辖瓮安、余庆、湄潭 3 县，并置一土司，据称州城方圆 5 里，人口不及 2000，辖域内苗族人数十占一二。

三十二、贵定县·龙里县

次日,又继续前行,然方向却折向西南。天气酷热难耐,轿夫亦显困顿非常,因此行进速度明显放慢。为探重安江源头,此日,笔者专往谷濛关,然至谷濛关时,已是日暮暝昏。看见谷濛关门左右两边题有二句,曰:

下开黄壒三千回
上抵崤函百二雄

下了谷濛关,点起松明,打起精神,继续前进,遂于夜深时分抵贵定县。所谓松明,即将山茅扎成束,长2间许,径粗3寸左右。此地附近一带山上不长树木,故连民居建筑都是以山茅为材。贵定县城,方圆4里,人口5000,而苗人十占其七。据称此地出产鸦片、烟草、篮筐、棉花、杂粮等,县境内有4个地方设土司以辖苗人。

就在下榻贵定县衙门行台时,笔者收到之前山门塘那位法国工程师差人送来的信函。笔者稍感纳闷,不知究竟什么事情,看了来信后方知原来如此。此信意思大致如下:

先生前日莅临山门塘之际,言谈中有透露这样的意思,即此趟云南之行,若有忠诚仆人愿随行同往云南,可代为物色。送此信之人正是在下拟向先生推荐的随行仆人,为人极为正直老实,相信能为先生所中意,故遣其前去送信。

好一位热心的法国人,笔者在感激的同时也对这位从山门塘山迢水远赶来的信使致谢,并慰其一路辛苦。只是目前状况已不需要再添从人,故付给不薄的船资后让其归返。

翌日,又向西南行去。翻过大小几座山,渡过大小几条溪,行走不息,终于来至龙里县。途中,邂逅4名走在一起的法国旅客。从交谈中得知,对方要前往镇远,此行前来,正是为开矿事宜。龙里县城,方圆4里,人口千余,据闻,县内人口,苗人十占其四,故置4土司。

第二天,我等折向西南,继续前进。途中,看见当地民家屋顶,多用石灰石板敷盖。此等石灰石板,产自龙里县以西,每片有3尺,乃至四五尺之大,厚度在3至5分之间,可予剥离。当地人不仅以此作为屋顶盖板,还将其贴为壁板,或铺作路面石板。

在丘陵起伏的山间,桃红梨白,争妍斗艳,多姿多彩,何等赏心悦目。

下图云关后,于平地行走时,笔者发现一路上尽是节孝坊,算来有数十处之多。少时,来到贵阳府南郊,然后进入贵州省城贵阳府。时为明治三十六年三月二十六日下午四时。

里程表 四 （自成都至贵阳）

成都—簇桥	20 里	江津—重庆	180 里（水路）
簇桥—双流	20 里	重庆—长寿	230 里（水路）
双流—花桥子	35 里	长寿—涪州	120 里（水路）
花桥子—新津	15 里	涪州—酆州	180 里（水路）
新津—青龙	30 里	酆州—忠州	210 里（水路）
青龙—彭山	30 里	忠州—石宝塞	75 里（水路）
彭山—龙安	20 里	石宝塞—万县	180 里（水路）
龙安—眉州	20 里	万县—云阳	150 里（水路）
眉州—张家坎	20 里	云阳—夔州	155 里（水路）
张家坎—青神	40 里	夔州—巫山	130 里（水路）
青神—汉阳坝	40 里	巫山—巴东	170 里（水路）
汉阳坝—嘉定	50 里	巴东—归州	65 里（水路）
嘉定—镇子场	55 里	归州—宜昌	180 里（水路）
镇子场—峨眉	25 里	宜昌—枝江—沙市	360 里（水路）
峨眉—清音阁	50 里	沙市—石首	170 里（水路）
清音阁—洗象池	40 里	石首—监利	190 里（水路）
洗象池—金顶	30 里	监利—嘉鱼	440 里（水路）
金顶—洗象池	30 里	嘉鱼—汉阳	265 里（水路）
洗象池—清音阁	40 里	汉阳—汉口	10 里
清音阁—峨眉	50 里	汉口—岳州府	445 里（水路）
峨眉—嘉定	80 里	岳州府—鹿角	50 里（水路）
嘉定—石板溪	90 里（水路）	鹿角—磊石	60 里（水路）
石板溪—犍为	30 里（水路）	磊石—炉林潭	90 里（水路）
犍为—宣溪	100 里（水路）	炉林潭—湘阴县	30 里（水路）
宣溪—叙州	140 里（水路）	湘阴县—靖港	60 里（水路）
叙州—南溪	120 里（水路）	靖港—长沙府	60 里（水路）
南溪—江安	60 里（水路）	长沙府—下泥港	30 里（水路）
江安—纳溪	90 里（水路）	下泥港—乔市口	50 里（水路）
纳溪—泸州	40 里（水路）	乔市口—梅口	40 里（水路）
泸州—合江	120 里（水路）	梅口—白石房	60 里（水路）
合江—中白沙	180 里（水路）	白石房—沅江	60 里（水路）
中白沙—江津	90 里（水路）	沅江—鱼口	10 里（水路）

鱼口—游巡塘	75里（水路）	施秉县—蓝桥	30里
游巡塘—龙阳县	60里（水路）	蓝桥—黄平州	33里
龙阳县—牛鼻滩	45里（水路）	黄平州—重安城	32里
牛鼻滩—常德府	45里（水路）	重安城—清平县	41里
常德府—桃源县	50里	清平县—杨老汛	40里
桃源县—水溪	35里	杨老汛—平越州	40里
水溪—郑家	25里	平越州—西阳驿	30里
郑家—大阳家桥	32里	西阳驿—贵定县	53里
大阳家桥—新店驿	28里	贵定县—瓮城桥	25里
新店驿—黄豆铺	47里	瓮城桥—龙里县	49里
黄豆铺—界亭	28里	龙里县—黄沙哨	40里
界亭—马底	65里	黄沙哨—贵阳府	25里
马底—辰州府	70里	合计8912里	
辰州府—船溪	80里		
船溪—辰溪县	40里		
辰溪县—山塘驿	30里		
山塘驿—近泉铺	48里		
近泉铺—怀化驿	35里		
怀化驿—鱼水铺	43里		
鱼水铺—公坪驿	23里		
公坪驿—罗旧塘	23里		
罗旧塘—沅州府	32里		
沅州府—扫路口	35里		
扫路口—便水驿	28里		
便水驿—蜈蚣关	27里		
蜈蚣关—晃州厅	30里		
晃州厅—大鱼塘	20里		
大鱼塘—玉屏县	40里		
玉屏县—洋坪塘	30里		
洋坪塘—青溪县	28里		
青溪县—焦溪	55里		
焦溪—镇远府	30里		
镇远府—刘家	30里		
刘家—施秉县	37里		

中国纪行【五】

（明治三十六年三月至同年六月）

贵阳府—清镇县[111]—安平县—安顺府—镇宁州—坡贡驿—郎岱厅—打铁关—都田驿—杨松驿—云南省—平彝县—沾益州—马龙州—关岭—易隆驿—岳灵山—杨林驿—云南省城—云南高原村落—楚雄府—吕河街—清海—古白崖城（赵州）—洱海与大理府—南诏·大理建筑—西南中国的地理地势—漾濞—太平铺—黄连铺—杉杨街（澜沧大江）—永昌府—南蛮毒泉—高黎贡之崇山峻岭与潞江[112]激流—掸人乡土—腾越厅—掸族建筑—泥石流—千崖与克钦人—克钦人之坟茔—蚕蚌河畔—缅甸边境—新街（八莫）—贵阳之后邂逅的外国游客

一、贵阳府

话说我等一行来到贵阳府，在此，受到贵阳武备学堂的高山少佐（现在的高山公通大佐）诸君热烈欢迎，令笔者深感骨肉同胞情长谊重，也消解了笔者旅途劳累。贵阳武备学堂，位于贵州省城南郊，有6名日本教官在此执教，武备学堂本身还附设一师范学堂。笔者在此停留一周，由于有高山君等人协助，笔者遂得以对贵阳附近及贵州全省的有关建筑详加考察。

在中国的十八个行省中，贵州最为偏鄙。全境尽是高山峻岭，连绵起伏，鲜有沃野；河川尽是涓涓细流，并无舟楫之便可言。贵州腹地，尤其是黔南一带，居住着未沐王化的生苗。贵州还有遍处皆是的熟苗，与汉人杂处而居。简言之，贵州堪比中国的一处深宅后院，系中国最不开化的蛮荒之地。从贵州再行向西南纵深之地，则抵云南之域。所谓山穷水尽之时，多能意外出现柳暗花明之地。从云南之域可通往暹罗、安南、缅甸，反而是四通八达，交通甚便。往南方向，还可下广西，而后出广东。在其东面乃是湖南，北面则为四川，皆属中国西南重地。换言之，贵州就是如此一方被周边沃土包围的不

111　【译注】原作误记为"青镇县"。

112　【译注】原文有误，应是"怒江"才对。

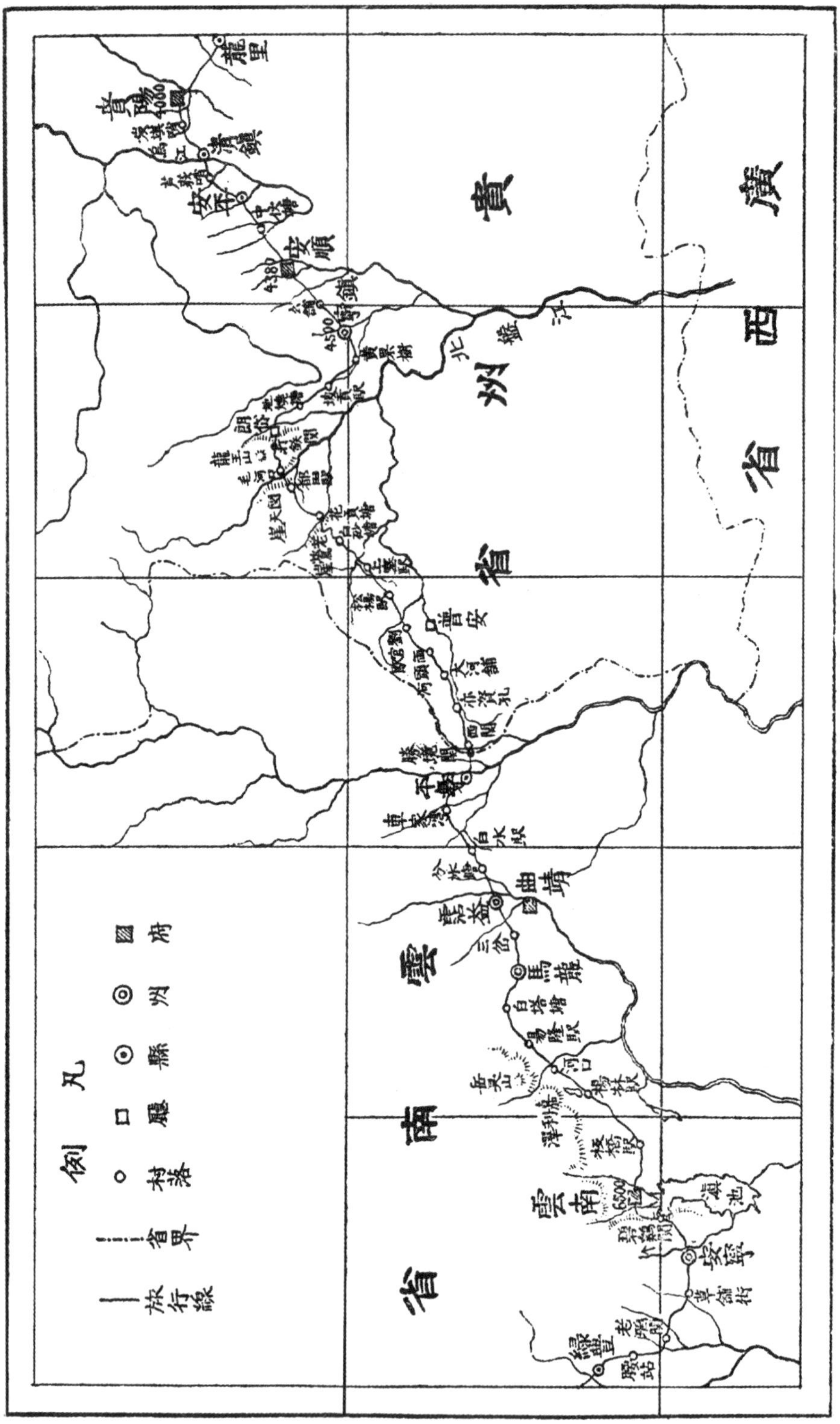

第144图 自贵阳至绿丰路线图

中国纪行 | 214

毛之地。只是，具体来说，贵州全境土地，也并非天生不毛，仅仅是因为其乃化外蛮夷生息之域，加之人烟稀少，又无水利之便，是以本应丰饶的土地亘古至今未被开拓。事实上，贵阳府附近一带，大有已被精耕细作的农田，由是观之，贵州土地又何沃之无。

贵州省，面积 67660 平方里，相当于 10744 平方日里，差不多是日本九州的 4 倍。尽管幅员如此之大，然贵州人口据闻只有 7650282 人，远比日本九州的人口少，且此 765 万多人口中，苗人还占 150 万人许。苗人原本生息在长江流域的沃野之上，后来渐为汉人所逐，一路退却，遁往大山深处，于今困守于贵州腹地，即最为幽深闭塞的中国后院。苗人在此，犹如困兽，别无通途，或许苗人一族命当如此。

贵阳为贵州省首府，其位置也几乎就在贵州省正中。贵阳府，下辖贵筑县，府城方圆 9 里，人口 10 万许，据称苗人大约十占其三。贵阳府城位于一片地势平坦的高原之上，海拔 4000 尺许，堪称大高原上的一小平原，虽显逼仄，面积只是东西 10 里、南北 8 里，但景色秀丽、风情万千，宛如仙境一般。虽有河流从城南向东，再折向北，一路奔腾，流入长江，但终归未惠与贵阳舟楫之便。贵阳府值得一看的去处实在屈指可数，不妨先从城内说起。

笔者最感兴趣的当数尚节堂，系一福利机构，为守贞操名节的寡妇提供生活帮助，主要靠政府拨款及社会捐资在运作。未曾想到竟举如此保护激励之措，以免寡妇失节再醮，要说也是封建礼教严苛太过。还有一处"幼老堂"，系养老院与孤儿院的二位一体，专事收养无人赡养的老人与无人抚养的孤儿。笔者对此感佩甚多，其乃中国人自己身体力行的慈善事业。

至于会馆方面，笔者观看的是两广会馆与四川会馆。相比而言，对四川会馆观感更好，如第 145 图所示，四川会馆的建筑更显奇巧。事实上，不管在何地，四川会馆均是最为风光与气派。想来，一方面表明四川有钱人多，另一方面也说明四川外出人多。

城内建筑，最值得观瞻者莫过于忠烈宫。在此，各种独特、新颖的建筑手法大可

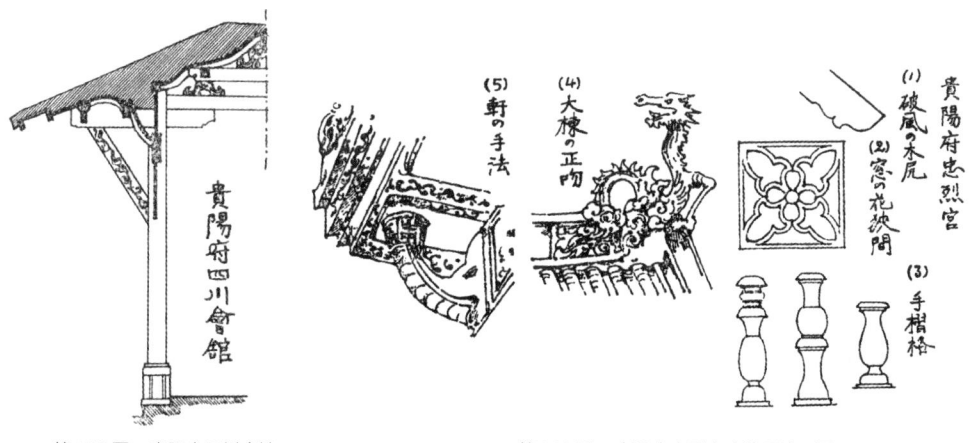

第 145 图　贵阳府四川会馆　　　　　　　　第 146 图　贵阳府忠烈宫建造手法 5 图

一饱眼福。如第 146 图所示，栏杆造型的创意、屋脊上正吻的变形、屋檐外伸的承拱，凡此等等，许多建筑式样皆是见所未见。

贵阳城外西北处有黔灵山，闻名遐迩。其寺院规模宏大，建筑亦精美非常，有"第一山"之誉，且林木葱郁，为此寺增添不少雅趣。还有铜钟一口，亦属寺中珍奇。此钟径长三尺八寸七分五厘，连钟颈部龙饰计算在内，此钟高为四尺八寸二分。此钟铸于康熙年间，相传自云南传来。看上去此钟造型与日本的铸钟完全相同，其下缘与通常的汉钟有异，即并无八叶翻卷的波浪形，可作为云南艺术与日本最是相近的有趣证据。此山名曰黔灵山，"黔"即贵州旧称。在中国古代，贵州一直就是蛮荒之地，编入华夏版图，还是在两汉以后。战国时期，贵州属楚，虽说名为楚国黔中之地，但实际上其自闭于穷荒之域，曰"且兰夜郎"。秦时，其被编入黔中郡。至汉，在此置牂牁郡。后来几经变迁，迄唐，贵州属黔州都督府。是故，时至今日，贵州依旧以"黔"为称。

另外，省城以东有螺狮山扶风寺，此亦名刹。相传当年王阳明被贬至龙场县时曾来此游过，至今，此寺还供有王阳明像。此寺实为凭栏眺望的好去处。大雄宝殿前有石栏杆，如第 147 图所示，与印度的石栏杆多有似曾相识之处，堪称寺中一大胜迹。城东南还有万佛寺，寺中微翠阁亦是一重要建筑。万佛寺中观音堂，有金桐佛龛，高丈许，最有观赏价值。

贵阳府城南郊有南岳山，山上有庙。庙宇的建筑本身并无观赏价值可言，然山上风光景致却是可圈可点。总而言之，贵阳府系后世新出城邑，古代文物实属稀少。于贵阳之地，要寻获古建筑方面有价值物件实属不易。岂止古建筑研究方面，毕竟地处化外之域，人类学、考古学要进行苗族研究，亦是何其难哉。当年鸟居龙藏君就曾深入此地，并在此逗留数日。鸟居龙藏在此考察期间所用乘轿，后来作价一个半银元卖与贵阳武备学堂。此次，笔者又以一个半银圆将其买下，略加修补，以作今后代步之用。

贵阳附近一带，田地尽种罂粟，又多见有白蜡树，据称二者均为当地主要物产。另外，听说贵阳亦产棉花，还听说深山老林野兽出没，尤以虎豹为多。

贵阳近乎没有古建筑，但却有幸见到中世时期留存下来的建筑装潢纹饰，要说真有意思。且看其中 4 例（见第 148 图），均为木、纸拼图。如此图形，在阿拉伯风格建筑中经常可见，事实上，在中国的清真教堂，即伊斯兰教寺院建筑中亦属多见。想来，此种图形或与阿拉伯艺术有着人所不知的某种联系亦未可知。此外，当地塔婆建筑，其造型亦值得一看。笔者只举 2 例（见第 149 图），无一不是造型独特，值得玩味。

笔者于 4 月 3 日从贵阳出发，朝西方向行往云南。我等一行，笔者乘鸟居龙藏氏原先用过的轿子，岩原君骑马，加上轿夫与脚夫，共是 7 人。从贵阳到云南，共分 19 站，行程 1052 里，相当于 160 日里，平均每日行程 8 日里不到。以全程计，每名挑夫雇银 5 两。虽说也因为雇主为外国人，故工钱相对较多，但由于是从当地叫"麻乡约"的店家雇来的挑夫，此店家于当地信誉极高，所以价有所值，会更安全、保险。岩原

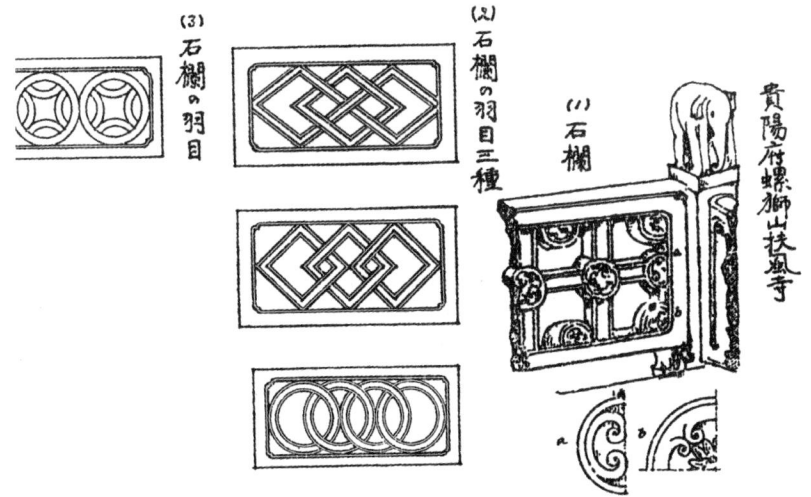

第147图 贵阳府螺狮山扶风寺石栏6景

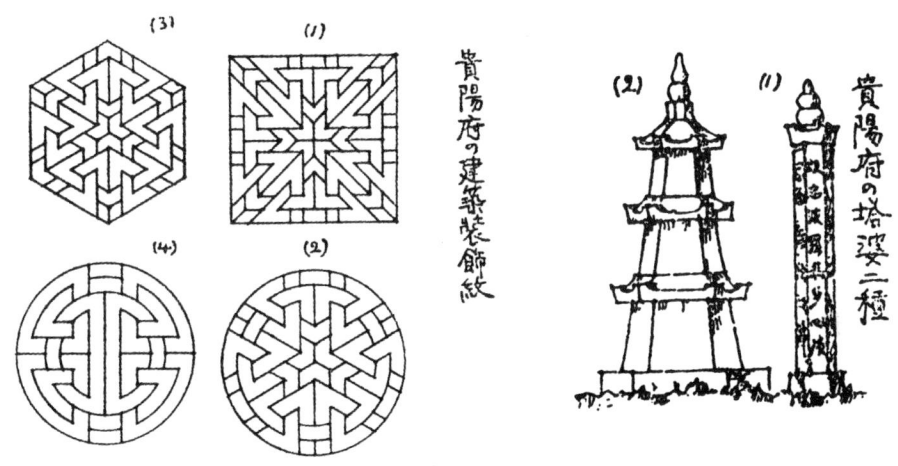

第148图 贵阳府建筑装饰图案

第149图 贵阳府塔婆2图

君的坐骑系地方衙门所提供。

话说一行人终于告别贵阳，又开始漫长行旅。武备学堂的几位朋辈新交或乘轿，或骑马，都来送行。城外3里处有一石桥，大家在此驻足，并同饮携来的茅台酒，于觥筹交错与声起彼伏的万岁声中分手告别。我等一行在"之"字形的山路上行已五六町许，至半山腰处，一看，送行的一方还立在石桥旁，向我等挥帽致意，我等亦在此向山下呼喊致谢。一时，山谷林间，声音回荡，直至笔者座轿转入山中弯道望不见山下石桥，山谷的回音才消失。

二、清镇县[113]·安平县·安顺府

是日,计行56里,当晚,投宿清镇县。翌日,又行62里,宿安平县。途中,但见土地广袤,平原开阔,时有不失雅致的石灰岩地貌点缀于起伏丘陵间。虽说河床多有所见,但只是涓涓细流,路旁水田,多已干涸。旱地里种植清一色的罂粟,长势极佳,还有白蜡树与茶树,漫山遍野。次日,我等行经的丘陵山地更是风光旖旎,不由得赞叹不已。一路行来,对沿途景色赞美不绝,终于来至安顺府。自离开贵阳府后,屈指算来,已过3日,其间,未曾见过真正有价值的古建筑,只在清镇县略开眼界。清镇县城,方圆7里,户三四百,人口2000许。清镇县城内有忠烈宫,此外,城外3里处,有一风水塔(见第150图)。此塔八角九层,整体外形既非细长也不低矮,看似西藏的塔刹。又,安平县城,方圆七八里,号称户800,推算起来,人口应该不下四五千,据闻苗人占其人口十之三四。只是,说是苗人,却族群各有不同,此地所见苗人多属凤头苗,即女人额前发绺巧加梳饰,头上缠布巾,并佩耳饰。

安顺府为贵州第三大城邑,下辖普定县,号称户6000,人口4万。府城方圆8里许,街市繁华,路面宽阔,宅第极尽轮奂之美,还能看见英法两国教会在此所建教堂。安顺府治下的苗人占其人口半数以上,虽一样是族群各异,但花苗所占数量最多。城内建筑,值得一看者当推圆通寺(见第151图)。据称此寺创于元代,观其布局,依序排列为二天门、天王殿、大雄宝殿、观音阁。大雄宝殿前面,左右两边有庑廊相对。寺院的最后面有一小山,上矗一塔刹,八角七层。此寺二天门的斗拱,其构建手法甚为鲜见,或果真是元代建筑亦未可知,与镰仓初期传入日本的所谓天竺建造手法,二者必定有某种相关联系。天王殿的蟆股与虹梁,亦属别具一格,想必此亦属元代建筑。四天王殿内,塑像不堪入目。寺内所立旧碑中,有明代崇祯年间的刻石。寺中还有一口梵钟,形制亦与日本同,即下缘镌有莲座的细密图案,连径长一尺九寸五分的龙头

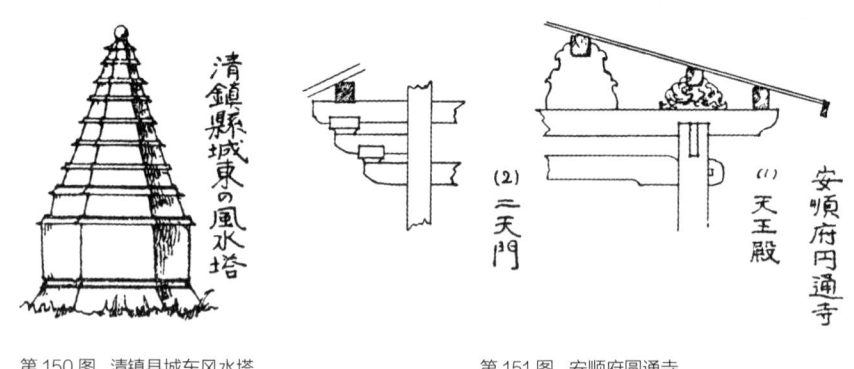

第150图 清镇县城东风水塔　　　　第151图 安顺府圆通寺

---

113 【译注】原作误记为"青镇县"。

计算在内，此口梵钟高达二尺八寸，钟座亦与日本的铸钟完全相同。此钟铸造年代不详，寺方称是明朝铸钟，但或系元代铸钟亦未可知。

承蒙安顺当地知府厚意，我等一行下榻官府行台。当夜，有两名英国传教士作不速之客前来拜访，双方话甚投机，交谈甚欢。笔者于次日早晨礼节性回访，对方甚是欣喜，一起共进早餐。在对方热情邀请下，笔者察看了准备建造的新教堂用地，以及教士对教徒的传道。据对方所言，一般说，苗人性情温顺，不食鸦片。作为传教士，对方携带妻儿在此长久生活，对苗族的研究不可谓不深入。笔者获赠对方拍摄的与苗族相关的一些照片，并且听到诸多有关苗族的生活状况介绍，可谓受益匪浅。

三、镇宁州

从安顺府出发，依旧穿行在石灰岩地貌的山岭间，行63里，来至镇宁州。一路行来，道路还算平坦，只是依旧景象荒凉，普遍缺水，鲜有水田，所见耕地多是旱田。镇宁州城，方圆5里许，户1000，人口约6000，全州苗人占其人口竟达十之七八，且苗人族群有数十种之分，如黑苗、花苗、凤头苗、仲家苗、白苗等。不同族群，服饰、语言方面多少有所差异。州城附近一带，常见者有花苗所穿如西方女子常见的开有长裾的上装，袖口开阔，且绣有七曜纹、花菱纹等纹饰。当然，凡此均属女性服饰。若是男子，其穿着与汉人基本相同。城中，街道不宽，就是主街道，宽亦不过七八间。何以街道如此之狭窄，笔者曾问当地知县。据其言，附近一带苗人甚多，每七八天固定有一市集，至集市时，苗人自四面八方纷至沓来，以物易物，进行交易，故熙熙攘攘，人流如织。可集市结束，苗人即刻离去，返其所居之地，直至下一集市之日才又出现。恰好当天正是此地赶集之日，若是笔者一行能再早点抵达此地，即可目睹集市熙熙攘攘的热闹光景，可惜是迟来一步，集市已散。知县还说，若是阁下有兴趣，还可由衙门下令，即日内再开集市，以让阁下一睹为快。笔者自然是谢绝，只是向知县大人详细请教一些有关苗族的问题。

出镇宁州，继续向西南进发。途中，但见山坡处麦浪滚滚，并且罂粟花开，缤纷五彩，还到处可见正在开掘的煤矿。来到黄果树，始见大瀑布如九天落水。黄果树瀑布的水流来自广西，正好就在黄果树村外跌落崖下，遂成瀑布一双，高各百余尺，宽各十尺许，瀑布下面是一无底深渊，名曰"石牛潭"。我等一行在黄果树村略作歇息，只见此地村民照样是围聚过来，七嘴八舌问个不停，打听笔者等人究竟何国人，又上何处去。笔者戏称自己乃西藏僧人，要回西藏去。这下可好，顿时像开锅一般，有关西藏的提问接连不断，直是叫人不胜其烦。不过也好，笔者因如此玄虚故弄而受到身边围观村民的莫大尊重。自黄果树始，行走路线又折向西北，并从平地转入山道。山路开在绝壁之上，脚下就是深谷，让人胆寒，大有履冰临渊之感。到处可见形状怪异的石灰岩，上有危岩，如虎头踞高视下，下有洞穴，如蛟龙之口。进去一看，只见钟乳石蔚为壮观，本想取其一柱带回珍藏，忽然感觉脚下恶臭难闻，注目一看，发现似是一乞丐饿殍，尸体大半腐烂，已是嶙骨毕露，吓得笔者赶紧离开此洞。

四、坡贡驿·郎岱厅·打铁关

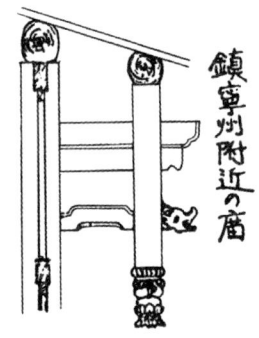

第152图　镇宁州附近一带庙观

少时，来至坡贡驿，在此地公馆留宿过夜。过黄果树之后，渐渐就显得人烟稀少，更觉荒凉不堪，坡贡驿也不过是一僻壤寒村，仅有人家六七十户。只是，此地公馆为我等一行准备的饭菜却不可谓不丰盛。笔者问公馆差人，为何穷寒如斯却能备办此等佳肴？对方答曰：皆是为过往品秩较高的官员预备。或一月一次，或几个月一次，总有高官要经过此地，故须如此这般事先备好，而后耐心等候。

翌日，继续上路，不断翻山越岭，途经几处已然荒芜的村落。几日来，一直有一马帮与我等同行，系从贵州行往云南的马帮，每匹马驮 300 至 360 顶竹笠，共有十五六匹马。据称，其所贩运的竹笠系贵州有名的土特产品，运到云南，每一竹笠可售银 2 钱，扣除竹笠成本及运费一钱半，则可实赚半钱。以此推算，若售竹笠 4000，则可获利 200 两银，届时，再从云南贩运鸦片回贵州。据称马帮一趟来回费时 50 天。

还是不断地上坡下坡，终于来到郎岱厅。郎岱厅城，方圆 3 里，户不足千，人口 5000 许，据称此地苗人占人口十分之一。城内城外，皆无可一睹为快之建筑。次日，又离郎岱厅，向西行去。不久，一崇山峻岭迎面而来。沿山路盘旋而上，行 15 里许，遂至山巅。此处建一关门，曰"打铁关"，海拔据称 6500 尺。发现附近到处都在采煤。从岭上向西眺望，尽入眼里的是万丈深谷，还有万仞高峰，以及苍茫云海，蔚为壮观。脚下路突然变成羊肠小道并急转直下，行 35 里，来至一处村落，名叫"毛口河"。毛口河座落在一大溪旁，此溪即是北盘江。北盘江穿千山万壑，奔流向前，自北方夺路而来，一股清流又向南汩汩而去，最终，流入广西并注入西江。北盘江流经毛口河村的江段，宽 30 间许。据称自此往下可通舟船，船行五六日，即可出广东。

过打铁关后，地土风貌顿时改变。在此之前，极目所见之处，尽是崇山峻岭绵延起伏，还有荒凉寒村散落其间。过毛口河，往西方向，景色逐渐开朗，虽然也是崇山峻岭，但明显感觉生气盎然。在毛口河东北面，有一山峰直入云天，此山似是附近一带最高山岳——龙王山，高达 8500 尺。在西边河对面处，有图云崖，是绝壁峭立，海拔 7000 尺许。所有崇山峻岭都从南面向云贵高原围拢而来，因此，此地气温骤然升高。看得见生长在河右岸的霸王树，足有2间高，还有葱翠碧绿的大芭蕉。方斯[114]的《中国游记》曾写到在此地发现化石，故笔者也在此略作探寻，可惜，一无所获。在此不妨说点题外趣话，即有关中国人的文学感受。笔者记得在毛口河最不堪入目的一处住居——几乎不可能认为是人所居住的一间茅屋，门前的柱子上贴有红纸，上面写道：

五福星临积善家
三阳日照平安宅

又如，极度企望发财的人家，门前的红纸则写道：

利如晓日腾云起
财似春风送雨来

又如，服丧中的人家，门前所贴，不是红纸而是白纸，其撰写的语句也别具一格，曰：

父逝母随三年王制容○满
子愁孙怨百岁恩德实惟○

还有用于表达孝道的文辞，曰：

遵王制三年易
思亲恩百岁难

此外，还见有成千上万各种各样的对联，皆是对仗工整。当然，贴有对联的人家未必就解对联的文辞之意。一般是家里有红白喜事，故烦请村里的读书人撰写与之情景相符的对联，被请者则从案头的尺牍中摘录现成联句应付之。又，笔者还看见过禁燃山火的有关告示。曰：

　总司厅方示
春　风　浩　大
禁　示　野　火
　　　　五月二十日
　实贴坝脚塘晓谕

官府在训诫百姓时，亦有采用如下方式，即：

---

114 【译注】方斯（Hosie），1853—1925年，英国外交官，1876年到中国任见习翻译官；后历任四川总领事（1902年），驻中国商务官（1905—1908年），天津总领事（1908—1912年）等。有关中国风物世情方面的著述有 Portrait of a China Lady, 1929。

总司厅方示
　谕示泛俗兵民
　时值隆冬在迩
　务须联甲清理
　倘若拿获贼盗
　如有私行贿纵
　向来弥盗安良
　为此出示晓谕

　各宜一体知道
　宵小盗贼易生
　不许窝藏匪人
　必须解泛重惩
　查实定不容情
　各宜稽查认真
　毋负谆诫谆谆

　　官府文告，大体以如此形式张贴并广以告之，但基本无效。如此文字，通见全国各地，并非仅见于此地。

五、都田驿·杨松驿

　　从毛口河启程，渡北盘江，投宿都田驿。次日清晨，正做出发前准备，驿差送来一转自北京的公文。此公文系内田公使给清国外交衙门的照会，内容为保证笔者人身安全的相关事宜。此公文发至笔者前往的各地官府衙门，以使笔者一行得享优渥礼待。

　　从都田驿出发后，一如既往，依旧是不断地翻山越岭。行走间，发现西南方向有一大山岭徐徐近来，看那巍峨山巅白云缭绕，不由得为能否翻越如此高山而困惑。不久，来至山麓，上行9里，遂抵山顶。岭上地名叫作"老莺（鹰）崖"，海拔高度看似与图天涯及龙王山相差无几。不久后，来到白沙驿，并在白沙驿行台过夜。白沙驿行台的建筑让人看了惊愕不已，论破损与脏污程度，此建筑并无惊奇之处，稀奇的是，白沙驿行台的柱子没有一根垂直，有的柱子甚至倾斜达20度之多。可以说，此建筑从一开始就已是歪向一边，最好的证据就是柱子重心只是勉强保持，且所有窗棂均歪斜不正。

　　第二天，依旧是前进在起伏丘陵间，行向西南。途中，到处可见煤炭开采。不久，抵上塞驿。次日，又是行进在景物依旧的山道上。上午10时半，来到杨松驿，入住原定在此投宿的行台。出乎意料的是，在我等一行之前已先有两名日本人在此下榻。乍一见面，双方对视良久，颇显惊愕，后相互介绍，才知对方一个是京都第三高等学校的学生野村礼让君，另一个是同校的学生茂野纯一君。野村君系岐阜县大垣人氏，就读英文专业；茂野君则是和歌山县有田人氏，就读哲学专业。问及二人何以来此边鄙穷荒之地，原来是他们二人被允准加入京都西本愿寺新方丈大谷光瑞发起的印度之旅，于去年除夕从日本出发，行往印度。但途中却发生变故，京都西本愿寺老方丈坐化，新方丈大谷光瑞必须即刻回国。在缅甸曼德勒，野村君与茂野君二人有幸得见大谷光瑞方丈，但方丈让二人从云南出汉口以归日本，因此，于今二人正在赶往汉口途中。得以邂逅如此稀客，实是大喜过望，笔者遂决定在此杨松驿小憩一日，与二氏尽兴畅谈。笔者向二人询问云南、缅甸的相关事项，二人也向笔者打听湖南、湖北的有关情况，双方可谓是彼此获益。笔者还向二人详细了解大谷光瑞新方丈印度之行的宏大计划，不禁感慨非常，并羞愧现今自己的中国之旅实不足道哉。野村君与茂野君二人，共有5匹马，两匹用来骑坐，3匹用来驮物，另外，还有两名马夫、两名从人，即一行6人5马。行李辎重，一应遵照大谷方丈先前交代，既轻便又坚固。两名从人中，有1名是厨子，管煮饭烧菜。大谷方丈弟子的出门，果然与众不同，凡事皆考虑得周全。

六、云南省

次日早晨，同宿都田驿的4名日本人一起合拍纪念照，并共同举杯互致安康，而后各分东西。笔者一行，而今行进在山踯躅怒放的逶迤山岭上，翻山又越岭，终于来到两头河。第二天，在亦资孔宿夜。第三天，我等一行终于出贵州而入云南。自亦资孔附近一带往西方向，土地尽为深红色，地表上，不时可见白色石灰岩裸露在外，从而美丽的石笋群遍布四方。崇山峻岭渐渐远去，映入眼中的是低低的起伏丘陵。漫山遍野的山踯躅姹紫嫣红，

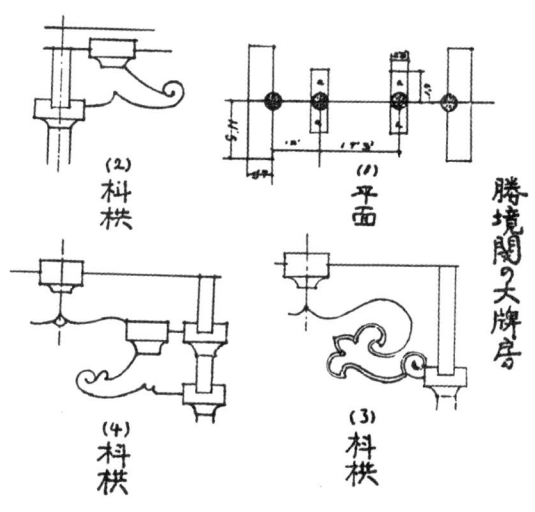

第153图 胜景关大牌楼建筑手法

点缀其间的是石灰岩的嶙嶙怪石，其境其情，恰如置身于一天然大庭园。再看广袤大草原，水牛以及成群山羊，悠然自得，温顺地向人靠近，如此景致，与仙境何其相似。

贵州与云南，二省交界处为胜景关，关界处有一大牌楼[115]，牌楼中柱下方，两边各置一尊石狮。有趣的是，朝云南一面的石狮，基本完好无损，而朝贵州一面的石狮，却已剥蚀严重。当地人以博学多识的口吻解释说，此乃贵州雨多、云南风多的明证。胜景关关门建筑相当考究，窃以为，当属明代建筑无疑。

（一）云南高原

过胜景关关隘，即进入云南高原。云南高原，平均海拔6000尺，乃一片红色大平原，广袤开阔。道上路面，留下一道道车辙，历久弥新。果不其然，进入云南之后，走过的道路再也不见有石头路面。随处可见水牛拖拽的牛车，此种牛车结构简单，只需将厚木板砍削切刨为圆形状，即为车轮，再在车轴上方铺一木板，一架牛车就算告成。贵州省绝对是无车省份，可是，一进云南，立即再现久违的车水马龙光景。云南土地肥沃，到处种植麦子、蚕豆和罂粟，而且，随处可见铁矿开采。云南还有石灰岩，如前所见，尽是奇岩怪石，别是一番景致。虽有河床，却不见流水，或是水流转入地表之下亦未可知，地上鲜见树木生长。是日，行至平彝县，一行投宿在此。

有关云南，笔者略述一二，先说云南地理。

（二）云南地理

众所周知，云南位在中国西南，乃边陲之地，东与贵州、广西接壤；北与四川交界；西与缅甸相连；南与缅甸及法属越南东京湾地区等距离毗接。云南省，面积为146680平方里，相当于23468平方日里。云南人口，据称准确数字为1232万，对此数字，笔者却难以置信。云南人口的一千几百万之数，乃是多个民族人口相加总和。云南少数民族知多少？仅《南诏野史》[116]即举60个之多，其中，缅甸人、安南人、老挝人不属蛮人，蛮人以苗人、猓猡人[117]、掸人（又称白夷或棘人）为主。猓猡人主要分布

115　见第153图。

116　【译注】有关《南诏野史》，《四库总目提要》载曰："旧本题曰《昆明倪辂集》，成都杨慎标目，滇中阮元声删润。前无序目，后有崇祯六年姜午生跋云：新都杨用修先生游其地，乃原其世系，著为载记。滇中阮元声霞屿简及斯记，惜其佚脱，欲更雒之以付剞劂，而不言轹作。今考书中叙事，下逮万历十三年，慎不及见……前半册逐条标目，颇嫌丛琐。后半册大蒙国以下则历纪蒙氏始据南诏，以迄于段明，颇似世家、列传之体，末则总叙明代平定云南始末，而于历代窃据诸家皆称其伪号伪谥，尤为乖刺。"

117　【译注】旧时对彝族的鄙称，清代顾炎武《天下郡国利病书·云贵交阯·窶蛮》："北胜又有号猓猡者，与四川建昌诸猓同类，纯服毡毳，男女俱跣足。"清钮琇《觚剩·绿瓢》载："滇中猓猡有黑白二种，皆多寿。"

在四川，《南诏野史》将猓猡人分为13族群。掸人则遍布云南、缅甸、暹罗、安南等地，实则掸人系优秀民族之一。此外，还有克钦人，系分布在云南及缅甸北部的边民，在中国，克钦人被视同野人。笔者与掸人与克钦人有过实际接触，有关此二族群，笔者将详述在后。

云南地形，大体属高原地带，平原广袤，从云南中部向东伸展，并往南伸延。在云南西北部，有几条大山脉并行呈南北走向，其海拔高度，随着往南伸延而渐次降低，到缅甸境内，更是急剧下降，骤然滑向伊洛瓦底江畔。由于云南海拔高达6500尺，因此，即便是闻名遐迩的高山，在其境内，看上去亦不过尔尔。与西藏相接之处，那里的山峰果然是高耸入云，海拔2万尺，别具巍峨之感。有6条大河流经云南，首先是金沙江，汇集云南东北部以及中部地区部分水流，为长江上游；其次，云南东南部水流悉数注入西江，并流向广东；其三，云南中部及南部地区的水流尽归红河，流经越南河内后注入南海；其四，澜沧江，从云南西北部向南流去，并纳流域周边各处水系，最后流入柬埔寨境内；其五，怒江，其流向与澜沧江几乎并行，向西流去，并汇纳流域周边水系，遂于缅甸马达班湾入海；其六，云南省西边一带水流，汇纳周边水系，流向西南，最后汇入缅甸伊诺瓦底江。换言之，除了金沙江水域外，其余水系皆是最终流入南海。从地理地势看，云南更像是缅甸、暹罗的一部分而非中国疆域，是故，云南交通更显其对东南亚开放之特征，反而与北面四川以及东面贵州最是往来不便，在中国域内显得极为闭塞。于今，日本人若要去云南，或是经由法属殖民地越南河内；或是从新加坡迂回，转道仰光，反过来从缅甸入云南，如此路线反倒更为便捷。中国北京政府方面，若有急事入云南，无非就是从以上路线二中选一，非此即彼。否则，若只走陆路上云南，少说得走六七十日。现今，英法两国正在云南扶植各自势力并暗斗激烈，此事亦属自然与必然。对于此事，感觉中国政府亦心气不足，无能为力。

从纬度上看，云南明显是属于亚热带气候，但由于高海拔缘故，温度极大地被中和，委实气候宜人。当然，云南省南部还是非常酷热，反之，北部地域，尤其是山区地带，则冬天寒冷非常。平均而言，云南最冷时节的气温，与日本北海道的盛夏相差无几。至于动植物方面，概言之，亚热带地区该有的其亦一应俱全。如印度牛、麝香兽、鹦鹉一类动物，以及巨大的芦荟、一种大得出奇的竹子、芭蕉，还有令人惊叹的巨型植物，随处可见。只是，椰树之类，在笔者行经的旅途路上并未见过。若进深山老林，可见到诸多其大无比的羊齿类植物，由不得联想到山中的妖魔鬼怪。

（三）云南历史

继之，说说云南历史。

"云南"之称谓相传始于汉武帝时代，曰位在彩云之南，故名"云南"，只是此传言确否待考。因为今日之云南古时纯属域外教化未开之地，与中原王朝根本就无任何联系。在先秦以前的周朝，有鄐阐国、白崖国，另外还有昆弥国。战国时期，又叫滇国。迄汉初，谓白子国。另，汉时，云南一带统称西南夷。自不待言，在当时，苗人、猓猡人、掸人、克钦人等就已杂居于此。汉武帝时，名头甚响的张骞通西域而后归来，始知天竺与蜀中相距并不遥远，从巴蜀即可行往天竺。于是，人们开始了发蜀中经西南夷地域以抵天竺的尝试，可惜终未成功。后来，至建宁国时代[118]，找寻从蜀中往天竺之路的探险之风又盛。迄汉末三国鼎立，有雍闿者，杀此地建宁国太守以归吴，吴主孙权即任雍闿为本地太守。至诸葛孔明征南蛮，先抵白崖，杀掉雍闿，并有与孟获对阵七擒七纵的佳话续后。实际上，当时的孟获乃是纠集杂居当地的各族蛮众与来犯大军对阵，《三国志》则将其记为妖魔幻形。后来，南蛮尽归蜀国，于白崖之地筑建宁城，号建宁国，并立铁柱以志。当年建宁城址，被推定为今日云南大理府赵州的弥渡。

后来，到了唐太宗贞观二十三年，有细奴逻者自称奇佳王，并建国，号南诏大理国，都于垅於城。据说此垅於城即位于今蒙化厅西北35里处。何谓"诏"？原本是蛮夷酋长称号，滇中之地共有6诏，分别独立建国，分别为蒙舍诏、邆赕诏、施浪诏、浪穹诏、越析诏、蒙巂诏，后来蒙舍诏吞并其余5诏，遂为大蒙国。窃以为，所谓"诏"者，即指掸人，"诏"或许就是掸人族名。

大蒙国第四代国王皮逻阁系唐开元时人，堪称一代枭雄，筑有太和城与大釐城。可推定，太和城位于今日大理府南15里处；大釐城在大理府北40里的喜州。大蒙国传十三世，享祚250年，以佛教为国教，故堂塔伽蓝，所建甚多。就于今云南所存珍贵的古代佛寺建筑，即可窥大蒙国时代建筑风格于一斑。

大蒙国之后是大长和国，但仅历三世，国运长不过26年。取而代之的是大兴国，然国运只一代即告亡。之后即为强盛的大理国，历十四世，续158年。后即大中国版图时代，有后理国，历八世157年。至元，后理国遂为世祖忽必烈所灭，疆土尽归于元。明代元立，滇中之地亦随改朝换代而归大明，且称名云南省。

七、平彝县·沾益州

前面说到笔者一行过胜景关后入云南，并抵平彝县，还在此地行台过夜。平彝县城，方圆3里，户300，人口6000许。两相比较，倒是县城外关更显市面活络，更有人气。大凡贵州省的城邑，总是外关相形见小，但云南省的城邑，却与贵州完全相反。自古以来，贵州就以防患生苗攻城略地为重，故最是强调城池坚固，并将城内范围尽量扩大，

---

118 【译注】据顾祖禹《读史方舆纪要》载，诸葛武侯南征时，到达白崖，立龙佑那为酋长，赐姓张氏，于是据有云南，或称昆猕国，或称白国，或称建宁国，传十七世。

同时尽量不设外关。可想而知，其意图即在不给来犯之敌予驻足之便。笔者在贵州就曾见有以前烽火台的废址，想必是报警之用，即告知有敌来犯。

不管是城内城外，平彝县都无值得一看的古建筑。此地建筑，就风格而言，笔者不免感觉与中国北方似曾相识，都在屋脊两端加饰鬼龙子。平彝县西郊2里处有一洞窟，曰"清溪洞"，此洞似乎名声甚响，马嘉理，还有法斯，在他们的《云南游记》中都曾提及。据称，此洞深450步，宽数十尺，然笔者终究未能准确获知其深几许。有粗大的石钟乳自窟顶垂悬而下，堪称奇观。有道士在此奉祀，见访客到来，功德簿一亮，即请化缘认捐。

此洞有一梵钟，甚值得一看（见第155图），上有记为清乾隆二十五年的钟铭。钟额龙头造型呈裂裟斜披状，与日本铸钟的造型完全相同，只差没有钟乳。此外，钟顶部位盘龙的前趾亦栩栩如生。钟体下缘的轮带之上，四方各有4处撞座。总而言之，云南铸钟，与日本极为相似。何以如此，看来值得深入研究。

除清溪洞外，平彝县的风水塔也算是不错的去处。风水塔造型，如第154图所示，形如椎实，与贵州境内风水塔的酒壶造型迥然不同，情趣各异。

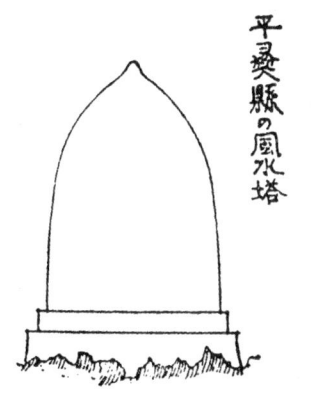

第155图 平彝县清溪洞梵钟

次日，从平彝县动身，继续西行。途中看见多处正在开采煤矿。贵州西部煤炭资源之丰富，实是让人惊奇。有些地方，道路旁边就可看见煤层露出地表之上，山民村人，直接采掘之，以为柴薪。只是，看上去此地所出煤炭品质欠佳。此外，附近一带松树很多，松蕾硕大，径长五六寸许。沿途村落，给人以萧疏、荒凉之感，此地乡人无不衣衫褴褛，衣不蔽体，未曾见过有人还算体面的穿着。除了农家的猪犹可言肥，其余生灵看去尽是瘦骨嶙嶙，连村中的狗也是皮包骨。令人惊奇亦让人难于置信，如此瘦狗，看去羸弱不堪，何以还有那等气力对笔者一行气势汹汹，狂吠不停。不久，我等一行遂抵沾益州。自沾益州始，水田又复出现，旱地所种植物依旧是麦子、大豆、罂粟，照样是长势良好。沾益州城，方圆一里半，户600，人口3500许。城内龙华书院、西城门的形廓不无明代建筑的流风遗韵，此二所在，尽可一睹为快。另者，如第156图、第157图所示，此地建筑屋脊中央的饰物造型可谓是别开生面。

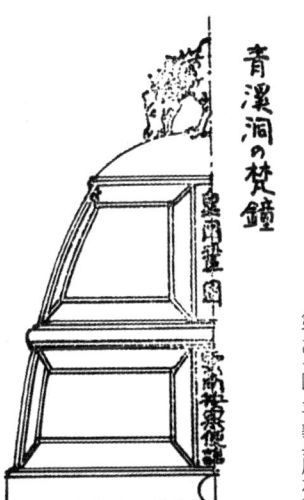

第154图 平彝县风水塔

当晚投宿旅栈后正在歇息之时，忽然有人朝笔者

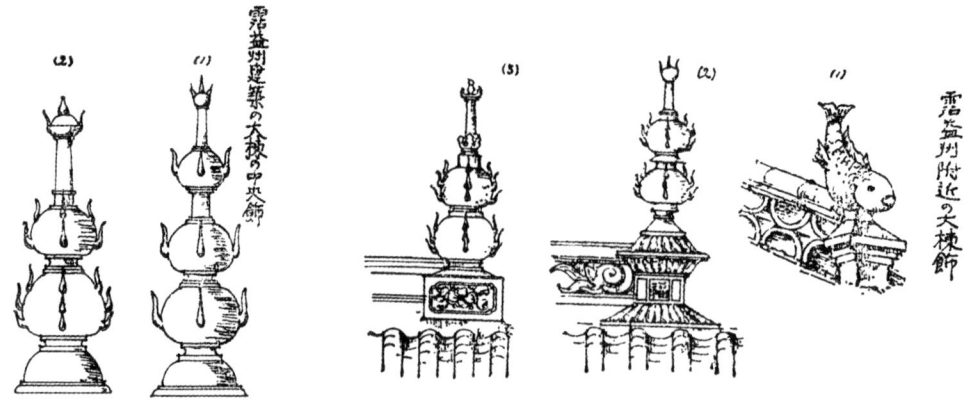

第156图　沾益州附近一带建筑屋檐的中央装饰　　　第157图　沾益州附近一带建筑的屋檐装饰

下榻的屋里扔石头，石头破窗而入落到桌上。笔者让岩原君前往地方衙门报警并问责，衙门吏员闻后大惊失色，赶紧派出番兵前来旅栈护卫。原来，云南省域，除英国人与法国人，还有许多外国人纷至沓来，致使本地住民对外国人毫不忌惮，以致反感乃至怀恨。

发现许多当地人淋巴腺肿大，尤其女人最是多见。此等现象于四川亦很普遍，据称是一种地方病，但对身体健康并无大害。

翌日，复又行进在单调乏味的高原之上，途中，有一驿站，曰"三岔"，此处景致尚有引人注目之处。三岔附近一带的民居，其建筑材料不曾见有石灰石，均系烧结的泥砖砌成，建筑风格亦与中国北方相似，偏好以神兽鬼龙子为饰。此外，下檐端部饰有鱼雕，看上去栩栩如生[119]。至于屋脊中央的饰物，与之前所见同，亦是予人新奇、新鲜之感觉。

今日刮西风，风大难行，但此乃缅甸方向刮来的热风，故暖意融融。昨日刮东风，风自贵州方向来，感觉冷飕飕的。从缅甸吹过云南的暖风，到贵州境域，于是遇冷化雨，致有"云南风，贵州雨"之说。

八、马龙州・关岭・易隆驿

是日，投宿马龙州。马龙州城，方圆一里半，户300，人口一千四五百。此地并无可观赏之建筑，唯城内民家门柱上贴的婚庆对联甚有意思，不妨摘录一二，以飨读者。

119　参见第157图（1）。

南国休风鸠鹊并化
秦楼明月凤凰齐飞

今朝喜歌关雎句
他年定咏麟趾章

另外，还有庆贺新居落成的对联，曰：

广厦鸿图美轮美○
华堂燕贺如竹如松

次日，又是盘行在单调乏味的蜿蜒山路上，迂回于茂密松林间，一如既往向西行去。行走间，笔者惊讶地发现，昨日路上所遇河流无一例外尽是流向南方，今朝所见却是悉数向北流去。显然是昨日的河水尽向广西奔流而去，而眼下的流水则方向四川，这就意味着我等一行此时正行走在云南高原的脊梁上，更准确地说，行走在长江与西江的分水岭上。少时，我等一行通过关岭。关岭者，实为一小山陵之顶，古时称"关索岭"，相传为诸葛孔明平南时屯兵之地。只是，在中国，叫"关索岭"的地名甚多，或许此关并非彼关，系与当年诸葛亮屯兵的关索岭混为一谈亦未可知。此关索岭，岭上有碑，刻曰：

汉诸葛武侯南征尝驻此

拜庙的庙柱有以下对联，曰：

关从汉相会盟摆旌旗七十二峰现在
岭自亭侯显圣休兵戈三十六鼓犹存

下关索岭后，抵易隆驿，入宿行台，在此过夜。

翌日，依旧西行在景致乏味的红土高原上。昨日途中，遇见一往云南押解的囚犯，遂一路同行，今日，则是全天结伴共行。囚犯枷在囚车中，连其计算在内，彼方一行4人，有1差役押送在旁。听差役言，此犯为报其仇而谋害3人，并致1人死，此次将押往云南枪毙。押送的差役不时地将囚犯从囚车中放出让其歇息，囚犯亦与普通旅人在一起喝茶吃点心，神情泰然。看来中国人对死真是漠然视之，不管是他人死，还是自身死，皆无所谓。虽路有倒毙者，然来往人等，皆无所谓，置若罔闻；对刑犯处死之后的曝尸，从旁经过者

第158图 白塔塘的窗棂

亦无所谓，就当看热闹一般。结果就是，对自己被杀亦是一样感到无所谓。究其竟，乃是他们没能理解与认识人的生命的真正价值。在其眼里，自己与他人的生命，犹如草芥一般。对生命的如此感觉，要不就是一种臻于化境的大彻大悟；要不就是完全的冷血。

第159图 关岭庙观的窗棂

第160图 关岭庙观的瓦当

九、岳灵山·杨林驿

行走数十里，遂于右手方向看到岳灵山。对笔者而言，此山太过不可思议，其形廓不仅与日本的比叡山完全相同，而且，从大文字山到东山的连山，比叡山峰峦叠嶂的山形地势，此岳灵山一应俱全，且惟妙惟肖。望此岳灵山，笔者此时感觉就像在日本京都东郊一般，终于悟出造化亦有止境，造化的匠心与创意并非无穷无尽，因此才会有完全相同的山形在彼在此。毕竟山的形廓外状，虽说变化多端，但有穷时，也就有限的几种，无非是还有其余景致与山体形廓相映成趣，故有容态万方、变化万端之妙。面对此岳灵山，此时此刻，一种莫名的快感油然而生，更有一腔去国怀乡之情与之相伴，悄然而至。

次日，又西行在平原坦途上。行30里，至一村，曰"长寨堡"，有幸在此邂逅两位正往东行去的洋人。双方互相问候并交谈，从谈话中知道，两位系法国人，从法国航海至印度，又从锡兰转至法属越北地区，然后再到云南，现在正要从叙州经上海赴北京，还准备到日本游玩。但见两人骑马行进，英姿勃勃，一身短打扮，就一点行李，饮食方面毫不挑剔，只要是可果腹之物均无不可，何其彪壮。又行30里，来至板桥驿，入住行台，在此过夜。由于次日将抵云南省城，故为入城做些许准备，已经25天未刮胡子，当夜亦一刮了之。随刮刀而下的除了长及半寸的胡须，还有一团红泥及污垢的混合物。笔者投宿的行台门柱上有一对联，曰：

六纛齐张照耀山河两部
双旌并锡传宣绛纶九天

第二天，发板桥驿，在平原上向西行进。只见前方土地愈显开阔，渐成一马平川，百里沃野。远远望去，群山绵延，峰峦叠嶂。下面烟水氤氲，乃滇池是也，看上去苍茫一片，烟波浩渺。从地图上看，滇池面积与日本的琵琶湖大小相近。滇池附近，有森林、村落、田地，丝毫不见边陲穷荒之地的苍凉与清冷，笔者一时精神抖擞，就道急行。

途中，笔者首次尝到葵花籽味道。葵花籽，粒比西瓜籽小，但比西瓜籽香。途中

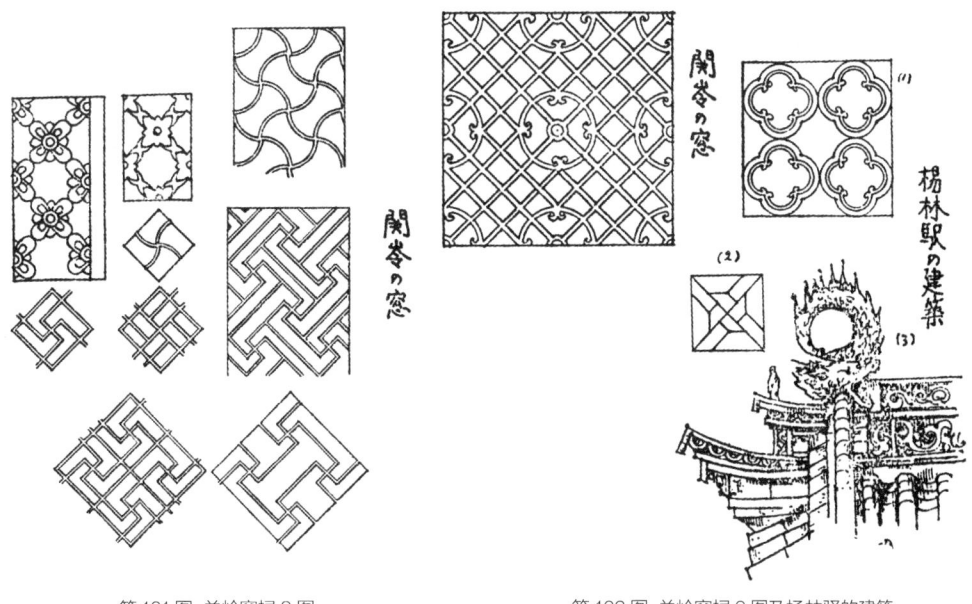

第161图 关岭窗棂9图　　　　　　　　第162图 关岭窗棂9图及杨林驿的建筑

经过一村庄，曰"铜牛寺"。但见贴一布告。原来清政府在此架设电线，村民无知，以为此系外国人所为，于是弄倒电杆，扯断电线，扛走电杆，破坏殆尽。不得已，衙门只好出告示晓谕，告示如下：

钦命二品顶戴云南迤西兵备道办理团保总局
　　　　　　　依博德恩巴图鲁全　示
中国设立电杆　　本与外洋无干
近因乡愚无知　　竟自妄砍电杆
合行明白示谕　　凡事总宜道官
切勿再有砍毁　　守护责成各团
光绪二十五年六月　　日　　谕铜牛寺实贴

随着云南省城渐行渐近，四周景物越发秀丽，道旁村落看上去也更有生气。不久，路上遂见有盛装美女过往的靓丽身影，笔者终于来到云南省城外关。云南省城街市委实热闹非常，所过之处，不乏高楼大厦。转向北去，经过一大牌楼，即抵丽正门，此门开在城池正南。

十、云南省城

云南省城，建于李唐时期代宗朝乙巳永泰元年，后又修于明太祖洪武十五年。于今，城池方圆9.3里，城高2.92丈，计有城门六，即南门"丽正门"，城楼"近日"；

大东门"咸和",城楼"段春";小东门"敷泽",城楼"璧光";北门"拱辰",城楼"眺京";小西门"威远",城楼"康阜";大西门"宝成",城楼"拓边"。其形制完全取法北京城。城内街容市貌,与北京亦有似曾相识之感。据称,省城内外合并计算,共是户4万,人口20万余,至于数字准确与否,不得而知。省城内外,并不乏有历史文化价值的古建筑,关于此,笔者将详述在后。

云南不乏外国传教士,当然也有英法两国领事馆。笔者曾往英国领事馆拜访英国领事李顿,但英国领事馆方面告知李顿刚好前往腾冲领事馆,因此未能晤面。让笔者出乎意料地非止未能与李顿见面,更有甚者,一是云南竟然未见有卖洋货的杂货店;二是客栈竟然没有本来应备的物品,以上二者才大出笔者意料,也才真是给笔者带来不便。笔者下榻的旅舍,房间既小,且卫生状况极差,于是,与当地知县衙门交涉,要求对方提供本应由对方提供的馆舍。谁知当地官衙态度冷淡,予以回绝,说是先前贵国的鸟居龙藏氏亦与阁下一样,都住同样旅舍,云云。没办法,笔者也就只能权且委屈一时。在此云南省城,笔者一行总计停留4天,考察了城内外古建筑,而后离开。

从贵阳到云南计19站,共经1府、3县、3州、1厅,余者则是或驿站,或村落。其中,人口达万人以上都邑只1个。由是可知,云贵一带乃是何等偏远荒僻。

行程表(从贵阳至云南)

贵阳府—清镇县 (贵竹县)	56里	杨松驿—两头河	55里
		两头河—亦资孔	50里
清镇县—安平县	62里	亦资孔—平彝县	50里
安平县—安顺县 (普定县)	83里	平彝县—白水驿 (翻越贵州、云南交界—胜景关)	60里
安顺县—镇宁州 (普定县)	63里	白水驿—沾益州	45里
		沾益州—马龙州	73里
镇宁州—坡贡驿	60里	马龙州—易隆驿	82里
坡贡驿—朗岱厅	63里	易隆驿—杨林驿	68里
朗岱厅—都田驿	60里	杨林驿—板桥驿	60里
都田驿—白沙塘 (越打铁关、渡北盘江)	58里	板桥驿—云南府 (昆明县)	40里
白沙塘—杨松驿	68里	合计 1156里	

(一)云南建筑

云南府城内外,值得观览的建筑为数不少。

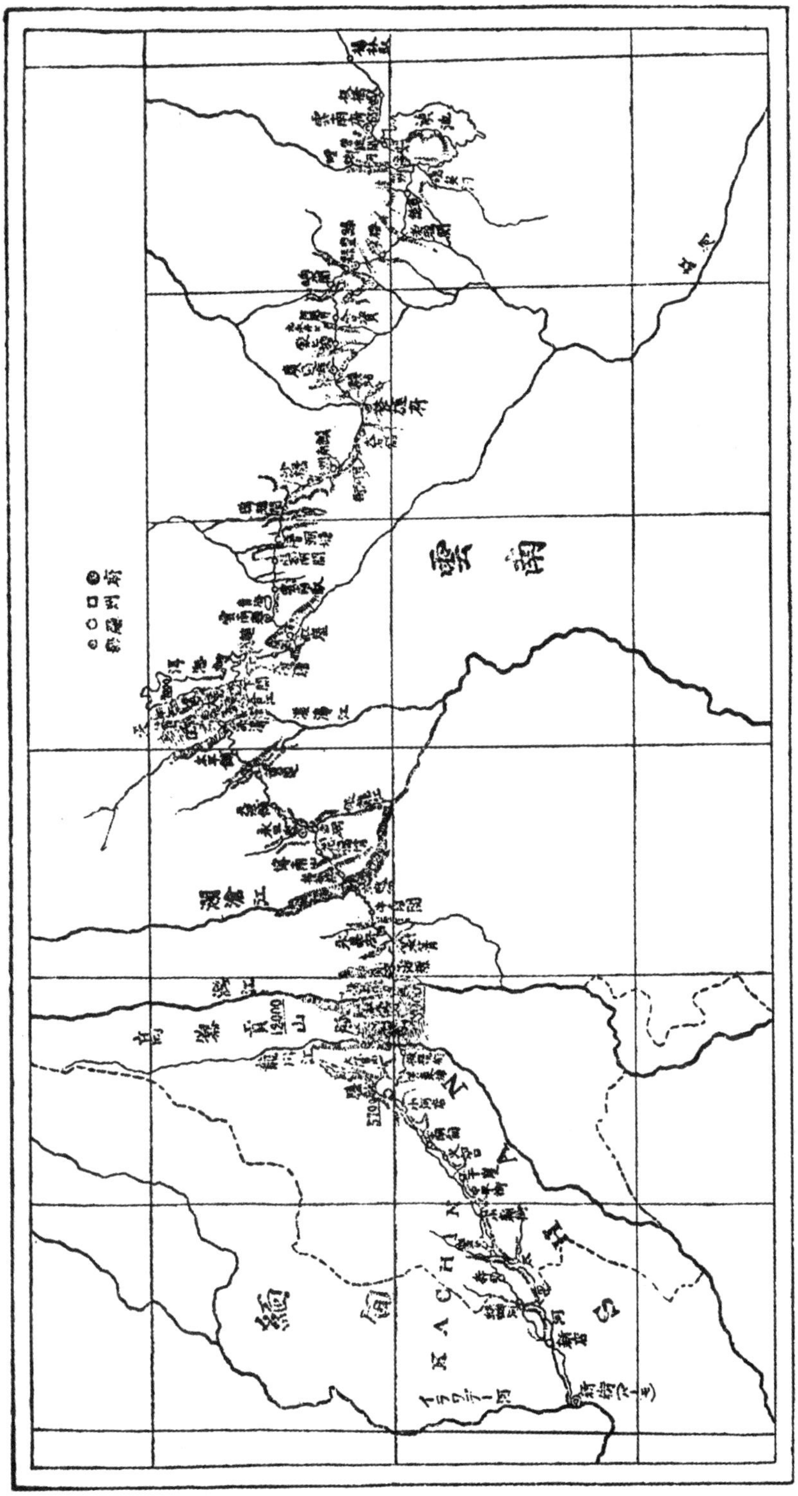

第163图 从云南往新街（八莫）路线图

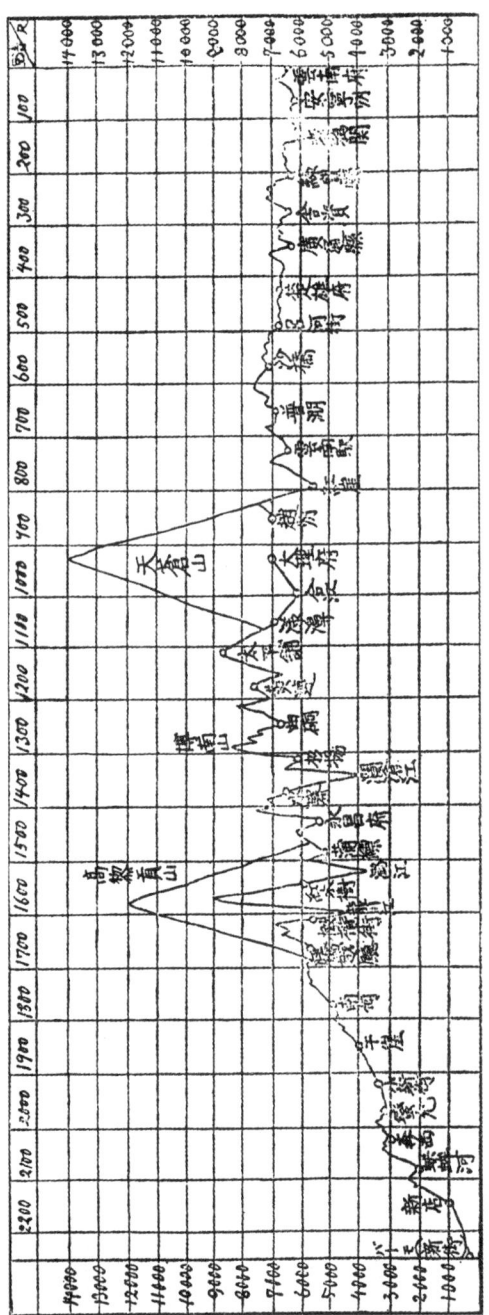

第164图 云南与新街之间地形高低落差图

先是位于城南郊外造型奇异的高塔。东面寺院叫"长乐寺",亦称"东寺";西面寺院叫"慧光寺",亦称"西寺",两寺都有塔婆,造型一样,呈东西对峙状。只是西寺塔婆系旧塔,故称"旧白塔",四角十三层,高80尺;东寺塔婆系新塔,故有"新白塔"之称,亦四角十三层,高130尺。相传二塔为唐代贞观年间尉迟敬德所建,但据笔者所见,二塔应系南诏国时代建造,换言之,即掸人所造。二塔形制为中原地区见所未见,即每一塔层四面中央,均錾有佛龛,并奉佛像,佛龛左右两侧,有如小塔一般的构件伸出壁面。就塔层空间大小而言,无疑是西寺旧白塔的第八层最大。此塔第八层,往上部分突然变窄,往下部分也有所收窄,也就是说,呈凸肚状造型。东寺新白塔,虽建造技法方面有所出新,但大体上还是取法西寺旧白塔。新白塔的九轮由承露盘、七轮、天盖、三重宝珠串成,最顶上塔盖四角,各有4只凤凰起舞蹁跹。塔盖四角系有四根垂悬铁链,故塔盖四角也都悬有风铎。正因为如此,笔者将其名为"南诏式"或"云南式"。记得看过谁写的游记,作者也看过此塔,并称其为伊斯兰教的光塔。非也非也,此言错矣。

次为大德寺。此寺为云南省城内名刹,创建于元代。观其格局,与日本奈良时代的伽蓝颇为相似。山门内有东西二塔,二塔皆四角十三层,径长10尺,高60尺许,只是塔顶九轮与前述的长乐寺、广惠寺造型相同。寺中殿宇斗拱,亦与日本形同。此外,还有一口梵钟,同样酷似日本铸钟,此钟径长二尺三寸一分二、厚一寸六分、高三尺五寸三分,镌有钟铭,曰:

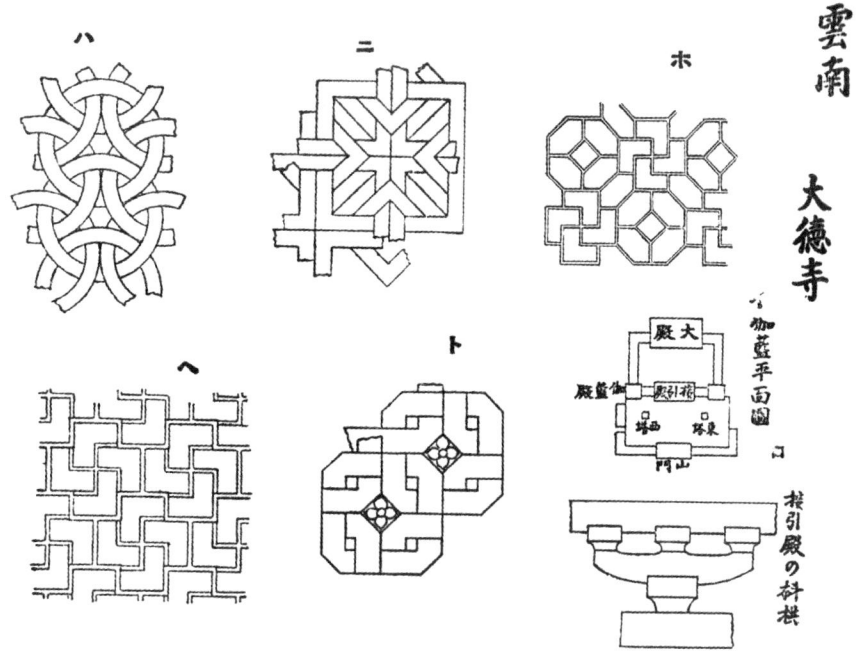

第 165 图　云南大德寺建筑手法 7 图

　　大明国云南在城居住奉佛信士象等发心措员喜舍铸造铜钟一口送入大德寺永远待奉[120]

正统己巳年冬月吉日　宝积山首僧福敬募造

　　此外，还有圆通寺，亦是云南省城首屈一指的大寺。[121] 此寺创建于元代延祐七年，于明代时重修。圆通寺建筑纯属北方风格，圆通宝殿为进深七间、六面双层的歇山顶建筑[122]，琉璃瓦盖，屋脊饰有正吻，正中则筑宝顶，两端装有怪兽——鬼龙子。又，回檐斗拱皆为双拱，脊檩为圆，椽子为方。穹顶部为藻井构法，饰以色彩，极尽华丽。殿内壁上绘画佛像。寺中梵钟与大德寺大体相似，钟铭记曰：

　　大明国云南府昆明县南关外真阳驿正街居住奉佛信士张宋人等喜舍铜钟一口

正德十六年三月吉日造

　　又有五华寺，相传乃日本僧人所建。笔者前往考察，可惜未详孰是。此寺系元代至元初建造，并存至今。

120　【译注】此处"待奉"疑为作者舛误，或是"侍奉"亦未可知。

121　见第 166 图。

122　见第 166 图。

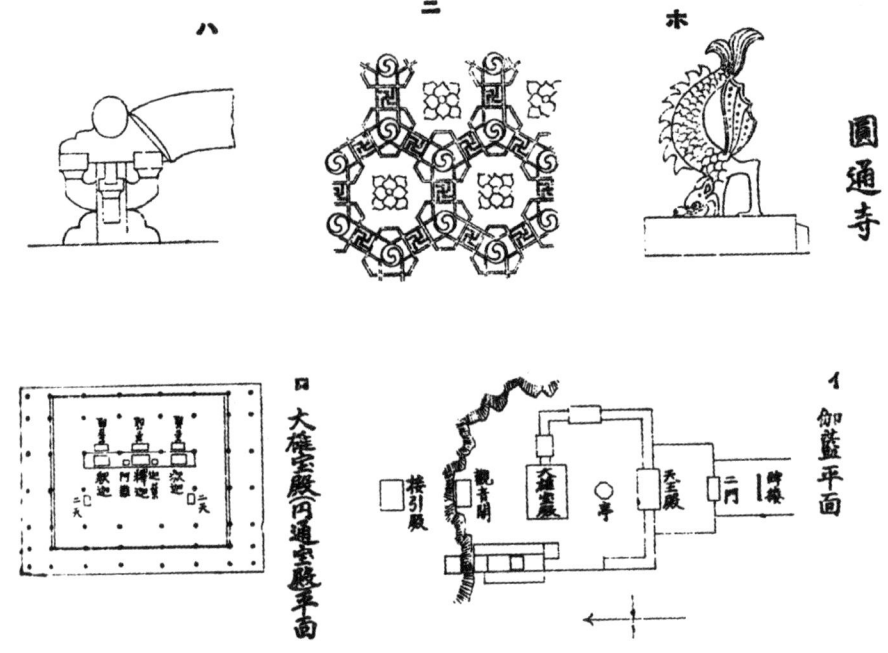

第 166 图　圆通寺建筑手法 5 图

市内还有一大清真寺，有一土耳其人在此布教。寺院内外建筑及设施，皆与之前所见清真寺同，并无异处。

作为游览胜景，此地还有海心亭。林泉配以亭榭台阁，实为息养名区，致使游客纷至沓来，络绎不绝。

综观城内外建筑，纹样装饰耐人寻味者颇多，想来，此或系伊斯兰教影响所致。第 167 图（ヘ）为清真寺图纹，（リ）为万寿宫斗拱的图纹，余者系城内所见建筑物上纹饰。第 167 图（ヌ）、（ル）则为瓦当图饰。

（二）云南琐记

笔者 4 月 22 日到达云南省城，4 月 27 日离开。其间，有二三事让笔者印象颇深。云南省城有一富商王氏，笔者到此地后，持井户川大尉信函前往拜访。王氏将笔者请进内室，见面寒暄后，第一句话便是"阁下来口鸦片否"，当笔者谢绝之后，王氏自己便一骨碌斜卧在鸦片榻上，吧嗒吧嗒抽起鸦片来。王氏第二句话乃是"此前，日本人某某手头告急来此求贷，在下借给大银三百，此后却音信全无，阁下可识其人否"。闻其言观其行，笔者不免悻悻然，略坐一会儿便早早告辞。后来一想，王氏可谓中国人性格之典型，古往今来，在中国被视为佼佼英雄者，其性格又岂非与

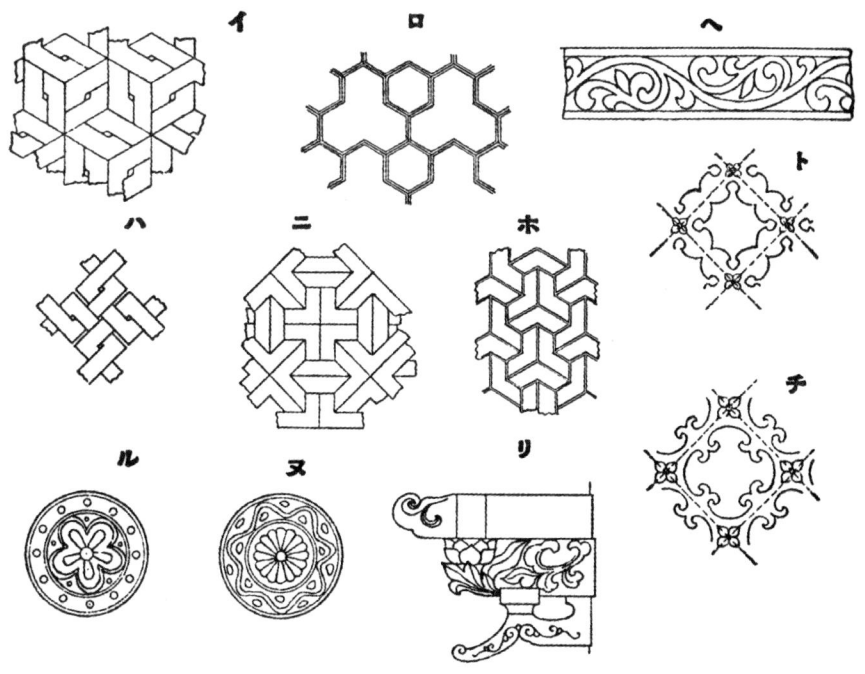

第 167 图　云南建筑手法 11 图

此王氏相类似。

在云南省城，笔者欲将手中银子兑成印度卢比，但往各钱庄打听之后，却把笔者彻底搞糊涂了。在当时，1 印度卢比，怎么算也不过兑中国的 5 钱银子，但往钱庄一问，却是 1 两银子兑 1.5 卢比。依此计价，笔者原先的预算可要推倒重来。

在之前，笔者的中国之旅，各地官府衙门可谓礼待甚优，唯独此次在云南，却不曾受过任何眷顾。想来，当今云南，南有法国施压，西有英国干涉，正是惶惶然、两边讨好、穷于应付之时，岂顾得上再关照日本人。总之，笔者发现，进入云南之后，所有事情都与之前大相径庭。

（三）李建中

在云南省城停留期间，笔者结识下榻同一旅舍的李建中氏。此人为云南景东厅吏员，因公出差前来省城，据其言，熊希龄系其族亲。刚好近日将返景东，故李建中氏称可与笔者作伴同行至楚雄府。开始不免心中犯难，只怕拖累对方，但再一想，其实并未给对方添任何麻烦，于是便爽快答应。有一天，李建中氏与其朋友，一位名叫周声汉的候补知州，在海心亭设宴招待笔者，同席者还有数人，皆一一介绍与笔者认识。其中有两名正要留学日本，故请笔者漫谈日本。应其所请，笔者亦知无不言，娓娓道来。据闻，二位系由云南省选送日本留学，旅程 80 天，经由贵州最后到东京，旅费总共 200 两银，在日本留学期间，一年只资费用 300 两银。虽然李建中氏也算是读书人，但笔者与之毕竟情趣各异，因此，在行往楚雄旅途中，各自随意，互不干扰。

李建中一行，包括夫人、夫人的弟弟——一位风华少年、丫环、随行护兵。李氏与夫人坐轿，少年骑马。那名丫环才 9 岁，被装在竹篓内，另一头是杂物行李，由脚夫用扁担肩挑随行。据称丫环是用 20 两银买来。至于那位李夫人，笔者未曾谋面。按照中国习俗，李夫人白天坐在轿里，晚上投宿之时，轿子一直抬至下榻的房间内，总之，是不能在广庭大众处于轿外抛头露面。进客栈后，李夫人自然是足不出户，真不知整天做何来着。一打听，其实终日无所事事。因此，自笔者结识李建中氏一直到最后告别，终没能一睹李夫人尊容。旅途中，倒是那看上去可怜的小丫环与任性的少年给孤独与落寞的笔者多少带来一点乐趣，作为代价，为了同行同止，笔者不得不浪费不少宝贵时间。

十一、荒山野岭中的高原村落

4 月 27 日，笔者从云南省城出发向西行去。一行人，除笔者与岩原君外，还有李氏一门，以及当地衙门派出的与乞丐相差无几的 1 名从卒与 1 名护兵。出省城西门，行经滇池畔，越碧鸡关，遂发现道路左右两边已是高山巍峨。渡过螳螂河后，来到此日行程终点的安宁州。安宁州，方圆 3 里，户 800，人口凡 3000，至于物产，有州城衙门后山所出的硝盐。安宁州城北 15 里，还有一温泉好去处。

翌日，复又跋涉在景色枯燥乏味的荒山野岭，遂抵老鸦关，并在此投宿过夜。老鸦关客栈房间与所用器物的污秽与不洁程度不堪入目，虽说笔者一向随遇而安，但也实在无法漠然置之。次日，继续向西行去，一样是荒山野岭。途中，遇见两位外国人骑马迎面过来。在故国之外的偏山僻地，有幸异乡邂逅相逢，双方不期然均产生一种亲切之感，自然相互靠近，并驻足道中，互致问候及友好交谈后方挥手告别。两位外国人是一对法国夫妇，女的会点英语。据其言，他们是从印度进入西藏，再经大理、云南省城，最后前往法国治下的越南北部地区，还称，4 天前才见过英国领事李顿。

是日，行至绿丰县。县城方圆 3 里，户 400，人口 3000。城内外建筑极为普通，并无值得一看之处。

第二天，依然是翻山越岭，照样是景色依旧。行至一处名叫"大慈寺"的村庄时，又遇见 3 名法国人。其中一人会点英语，据称 3 人是从大理前往云南省城途中。而后，翻过几座小山岭，又涉过一条溪流，终于来至舍资驿。此地系云南高原脊背之上，流经此地的溪水，或往北流向长江，或朝南汇入流往越南北方的红河。此处山脉，迂曲逶迤，群峦叠嶂，走向迷离。

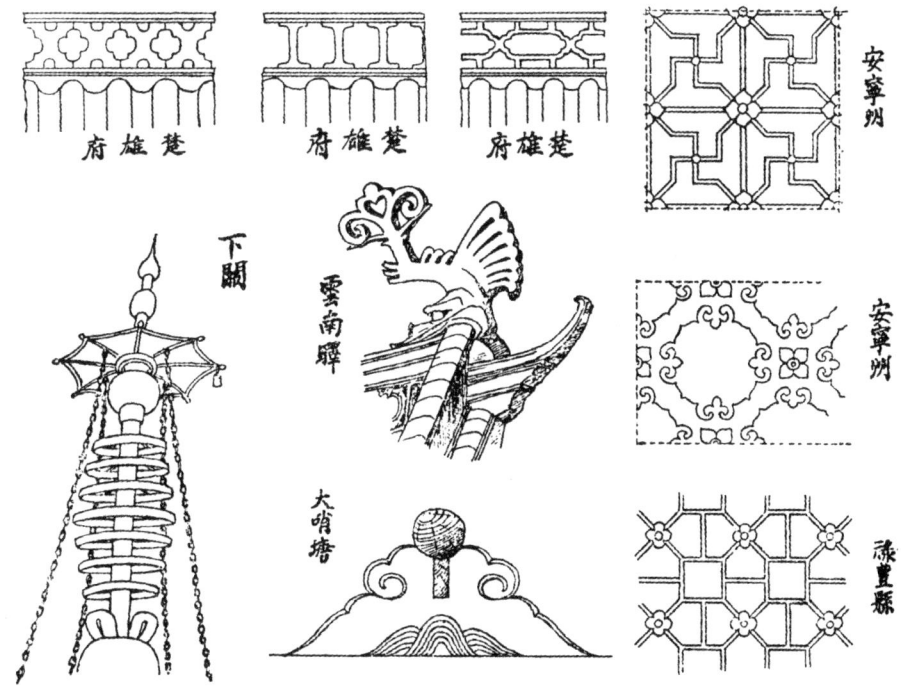

第168图　楚雄府及有关建筑手法9图

十二、楚雄府

去舍资，西行10里许，再向北行10里，有"阿陋井"。又行10里，有"元永井"。二者皆系产盐的盐井，据闻，二井盐产量甚高。再行不久，抵广通县。广通县城，方圆不足3里，户五六百，人口3000，此地并无值得观看之处。听闻有猓猡、苗人杂居在此，然见所未见。笔者投宿的客栈门联如下：

板桥霜滑马嘶风
鸿门客集鸡报晓

万紫千红总是春
五风十雨皆为瑞

翌日，发广通县城行向西南，路上发现河水皆是左边流向。行数十里，只见右手边上，大河一条，浩浩荡荡，向北流去，奔向金沙江（长江上游）。

少时，望见路旁高塔矗立，表明与楚雄府已相去不远。此塔亦属习见的云南塔刹，四角七层，塔顶未见九轮，取而代之是一佛龛被供其上，龛内纳有佛陀雕像。最顶层塔檐四角均饰以鸟雕，从佛龛往4个方向垂悬4根铁链，铁链系在鸟雕颈上。跨过一架在河流之上的拱桥之后，终于来到楚雄府。楚雄府城，方圆5里，据称，外关及城内一并计算，乃户千余，人口5000许，其中，猓猡及苗人十占其二。楚雄府辖下的大姚县及广通县均产盐。城关市面，只是主要街道还算热闹，后街一带则非常冷清。一路同行的李建中氏，将在此分道扬镳，转向景东。今日，从其闲谈中遂知中国地方官员的俸禄真有意思，原来是总督年俸银1.2万两；道台2000两余；知府1600两；知县约1000两。当然，管治地域大小不同，其俸禄多少也差异明显。但是，一个官员收受贿赂的银子远在其俸禄的几倍乃至十倍以上。另外，还默允官物私用，据说仅此一项所占便宜大矣。

第二天，与李建中氏分手。从楚雄府出发，在平原上继续西行，遂抵吕河街，当晚，在此投宿过夜。在吕河街见到如下告示：

头品顶戴兵部尚书兼都察院右都御使总督云贵等处地方军务西林巴图鲁魏　　示

行军五禁

一禁奸淫　　宿娼者杖

　　　　　　诱奸民妇者重责三千插耳草粮

　　　　　　强奸未成者斩

　　　　　　强奸已成者枭示

　　　　　　犯者杖

一禁赌博　　诱赌者重责三千插耳草粮

　　　　　　犯者重则三千插耳草粮

一禁洋烟　　贩买者轩[123]

　　　　　　强买强卖者杖

一禁骚扰　　掳夫者杖三千

　　　　　　折屋者杖三千[124]

　　　　　　强抢者斩

第五禁及以下，文字不清，不得其实。

123　【译注】原作有误，应是"斩"。

124　【译注】原作有误，应是"拆屋者"。

十三、吕河街

在吕河街住下过夜，走进旅栈一看，发现已有一外国人先于我等之前投宿在此。互相问候之后，进行了交谈。从谈话中得知，对方系英国人，在云南省城当牧师，此次乃是取道缅甸归来，由于今天是星期日，故于旅途中休闲一日，耽在旅栈，读书自乐。据其言，已在中国生活35年，生有二子，一在叙州，一在武昌，皆献身于布道传教。听此君娓娓道来，笔者对西方传教士的活动兴趣盎然，与此同时，亦对西方传教士的笃诚敬业感佩甚深。对方还称，在路上曾邂逅井户川大尉一行及5名日本高中生结群的行旅队伍。笔者向其述说自己今后的行程，并请其帮忙介绍各地可予助力者姓名，对方果真痛快答应，并给大理、腾越、新街（八莫）等地的熟人写信荐引，此番厚意令笔者感谢不已。次日，此位英国传教士，但见一身粗布汉装，戴一顶式样古怪的竹笠，乘一竹轿飘然而去。从其所讲汉话的熟练程度，以及付给轿夫每人每天3钱银子的价钱，已可清楚知晓此君已是何等的中国通。

笔者一行离开吕河街之后，便沿一径溪流前行，终于来至镇南州。镇南州城，方圆3里，户不足300，实是一边地寒邑。城内，唯市中一牌坊稍有观赏价值。当晚，宿沙桥过夜。次日，依旧是沿溪流行进在还算坦平的山野间。地里的麦子、罂粟、蚕豆已是成熟收获季节，农地成畦，各色作物栉比相接，蜿蜒连绵，正好标示出溪流走向与所在。此地附近一带，石灰岩已然匿形绝迹，映入眼帘的是生长在红土壤中以及粘板岩质冲积层上的松树，无不多姿多彩。少时，来至分水岭，也叫"鹦鹉关"。从此处开始下山，又来到溪流边，行不多久，遂抵普溯。当晚，即宿普溯。

十四、水泊佳景

普溯，何等贫寒的一小村落，贫寒得连果腹的食物都难觅得。是夜，笔者行囊原先所带蜡烛燃尽，只好点着其焰如豆的小油灯，坐着发呆。翌日，复又西行，山岭逶迤起伏，道路崎岖难行至极。后抵云南驿，发现此亦是赤贫至极的一小寒村，笔者一行投宿之处，连大一点的房间都没有。笔者栖身的一小斗室，甚至比杂物间还不堪入目，无奈勉强挨过一夜。如此鄙陋不堪的居所，却养着一只漂亮鹦鹉，问后得知，此鸟捕自大理附近一带，市上售价200文。

第二天，道路比先前稍为平坦，田野开阔，栉比相连，好一派田园风光，令人心旷神怡。途中，道路右手边有一湛蓝水泊扑面而来。此水泊东西径长1里许，南北径长29町余。其小虽不过如许，但对笔者来说，已经看倦枯燥的山野景象，如此一泓碧水，活脱脱就是一幅仙境画卷。何况，水泊边上，环绕四周的群峦叠翠、林木葱茏，巍巍然分却又平静温馨，令笔者陶然许久。沿水泊旁向西行去，望得见云南县城就在右方,然笔者一行依旧西行而去。途中经过青华洞,此为一大钟乳洞穴,内中景致,珍奇绝伦,见所未见。过青华洞后再行不久,发现云南高原猝然消失,眼前出现一巨大裂谷,让人惊叹不已。此断裂带一去30里,于是,我等一行向谷底鱼贯行去,终于来到谷底处,此乃红崖驿。此地峡谷流水奔向东南,乃流经法属印度支那的红河源头。此地附近一带生长许多霸王树,家家户户都以霸王树为墙垣,于今,正是霸王树花开季节,鲜艳的红花与葱郁的绿叶相映成趣,嫣红翠绿。霸王树高二三间余,树径粗有二三尺,将此树枝梢砍下插入地中,过不久已是枝繁叶茂,随后含苞待放,其生命力之强令人惊叹。

十五、行往古白崖城

离开红崖驿,再向西行。穿过狭窄谷底,又登向对面陡峭的崇山峻岳,行15里许,遂至山顶。此间山岳奇秀,堪比四川蜀中栈道。雉、鸠等锦鸡山鸟悠游于路旁,不怕生人,更让人有超俗脱世之感。遥望位于西北方向的天苍山(又名点苍山),缥缥缈缈,隐现云海间。不久,我等一行来至赵州城。

赵州城,方圆2里,户300,人口不过一千五六百。虽是边城小邑,古迹名胜却是不少。首先是城东60里处的白崖城,即古代彩云城遗址。相传此乃当年诸葛孔明南征时驻屯之地,还遗有诸葛亮当年行军作战用的铁柱。城东北5里处九龙山顶,尚有孔明故垒遗迹。孔明城则在弥渡城北寺坡,相传此城为孔明所筑。据《州志》载,弥渡城即古时建宁城。

赵州一带,住民以汉人为多,占其十之八九,余者为称作"民家"的化外之族,亦称"白人"。白人与汉人,区别不易。对此族群,地方《志》载曰:

土著乌〇之后,俗讹为逻罗。久隆五旌牟苴笃之裔。多居西南山,刀耕火种,鬻薪为业,善畜牧,善射猎,用鸡卜聘嫁,用牲畜祭祖云云。

此外,还有康巴人往来此地。康巴汉子,皆彪悍、魁梧。

赵州客栈壁上题有一些过往行客落首的诗句,姑且摘录一二。

回首南天万里来
水涯行偏复山隈
征远笑我原无意
逆旅知谁属有才
阅历风霜怜面瘦
艰辛名利肯心灰

明朝待到榆城里

细把尘容洗一回

又

赵州日暮霭苍烟

匹马来游意洒然

四野颇饶丰乐象

一城雄振翠微边

飞鸿三度临幽馆

威凤何时奋远天

却怪杏桃如识我

争开笑口在人前

十六、洱海与大理府

  翌日，去赵州，西折转向北行。一路行来，平川坦途，中午时分，我等一行来至洱海边上的下关。下关乃一百货集散之地，街面嘈杂，莫可名状。汉人、蛮人，纷至沓来，熙熙攘攘，摩肩接踵。下关北郊，几里之外，有习见的云南式塔刹，四角十三层，就中，乃第五层空间最大，塔顶九轮，测后高度为全塔之长的 20.8%。洱海下关，相传即昔日南诏国都——太和城遗址。其地势之形胜，望之豁然，为笔者中国旅行之首见。下关以点苍山为拱卫，此山高 14000 尺，巍峨高耸，傲然雄视滇中大地。又有洱海浩渺于下关之前，十里烟波，水色山光，周边有潺湲数条，如白玉濯砂，缓缓注入洱海之中。苍山洱海，堪比日本滋贺的旖旎风光。天苍山恰同比叡山；洱海犹如琵琶湖；下关宛若濑田石山。太和故址，俨然是滋贺县府。

  过下关后，再行数里，便是观音塘。过观音塘，远远望去，前方林间，有高塔三四，若隐若现。随后，又望见城门楼阁，大理府城已在眼前。

  大理府在海拔 7000 尺的高原之上，位于天苍山东麓、洱海西滨。大理府城，方圆 7 里许，户 5000，人口号称 30000，但依笔者看来，实际人口恐也就不过其半。在此地停留的 2 日间，笔者考察府城内外的古建筑；结识英国传教士因比利，并向其请教诸多事宜；拜访当地道台、知府，办理旅行所需关防文书，为随之而来的缅甸之行预做准备。如此这般，致使苍山洱海——那勾起笔者无限去国怀乡之情思，且与滋贺何其相似的山光水色也终于无暇游玩一番，又匆匆上路。想来，实在是遗憾非常。

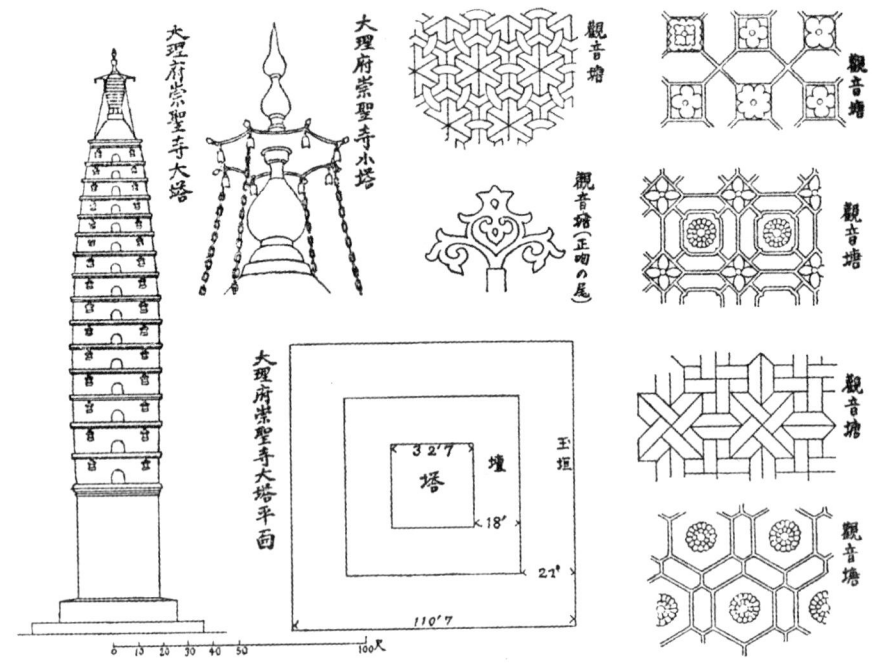

第169图　大理府崇圣寺大塔及有关建筑手法8图

十七、南诏·大理建筑

　　大理附近一带，值得玩味的古代建筑遗迹不少，其中，以北门外崇圣寺为最。崇圣寺又称三塔寺，据称创建于唐代贞观年间，实为南诏国或大理国时代所建。此寺三塔并矗，中间大塔，如第169图所示，观其平面及正面图，即知其乃云南式塔刹之范本。中间大塔，高235尺，四角十六层，中以第六、七层最为宽长。每层中央都有佛坛，内纳佛像，佛坛左右两侧另有小龛。塔顶九轮由露盘、七轮、八盖棱、二宝珠组成。其余两座小塔各八角十层，八角的每面宽七尺三寸，每一塔层都有莲台状塔檐，并有腰拱支托。附近一带村民，从天苍山开采出大理石，而后进行加工，精雕细琢，作为本地特产售卖。此种石材系一优质石灰岩，因地处大理，故名大理石，正式译名应是"云石"。据说此地最近一直没能采到巨型材，神秘的天苍山究竟储有多少大理石的优质石材，莫能知也。大理城南门外还有一座云南式塔刹，笔者亦专程前往观之。其所在地曾是一大寺院，曰"大观堂"，塔刹即属该寺院。此塔共十六层，高22尺，同样是第六、七层空间最大，塔上九轮则与崇圣寺三塔相同。塔顶四隅，原有鸟饰立于其上，然今已毁损，只剩鸟趾残迹依稀可辨。据说此乃周昭王时代建筑，听来实在滑稽荒唐。于今所留存者，系明代嘉靖年间重建，塔内有一径长一尺五寸的芯柱，如此形制，亦属鲜见。此地附近还有孔明祠及苍山书院，只是行程匆匆，未能探访。

塔寺之外，大理府城内外值得一看的建筑为数不多。伊斯兰教在此曾经盛极一时，故笔者原以为此地必有值得一看的伊斯兰教建筑，后来方知，只缘当年伊斯兰教徒作乱，致使当地伊斯兰教建筑尽遭破坏，实是可惜非常。不过，各处有不少建筑的纹饰，伊斯兰教风格却是历历在目。

十八、西南中国的地理地势

离开大理府之际，笔者不妨先就大理至缅甸的地理地势做一概说。

简言之，云南地理，不管是省城至大理间，还是大理至缅甸间，皆各不相同。就前者的地域而言，即云南省城至大理间，全在云南高原之内，虽然其间不免有高低不平之差，但总体看来却是土地平坦、辽阔，平均海拔6000尺以上。换言之，长江、西江，以及红河的分水岭就迂回逶迤在此高原台地之上。但一过大理之后，状况就全然不同，也就是说，已不是在山脊上平路行走，而是变成不断的翻山越岭与渡河涉水。从大理到腾越，一路行来，莫不如此。从腾越到缅甸，则是顺河流行走，并沿高原斜坡一路下山，属另一种走法，可谓情趣别异。

大理西面，汇集几条大江源流，凡此源流皆发自西藏及其周边附近，后汇聚于大理此地，遂齐头并进，自北向南流去。如此大江流水，途中要流经几处高山峻岭，澜沧江、怒江、龙川江以及其他难以计数的小河流均为此滚滚巨流家族成员。途中经过的崇山峻岭，计有高黎贡山、博南山、以及其他无数小山岳。从大理至缅甸，即依此地形地势，道路由东北向西南贯通。因此，行走此等路上，必定是始终路险难行。当然，作为代偿，也必定会是一路风景奇佳，其山水风光之美，乃是之前所过之处诸多平淡无奇的景色不可同日而语。

气候方面，大理、永昌，还有腾越以西，也是甚相迥异。大理一带，气候凉爽，但过澜沧江后，就酷热难耐。尤其是高黎贡山脉，气候呈东西两面各不相同特色。高黎贡山东面属亚热带气候，西面则几乎就是热带气候。

十九、漾濞·太平铺

5月12日，我等一行依依不舍地离开大理，重上旅途，前往缅甸。一路望去，左边是烟岚迷蒙的洱海；右边是巍峨雄健的天苍山。向南行去，终于来至下关，当晚即宿在此。下关街市，熙熙攘攘，可看见许多康巴人以及各种不同民族。此并不足奇，因为此地正是云南、缅甸、西藏、四川四大地域的交汇点。第二天，从下关动身，沿一条大江向西行去，此江流源发于洱海，最后注入澜沧江。一路行来，深谷万丈，岚气逼人，快哉斯景。行10里许，至塘子铺。听说此地有温泉，于是往左方向登上山去，几町之外，果然见一溪流烟溟四合。笔者下到溪底，选一大小合适的地方泡浴。水温正好合适，加之水流甚急，笔者已有 40 余日未曾入浴，今日身上污垢被此温水急流一涤而尽，别有一种神清气爽的感觉。泡过温泉之后，继续西行，后来至坪坡街，并在此投宿。此处可眺望天苍山背面，同样巍峨雄浑，蔚为壮观。次日，路线转为溯流北上。其间，道路右边方向的天苍山时时变换身姿，其景其态，与日本的木曾街道何等相似，感觉就与逆木曾川而上、于行进中观仰右手方向的驹之岳连绵群峰相同。不久，来到一处叫"漾濞"的地方，并在此过夜。漾濞实乃一大村落，村落规模其大如许，与其所处偏山僻壤之地甚不相配。

次日，从漾濞出发，再向西南行去。跨过江上铁索吊桥——云龙桥后，便一路盘山而上，此山高 2000 尺，迂回盘旋，行 15 里，遂抵岭上。此山为红土地质，山上松树茂密，地上覆盆子随处可见。对一路翻山越岭、正是口干舌燥之际的行客来说，此物再是相宜不过。待到又是天苍山背影映入眼帘之时，我等一行已抵太平铺。此地附近一带民居有不少系"校仓造"建筑结构[125]，笔者对此兴趣盎然，并予考察。当晚宿太平铺，清冷孤寂，一夜无事。次日，一行依旧是跋涉在风景乏味的山道上，其间，曾从山上一路下至江边，走过铁索吊桥，复又翻山越岭。当晚，住宿黄连铺。

二十、黄连铺

抵黄连铺后，岩原君告知，听闻前方 25 里处白土塘投宿有 3 位日本人，系徒步旅行者，其中一位男子胡须甚长。笔者推断定是井户川大尉一行无疑，想到明日就可再度相逢，何其难得，不由得窃喜非常。第二天，我等一行早早启程，行 20 里许，在一处山路上，果然看见井户川大尉，还有原田、若林二位随后，徐徐行来。井户川君，看上去果然是豹眼虎须一壮汉，头戴白盔，身着咖啡色西装，脚绊草鞋，虽是雄姿依旧，却也难掩其旅途跋涉之疲态，走起路来脚步多少有点摇晃。笔者一看见井户川君一行，赶紧下轿，大家围坐在路边石头上，互致问候，共叙别后，交谈足有一个小时，而后挥手告别。据井户川大尉所言，一行人自 2 月初从重庆出发，抵泸州，入云南，再由安宁州取间道出景东，此间的旅途辛劳非言语所能形容。而后，自景东又走间道前往腾越，但听说道路难行至极，故改为行往下关，再顺道入缅甸，于今正从缅甸返回重庆途中。整个行程，井户川大尉一行完全是徒步走来，其勇气与毅力，实令人感佩不已。

一整日，始终穿行在险山恶水之间，行程不下百十里，后抵曲硐。在曲硐右手边，永平县城已遥遥在望。曲硐附近，小块平原已然可见，土地肥沃，流水清澈。笔者抵

---

125 【译注】所谓"校仓造"结构，即不用柱子，而是将三角形木材搭成"井"形并不断叠加的建筑样式。现存的日本正仓院即著名的"校仓造"建筑结构。

达此地,正是牛马阡陌共浴夕阳之下、稼穑之后农人悠然归家之时。

翌日,从曲硐再向西行。翻过两座山后,又有第三座大岭横亘在前,此岭名曰"博南岭",海拔或有 8000 尺。翻过博南岭后,我等一行遥指山下,直下 40 里,终于来到杉杨街。是夜,即宿杉杨街。

二十一、纤细如丝的大澜沧江

再从杉杨街出发,朝往西南方向行进。行进途中,一直想着跨越名闻四方的澜沧江时会是情景如何。不久,来到一小山岭上,从此处远远望去,但见一道江流,纤细如丝,透迤蜿蜒。从地图上看,此江流必是澜沧江无疑。然而,澜沧江出西藏千山万壑,奔腾而来,偌大江流长 1000 来里,怎么看上去却会如此纤细如丝?笔者半信半疑,下山而去。下山途中,所见情景令笔者大为惊骇,山坡陡峭非常,几近绝壁一般,几经迁曲、盘旋向下,直至谷底,此段下坡路行程竟有 10 里之远。算一下,山顶至谷底,海拔高度当有 2000 尺余,澜沧江就奔腾咆哮在如此幽深谷底。但见江面宽不过 60 间,黄褐色激流,其势汹汹,惊涛拍岸,声震云天,一路奔腾向前。此处架一铁索桥,桥边设有税卡,却有典雅的楼台、寺院相伴在旁,加之江边奇岩怪石,是以风景的苍劲雄浑又别添几许雅致与闲逸。铁索桥的建造是于两岸江畔大磐石上捆紧 12 条大铁索,又将左右两端 3 根铁索分别合为一股,形成总数 8 股的跨江铁索,再在铁索上铺架木板,遂成步道,两边再加栏杆,高 5 尺许。观此铁索桥,全长 165 尺,宽 10 尺,距水面 30 尺。跨过铁索吊桥后,对岸又是巉岩峭壁,只是斜度稍缓。我等一行,一路上山,行 15 里,登高 2500 尺,终于来至一处驿站,名曰"水寨",于此投宿过夜。伟哉澜沧!跨越一条大江竟费我一行一日之功。铁索桥,令此大江天堑得变通途的非凡意匠,让笔者感铭至深,乃至今日,笔者追忆当时过江情景,眼前不由得浮现澜沧江那磅礴气势、咆哮江流与排空浊浪。

二十二、永昌府

自水寨启程后,一路翻山越岭,上上下下,路甚难行。行行复行行,遂抵牛角关。一到此处,忽觉眼前豁然开朗,平原扑面而来,村落接踵而至,原来是我等一行已至永昌府。永昌府城,海拔 5350 尺,虽称方圆 9 里,然即便是城中心十字街头处,眼里看去,也是稀疏人家,甚显清冷,更多的是农田稼作而无其他。城内人口,据笔者推测,恐怕户不足 2000,城内亦无值得一睹为快之处。永昌府治下的蛮人种类杂芜,族群甚多,据《府志》载,族有十七,依次列记为:

(1) 蒲人　即古百濮人，最早居永昌西南，后往镇南、景东扩散。
(2) 羯些子　祖地为迤西孟养，后向腾越扩散。
(3) 峨昌　又名阿昌，好栖山高之处。
(4) 妙猡猡
(5) 白猡猡
(6) 野人　赤发黄眼。
(7) 棘人夷　居黑水之外。
(8) 猡夷　分水、旱二种，信佛教，有文字，懂汉文。
(9) 崩龙　类近猡夷，但语言不同。
(10) 猓猓[126]　居高山极冷之地，用毒矢，无文字。
(11) 克猎　沿江而居。
(12) 憂喇　居腾越境外。
(13) 缥人　即骠人。
(14) 莽人　其祖先隶缅部，后改汉俗。
(15) 卡瓦　夷中之顽梗者，居腾越境外，貌丑性恶。
(16) 小伯夷　居腾越西南。
(17) 大伯夷　居龙川以西，妇人跣足染齿。

二十三、南蛮毒泉

　　永昌府，古迹甚多，其中，笔者尤其对与当年诸葛亮征伐南蛮相关的古迹最感兴趣。先是城南10里处有诸葛营，此外，还有旗台、诸葛井、粮堆、诸葛堰、右军书台、诸葛城等，皆与当年诸葛亮南征有关。有一地名叫十九古街，相传就是诸葛亮七擒孟获之处。据称镇南门西钟楼大钟重千斤，系汉代遗物，可惜，于今别说大钟，连钟楼也已无影无踪。还听说龙泉寺以北有慈云塔，高7丈，造型奇特。又有"黑水"之传闻，称其在湾甸州以南，每年五六月，水自地下涌出，人马靠近必得暴病，饮之则定死无疑。笔者不由得想起《三国志》描述的"黑泉"，称饮黑泉者，全身发黑而毙，莫非即此地所传"黑水"？原来此地附近一带温泉甚多，即如《三国志》所载，蒲缥的盘蛇谷有哑泉，其实蒲缥本身就有温泉，笔者就曾在蒲缥温泉泡过。另，施甸西山下有凹底温泉；永昌府城外30里处的金鸡村有金鸡温泉；城北30里处有白龙潭，既是温泉，水又甘甜；去龙陵厅30里处有北岭温泉。曲硐亦有温泉，且颇有名气。

　　至于其他名胜，可举者有城北35里处的云岩卧佛，系于大岩石上镌刻释迦牟尼佛

126　【译注】字典中无此字。

涅槃像，而后在其上建寺遮覆之。城南 60 里处有一关索岭，相传当年诸葛武侯南征时，关索随行至此。此外，城外西南方有一风水塔，四角十一层，中以第六层空间最大，系笔者所言云南式塔刹之典型。此塔共有 4 个面，塔刹外径 16 尺，内径 5.35 尺。塔顶九轮已遭毁损，只剩 4 个轮印遗存至今，所幸天盖、宝珠均形迹尚存。此塔高约 75 尺，可是建造年代未详。

二十四、高黎贡之崇山峻岭与怒江激流

从永昌府城出发，一路行去，翻山越岭。四周风景，已是司空见惯，索然无味。我等一行抵达蒲缥时天色尚早，闻蒲缥以北 3 里处有一温泉最是出名，于是，笔者、岩原君以及向导 3 人，行装奇异，肩披毛巾，前往温泉。走有十二三町路程，终于来到一小山脚下，温泉就在此。乍一看，虽然男女浴池各自隔开，但其实都处于野外露天状态。此温泉硫磺气味尤浓，水温亦高，且水甚浑浊，看上去很不干净。此次入浴，让笔者有幸对中国女人的身材身段，及其因缠足骨头遭损之后畸形的双足细加观察，此乃蒲缥泡温泉的意外收获。

翌日，又发蒲缥行向西北。前方尽是绵延不绝的高山峻岭，目测高度当有一万二三千尺许，此即怒江以西的高黎贡大山脉。翻过一小山岭，即一路下山，直下 40 里，直抵怒江东岸。比起澜沧江，怒江江面稍加开阔，水流也更湍急，但是，怒江两岸并无绝壁峭立。怒江上也有跨江的吊桥，其构造及式样与澜沧江上铁索吊桥完全相同，只是怒江上吊桥分为东西两段，中间筑有桥墩，东段吊桥长 38 间，西段吊桥长 30 间，桥面宽各 9 尺。关于怒江，传闻甚是有趣，自古以来，一直就有其乃瘴气之区的传说，称若是每日清晨水面烟岚四起之际渡江，则必定遇瘴中毒，只有在午后雾气消散之后渡江方能无恙。瘴毒最先是让老鼠遭殃，而后是狗，再是马，最后是人，依次感染，解释就是瘴气乃是从下往上升腾。遇瘴的中毒症状则是发高烧，腋下肿块，最后倒毙。有关瘴气，笔者所知不多，恐怕就是一种瘟疫吧。

二十五、掸人乡土

跨过怒江，在江对岸，看见一女子打扮别异。此女子年纪尚轻，皮肤白皙，个小，头上缠以黑布，卷成筒状，牙齿染成黑色，耳佩大耳环，双手皆戴大手镯，上着袖筒窄短的白上衣，下着黑色腰裙，跣足。此乃掸人年轻女子，于道旁开一小茶馆，供过往行客休憩。掸族人，曾是当年创建南诏、大理二国的民族，于今，国家已亡，掸族人也就流落在中国云南、缅甸、暹罗、老挝各地。从此处到缅甸的途经之地，正是掸族人赖以生存的乡土，笔者一行所经之处，都见有掸族人与汉人杂居。

通往高黎贡山道路的起点就在怒江西岸。高黎贡山脉，系从喜马拉雅山由东向南伸延，并沿云南与缅甸的边境跌宕起伏，遂于怒江（萨尔温江）与龙川江间生成一道屏障。从怒江行往高黎贡山，道路行程的一半正好是大江的分水岭处，距始发地的怒江西岸约 50 里，海拔 8900 尺。以笔者中国之行的体验而言，高黎贡山乃是仅次于秦岭的高海拔地带。从山上分水岭处向西直下 45 里，即抵龙川江东岸。龙川江上，同样有过江吊桥，桥长 27 间，桥面宽 8 尺。过此吊桥，遂抵橄榄街，当晚宿此过夜，前晚则宿高黎贡山中的红木树。

辞别橄榄街，又行进在冈峦起伏的群山之间。途中，发现山间有茅屋二三，意想不到，屋内竟见有浓装打扮、长相不丑的女子。好奇之下，笔者径直询问身边轿夫，答曰此乃做皮肉生意的寮娼，接客一次收钱 240 文。地势自此伊始又变开阔，平原广袤，往腾越厅方向绵延而去。

二十六、腾越厅

腾越，位处要冲，可谓是中华帝国的西南门户，此地设有英国领馆。腾越处于伊诺瓦底江支流——太平河之上游，海拔 5800 尺。由于所处纬度关系，此地气候宜人。据 1902 年调查资料，腾越 6 月份平均气温为 73.83 ℉，12 月份气温则为 57.74 ℉。除气候宜人，腾越亦富庶丰饶。据英国领馆资料，每日往来此地马帮的骡子头数在 250 头以上，产于缅甸的帛布、丝棉通过腾越进入中国内地，而通过腾越出口的货物则有雄黄、鸦片等，只是，现今鸦片贸易已被严厉禁绝。腾越城邑，方圆 6 里，在籍人口 9000，值得一看的古迹、古建筑几近于无。

笔者到达腾越之时，英国总领事李顿热忱非常，一定要笔者住到英国领馆。李顿领事年纪不过三十五六，却精力充沛绝伦，除腾越领馆外，还兼云南省城总领馆的领事，既无书记员，亦无助手，领馆所有事务全靠其一人，实在让人惊叹，与我日本领馆相比，实是差异甚大。李顿氏对笔者之后将行往的各地甚为关切，特地为笔者开具致八莫、曼德勒、仰光等地的英国领事，印度政府外交部以及土耳其君士坦丁堡英国大使的介绍函，并请医生为笔者进行健康诊断。在笔者逗留腾越的 3 天里，李顿氏更是尽其所能飨以佳肴美味并为笔者提供考察方面的诸多方便。对李顿氏如此的热情与好意，笔者感激之情实在难以言表。惊悉李顿氏今已辞世，如此胸怀大志之才俊，却不幸英年早逝，令笔者不能不扼腕长叹。记得曾于一夕，李顿氏与笔者一起，带一爱犬，登上腾越城头，漫步在城垛之上。晚风习习，望着清冷孤寂的腾越城内，二人谈论中国前景的扑朔迷离，捭阖纵横，各自娓娓道来，何等快意！其情其景，笔者永世难忘。

二十七、掸族建筑

有关掸族建筑，笔者不妨略作介绍。当下掸族建筑，并无格外引人瞩目之物，但历史上的掸族建筑却令笔者兴致盎然。首先是掸人的佛教寺院建筑，其式样有诸多与日本风格隐然相通之处。掸人佛教寺院所用建筑材料一般是砌墙用砖，余者悉数木材，但也多见有全为木构建者。简言之，掸人建筑正好介于缅甸、暹罗与中国二大建筑体系之间，只是其建筑内部格局则与缅甸同。位于蛮允以东的小寺院，还有腾越城内的大寺院，即属掸族建筑风格的最好写照。先看蛮允的小寺院，共分有内殿与外殿两大部分。内殿纵深处筑有须弥坛，须弥坛高出地面5尺许，周围板壁嵌以玻璃。佛龛分成二层、三层不等，完全取法缅甸形制。寺院所供奉佛像的佛首，亦同缅甸、暹罗，都是尖头小脸而非丰额重颐。佛像头顶的天盖则与日本相同，无非就是普通罗伞，被以细布，色彩绚丽，且自屋上垂悬下来。佛像面前，虽不能说一应俱全，但也有供案，上摆五具足。佛经全为手抄经文，而非印版，自然，经文系用掸文写就。寺中僧侣一样是剃发着黄衣，用布卷成黄帽冠束其上。至于塔刹建造，则与缅甸完全相同，故不必赘述。

当地农家住居亦风格别具，如第70图所示，与日本古代神社的堂宇建筑太过相似，关于此，亦恕笔者点到即止，不作赘述。此地农家住宅的几个特点，如全以植物为建筑材料、建筑物的平面格局、两柱之间遮以横隔板、柱上梁、台阶两边砌直、屋檐长伸、草葺屋顶，还有其他种种，笔者发现皆与日本的传统建筑颇为相似。二者的相似，究竟是偶然巧合，还是存在某种内在关联，实有必要做更深入探究。

二十八、涉泥石流

明治三十六年五月二十九日，告别李顿氏，离开腾越，笔者乘轿，岩原君骑马，行李由3头骡子分驮。正值雨季来临，淫雨霏霏，烟岚迷蒙，我等一行，沿太平河向西南行去。昨日降雨过多，致使河水泛滥，路面及四野，皆成泽国，汪洋一片。不久，来至热水塘，此地有温泉水，当地民家将其引入家中，以作浴汤。日暮时分，抵南甸，径直前往土司衙门，欲拜访当地土司，并送与英国领事李顿的介绍函。刚巧土司不在，好在衙门吏员、差役热情周到，笔者一行食宿终有着落。土司衙门差役全为掸人，对笔者的相关提问皆予详细解答。次日，从南甸土司衙门行往城内，考察当地掸人所奉佛教寺院。行走不久，即见一汹汹洪流横亘道中。此洪流，与其说是水流，莫如说是浓稠状泥石流。但见泥石流自山上飞泻下来，磐石径长数尺，却在此泥石流中抱团一般的滚落在一起。我等一行只能绕过泥石流，迂回穿插，跋涉向前。所幸驮负行李的骡子与马夫皆安然通过，最后，笔者亦鼓起勇气，徒步跋涉前行，实是危险万分，触目惊心。据闻，此处每年都要吞噬几条生命。世上果然有如此洪流令人不寒而栗，笔者亲眼所见，不得不信。

又续行程，是日，最后行至干崖。一路行来，霸王树上熟果挂枝，还有芭蕉串串让人垂涎欲滴，芦荟挺拔，酮体丰腴，长得比农家小屋还高，凡此，皆令笔者眼界大开。途中，发现掸人行来过往渐多，遂有已去中国又至一崭新国度之感觉。

二十九、干崖与克钦人

干崖，可谓是掸人乡土之最典型代表，市街仅是过境道路一部分而已，户不过200余，当地人沿街售卖水果，但见店头整齐摆上香蕉、菠萝。说到干崖国，人们或许不免想到会是一邦国，乃至疆域甚广。非也非也，干崖国方圆不过十几里，人口仅数百之众，其乃弱小的掸人生息之地。次日，从干崖出发，又在泥石流中跋涉向前，终于来至小新街。小新街乃克钦人聚居之地，克钦人一直被视作野人族群，他们在此地集市行商。观克钦人相貌，发现其阔面大脸，身材矮小，皮肤呈古铜色，唇厚眼凹，头发赤如玉米须，因嚼槟榔，故黑齿红唇，总之，相貌狰狞至极。《三国志》记载，当年孔明征讨南蛮之际，孟获麾下的蛮夷中即有红发碧眼者，想来或是此克钦人亦未可知。再观克钦人风俗，男人以布包头，着筒袖上衣，下穿短裤，自膝盖以下，密密缠以铜线，且跣足，不着履。纽襟自右肩开至左肋，纽扣上悬有绣囊，并有腰上胯刀与之相映成趣。克钦女子的打扮，比之男子，可谓是有过之而无不及。但见克钦女子头发蓬乱，耳朵穿孔，有径5分、长5寸许银针穿耳，银针两端挂有璎珞、缨穗，五彩缤纷。颈部戴银环、珠链。上衣筒袖与汉服相差无几，然其服装襟领、筒袖袖口、裙裾等部位均缝以红布，腰部则缠一条式样古怪的红色绣带。

三十、克钦人之坟茔

翌日，发小新街，北渡太平河。渡河工具系一独木舟，独木舟系用一大松树刳成，为提升浮力，在独木舟左右两边再加装两副大竹筏。渡过太平河，再行不久，便抵蛮允。蛮允亦是掸人乡土中屈指可数的村落之一，有建造精美的佛教寺院，其建造式样，即如前所述，为典型掸族风格。自蛮允始，我等一行所走道路已不再沿太平河，而是与太平河分道扬镳转入山中。其间，发现许多克钦人坟墓，如第71图、第72图、第73图所示，有些坟茔是将木头架成三角形，在上面绘画各种图案以作符号，亦作墓标。图案标示死者姓名、年龄、职业等。克钦人自己并无文字，也无宗教。标准的克钦人坟墓，是将棺柩置于墓地中央，再在上面搭盖，以作遮蔽，搭盖物多为简陋棚子，乃竹子与茅草搭建而成。在此棚附近还立一怪异标柱，标柱为一牛头造型，故此标柱也称"牛头",柱上绘有各种纹饰,立柱还挂有各种物件,如纱线连着织梭、贝壳附在纸片上。并且,棚子四个边角还插有 4 根长竹竿,竹竿顶端都有木制小鸟。墓前供品也种类繁多,有的就在墓前立桩,将牛羊骨架捆系在桩上;有的则用毛竹搭棚,再于其上供放竹笊一类物品;或者干脆立一竹竿,竿顶部或劈成笊状,或编成竹笼状,也有将竹竿顶端做成日月星象。何种级别墓茔得以享配何种等级供祀,不同形式供祀的符号象征意义又是如何,笔者不得而知,笔者再清楚不过的倒是凡此墓茔无不是修在道旁路边。至于供奉物件本身,笔者以为,牛头以及牛羊骷髅,恐怕是供品之意;纱线可视为贵重日常生活用品之代表;贝壳乃克钦人所用通货。至于竹竿顶上小鸟,莫不是墓陵守护使者之象征?

三十一、蚕蛘河畔

蛮允之后,下一驿站乃奔西。奔西之后,则是蚕蛘河。一路行来,尽是丘陵起伏,翻山越岭,坡陡路险,行路之难,无法言喻。奔西只有三四户掸族人家,笔者一行即投宿于其中一家。此户人家,家中地板高出地面甚多,纯系竹构建筑,所提供的食物有米饭、猪肉、竹笋、纳豆、腌菜等,正合笔者口味,堪称佳肴。只是,越近缅甸,则物价越贵,印度银币在此地一带可以通用。自奔西以西,道路更加险恶,有诸多路段,笔者均不得不下轿徒步。山中植物,有许多可谓是奇花异草,羊齿科植物生长最是蓬勃茂盛,高及数丈,更有牛肚果、山荔枝等珍奇野果生在山中。蚕蛘河是地名,亦是河流名,在此河流东岸有一村落,亦有三四户掸族人家。此蚕蛘河即中国与缅甸国境分界线,看得见河对面有英国政府海关,还有几栋兵营,河岸上有印度兵以及缅甸官员来回走动。我等一行当晚投宿在蚕蛘河畔一茅店,依旧是竹楼一座,真正是再鄙陋不过的路边客栈,日本人、汉人、掸人,全挤在一个房间,客栈外面还有克钦人、缅甸人、印度人行来过往,俨然是一亚洲人种博览会。不过,一夜所费不过 20 文钱,实在便宜。记得笔者将 20 文钱交与客栈老板时,这位掸人老板对笔者说,汉人住店还慷慨大方付 50 文,何况日本贵客,20 文实在是太过小气。想不到掸人也会讨价还价这一招。要说,在蚕蛘河过夜还真倒霉,夜来大雨倾盆,屋顶四处竟相漏水,蔽体衣衾尽被打湿,笔者一时不知如何是好。好在次日清晨,我等一行涉过河水很浅且河面宽不过 10 间的蚕蛘河,终于告别 14 个月来行走不停的中国领土,进入英属缅甸的国度。

三十二、贵阳之后邂逅的外国游客

从贵阳至八莫,全程 52 站,笔者费时 60 天以上。其间,在途中计有 7 次与外国人邂逅相逢,其中,与日本人相遇两次,与法国人相遇 3 次,其余两次系与英国人相遇。

邂逅相逢的日本人，即如前所述，一是大谷光瑞门徒一行，另一则是井户川大尉一行。笔者相遇的英国人，一位是传教士，另一位则是英国领馆官员。途中所遇法国人，其行走路线有三，一是从印度进入西藏而后经大理赴安南；一是从大理赴云南；一是从安南往云南。除了以上7次，笔者于途中再未曾遇见任何外国人。当然，途中所遇皆是朝东方向的旅行者，至于时在旅途中的西行外国人究竟多少则不得而知。但凡此邂逅，却让笔者惊叹不已，既为在此段路线行走的外国人如此之少而惊叹，更为途中遇见日本人而惊叹。可以说英国人在此段路线行往是出于职务履行的需要，法国人的旅行则半是游玩，因此法国人的行旅可谓是乐在其中。并且，法国人均从其亚洲的殖民地安南出发，一路行来，最后再回安南，此外更无其他特别之事项。可是笔者于途中两次相遇的日本人，或多或少总是带有探险性质。前述英法两国的旅行者，无不是在自己国家势力范围之内，或出于公事需要，或为游览观光兴趣所驱使，相比之下，日本人的探险旅行更显意义不同凡响。恰恰是因为如此，笔者在旅途中邂逅自己同胞之时，自然而然更是感到欣喜与激动。

云南省城至蚕蚌河畔行程表

云南府—碧鸡关—安宁州	65里（平原与山地）
安宁州—草铺—老鸦关	80里（山岭起伏）
老鸦关—腰站—绿丰县	70里（山岭起伏）
绿丰县—响水关—舍资	85里（山岭起伏）
舍资—蒙匕塘—广通县	60里（山岭起伏）
广通县—腰站—楚雄府	75里（山岭起伏）
楚雄府—大石铺—吕河街	60里（山岭起伏）
吕河街—镇南州—沙桥	65里（山岭起伏）
沙桥—鹦鹉关—普溯塘	95里（山岭起伏）
普溯塘—安南关—云南驿	65里（平地）
云南驿—云南县—红崖	85里（直探溪谷）
红崖—大哨塘—赵州	60里（上高原）
赵州—下关—大理府	60里（平原）
大理府—下关—合江铺	75里（平地）
合江铺—金牛塘—漾濞	55里（平地）
漾濞—大浪坝—太平铺	50里（山路）
太平铺—牛平铺—黄连铺	45里（山路）
黄连铺—天津铺—曲硐	110里（山野）

曲硐—花桥哨—杉杨街	70 里（翻越博南山）
杉杨街—沧江桥—水寨	40 里（渡澜沧江）
水寨—牛角关—永昌府	75 里（丘陵山地断断续续）
永昌府—冷水箐—蒲缥	60 里（山路）
蒲缥—桥头街—红木树	80 里（渡怒江）
红木树—太平铺—橄榄街	75 里（翻越高黎贡山，渡龙川江）
橄榄街—芹菜塘—腾越厅	60 里（丘陵及平原）
腾越厅—小河底—南甸	100 里（沿太平河下行）
南甸—火炉口—干崖	75 里（沿太平河下行）
干崖—中平街—小新街	50 里（沿太平河下行）
小新街—弄璋街—蛮允	50 里（渡太平河）
蛮允—曷店—奔西	50 里（山路）
奔西—上石地—蚕蛑河	40 里（山路）

合计 2085 里

据上表所记，自云南府至蚕蛑河畔，全程 2085 里。此"里"者，系中国的长度单位，要将其换算为日本长度单位则是相当困难，原因就在中国"里"的长度概念经常具有随意性，且里数测定暧昧不准。据笔者从时间、速度两大要素所作判断，中国的 1 里大致相当于日本的 4 町。由此算来，即云南府至大理 150 日里；大理至永昌 55 日里；永昌至腾越 28 日里。笔者以为如此测算大体准确。

江南行游略记

江南行游略记

(明治四十年九月至同年十二月)

一、绪言

明治四十年九月五日,余自东京出发,前往中国,于九月十五日抵上海。先游江苏苏州、浙江杭州,而后溯长江,访江苏镇江、扬州、南京,再往江西九江、南昌,后返上海。更从海路赴浙江宁波,巡礼普陀山、天童山、阿育王寺等,以及奉化县内佛教丛林,最后回到上海,并于明治四十年十二月四日从上海启程东归日本,十二月十一日抵东京。

其间,费时仅98天,时日如此之短,实不足窥中国江南古建筑于一斑。何况,中国江南古迹几乎毁废殆尽,故在江南地区考察所遇困难远非之前中国北方之行可比。由于中国南方文化没有北方文化古老,并且,成就中国艺术高度发展的佛教,在中国北方最盛,与北方相比,南方明显逊色,南方佛教的纪念性建筑,创建之初,其文化内涵也未必就如北方寺院那般丰厚沉实。加之中世以来,长江平原区域常是兵家争斗之地,为此,千古遗迹多归废毁。是故,江南已是古迹难求矣,此话久已成人之共识。然笔者最主要目的,还在识见南朝艺术之容颜。所幸此行并非一无所获,纵使六朝以前即李唐一代古迹未能寻见,毕竟也还有其他时代之遗迹,多少还是有所斩获。下面依照此行路线略作概述,期待他日能有更详细报告面世。

二、苏杭地区

(一)苏州府城及其附近

苏州乃江苏省首府,位于上海西面,两地相距,水路80里,陆路54里,东距太湖10里许。苏州府城,略呈长方形,南北长4里许,东西长约2.5里。由于春秋之时吴王阖闾所造城郭在后世屡经改变,故今日苏州位置及面积已与周末时期模样大相径庭。苏州城门有六。东面有娄门及葑门,娄门又名"匠门",即吴王阖闾令冶工干将锻剑的古迹。传说中伍子胥抉其眼悬于东门之上,此东门恐怕就是现在的娄门。西面有阊门及胥门,又称破楚门,伍子胥故宅在此,故名。南面城门称"盘门",门上悬木制蟠龙,以咒越国。北面城门称齐门,又名平门,当年齐景公之女嫁与吴国太子,及太子没,齐景公之女常思故土齐国,故以是名。

苏州城内的古建筑如下所示:

(1)瑞光寺塔刹

此塔在南门内,八角七层,底层每边长十四尺七寸五分,塔内斗拱显见宋代以前建造之遗风。

(2)开元寺无梁殿

寺在苏州旧城北面,后唐同光三年,钱镠徙于此。此寺位于南门内瑞光寺西北,无梁殿于明万历四十六年敕建,是为藏经阁。此殿悉数用砖,以穹隆架法,未用一根木材。太平天国起义时,开元寺被付之一炬,唯此殿独存。

(3)双塔寺双塔

寺在苟门内,创建于唐朝咸通年间,双塔则建于宋代雍熙年间,明永乐八年重建。其状尽为八角七层。塔基部分,东塔每边长七尺二寸;西塔每边长七尺五寸五分。

(4)报恩寺塔刹

位于城北齐门内,八角七层,最底层有裳阶,每层俱分五楹。对照日本白河法胜寺八角九层塔的画图,发现二塔极为相似。此塔外部已在近代以后被修,但塔内斗拱形制依旧可以看出是宋代以前。

(5)元妙观[127]

在苏州城正中,创建于晋咸宁年间。观内三清殿于清嘉庆二十二年遭雷火,后重建。弥罗阁系康熙十二年重建。元妙观规模宏伟,堪称苏州第一道观。

(6)虎丘(云岩禅寺)塔

虎丘在苏州城西北9里处,原本为吴王阖闾墓陵。晋代时,建佛寺于此。隋朝仁寿年间,在此造塔。明宣德中,塔刹被毁,后于正统年间重建,即存至今。此塔八角七层,毁损严重,已难窥全貌。虎丘还有剑池,剑池前有一古幢。虎丘的仁王门系木造,建造手法颇为奇异,应是明代建筑无疑。

(7)上方寺塔

上方寺在苏州城西南15里处,旧名"楞伽寺",于隋朝大业四年建塔。然于今所存塔刹似属清朝中期建筑,八角七层,塔基每边长七尺五寸。

(8)灵岩山崇报禅寺

在城西30里处,以西施洞及琴台闻名。有一塔,八角七层,传乃吴越国妃所建,最初为九层,明万历二十八年遭雷火烧毁,清代顺治六年重修。

127　见第55图。

此外，名胜古迹尚有不少，如姑苏台、澹台湖、太湖（震泽），皆闻名遐迩。寒山寺在日本名气甚响，但于今却已不堪入目，枫桥亦无奇可言。

（二）杭州府及其附近

杭州府乃浙江省首府，走水路 45 里，自西南方向抵上海；走水路 120 里，亦自西南方向抵苏州。杭州位于钱塘江左岸，距钱塘江口约 20 里。春秋之际，杭州为吴越之地。五代时，乃吴越王率土之滨。南宋初，衣冠南渡，迁都于此，称作"临安"。今日杭州城，与南宋时相比，只不过稍稍南缩而北扩，总体并无大变动。杭州府城面积，南北长 15 里，东西长 5 里至七八里不等。城门有十，北有武林门、艮山门；东有庆春门、清泰门、望江门；东南有候潮门；南有凤山门；西有钱塘门、涌金门、清波门。城西与西湖相接，自唐代形成今日规模以来，此湖即以位于城西而得"西湖"之名，其大为南北 7 里，东西 5 里，方圆号称 30 里，实则无非 20 里。西湖北、西、南三面峰冈叠嶂，南面山峦凸入城中，以成吴山。此间遍散古迹无数，再费旬日亦难尽览无遗，是以自古以来即有湖光山色十景十六迹之说。杭州主要景点略举如下：

（甲）杭州城内

（1）仙林寺

（2）白衣寺

（3）潮鸣寺　南朝梁贞明元年创建

（4）华藏寺　吴越王创建

（5）海会寺　吴越王创建

（6）吴山诸庙（城隍庙、关帝庙等）

（7）东冈寺　石晋时创建

（8）相国寺　南齐时创建

以上诸建筑皆经近代人之手重修，已无观瞻价值。

（乙）城东

（9）海潮寺

（丙）城南

（10）梵天寺

从南宋时绘图所见，梵天寺在杭州城南，今已完全荒废。山门前残存一对石幢[128]，幢上有乾德三年刻铭，此乃笔者所发现唯一有刻铭的宋代石幢。笔者可据此推考其他古建筑年代。

128　参见第 56 图。

（11）六和塔（开化寺）

在凤山门外 15 里处，位临钱塘江。就外观看，系八角十三层，但实际为九层。最下层处有宋碑。塔内斗拱形制有宋代建筑遗风。论规模之宏大，六和塔可推为江南塔刹之首。

（12）虎跑寺

在六和塔以北 5 里处。寺门前有一对石幢，可确定为明代所出。

（丁）城西

（13）钱王祠

在涌金门外，祭祀历代吴越王钱氏。

（14）昭庆寺

在钱塘门外，有天正八年大政捐铸梵钟。

（戊）西湖境内

（15）行宫

在孤山。有文渊阁，藏《四库全书》及《古今图书集成》。

（16）圣因寺

（17）林和靖祠

（18）广化寺

以上诸建筑皆见在孤山。

（己）西湖北部

（19）大佛寺

在宝石山麓。宣和年间，刻大石佛于摩崖，于今仅痕迹尚存。

（20）保俶塔（圣寿禅寺）

在宝石山。吴越王时，在此建有九级浮屠。至正末年，寺、塔皆被焚毁。后又重建，为七层塔刹，今塔即是，状颇怪异。

（21）凤林寺

（22）岳王庙

以上二者均在西湖西北湖畔。

（庚）西湖西部

（23）清涟寺

位于杭州城西 10 里处。

（24）灵隐寺

西距杭州城 15 里，位于北高峰南麓，又称"云林禅寺"。晋咸和元年，僧人慧理创建。至宋，灵隐寺已成禅刹五山之一。其地幽远邃静；其寺规模宏伟；其相古朴苍然；其名自古已闻，可谓冠盖杭州的佛教大伽蓝。寺门前有一对石幢，造于吴越王时代。

拜殿前有小塔一对，出自宋代。

（25）飞来峰

在灵隐寺前，又名灵鹫峰，即天竺灵鹫山飞来此地之意。摩崖上刻有无数佛像。凡此佛刻，具体年代不详，但可以确定的是均产生在唐以后。笔者发现刻有"至元二十九年七月"题铭的多宝天王像。总之，有诸多佛刻系元代时所添加。

（26）法镜寺

称"下天竺"，位于灵隐寺西南2里处。

（27）法净寺

称"中天竺"，位于法镜寺西南1里处。

（28）法喜寺

称"上天竺"，位于法净寺西南4里处。法镜、法净、法喜三寺又称"三天竺"，建筑格局彼此非常相似，但以法喜寺最为壮观。

（辛）西湖南部

（29）雷峰塔

塔在西湖南峰顶上，系当年吴越王妃黄氏创建。最初拟建十三层千尺高塔，未竟，只建至七层，后被毁二层，只剩五层，即今塔。其造型无可类比，感觉与印度古代北天竺建筑不无渊源，或取法古印度塔刹建造亦未可知。

（30）净慈寺

在南屏山北麓，创建于五代后周显德元年，为宋代禅刹五山之一。可惜，属当年的古建筑于今已荡然无存。

最后，有关此宋代古城还须再说几句。若《杭州府志》所载地图悉数可信，则临安宫城应是在今杭州城外南郊之地，即背靠凤凰山，左拥梵天寺、石佛寺，五山则在宫城外西北方向。当年京城位临西湖畔，最北为武林、艮山二门，艮山门即在城东北角，与候潮门相望，城墙呈一直线状。推察之，当年临安城比今日杭州城更呈南北长、东西窄形状。

南宋帝陵原在绍兴府会稽县，然至元代，悉数被毁，已不知其所踪。

三、长江沿岸地区

（一）镇江府

镇江府位于长江南岸，距长江口156里，距苏州水路145里，正处于长江与京杭大运河交汇处，自古及今，交通方便，车船来往，三国时吴主孙权亦曾都于此。

（1）金山寺（江天寺）[129]

南朝梁天监年间创建，清康熙二十五年改称"江天寺"。原先是建在江中小岛之上一小伽蓝，于今，却已是位于陆地之上，碧甍丹楹相映，更有八角七层的小塔刹高踞山丘顶上。塔内设有小龛，以供佛像，系此塔别具一格之处。

（2）焦山定慧寺

建造在镇江东北向长江中一小岛上。此伽蓝创建年代不详，迄宋，名"普济寺"，并终成伽蓝之格局。清康熙四十年改为今名。古建筑今已无存。

（3）北固山甘露寺

位于城北临江处，创建于唐宝历年间。寺中有小铁塔，八角三层，铁塔最上面一层藏于山下观音寺洞，此铁塔系五代或宋代遗物。

（4）鹤林寺

位于城南3里处，据称创建于东晋大兴四年。于今，寺内仅存南宋景定甲子年题铭以及明万历十一年经幢碎片。

（5）竹林寺

在城南6里处，据称创建于东晋。寺内有康熙皇帝御笔《竹赋》大碑。

（6）八公祠（汉隐寺）

在城南9里处，无值得观览之物。

（二）扬州府

扬州府在镇江以北20里处，位于京杭大运河畔。日本奈良朝唐招提寺开山祖师鉴真即此扬州人氏。李唐末年，杨行密任淮南节度使，又称吴主，都此地，名"江都府"。五代时，南唐徐知诰都于金陵，并将此地作为东都。至南宋，朝廷曾一度以此地为帝都，后才迁徙临安。于今，扬州府城分为新、旧二城，旧城系唐初时旧址，即今扬州府西一带；新城乃明代扬州位置，乃今扬州府东部。据称，旧城北门外一带乃宋朝时扬州大城遗址。

（1）天宁寺

在新城拱辰门外，武则天时创建，相传晋朝时为太傅谢安别墅。又，亦称此乃当年梵僧佛陀跋驮罗译《华严经》之地。但天宁寺并非规模宏大古建筑。

（2）重宁寺

在天宁寺后面，与天宁寺同，规模较小。

129　参见第4图。

（3）琼花观

在扬州新城东边，据称创建于隋朝。于今，殿前有八角石台，相传当年隋炀帝曾登此台观琼花，如今所存台基系清代所筑。

（4）万寿戒幢寺

在琼花观西南。

（5）梵觉寺（古兴教寺）

与万寿戒幢寺西面相接。其大雄宝殿内本尊佛像背光见有迦楼罗与小龙女，此乃值得注意之画面，盖其乃喇嘛教佛画特有之图像。

（6）法海寺

在旧城北门外西北 4 里处。由寺中白塔可知，其乃喇嘛教之寺院。此法海寺的白塔与中国北方地区的佛寺白塔形制大致相同。

伽蓝外有五亭桥，桥上建有 5 个小亭，创意奇巧。

桥下流水与一小池相通，池边有一庭苑，称"小金山"，以景致秀美著称。

（7）观音寺

在法海寺以北 4 里处，无值得观览之物。

（8）平山堂（法净寺）

在观音寺以西 1 里半处，相传为宋代欧阳修郡守此地时所建。寺内有天下第五泉。

（备考）天下第一泉 镇江中冷泉（金山）

　　　　天下第二泉 苏州惠泉山

　　　　天下第三泉 南京雨花台

　　　　天下第四泉 宁波阿育王寺（确否待考）

　　　　天下第六泉 庐山慈航寺

（三）南京（江宁府）

南京位于长江南岸，距长江口 205 里，系当今两江总督府所在地。最初乃三国吴主孙权都于此，而后，东晋、南朝宋、南朝齐、南朝梁、南朝陈，皆以此为都。后来明太祖对其城池规模大扩，城墙高 4 丈乃至 9 丈，城墙厚 2 丈乃至 4 丈，城墙绵延 22 里，圈起偌大街市一片。之后，朝廷迁都北京，相对新帝都"北京"之称，此地通称"南京"。往昔，有称"建业"；有称"建康"；有称"石头"；有称"秣陵"；有称"金陵"。于今，南京已然东南一大都会，辖有江宁府上元、江宁两县。南京古迹极多，若想看遍，少说要半年时间。笔者的考察仅是旬日之间，自然所见不过九牛一毛而已。今将南京主要遗迹略述如下：

（甲）城内

（1）明故宫

在南京城东边，为明太祖皇宫，规模几乎与当今北京皇城相等，即相当于当今紫禁城面积。明故宫不可谓不是方正一皇城，其方圆360丈许，正面开三阙午门，内有金水河，迂回曲折，上跨5座金水桥。次为门址，次为三大殿址，次复为门址，次再为殿址，最后为相当于北京神武门的后载门。皇宫内廓，东西两侧分别有东安门与西安门。于今，明故宫已毁废殆尽，要复现其规模布局已极难矣。

（2）北极阁

在城内北边小山岗上。如今，此阁祭祀的乃真武大帝，建筑物并无可观瞻之处。

（3）鸡鸣寺

在北极阁东面，相传乃当年梁武帝与达摩对话答问之地。

（4）清凉山清凉寺[130]

在汉西门内。有三大伽蓝：一为扫叶楼；二为清凉寺；三为小九华，但小九华却属道观而非佛寺。三大伽蓝并无可看之处。另外，山顶之上还有翠微亭。

（5）五台山永庆寺

在清凉山东北方向。

（6）钟楼

在城中央。乃一重楼，楼上有康熙皇帝御碑。

（7）朝天宫

在水西门内，今已成文庙。棂星门、戟门、大成殿、后殿，以及左右庑廊，井然有序，实为南京最大建筑群。

（8）贡院[131]

即乡试考场，据称可容万名考生。

（乙）城南

（9）大报恩寺

在聚宝门外，系东晋建文帝创建。明代，成祖皇帝再建八角九层瓷塔一座，其塔高261尺，举世闻名，可惜于太平天国时毁废，于今仅存塔上九轮的一部分。

（10）永宁庵

（11）高座寺

（12）宝光寺

（13）李杰墓

130　参见第50图

131　参见第49图。

（14）方孝孺墓

李杰墓与方孝孺墓，皆在雨花台。

（15）普德寺

在雨花台西面。

（16）碧峰寺

在普德寺西南。

（17）天界寺

在碧峰寺东南，有旧时大铜佛像，据称此铜佛像的头部于今尚存。

（丙）城东

（18）孝陵（明太祖陵）

在朝阳门外，钟山南麓。先是朝南的大红门，次为碑亭，亭内立有《大明孝陵神功圣德碑》。自碑亭折往西向，有12对石兽，相距各16尺。次为华表1对，由此折往北向，有4对石人。再沿长长参道往前行去，即抵墓陵。墓陵为一圆锥形丘陵，丘陵系人工堆筑而成。

（19）灵谷寺

在钟山南麓，距孝陵以东约5里，创建于梁武帝天监十三年。于今，中古以前的建筑已荡然无存，唯有明代遗物"无梁殿"尚存。

（丁）城北

（20）汤和墓

在太平门外2里处，有石人石兽。

（21）徐达墓

在太平门外4里处，有石人石兽。

（22）梁萧侍中神道

位于太平门外东北30里、一处称作"花岭"的小村庄水田中。神道石柱，高出地面约16尺5寸，下有拴槽24个。柱上有盖，其状如伞，盖上踞狮像。伞盖下有匾额，反向题刻"梁故侍中中抚将军开府仪同三司吴平忠侯萧公之神道"。距石柱前数十步处有石狮，造型颇奇，似与石柱同时代之物。笔者期待他日能有研究此珍奇遗物之报告见于坊间。

（23）摄山栖霞寺

在太平门外东北40里处，创建于齐永明七年。笔者遂未及探访此寺而止此次南京之行。

（戊）端方所藏古金石

两江总督端方藏有金石数百件，笔者看的主要是属于六朝及李唐时的几十件。其中，属南朝者，仅不过以下4件。即：

（1）石　释迦坐像　南朝宋　元嘉二十五年
（2）金铜　释迦坐像　南朝宋　元嘉十四年
（3）石　释迦三尊　南朝梁　大同三年
（4）石　释迦坐像　南朝陈　光大二年

由是可知，时至今日，南朝遗物何等稀少。至于论及南北朝艺术之比较，若未能亲见大量翔实之材料，则笔者不敢妄加评说。不过，就笔者观感而言，以为二者出自同一系统，大体均衡，彼此彼此。

（四）九江府

九江府在长江左岸，距长江口450里，乃古时浔阳之地，今辖德化县。

（1）能仁寺

有塔六角七层，其斗拱形制尤其怪异。

（2）镇江楼之塔刹

其塔六角七层，斗拱形制更是怪异。

（3）龙天寺

（4）烟水亭

（5）天花宫

（6）火亭庙

（7）九顶娘娘庙

（8）文昌宫

（9）关帝庙

凡此，皆在九江城内，但都不值得一看。

（五）庐山

庐山在九江以南45里处，其脉东西走向，海拔3500尺至4000尺，为江南佛教中心，乃当年慧远和尚开基之地。于今，伽蓝已悉数毁废，唯山水秀美如故[132]。

（1）西林寺

在庐山北麓，当年慧远和尚即驻此寺。寺门前有一小溪，此即虎溪。于今，西林寺仅存佛殿一宇及六角七层塔刹1座。

132　参见第78图。

（2）东林寺

接西林寺东面，继西林寺之后创建。于今，仅存1处堂舍，内中有明崇祯十四年建造小铁塔1座，八角七层。

（3）天池寺

在庐山顶上西端。于今已近毁废殆尽，独存六角塔刹一座，看去似七层。

（4）栖贤寺

在庐山南麓，今已无可看之物。

（5）慈航寺

位在栖贤寺东南，有"天下第六泉"之号。

（6）白鹿书院

在庐山五老峰东南麓，系李唐时李勃兄弟创建，后朱子于此开书院。今尚有先贤书院、紫阳书院、文庙、报功祠、邵康节先生祠等，规模宏伟，但也是任其荒废，尽是无人空屋。

（六）南昌府

南昌府为江西省首府，位于赣江右岸，水路南行400里，即抵九江。南昌府城为赣江隔开，南昌府西有西山一脉，致使"西山八刹"之名盛传海内。此地，自六朝以来，佛教伽蓝建造甚盛，可惜，于今已毁废殆尽，古建筑荡然无存。

（1）滕王阁[133]

位于章江门外赣江右岸，系唐朝封藩的滕王所建，因王勃诗赋而名重天下。于今的建筑，系最近刘坤一所重修，然其位置是否就在唐代旧址之上，却不得而知。

（2）绳金塔寺

在南门外。塔系八角七层，塔内为四角形，每层呈45度角回转交叠，自底至顶。

（3）澹台子之墓

在城东角。石条层叠为台阶状，逐级向上，遂呈一圆锥体墓形，高丈许，但建造年代不详。

（4）贡院

与南京贡院并无大异，但供考试者容身的号舍却要比南京贡院大（宽3尺6寸，深4尺2寸5分）。

（5）大安寺

位于城北。晋朝时，西域安息国王子安世高为避位徙至此，故名"大安寺"。只

---

133 参见第54图。

是笔者未及探访此寺已止此次南昌之行。

（6）百丈寺

在奉新县西 120 里处百丈山，为李唐时大智禅师所创建，闻名遐迩。笔者亦无机会探访。

四、宁波地区

（一）宁波府

宁波府位于浙江省东北方向，距上海水路 145 里，自古以来就是中国与日本海上交通之要冲。当年日本遣唐使、留学生多是在此登陆上岸，故宁波在历史上意义重大。

（1）天宁寺

位于城内西南处，系北唐时创建。

（2）天封寺

在城中心，创建于南唐。有一塔刹，六角七层，高 18 丈，可惜于明治四十年正月被毁，唯剩砖砾一堆。

（3）延庆寺

宋代朝廷敕建之伽蓝，今为宁波佛寺规模之冠。

（4）观堂

与延庆寺毗邻。

（5）阿育王寺

在宁波城东 44 里处，属四明山域，创建于晋朝义熙年间，系宋代禅刹五山之一。日本僧人道元入宋之际，曾先拜访此寺。如今看来，寺院布局亦算齐整得当。舍利殿内，供有据称乃阿育王所造的真身舍利塔，确是印度塔婆典型代表，堪称珍奇，但其来历却难稽考。其造型及塔身所见雕、镂工艺却与鉴真和尚《东征传》记述相符。阿育王寺内，还有东方塔和西方塔。西方塔，六角七层，然塔内却呈四角（只有最上层部分为六角）。又，寺内有苏东坡撰书的宸奎阁碑铭。

（6）天童寺

在宁波以东 60 里处太白山麓，属四明山域，创建于晋时，迄宋，乃禅刹五山之一。当年日本荣西、道元等人在此寺挂锡甚久，雪舟亦曾荣踞该寺首座。其规模大过阿育王寺，然论建筑价值却远不及彼。天童寺天王殿前放生池及七塔的布局，与日本彻通将来的《大唐五山诸堂图》所绘完全一样。

（二）奉化及天台山

奉化，在宁波西南，走水路90里，即抵宁波。奉化亦是登天台山必经之路。

（1）岳林寺

在奉化县城东北3里处。虽伽蓝布局略显标新立异（有东西两座小塔，四角五层，又有两个圆池），但建筑本身并不足看。

（2）雪窦寺

位于奉化县西北50里[134]雪窦山上，此雪窦山属四明山域。雪窦寺内遗存有元代至正辛丑年石幢残片。

从奉化到天台山，需4日行程。其间，约300里路程多有强盗出没，于旅行大为不便，是以笔者最终未登天台山。有关天台山，《天台山志》记载甚详，山高约4000尺，奇岩怪石，漫山遍是。从山麓至山巅，路40里，其间，有寺院百余。就中，以国清寺最为重要，寺在天台山麓，有僧200余。次为真觉寺、清凉寺、高旻寺等。山顶上有华顶寺，寺僧300有余，云云。

若要从宁波走水路赴天台，须先大迂回，即先出海门，溯江至台州，再达天台县，后至天台山麓。据说台州以北强盗出没，屡屡有旅客遭袭。

（三）普陀山

普陀山系舟山群岛一部分，属宁波府定海厅，在宁波府东北偏东60里处。普陀山，全山尽是佛教寺院，景致堪称奇妙绝伦。相传，五代后梁贞明二年[135]，日本僧人慧锷奉观音像至此岛，并兴寺院于此，迩来，逐渐发展至今。当年日本的道元亦访过此岛[136]。

（1）普济寺

在前山白华顶南灵鹫峰下，为普陀山伽蓝规模之最。

（2）法雨寺

在后山白华顶之左、广熙峰下，创建于明万历八年。论规模，法雨寺与普济寺在伯仲之间。

（3）太子塔

---

134 有说是30里，或是70里，也有说是60里。

135 相当于日本的延喜十六年。

136 参见第62图、第83图。

在前山,四角三层,与日本宝筐印塔形制相同。

(4)普同塔

在前山,乃一切无祀和尚之墓塔,其创意造型颇值得一看。

此外,前山一带,还有观音古洞、大佛头、灵石禅林、梅福苑院、修竹庵、盘陀庵、三圣陀、紫竹林、潮音洞、法华洞、朝阳洞等大小寺院。后山处,则有慧济寺。虽不无可观瞻之处,但若论建筑价值,则不过尔尔。只是,此寺多收藏有缅甸、西藏佛像,堪称一奇。

结语

此次笔者巡访的江南,恰恰是中国古代遗物鲜有之地。六朝以前古物,在此次江南之行中根本就不见踪影。六朝时期唯一遗物,也就是南京太平门外萧侍中神道。唐代遗物亦一无所见。五代遗物,仅有杭州雷峰塔以及六和塔的塔内部分。宋代遗物,则有杭州梵天寺、灵隐寺的经幢等。元代遗物,可举者有杭州灵隐寺飞来峰等。迄明清二代,可举者则不胜枚举。

总督端方所藏金石图书,溯周秦经两汉及唐至宋,藏品不下数百件,无一不是珍品。笔者于实地考察所获甚少之不足,正好可由端方总督的藏品相弥补、予充实。

将中国北方与中国南方二者的古代遗迹进行比较,系饶有兴趣的一个研究课题。毕竟,南北二地属同一文化类型。要说二者的相异之处,主要还是表现在细部手法及装饰方面。就中国南方而言,纤巧精致是其细部手法的一个显著特征,此于屋盖建造上表现得尤为突出。然而,南方建筑却少恢宏雄壮气魄,不免流于轻佻、浮华。堂宇塔刹建造式样,中国南方明显变化不足,不如北方建筑创意何等恣肆汪洋、驰骋纵横。南方的殿堂几近千篇一律,塔刹方面,式样就是八角多层,抑或六角七层。除杭州雷峰塔和保俶塔之外,其余塔刹,造型无不大同小异。

最后,还有话不能不说。笔者之前以为:六朝时期,南北两朝艺术风格必定是大相径庭,并在一两个刊物上发表过如此观点。然而,于今经对南北二朝建筑实物进行考察,发现前说非也。盖南朝艺术(尤其是佛教艺术)系传自北方,故南北两朝乃同源同型。有关此问题,笔者他日另文细述。

五山巡礼札记

五山巡礼札记

(明治四十年十月至十二月)

笔者于明治四十年秋,对中国中部地区古建筑进行考察,可惜由于时间匆促,加之准备不足,故此次考察不无挂漏之憾。但此趟中国之行,闻见不寡,是以撷趣记之,以飨读者诸君,并请指教。所记以五山禅刹为主,故题为"五山巡礼札记"。

有关五山禅刹起源及其历史流脉,尽可留与从事相关研究的专家学者,恕笔者不赘笔多言。此文以记述寺院建筑形制、布局及建筑风格为主。最可惜的是居五山禅刹之首的径山竟然没能见诸本文,当初仅是为免多费 10 天行程而将径山排除在外,遂未能观瞻佛教如此重要之丛林,实是令笔者抱憾。由于删去径山,笔者增加一处被称作十刹之一的金山寺,以取代之,犹合五山之数,特此说明。

一、金山寺

附:甘露寺 定慧寺 鹤林寺 竹林寺 汉隐寺

金山寺在江苏省镇江府城西郊。长江南岸,岸上有一小山,高 150 尺许,金山寺即建在山坡之上。古人皆云此山乃一江中小岛,想必是物换星移,沧海桑田,古时的江中小岛,于今变为凸出江边的半岛。但见山上塔刹高耸,为大江风景别添一分雅致。

金山寺创建于南朝梁天监[137]中,旧名"泽心寺",宋祥符五年改名"龙游山";宋天禧五年再改名,山曰"金山",寺称"龙游";宋政和四年又改为"神宵玉清万寿宫";迄南宋,将"宫"字复改为"寺",后罹遭火灾被毁。南宋淳熙[138]年中,僧人蕴衷予重修;明永乐中,僧人道澜加建两庑廊及毗卢阁;明洪熙年中,金山寺大悲殿改葺;明正统十一年,金山寺再遭火灾,翌年都纲[139]宏霁复建之,是岁,敕赐《大藏经》;明万历二十一年,又赐《大藏经》,并敕谕仍称"游龙禅寺";清康熙

---

137 【译注】天监(502—519 年)是南朝梁武帝萧衍的第一个年号,天监年号共 17 年余。

138 【译注】淳熙(1165—1189 年)是南宋孝宗皇帝的第二个年号,共 16 年。

139 【译注】"都纲"乃古时僧官的职名之一。

二十五年，敕赐额"江天寺"，即为今日之寺名，只是习惯上通称"金山寺"，反而是"江天寺"几乎不为所知。

从山脚至山上，金山寺伽蓝顺山坡斜面巧妙布局。因此，虽说规模甚受局限，但恰恰如此，殿宇堂阁，栉比错落，别添雅致几许。金山寺殿宇堂阁，堪称中部地区建筑范本，但也就是中规中矩，并无尤其悦人眼目的新颖之处。从建筑年代看，由于经过清代重修，可真正称为古建筑者几乎没有。只有山上塔刹，八角七层，内中似乎仍是古朴苍然。

金山寺建筑布局如右图所示，山门朝西，形如牌楼，共有三楹，门上悬匾，额题"敕建江天禅寺"。比之普通寺院山门，金山寺山门更显大气浑然，与其所处地形也可谓最是相配。进山门之后，如右图所示，先是天王殿。四天王分踞四隅，殿内正中供奉弥勒佛像，只见一身布袋和尚打扮。弥勒佛像背后乃韦驮天像，一如常见的痴

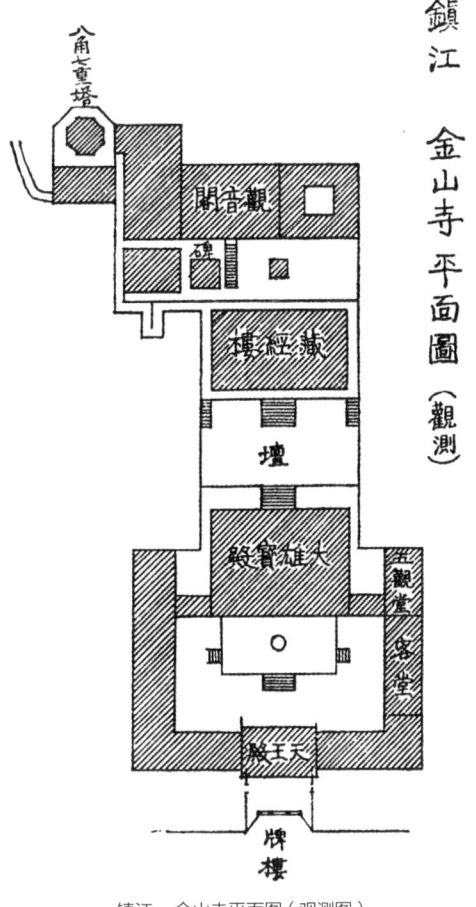

镇江　金山寺平面图（观测图）

钝相。再往前，穿过中庭，对面即大雄宝殿，系一恢宏大殿，五楹四方，金碧辉煌。殿内须弥坛上，佛像三尊，趺坐其上，中为释迦牟尼佛像，右为药师佛像，左乃阿弥陀佛像。本尊佛像前有一香案，香案两端，右为韦驮天像，左为毗沙门天像。有侍佛分立本尊佛像两侧，右为迦叶像，左为阿难像。外殿两侧，一如他处寺院，亦是摆列十八罗汉像。内殿堂前立柱粗不及抱，测得周长一丈三寸五分。

大雄宝殿前庭绕有回廊，并有五观堂、客堂坐落其间。大殿后面筑有高坛，上建藏经楼，为《敕赐大藏经》收藏之阁。从藏经楼再登高而去，即抵观音阁，或称大悲殿。再从观音阁处拾级而上行至山顶，有佛塔在斯，八角七层。有关此塔的沿革不详，但见塔内各层均有壁龛以纳佛像，此系与其他佛塔多少有点别异。此塔造型不错，相轮亦别具其趣。其轮有七，从下面数起，第三轮其径最大，上下二轮则依次递减变小。最上端的相轮加有宝盖。八个蕨手探出檐端，状为八棱，蕨手下方锁连铁链，铁链挂在塔檐八角末端。相轮宝盖上有宝瓶，宝瓶上有水烟，水烟上更有宝珠，三

颗一串。

从塔下朝大江方向行往断崖下方，可寻见一洞穴。又，大雄宝殿朝北大江方向处有僧舍禅房，此外再无建筑值得观瞻。

概言之，金山寺妙在以景取胜。古往今来，镇江金山寺景屡有见之题画，其实其寺院规模甚小。古时金山寺其貌若何，笔者不得而知，但就其所踞地理地貌看，毕竟不具有一流佛教丛林所必不可少的广阔空间。

除金山寺外，镇江还有诸多重要伽蓝。就中，以北固山甘露寺、焦山定慧寺名头最响。北固山在江城以北，系一凸出江中的半岛，绝壁嶙峋，高约200尺。据《丹徒县志》载，北固山甘露寺乃唐朝宝历中李德裕所建，所谓三国时吴主孙皓建甘露寺一说系讹误。《丹徒县志》又载，迄宋代建炎中，甘露寺罹兵火被毁，后于宋宁宗嘉定壬戌年僧人祖灯重建之；又于元世祖至元己丑年毁于兵燹，后又于大德己亥年为僧人智本重建；明代宣德癸丑年，僧人玹理更予重修，云云。甘露寺建筑规模甚是宏伟，自亭中凭栏眺望苍茫大江的景致尤其壮观。对此伽蓝而言，最值得观瞻之物莫过于铮铮铁塔。此塔八角三层，底座边长四尺五寸，塔身底层边长二尺一寸，系一铸铁小塔。此铁塔第三层今存山下观音洞中，寺中只存铁塔二层。塔身共有八面，其中四面开有莲花形拱门，另外四面则为佛像浮雕。浮雕画面中央为释迦牟尼佛跌坐像，左右为迦叶像、目连像侍立其侧，更在迦叶像、目连像旁边置二金刚像，上有二飞天婆娑蹁跹，此为佛雕画面通常所见图像。在浮雕上方框缘，并列有九尊佛陀坐像。若与杭州灵隐寺、梵天寺加以比较，可发现此处佛像浮雕更为精致。至于建筑式样，如斗拱的形制等，则与杭州灵隐寺、梵天寺同。由此可推断该铁塔应是晚唐或五代遗物，即与所谓的甘露寺创建于唐敬宗宝历年间一说相合。虽然此铁塔的铸造未必就与伽蓝创建同时，但可确定至少相去不远。于今，此塔却已被弃之如敝履，实是遗憾非常。

焦山在北固山东北约2里处，扼守大江咽喉，为横亘大江一孤岛。此岛东西长5町许，南北长3町余，岛高300尺左右，石灰岩遍布岛上，巉岩怪石甚多。绝顶之上有吸江亭，在此纵览江天，比之北固山更是蔚为壮观。

至于伽蓝沿革，据《县志》载，旧名"普济禅寺"，创立年代不详。寺院的声名鹊起还是在宋代元祐年间之后，当时，既称"普济禅寺"也称"焦山寺"。清康熙四十二年，敕额"定慧寺"。乾隆帝时，寺被重修，致使全山焕然一新，景致极佳。可惜，时至今日，已是大半荒芜。焦山寺主要建筑，可举有为佛寺境域入口的山门，形如牌楼；再往前，左右两侧有碑亭，碑亭上有宝顶，黄瓦葺之，碑系乾隆皇帝宸笔；次为天王殿，重阁七楹，标准歇山顶建筑，屋脊上正吻造型正好介于中国北方屋上正吻与日本唐招提寺屋上鸱吻之间；次为中庭，中庭左右两侧有客殿，系四注五楹之重阁建筑；次为藏经阁。其他还有若干杂舍、亭榭，但皆非重要建筑。

除以上三大伽蓝外，镇江附近一带，著名的佛教寺院尚有不少，不妨依序再举二三。先是招隐寺，位于城南7里处战窟山麓，乃宋代景平元年昙度禅师所创。招隐寺原本建在战窟山上，于明代时移至山下，今已荒芜，无可观瞻之物。次为鹤林寺，在镇江城南郊磨笄山下，创立于晋朝大兴四年，迄宋，高祖皇帝改为今名"鹤林寺"。鹤林寺于今已是极度荒废，然尚存有景定甲子年的碑石及万历十一年的石幢残体。次为竹林寺，位于城南6里处夹山下，为东晋时法安大师所建，其后，荒废年久，直至明崇祯年间，僧人林皋重兴之，并名"竹林寺"。于今，此寺自门前至寺后竹薮繁茂，建筑则有二王门、天王殿、左右客堂、大雄宝殿、方丈等，甚显堂皇。天王殿前立有大石碑，上刻康熙皇帝题的《竹赋》，甚是精美，尤其碑上螭首雕刻最是精致。寺中还有比丘墓。此处一带坟墓造型可谓奇妙，即其下部恰如石幢，上部则如五轮塔婆。最后还可举位于八公洞中的汉隐寺。八公洞在镇江城南7里处回龙山北，有平等寺及八庵堂。八庵堂者，即翠浣庵、深云庵、大林庵、紫竹庵、半塈庵、化城庵、潮音庵、远尘庵。此外还有一汉隐庵，只是于今汉隐庵已改作寺号，曰"汉隐寺"。今日，平等寺及八庵堂或已毁废殆尽，多无可觅踪。汉隐寺也已荒废，只遗一小精舍，别无观瞻价值可言[140]。

二、灵隐寺

附：飞来峰、法镜寺、法静寺、法喜寺

从浙江省杭州府城西面西湖西岸处毛家埠，自陆路往西北方向行20町许，即至灵隐寺。若从杭州城出钱塘门，取道孤山、岳王庙、清涟寺，则须行40町许方抵灵隐寺。灵隐寺南面朝向，正门却开在东面，北高峰耸立寺后，飞来峰则横亘寺前。

据称，灵隐寺乃东晋咸和元年僧人慧理创建，至吴越王钱氏当政年代，敕令僧人延寿重整寺域，立经幢于寺门左右。迄宋，景德四年，灵隐寺寺额添加"景德"二字，此后，灵隐寺位居五山第二。元明二代，灵隐禅寺兴废无常。今日所见之伽蓝，乃清代顺治年间僧人宏礼所建，内有天王殿、转藏殿、伽蓝殿、罗汉殿、金光明殿、大悲殿、法堂、方丈、直指堂、南鉴堂、联登阁、华严阁、青莲阁、梵香阁、玉树林法寿堂、万竹楼、钟楼、普同塔，等等。康熙二十八年，圣祖皇帝南巡时，敕赐"云林寺"之名予此寺，即今日之"云林禅寺"，只是原名"灵隐寺"通称依旧[141]。

灵隐寺于今格局如下图所示，寺院正门朝东，乃一牌楼式样、面宽三楹的寺门，与前述金山寺山门大致状同。寺门中间一楹为通道，左右二楹供置金刚像，左边为阿

140　参看第4图。

141　参看第57图。

杭州 靈隱寺平面圖（踏測）

大雄寶殿 選佛場
妙應開趾？
壇
羅漢堂
九重石塔　九重石塔
藏本堂
伽藍殿
客堂
天王殿
碑　碑
幢　幢
三門に至る

亭子
池
北

杭州 灵隐寺平面图（勘测图）

0　50　100尺

中国纪行 | 278

金刚像，右边为吽金刚像，两相对望，寺门前还建有金刚栅。进山门之后，乃一径长长参道接引来者。在日本加贺金泽大乘寺所藏《五山十刹绘图》里面，灵隐寺这一参道被画得犹如梅园一般，但于今所见，却不知树木踪影于何方。再行数百步，即至一小山之麓，但见路旁巨岩巉峻，岩面刻有无数佛像，还有一座塔婆，八角六层。凡此，年代皆不详，或为宋元时代亦未可知。可惜大多毁损严重，刻铭亦漶漫不清。再往前行，来至一洞窟。洞窟外面，遍布摩崖佛像，但绝壁缝隙，草木茂密，致使游客只可远瞻却难近观。摩崖佛像多为佛陀、菩萨、天部等，其中亦有布袋和尚（弥勒）之宝相，推测之，应是元代以后雕像。洞窟内还算宽敞，但里面并无值得观览之物。穿过此洞窟可至寺域右方，而后再复归参道向前行去，即见遍布摩崖佛像的小山丘，此乃飞来峰是也。

据《府志》载，飞来峰，一名灵鹫峰，峰壁间，大小佛像不下数千，云云。世人想象乃天竺灵鹫峰的一部分飞来此地，故名。至于摩崖及洞窟刻像，虽将其视为洛阳龙门、大同云冈的石窟佛雕袖珍版亦无不可，但不可忽视的是飞来峰的摩崖佛刻却有印度阿旃陀、埃洛拉摩崖佛刻的韵味。此地洞窟与摩崖佛刻一直延续到灵隐寺天王殿之前，就中，以多宝天王的洞窟及雕像最佳。多宝天王雕像系一幅骑狮图，高七八尺许，天王右手持伞。洞窟壁上铭文记曰"至元二十九年七月仲秋吉日"，估计洞窟錾成与多宝天王雕像完成在时间上相去不远，或系同时落成亦未可知。

飞来峰顶上有一神尼舍利塔，据称建于隋文帝仁寿二年，只是笔者未曾实地考察，不得其实。又闻，灵隐寺后面北高峰上有塔刹，为唐朝天保中所建，高七层，后毁于唐武宗会昌年间；五代时，吴越王又予重修；宋至和三年，遭雷火焚没；元丰年中，圆明大师重建之；咸淳七年，复遭火灾，后经改建。于今，此塔只存三层。但同样是笔者未加考察，不知其实。

且回至参道上来。行至飞来峰脚下小河旁，此处架设一小桥，状如亭榭，跨过此桥，可见飞来峰左面开凿的石佛龛。顺小河沿宽坦参道再行步数百，即见一亭榭，穿过此亭，便来至伽蓝前庭。右边是天王殿雄伟高耸，左边则是一泓池水，清冽无比。水池对面即为飞来峰。

天王殿前，有两座成双的碑亭，皆带楼阁。再前方，有一石幢，《地方志》载，当年吴越王钱氏命僧人延寿重整灵隐寺时造经幢立于寺门左右两旁，想来即是也。只是，日本大乘寺所藏《五山十刹绘图》中未见此经幢之图形，实在令人不可思议，或是漏画亦未可知。因为，无论如何，此经幢的年代绝非元代之后，从其雕錾手法可以确认，此经幢肯定是出自五代至宋之间。经幢状为八角，高4丈许，棹石上部系多层幢盖相接，幢盖外形极为复杂，以至于无法准确数清此经幢究竟是几层相接，姑且推定为4层相接可也。位于杭州府南郊的梵天寺，其经幢题铭"乾德三年"，灵隐寺经幢与之颇为相似。

虽说天王殿系一双层、四注[142]、面宽五间、进深四间的雄伟建筑，但大殿内外，亦不过尔尔，并无特费笔墨加于点评之必要。穿过大殿，来至内庭，却是一片荒芜景象，令人错愕而别无其他。内庭东庑有伽蓝殿、客殿，西庑则有报本堂。内庭正面台基上大雄宝殿的位置，而今却是虚位以待，只有空墟一片，现在的大雄宝殿建在更前一点。此外，还有选佛场、罗汉堂等散遍四方，但全系近代以后建筑。旧文献所载灵隐寺殿堂楼阁的布局，于今已不可考，《五山十刹绘图》所载殿堂布局亦与当今甚不相符[143]。总之，凡此皆表明灵隐寺自创建以来几经变迁，沧桑历尽。

笔者感兴趣的乃此伽蓝所留存的古建筑风格及手法的蛛丝马迹，大雄宝殿坛下一对石塔即令笔者兴趣盎然。此塔婆为白色大理石雕就，八角九层，底层塔身，每边长三尺二寸五分；塔座部分，每边长五尺六寸。塔婆虽小，但造型极美，而且，其产生年代当不至于迟至宋代之后。塔身最底层柱子，下面部分径粗三寸四分，上面部分三寸，所呈弧圆状极美，令人叹为观止。又，塔婆大拱八角形，圆面状，斗拱式样暗合和式建筑风格，美轮美奂。至于尾垂木[144]等构件形制，则属唐代风格一路。屋脊双重，下昂为圆，飞檐为方，飞檐椽子边端部被加工变细，与日本奈良朝佛寺建筑式样非常相似。八角塔身四面尽是佛菩萨像浮雕，另外四面则于正中开一入口，入口形如莲蓬，但呈门扉紧闭状，连门环雕刻亦精致入微。入口左右两边有菩萨立于莲花之上。

遗憾的是，未能寻见考证此塔始出年代所需题铭，但通过各方面比较研究，笔者考定此塔为宋代所出。

从灵隐寺门往西南方向行约四五町处，有一"法镜禅寺"，通称"下天竺"。其伽蓝配置以天王殿、大雄宝殿、大悲殿为主，至于其他配殿亦与他处寺院同，毋庸赘述。法镜禅寺山门也立有经幢一对，但却与灵隐寺经幢无可相比，远无灵隐寺经幢的古朴与精美，无疑是出自近代人之手的拙作，故笔者亦对其不甚留意。

再往西南方向行两町余，还有一伽蓝，曰"法净寺"，俗称"天竺"。其规模与法镜禅寺大致相同。更朝西南方向行十二三町，路尽头处尚有法喜寺，通称"上天竺"，与前者二寺共称"西湖三天竺"。此法喜寺规模宏大，乃之前二寺不可同日而语。其主殿有天王殿、泮池、大殿、圆通宝殿（观音殿），此外还有诸多殿堂、楼阁、亭榭、门塀，以作点缀或陪衬。

总之，五山之中，除径山未曾考察，无以断言，余者，要论占地面积之广阔，论规模之宏伟，论域境之幽邃，就现存古建筑而言，灵隐寺无疑明显胜出一筹。只可惜灵隐寺于今已经荒芜，砖瓦土石，遍地狼藉，古迹已然湮没，再无人关切。

142　【译注】此处或为"四柱"之误亦未可知。

143　参见《东洋建筑研究（上）》。

144　【译注】所谓的尾垂木，即斗拱里的斜在外面的斜材。

山东游记

山东游记

（大正九年八月[145]）

一、车中漫谈

在中国山东青岛逗留期间，笔者甚想对青州及济南近郊一带的古代文化遗迹进行考察，故于日本大正九年八月十日上午8时，与园部工学士以及其他4人，一起从青岛出发，搭乘山东铁路的火车前往青州。此趟青州之行，连往返一并计算，共安排4天时间。

在火车上，我等一行谈兴甚浓。谈论话题始自有关中国古代墓陵的发掘，于是论及外国人在中国盗挖古墓的卑鄙行径种种，更谈到当下中国历史文化遗迹正惨遭破坏，需寻找有效方法早日制止破坏行为以令诸多遗迹免遭荼毒。谈话中还提到，日本的中国研究，比之欧美，尚存在差距，之所以难改变对中国研究的落后现状，以及在东方史，尤其是中国史研究方面日本没能执学界之牛耳，重要一点与汉字艰涩至极不无关系，这恰恰也是中国近代以来落后于世界文明发展的原因之一。进而，谈论话题更加扩大到有关日本国语改革问题、假名文字缺陷与不足，以及如何从语言学角度认知罗马字母，等等。

而后，话题一转，大家谈到中国历史记载的诸多讹误与不实夸大亦是造成中国史研究困难的一大原因。不妨以例为证，中国各朝各代历史，无不是在旧王朝灭亡之后由灭其朝的敌对王朝撰写，故史书记载也就不乏曲笔之处。此外，王朝更替还伴随有如此恶习，即征服者总将被征服者墓陵及其他遗物破坏殆尽。事实上，此现象不只中国，日本与之类同者亦非鲜见。

之后，话题又转向讨论有何人造景观堪称世界一流。

若论人造景观的世界之最，笔者不妨试举若干。先说日本，可称为世界首屈一指的古代木造建筑，有大和古都的法隆寺；论木造建筑的最庞然大物，当属奈良的大佛殿[146]；要论建筑物每平方面积的造价最高，则非日光的阳明门莫属；要论铸像的世界之冠，舍奈良大佛像又能其谁？而后再看世界各地，要论楼的最高，有纽约的帝国大厦，

---

145 【译注】日本的大正元年即1912年，故大正九年为1920年。

146 论占地面积，应是京都东本愿寺祖师堂最大，但要论建筑物的容积，则属奈良的大佛殿最大。

其高57层；要论塔的最高，有巴黎的埃菲尔铁塔；要论桥的最长，有英国的福斯大桥，全长9200英尺；要论钟的最大，有莫斯科的里斯·戈杜诺夫王朝铸钟，直径272英寸；要论金字塔最高，有胡夫金字塔，高约480尺；要论开凿的石块最大，有叙利亚的巴勒贝克古神庙，其最大石块长72尺，厚度及宽度皆为12.5尺；要论台阶石最巨，有北京紫禁城保和殿后的大理石，长55尺，宽1丈；要论立体石像最大，有印度卡纳塔克邦的耆那像[147]，其高70尺；要论涅槃佛像最大，有缅甸勃固山脉的佛像[148]，全长180尺；要论神像最大，有纽约港的自由女神像；要论墓陵最大，有日本的仁德天皇陵，东西南北皆径长8町。另外，若论城墙之冠，毫无疑问，非中国长城莫属；要论运河最长，自然是隋炀帝时开凿的京杭大运河。又，若史笔无误，则秦始皇的阿房宫堪称世界规模最大；要论剧场，当首推巴黎大歌剧院；要论大炮，以口径42寸最大。至于其他，如飞机、军舰、商船、隧道，不胜枚举，无不各有其冠盖绝伦者。人人谈论热烈，滔滔不绝，就像火车奔驰，一往直前。直到夜深时分，想到还有明日行程，人们才关上话匣略作憩息。

二、青州驿

8月11日凌晨2时，列车抵达青州驿。虽然已事先联系青州驿方面并准备了汽车，但此时正是夜半时分，城门未开，汽车又奈若何。人生地不熟，也无处半夜敲门住客栈，一行人只好找一角落小歇以待天明。为打发时间，大家旧话重续，又聊起来。青州驿附近就有齐桓公及管仲墓，于是谈论到中国的成王败寇，谈论到征服者如何发掘破坏前朝旧代统治者的陵寝。此类事日本亦不鲜见。当年德川家康毁了丰臣秀吉的陵墓，以绝其脉，致使此后300年间，丰臣秀吉的骸骨散没于棘丛草中，好不凄凉。直到明治三十年，方在黑田长成侯主奔走之下骸骨被重新装殓，并纳于新建的五轮墓表之中。笔者当时有幸参与此事，并对其头骨亲加勘验。月落星稀，昏天黑地，谈及一代枭雄生前身后，人们不由得唏嘘不已，凄惶之情油然而生。总算天际发白，雄鸡唱晓，我等赶紧用过早饭，上了已等在旁的汽车，直指难得一见的山东历史遗迹、堪称六朝文化艺术瑰宝的云门山、驼山，绝尘而去。

三、云门山

汽车渐近青州城门，天已大白，我等一行游兴正浓。透过车窗往外看，但见青州市中，

---

147 系于天然石山雕錾而成的石像。

148 同样是在山中錾刻而成。

随处是陋巷破屋，一派凋敝景象，彷徨其间者，尽是无精打采的小民百姓。车过南门时，已是旭日高升。远远望去，高粱、玉米，如千顷碧浪，波涛翻滚；云门山与驼山，冈峦叠翠，群峰连绵，张望着历经千年风霜的诡秘面容，珍藏着华夏古文化的珍宝，正召唤我等远方游客到来。放下遮阳窗帘，任由汽车颠簸在乡间路上，道旁地里尽是茂密葱绿的玉米。忍受骨头散架般的酸痛，终于在上午9点时分，我等数人来至云门山麓。

云门山，作为山陵，并不雄伟，高不过四五百尺许。从山下望去，只见山上树木苍葱翠绿，道道山梁突兀挺起，山巅之上矗立殿堂一宇，如玉树临风，蔚为壮观。从青州驿至云门山麓，行程2里许。从云门山脚到山顶，路程大约七八町，山路虽然崎岖，但不陡峭，行路不难。虽说比起笔者之前所见崇山峻岭，此云门山不过是一蕞尔小丘，但雄踞在如此旷漠辽远的平原之上，云门山却格外显得雄伟壮观。附近一带的山丘皆与云门山看去相似，远远望去，均是顶部平滑，形同覆盆，又同是山梁裸露，且突兀挺拔。凡此，皆为附近一带山丘一大共同特征。

四、六朝文物

登山途中，至山腰处，发现有一庙宇，然建筑整体甚是粗陋不堪，明显属于近代所建，不值一看，看来，它也仅是为登山游客提供憩息之便。从此处再拾阶而上，行约2町许，便抵洞门。此洞门甚大，可容十几人同时通过，云门山或盖缘此而得名。洞门顶上题有"云门山"三字，其右侧近处，还刻有一"寿"字，字大一丈见方。洞门旁边及附近，则碑碣林立，刻铭无数。浏览并考究碑石文辞镌刻，确也是一大乐事，可惜我等一行无此余暇，只是穿此门匆匆而过。

过洞门之后，折向右拐，行约10间许，发现有一小庙堂。进去抬首一看，不由得大喜过望，一尊隋代石佛就在眼前，只见容颜古韵悠然，正望着我等到来。但见相貌温润雍容，雕刻技法圆熟至极，细部手法更见精巧，显然是现代艺术难望其项背。其所显示的古代与现代艺术格差之明显，让人惊讶同时也让人疑惑不解，不知六朝时期汉民族的艺术表现为何能达到如此圆熟地步。对此六朝石佛，笔者凝视并徘徊许久，不舍离去，为六朝艺术的非凡魅力而倾倒、而陶醉。

五、云门山佛像之特色

云门山佛像，就其造型而言，可谓是六朝时期的遒劲雄浑却又脱俗飘逸的风格向唐代壮丽雍容的风格发展变化的过渡时期的作品，即一方面它展现出脱俗飘逸的神韵，另一方面又展示出壮丽雍容的风姿。云门山佛像最值得一看的就是其相貌的温润雍容，同时其体态身姿无可挑剔的雄浑与端庄融为一体，是为此佛像雕刻者最为致力的艺表现。从云门山佛像雕刻可以寻见随着佛像雕刻技艺的精湛与洗练、世人对佛陀的观念也悄然转变的形迹。云门山佛像，并不像云冈（山西）、龙门（河南）那些佛教传入中国后较早期的佛像雕刻那般面容威严、线条遒劲，原因就在云门山佛像已见初唐佛雕温润雍容之端倪，为其前驱，开其先声。

云门山佛像衣纹皱襞的雕刻技艺亦颇值得一看。包裹着丰满胴体的绢衣薄如蝉翼，于是乎，感觉何等轻盈，绢衣与胴体二者相映成趣。衣裳的作用在于将身体轮廓巧妙地隐没，避免丑态毕露，就此而言，云门石像可谓近乎完美，已臻造像艺术之化境。凡此值得观赏的云门佛像容颜、衣纹皱襞等，与日本飞鸟时代乃至白凤时代佛教寺院拜殿绘画的抑或雕刻的佛画、佛像甚为相似。最后，必须强调，此云门石佛之艺术史价值正是体现在其服饰上面。理由就在探其服饰之源流，即可推知西域文化对汉地影响之深浅，同时，通过研究装饰物的创意及图案纹饰，亦可对其就工艺史方面的贡献多寡予以评断。

六、被遗落的古迹

堪称日本佛像祖师的云门石佛，却经受漫长岁月的风雨侵蚀并不断遭受毁损破坏。对此，笔者只能用自己带来的相机将其姿容摄下，带回日本。当我等再次返至洞门前抬首仰望时，发现洞门上有二三小龛，内供数尊石刻小佛像，故赶紧登高近前细瞧，发现凡此佛像皆一般大小，雕刻手法与前述云门石佛完全一样。虽经几多风雨侵蚀，佛像上"开元十九年"铭文却依旧可见。笔者曾尝试拓其部分纹饰图案，但由于事先忘带拓本的材料，虽极尽所能，试过各种办法，终未能如愿，只好放弃。小石佛上的题铭，以及洞门上方处佛像皆着"唐开元十九年"字样。其余，则是"唐"字清晰可辨，具体年代却已漫漶不清。另有两尊小佛甚是精致秀美，即可断为六朝作品。此外，还有两尊虽有题铭，但已难辨识，其年代未详孰是。从此处再往山顶登高而去，顶上乃是于今人们纷至沓来、顶礼膜拜的碧霞祠与关帝庙。顶上确系登高望远好去处，但要说建筑物或文物古迹，则无值得观瞻之处。我等一行亦自此折回，下山归去。

七、驼山

离开云门山后，我等并未原路归返，而是取道后山，蹊径另辟，在林中与乱石间跋涉前行。于下山途中，发现有一洞窟，内有释迦牟尼佛雕像。近前一看，却是洞穴阴暗，雕像细部混沌不清。加之屡经游客手指抚擦，佛像被磨损之处甚多，已难辨察，时间安排又紧，于是一行告别此洞，往驼山方向匆匆赶路。

驼山亦是一小山陵，与云门山两相对望。远远望去，驼山状似馒头，山顶部亦山脊突兀挺拔，与云门山同出一辙。两山高低、大小并无大异，若论树木繁茂，则驼山远不及云门山。驼山顶上同样建有寺院殿堂。无须近前，在远处用望远镜一看，即可望见山脊上有洞窟开凿。汽车无法从云门山麓直接通往驼山，须先折回青州城，再绕道前行。因此，事先定好，与其让汽车在云门山麓空等，莫如让它迂回到驼山下待命，我等云门山游览完毕之后，直接往驼山方向徒步行去。

从云门山麓至驼山，路程约30余町，虽其间遇有溪流，须二度涉水，但道路并不崎岖难行，照一般速度，步行40分钟即可到达。只是途中见有歧路若干，小心不要迷路就是，若求万无一失，不妨找个向导带路。当然，由于驼山方向与目标已是非常明确，健步者只要稍有常识，当不至于迷途难返。从驼山山脚要登上山顶，其实并无想象中的上山之路，而是地面露出一个个踩踏过的坎窝，借此为台阶拾级而上。稍稍加把劲，跨步大一点，沿自然形成的磴道步步向上，健步者不需停歇，即可一口气登上山顶。古时开凿的洞窟就在近山顶处绝壁下面，因此，要考察洞窟，甚至可以不用登至山顶，只需登至合适位置然后沿山坡迂回行进即可。由于我等一行目标就是洞窟，因此都没登至顶上，而是于中途转往洞窟方向。

八、驼山石窟

要说驼山石窟，规模颇具、可冠以石窟之称者，其数有六。若各种蕞尔小洞也计算在内，则为数甚多。但不管石窟大小，窟中都有石刻佛像。比之云门山，驼山石窟佛像雕刻更显技法圆熟，堪称已臻化境，以致让人大有后无来者、唯斯独孤的苍凉之感。根据石窟排位顺序，依照开凿年代列记之，即唐（长安二年）、六朝、隋、唐、唐，其中以开凿于隋代的第3窟最大。六大石窟大致如下：

第1窟为唐代开凿。内有佛陀本尊坐像，并有侍佛奉其左右，佛像雕刻堪称精美。

第2窟为六朝开凿。除佛陀本尊坐像与左右侍佛像外，还雕刻有二金刚像。又，石窟内壁还见有诸多佛陀坐像及立像。此窟洞口高丈许，宽9尺，进深丈余。

第3窟为隋代开凿。除佛陀本尊坐像与左右侍佛像外，周边还雕刻有数十尊佛像。此窟宽幅与进深皆3间，洞口高丈余。石窟内所供本尊坐像高14尺，左右侍佛高13尺。

第4窟，明显相形见小，窟内本尊佛像也身首残缺不全，又没有左右侍佛像，文物价值不高，只是洞内窟顶蔓藤纹饰颇值得玩味。

第5窟，石窟已面目全非，名存实亡，曾有屋檐搭接其外，其形迹于今犹在。

第6窟，同样是旧时屋檐痕迹依稀可见。此窟洞口高、宽、进深都在5尺上下。凡此石窟，是否原先都有屋檐搭接，此乃笔者兴趣所在。从情况看，似不难做肯定之判断，但真正要下结论却不免为时过早，不妨留待今后进一步考察。

凡此驼山石窟所见佛像，值得观赏之处大体与云门山佛像同。只是，笔者最感兴趣也最为关注者，莫过于第3窟用于隋代佛像上的纹饰图案。那些蔓藤花纹与日本法隆寺东院梦殿的佛陀本尊，还有救世菩萨的背光所绘纹饰尺寸一点不差。此外，凡此佛像宝冠造型的创意，还有衣纹皱襞，若与日本飞鸟、白凤时期[149]佛像相加比较，则不可谓不是饶有兴趣的研究课题。

最后，笔者忙里偷闲，取驼山石窟部分景物，就地写生，算是完成对驼山石窟考察。

九、东西方艺术

不妨再就驼山与日本法隆寺，乃至古希腊与法隆寺相加比较。世界各地文化，毕竟都是相融贯通，即如拍打东京湾海岸的浪花与涤荡伦敦河岸的水花、冲刷纽约海岸的波浪与大阪海湾的波涛，说来皆是一脉相承，彼此相通。然而，对于并非流水、似无脉通可言的驼山与法隆寺，以及法隆寺与古希腊彼此之间的相关联系，世人多数凭直觉似难体察之。要发觉驼山·法隆寺·古希腊三者的款曲相通，犹如白昼望星辰一般，莫能见也。其实，静下心来细加观察，即不难发现古希腊与驼山、驼山与法隆寺，三者之间不乏无声的共鸣。三者的兴衰起落，恰如无线电波，甲地发射之后，乙地即有感应。驼山石窟佛像雕刻的叮咚錾声，不知何时变成法隆寺土木大兴的砰砰槌音；正是驼山佛窟的绚丽色调，使得奈良古都寺院伽蓝的壁画缤纷五彩，此乃历史不争之事实。再看，古希腊已臻成熟的蔓藤花籽随风飘落中国土地，并在驼山吐绿甩蔓，不仅装点驼山，还山迢水远飞渡日本，并在奈良古都春风烂漫，此亦历史不容置疑之事实。不妨追抚故去的历史，古希腊的风云岁月、亚历山大大帝的远征、大夏与大月国的兴盛衰没、连接西域诸国与华夏中国来往的天山南北的戈壁古道，凡此，东西方文化交流的三千年历史在笔者脑中不断浮现，如流水一般，滔滔不绝。

十、青州城

看下手表，已是午后2时许。由于驼山之后还另有行程安排，笔者一行只能带着意犹未尽的遗憾，怀着难舍的心情匆匆下山而去。再回望驼山石窟，仿佛看见开凿于六朝、隋朝、唐代的石窟诸佛——虽肢体多有缺损，然古貌依旧；虽身上衣衾不无破损，可看上去仍然衣冠楚楚；虽当年的浓彩艳妆已褪，但纹饰犹存，色彩尚依稀可辨——

---

149 【译注】飞鸟时代，始于佛教开始传入日本的6世纪前半叶，止于大化改新的645年。白凤时代，始于645年，止于迁都平城京的710年。

正默默无言地向我等一行告别。

下山之后,踏上归程,我等数人又成车上困客。天气晴朗,视野开阔,少顷,青州城已在望。但见远处林木葱茏,高低参差,遮断地平线。比起其他地方,此地附近一带风光似令笔者更觉怡然。可惜路面太差,汽车颠簸剧烈,加之黄尘滚滚,前面车一过,后面的车即如坠云里雾中,让车中乘客叫苦不迭,此不能不说大煞风景。只是不妨认作此乃兴趣盎然之旅情所不可或缺者,于是也就释然,有道是虽苦犹乐。

大半日跋涉与紧张考察终令笔者劳顿非常,遂随汽车颠簸一梦南柯,醒来时,发现此身已在青州城内白松园。仰首上望,4株白松,底部涂着白灰,树干拔地而起,树冠直探苍天。白松,又称虎皮松,因树皮呈白色,故有是名。笔者有关植物栽培方面的知识颇有不足,盖或本性使然,或皮肤极易过敏原因所致。总之,于风尘仆仆行旅中,笔者对不辞路远只为观赏花木之类从来是兴趣索然。

十一、法庆寺

出青州城,渡河,再行不远,即抵法庆寺。由于事先已通报寺方,故一行人抵法庆寺时,寺中僧人已在寺外迎候。法庆寺并无寺藏宝物,建筑方面亦无特别值得一看之处。唯感兴趣者,乃法庆寺堂院殿宇的配置,看上去酷似日本宇治的黄檗山万福寺,建筑物细部方面虽然不尽相同,但却可以说异曲同工。若是就建筑手法研究而言,与其瞩目此等破旧小寺,莫如考察照搬中国建筑风格的黄檗山万福寺大伽蓝更为合适。俗话说"瘦死的骆驼比马大",诚哉斯言。此法庆寺,曾几何时,隆盛至极,于今却冷落在青州城外,病体支离,只是苟延残喘,堂宇多已破旧不堪,但毕竟风韵尚存,中国古建筑特色犹在。就此而言,笔者此次法庆寺之行,又何憾之有?

十二、金石陈列馆

从法庆寺回程时,本是要直接前往火车站,笔者忽然想到城内尚有一非去不可之处,此乃青州的金石陈列馆,汽车只好掉转方向,折回我等一行于天未破晓时分经过的道路,进入青州城。汽车沿城墙脚下驶去,来到青州城东廓文庙内,金石陈列馆即在此设展。场馆狭小,古代金石,大小无数,皆局蹐于此。内中,有一石器尤其古意苍然,别有一种莫名的魅力。笔者只能凭借石头镌刻的纹样努力探证,但石上纹样已经磨损厉害,模糊难辨。端详许久,仍不知为何物,显然乃笔者平生所见最难考据之古物。此外,令笔者目光停留的还有古佛一尊,可惜,惨遭后世拙劣修补,早已丧失学术研究的史料价值。在此金石陈列馆收获可谓近乎零,不能不令笔者大失所望。扫兴之余,匆匆离开,汽车直指火车站疾驰而去。抵火车站后,略微憩息,于晚上 6 点搭乘货物列车前往张店。

十三、行往济南

遂抵张店。是夜，笔者一行宿于张店。归来时不得不中途借此过夜，心里多少有点不踏实的感觉。原定搭乘次日清晨6时发往济南的火车，但夜里睡不踏实，加之昨日整天山上奔走，疲劳太过，致使我等一行天亮时仍是沉睡不醒，全都睡过了行车时刻。待大家醒来下床之时，早已是火车发往济南之后。于是，只好搭乘7时发车的货物列车行往济南。在车上，灌了几口行囊中携带的威士忌，试以提神，但无济于事，依旧是昏昏沉沉，终于酣睡在从车站借来的席子上，一直到车抵济南才醒过来。在济南车站，有领事馆方面及其他人等前来迎接，笔者在其带领之下来到济南日本领馆，略作憩息，即按原定计划对几个地点进行考察。

十四、清真寺

济南考察，首举清真寺，即伊斯兰教寺院，此乃笔者此次考察的重中之重。该寺位于济南城内趵突泉以西。承蒙日本领馆协助，已事先联系好寺院方面，故寺院方面很快派人前来担任向导。一进寺内，只见右手边有一浴池，阿訇与伊斯兰教徒乃遵穆斯林教义在此沐浴净身。再往前走，即至中门。过了中门，方抵礼拜堂。堂内，众多信徒，白布包头，端坐在教坛前，面朝远方麦加方向在做礼拜。清真寺礼拜堂系木构建筑，看上去甚是粗陋。见惯了埃及、土耳其、波斯、印度等国原色原味的清真寺，再来看此地清真寺，虽感觉不可同日而语，但不能不承认此处礼拜堂仍是广庇其众，面积达10间乃至20间之大。地上铺有席子，以便教徒席地而坐。其余伊斯兰教寺院教坛相关设置器物应有尽有，比照世界各地已成定式的伊斯兰教寺院，此寺亦属中规中矩，并无出格或异常之处。饶有兴趣的是，此清真寺礼拜堂外观系中国风格的木构建筑，里面却见有本来应该是砖石结构的拱形建筑，即通称的"撒拉逊"[150]，可如此的拱形结构同样是木结构而非砖石结构。立柱及其他建筑细部的"撒拉逊"风格亦历历在目，不由得让人感到真主穆罕默德伟大无比，致有伊斯兰教艺术在全世界如此地域广泛之传播。

辞别清真寺，回来路上，顺便游览趵突泉。望清泉汩汩涌出，想象趵突泉水资源何等丰饶，思索可否将其引作自来水以供饮用。少顷，汽车又将笔者一行送往大明湖畔的图书馆。

---

150 【译注】撒拉逊（saracen），中世纪欧洲人对信奉伊斯兰教阿拉伯人的称呼。

十五、图书馆

抵达位于大明湖畔的图书馆后,笔者先观里面陈列的金石收藏。在此看到画像数件,与汉代武梁祠画像同,皆出自山东省嘉祥县。武梁祠、孝堂山的存世之作堪称天下绝品,至于何以如此画像展列于此,知其原委后,作为日本人,笔者甚感羞愧。但见画像的说明文字写道:"光绪三十四年,先后为日本人所购,运过济南,余以此石为吾国古物出,贰购留之,而薄惩出售之人云云。"孰善孰恶,事关他者,笔者无意对此评论,然将此事刻书以记,遗与后世,昭示庭众,毕竟是令吾国日本汗颜之事,故我国人确需深刻反省,引以为鉴,今后莫再。此处收集的还有其他石鼓文,以及颜真卿、王羲之作品。佛像方面亦不乏值得注目者,可惜由于后世修补拙劣,弄巧成拙,致使价值大贬。笔者在此处购拓本数片,而后告辞。再看时间,尚有余裕行往千佛山。其实是原本放弃千佛山之行而改为参观图书馆,既然尚有充裕时间,若就此放弃千佛山一行实非明智之举,故赶紧驱车行往千佛山。

十六、千佛山石佛

车出济南城岱安门时,天下小雨,但见暮色渐浓,烟溟四合。一行人一鼓作气,下车后换乘山轿,催促轿夫只管快行。

来至山麓,雨歇天晴。我等一行径直登山而上,寻找驰名已久的石佛,但却不知其所在,向导人等亦称只见泥像而不知有石佛。此事大不可思议,但也无可奈何,泥像就泥像,既来之,也不妨一睹为快。走进前去细加端详,发现这泥像原来就是石佛,只因石佛多有破损,后世以土补之,更将石佛全身用土覆盖,并绘彩上色,结果不免看上去粗俗不堪,与当前中国出土的泥俑别无二致。看见如此原形已失、面目全非的造像,方觉原先认作泥像亦在情理之中。在最先的佛洞中所供的佛像下方,见有"大隋开皇七年"刻铭,虽字已磨损漫漶,但尚清晰可辨。此"大隋开皇七年"刻铭即现今泥像前身乃为石佛的最有力脚注。

进山门之后,更往前行,走过殿宇回廊,行至岩壁处方才驻足。岩石上有佛像数尊,可是被胡乱施彩,实是不堪入目。浓抹重彩之下,体现创作年代艺术风格的皱襞曲线依稀可见,然宝冠的装饰、容貌的样态,却已难睹其真。作为山东省的六朝遗迹,龙洞所在位置甚远,云门山、驼山亦不具有铁道之便,山东铁道沿线最属便捷的六朝古迹非千佛山莫属。最起码将半数佛像身上泥层清除,让其重现隋代风采,若能如此,堪称学界幸矣。不仅如此,而且济南亦会因之声名鹊起。既然名曰"千佛山",推察之,山上至少有佛像百尊方不浪得虚名,故我等一行离开此处后又四处寻找,看是否还有其他佛像,但都未能寻见。暮色已重,归心亦切,此时闻当地老者言,称此千佛山乃"仙佛山"之讹音，本来就不存在佛像众多之说，云云。此话是真是假，不得而知，但我等一行听此话后则大为沮丧，再没兴趣寻找新的佛像，并放弃原先准备一路搜寻直到山顶的决心，将一尊最可确信为隋代的佛像照相完毕之后，一行人打道下山。

　　回到此前下榻的旅馆，收拾行装，而后再次来到日本领馆。承蒙森总领事盛意，特地设晚宴招待。后乘晚上 8 点 50 分火车返回青岛，并在车上美美睡上一觉。山东之旅，至此告终。